诗歌点亮生活

作家出版社

上册

主编　吉狄马加

执行主编　李少君　杨志学

图书在版编目（CIP）数据

诗歌点亮生活：中国诗歌网优秀作品选 / 吉狄马加等著.
-- 北京：作家出版社，2018.4

ISBN 978-7-5212-0034-8

Ⅰ.①诗… Ⅱ.①吉… Ⅲ.①诗集－中国－当代

Ⅳ.①I227

中国版本图书馆CIP数据核字（2018）第087479号

诗歌点亮生活：中国诗歌网优秀作品选

主　　编：吉狄马加

执行主编：李少君　杨志学

责任编辑：兴　安

装帧设计：王一竹

出版发行：作家出版社

社　　址：北京农展馆南里10号　　　　邮　　编：100125

电话传真：86-10-65930756（出版发行部）
　　　　　86-10-65004079（总编室）
　　　　　86-10-65015116（邮购部）

E-mail:zuojia@zuojia.net.cn

http://www.haozuojia.com（作家在线）

印　　刷：三河市北燕印装有限公司

成品尺寸：152×230

字　　数：600千

印　　张：46

版　　次：2018年7月第1版

印　　次：2018年7月第1次印刷

ISBN 978-7-5212-0034-8

定　　价：98.00元（全二册）

点评撰稿人名录（以出现先后为序）：

一、新诗部分

李天靖　杨志学　简　明　张德明　谭五昌
兴　安　洪　烛　西　渡　张定浩　梁晓明
于贵锋　卢　辉　汪剑钊　耿占春　蒋　浩
雷武铃　李少君　杨庆祥　臧　棣　唐　诗
霍俊明　杨　克　王士强　树　才　曹宇翔
周　瓒　罗振亚　网友王徽公社　网友韩东林
茱　萸　网友芦苇印迹　冷　霜　王家新
刘向东　网友九月漫　杨四平　荣光启
张清华　叶　舟　陈先发　余　怒　网友诗语温暖
网友忱子　网友老磨香油　网友只蝶痴梦
网友冷麾　王久辛　唐翰存　网友凤鸣宫山
田　园　网友管俊文　网友whx2016生　北　乔

二、旧体诗部分

莫真宝　周啸天　蔡世平　梦　欣　落日长河
熊东遨　杨志学　杨逸明　刘能英　顾建平

编选说明

一、本书是在中国诗歌网"每日好诗"栏目所推送的诗歌作品（含点评）基础上汇编而成的诗集，分上下卷出版，入选的截止日期为2017年7月31日。

二、本书所收诗作，绝大部分系"每日好诗"栏目所推送的作品。在编排结构上，分为特邀和网选两部分，而网选又占绝大多数，这就保证了"每日好诗"栏目真实的原貌。而特邀的五十九位诗人又有两种情况：一是当时由网站"每日好诗"栏目特约的诗歌界名家或获得大奖的作品而又按网站既定流程已在该栏目正常推送过的稿件。这种情况又占了本书特邀作品的多数。二是特邀了个别著名诗人以及与中国诗歌网发展有密切关系的领导的诗作，他们的作品入选是对本书的很好的补充，增加了这部诗歌选集的分量，同时某种意义上也可以看作是对广大网选诗人的支持与声援；而此类特邀入选的诗歌作品，也都是已经在中国诗歌网上发表过的。

三、根据中国诗歌网运营情况，"每日好诗"基本上只在五个工作日推送，其中四天推送新诗，每周只有一天推送旧体诗，这样旧体诗的数量积累就相对少一些。由于这种客观原因，目前中国诗歌网旧体诗作品单独结集出版的条件尚不成熟，故而我们在从"每日好诗"栏目推送过的旧体诗中精选出近百首，作为附录置于书的后面，以此呈现中国诗歌网"不废旧诗爱新诗"、为推动当代新旧诗创作繁荣而努力的全貌。

四、本书所收作品基本上都是已经在"每日好诗"

栏目推送过的诗歌及其点评，过去已经由网站按既定标准支付了稿酬，所以就不再支付了。每位入选者将获赠样书一部。

五、本书在编选上尽管已做了很大努力，但肯定还存在这样那样的不足与缺憾，欢迎广大读者批评指正，以便我们今后进一步改进，编出更好的诗歌选本。

2017年10月20日

目 录

第二部分　网选作品及点评

序　言

吉狄马加

在全国上下深入学习贯彻党的十九大精神之际，《诗歌点亮生活——中国诗歌网优秀作品选》由作家出版社出版，与读者见面，真乃可喜可贺之事！

大家可以感受得到，近年来诗歌持续升温，呈现出活跃、兴旺、繁盛的良好态势。这体现在诸多方面：首先，写诗的人不断涌现，诗人的队伍越来越壮大。上至九十岁的老诗人，下至儿童诗人，都有比较引人注目的表现；其次，当下诗歌写作的数量可以说是空前的，对此我们常用来描述的词语有海量涌现、几何式增长、井喷式爆发等；再次，从传播方式、传播媒介和传播渠道来看，当下诗歌呈现出全方位的、立体的景观，给人一种"乱花渐欲迷人眼"的感觉；另外还有一个表征，就是各种形式、大大小小的诗歌活动此起彼伏，诗人们兴会无前，相互交流，甚至国际性的诗歌交流活动也是频繁举办。诗歌在缩短或消弭着人们之间的距离，诗歌在增进着人与人之间的理解与情谊。

确实，在当今网络信息化时代，诗歌的阅读、写作与传播都发生了深刻而巨大的变革。我们几乎不必刻意去寻找，用不着怎么费力就可以获取大量的诗歌作品和诗歌信息。但同时我们也常常慨叹：能够震撼心灵、让人刻骨铭心地记住的诗篇还是不够多甚至有些稀缺。就是说，当下诗歌的量与质之间形成了一种反差，构成了一对矛盾关系。

还有一对矛盾也是非常突出，这就是传统纸质诗歌媒体的窘迫、萎缩，和网络媒体、自媒体的勃兴。中国诗歌网就是在这样的背景下诞生的。中国诗歌网的问世，结束了多年来没有官方诗歌网站的历史。我们看到，运行两年多以来，它已经在诗歌界产生了比较广泛的影响，其注册用户的递增、点击访问量的暴涨，均远远超出了我们的预料。中国诗歌网以建设"诗歌高地、诗人家园"为宗旨，以繁荣诗歌创作、发现和培养青年诗人、引领网络诗歌发展方向为己任，开设了"每日好诗""名家新作""诗脸谱""访谈"等面向诗歌现场和诗人当下创作的栏目，选稿上亦采取了与网络媒体相适应的不同于传统诗歌媒体的方式，一时响应者众、参与者众，产生了明显的互动和激励效应。

这套诗歌选集的编选，就是以中国诗歌网"每日好诗"这一品牌栏目所推出的作品作为蓝本和依托，同时又吸纳部分特邀名家作品而完成的。编选出版诗集，也是中国诗歌网项目中的一件分内之事。其目的，就是为了加强网络诗歌媒体与传统纸质诗刊的融合与互动，激发各自的优势。既保持诗歌创作的活力，又不断推动诗歌精品的产生和网络诗歌的经典化进程。如此立足创作，踏踏实实为诗歌做些事情，当下诗歌的发展方有可能超越表层的热闹而抵达真正的繁荣，同时也才有可能在诗歌高原的基础上崛起一座座令人欣喜的诗歌高峰。

我们期待着。

2017年10月25日于京华

第一部分

特邀作品及点评

耶路撒冷的鸽子

吉狄马加

在黎明的时候，我听见
在耶路撒冷我居住的旅馆的窗户外
一只鸽子在咕咕地轻哼……

我听见这只鸽子的叫声
如同是另一种陌生的语言
然而它的叫声，却显得忽近忽远
我甚至无法判断它的距离
那声音仿佛来自地底的深处
又好像是从高空的云端传来

这鸽子的叫声，苍凉而古老
或许它同死亡的时间一样久远
就在离它不远的地方，在通往
哭墙和阿克萨清真寺的石板上
不同信徒的血迹，从未被擦拭干净
如果这仅仅是为了信仰，我怀疑
上帝和真主是否真的爱我们

我听着这只鸽子咕咕的叫声
一声比一声更高，哭吧！开始哭！

原谅我，人类！此刻我只有长久的沉默……

李天靖点评 鸽子被世人当作祥和而又美好的象征。而此诗却将鸽子的叫声，比拟为一种"陌生的语言"，它远近莫测，或来自地底或高空云端般的神秘；又因叫声的"苍凉而古老"，比拟为"同死亡的时间一样久远"——因为这是"耶路撒冷的鸽子"。耶路撒冷本是由"城市"与"和平"两个词组成，这个同时又是犹太教、基督教和伊斯兰教三大亚伯拉罕宗教的圣地。自古以来，因不同宗教信仰而不断引发的事端和流血事件，触目惊心，至今仍是巴以双方冲突的中心。因此，"哭墙和阿克萨清真寺的石板上/不同信徒的血迹，从未被擦拭干净"，直至诗人在对上帝和真主质询的同时，反思人类自己的"德行"，以及他的无奈。此诗，因"我听见"的两次反复，又与"我听着"前后呼应，富有音乐感；同时，"鸽子"比拟意象的新鲜与贴切，也给人留下了深刻印象。

土城的土

何建明

土城的土　泥泞的土
那是远去的渔翁在此栖息
留下了几多汗水
浸透了酒乡的大地

土城的土　古朴的土
那是盐商与船工
在吆喝和叫卖声中
谱写着诚实不欺的音符

土城的土　智慧的土
那是南平王不灭的远虑深谋
三千年巨杉挺立
折射着习氏故里盖世的气度

土城的土　英雄的土
那是红军将士在赤水河畔
用生命使红色之船
从最危险的河道平安驶出

土城的土　神奇的土

你丰富而艳丽
你以历史的名义
让中国的命运　永远
向着光明的未来摆渡

杨志学点评

何建明是以报告文学著称的作家，但他一直钟情和热爱诗歌。他的报告文学激情澎湃，常有诗一般的文字出现。在写作大部头著作的间隙，遇有诗情涌动时，他也专门创作了一些诗歌作品，如《我想托起你的眼泪——致希腊》《为什么我还有梦……》等，在构思和表达上均有自己的特色。2016年4月的一天，他带领诗人采风团走进习水县土城镇，触景生情，创作了《土城的土》这首诗。

不难看出此诗在构思和表达上的一些特点。它选取了中心意象"土城的土"来做文章，从一个具体角度凸显了自己对土城的一往情深。在表达上，选用了诗歌常见的排比、复沓手法，形成诗歌特有的节奏感。随着"土城的土"的一次次复沓，也是诗人感情的一次次深化；随着"泥泞的土""古朴的土"等词组的排比性出现，也是诗人内心潮水的一次次排山倒海式的翻卷。

更重要的是，诗人在浮想联翩的基础上提炼诗意，表达了深刻的主题命意。这集中体现在第四、第五两节的后面两句。

北京最重要是要会挤地铁

叶延滨

在北京做个屌丝最重要的事情
是和一千万人挤地铁
千万颗心随着地铁跳动
千万奋力，千万！

把吃奶的劲用出来
你成了挤进车门的最后一位
你是幸福的，你赶上了这一班
这一班因为有了你
改叫"幸福号"

在最后一秒钟
你后退一步关在车门外
你也很幸福，下一班"和谐号"进站
不用挤，人们会以拥护领袖的热情
把你推进车门。被推举被拥护
感觉真好！

时代的车轮总是滚滚向前
上一辈人说
再过二十年又是条好汉

而你不用二十年
只需两分钟，只花两块钱
就在地铁时代的浪头上
当一回弄潮儿

你和我都不是上帝
上帝不挤地铁，上帝在听汇报——
"那个小地球上的蚂蚁变懒了
他们钻进蜈蚣的肚皮里
在地下躲太阳！"

杨志学点评

读这首诗，我感佩诗人突入现实的能力，在似乎没有诗的地方撞出了诗的火花来。在此，我也想起了当下批评界一个又焕发了活力的术语：新现实主义。什么是新现实主义？我觉得它至少应包含两个要义：一是呈现变化了的新的现实，二是要有与之相应的新的变换了的笔法。在这首诗里，诗人抓住当下北京的一根敏感的神经——挤坐地铁的生活场景，力图要为现代北京都市世相留下一页生动的记录。伴随着诗歌特有的节奏，我们似乎感受到了芸芸众生的呼吸和心跳："一千万人挤地铁/千万颗心随着地铁跳动/千万奋力，千万！"遥想上世纪八十年代，我们花一毛钱乘坐北京地铁由1号线倒2号线的场景似乎又浮现于眼前，但早已今非昔比，现在是无限增长的人群与无限延伸的地铁线。怎么表现这种生活场景？在此我们可以联想庞德《地铁车站》那种只有两行的意象式呈现。二者确有相通之处，而叶延滨的呈现，是把庞德的含蓄明朗化了，把庞德从中国古诗里学来的优雅又以解构的方式世俗化了。还可以说，它把庞德的诗场景化、戏剧化了。诗人在这里的表现形式，不是逃避式的与己无关的抒情，也不是闲适的绘景或吟唱，而似乎就是乘坐地铁的一员的内心独白与心理疏导（不仅有两种乘地铁人的心理揭示，而且还有对上帝的心理揣测）。这种方式是恰当的、有道理的，它发挥了诗歌抚慰人心的作用。而几十年来驰骋诗坛，左手写诗、右手杂文练就的融温情、犀利、豁达、风趣于一身的诗人叶延滨，运用这种类似复调的笔法来呈现复杂多变的现代生活，显然也是驾轻就熟，其宝刀未老的风范也于此可见一斑。

访问梦境的故人

赵丽宏

一

离开人世二十多年的父亲
突然出现在我的梦中
没有预约，没有敲门
安静地站在我的面前
脸上还是含着当年的微笑
只是目光有一点凝重
我惊奇得大声呼叫
嘴里却发不出任何声音
我向父亲伸出双臂
他却微笑着退后

在我的记忆里
没有父亲的怒容
即便是哀愁和忧伤
也温和得像一抹轻云
谁说梦境和现实相悖
访问梦境的父亲
和生前一样笑着看我

我希望这梦境定格
窗外一声车笛长鸣
无情地把我惊醒

二

我从不害怕
死者成为我梦境的访客
他们常常不请自来
让我一时分不清
生和死的界限
只是很难和他们说话
也无法和他们交往
就像无声的黑白电影
在冥冥之中播放

白天苦苦思念的故人
梦中却难得看见他们
晚上入睡前默祷
来吧，来访问我的梦境
我想见见你们
梦中的门吱呀一声打开
进来的却是我不认识的人
有的甚至从未谋面
其中有书中遇到的人物
也有只听说名字的陌生人
也有长衫飘拂的古人
也有西装革履的外国人

三

一天晚上，长梦不醒
前半程朦胧混沌如在雾里
后半段清晰明白如在月光下
一个只穿着裤衩的男孩
大睁着黑亮的眼睛
迎面向我走过来
瘦骨嶙峋的身体荧光闪烁
头顶上盘旋着一群飞虫
像牵着一只嗡嗡叫的风筝
他走过我身边侧目而望
黑眼睛里
滚出两滴晶亮的泪珠
他颤动的嘴唇分明在问
你，是不是还认识我

我认识你，我认识你
记忆在梦中也会被唤醒
那是梦中的梦
是飞越时空的真实
又回到那个童年的夏日
你静静地躺在河岸的水洼中
河水刚刚吞噬你年幼的生命
午后斜阳照着你赤裸的身体
你的年龄和我相仿
却让我第一次见识了死亡

死神在水中随手把你带走
把你变成一具无人认领的尸体
在阳光下，被人围观
一只苍蝇停在你的睫毛上
你却不眨一眨眼睛

四

梦究竟是什么
是人生的另一条轨道
是生命的另一个舞台
是现实变形的幻觉
是缥缈的灵光一现
是神秘的暗示
是命运的预演
是先人的咒语
是未来的试探
还是生和死在夜幕中
撞击出稍纵即逝的闪电

我也曾经梦见过死神
那是一个面目不清的阴影
在幽暗中抛撒着一张黑色大网
那是混混沌沌中一个亮点
在遥远的地方闪闪烁烁
那是一片开满罂粟的花园
奢侈地飘荡着艳丽的异香
那是一只长着长长指甲的手

突然在你的面前招摇

那是一辆飞驰的马车

载着你冲下无底深渊

杨志学点评

赵丽宏在其最新诗集《疼痛》里一改以往的风格，而代之以新的笔法：时空跳跃、意识流动和梦幻呈现。《访问梦境的故人》一诗便表现得非常典型。

首先，这首诗采取了梦幻呈现的方式，其中包括时空交错。这种手法也叫"幻化"或"叠映"。幻化是一种超现实变异，具体分为幻觉、幻想和梦幻三种图式。这首诗的呈现显然主要是梦幻图式。它是现实与梦境的叠现，是生者与死者的重逢，从不同层面和多向维度表达着对生命的思考以及对潜意识的发掘。

其次，在结构上，此诗运用了四部曲的映现方式，其结构形式是：A1+B1+A2+B2。其中A1、A2是梦的个案——两个不同的梦，和梦里出现的两个不同的访问者；而B1、B2则是个案基础上的概括提取，是从普遍意义上对梦境所做的反思。

第三，对梦境及访问梦境的故人，诗人善于抓取人物特点和细节，做出逼真而细腻的描绘。如在梦境A1中，访问者是"我"的"离开人世二十多年的父亲"，诗人抓住父亲那永远的"微笑"，以及从来没有对"我"发过怒的特点，把一个和蔼、亲切、慈祥、善良的父亲刻画得栩栩如生，宛在目前。

第四，诗的最后一节即全诗的B2部分，诗人的表达非常独特，也非常有分量。这一节前半，诗人先用排比和隐喻对"梦究竟是什么"做了一番精辟的勘测；后半部分则以"梦见死神"的梦幻呈现结束全篇。这里的梦幻呈现采用了五个排比句式，它们全是意象化的场景，显示了作者丰沛的想象力。同时，以这样的方式结束全篇，又给人以戛然而止、余味不尽的感觉。

意大利，米兰大教堂

黄亚洲

这一柱白色火炬，是谁举着
三千五百支固体的白色火苗，高高蹿跳
米兰的每一个黑夜，都被它燃成白天

十四世纪的这个灼热的温度，我至今尚能感觉
虽说此刻，我屁股下的大理石屋脊
冰凉冰凉

少女们，一群又一群，漫步于屋脊
火苗和避雷针，一齐簇拥着她们
她们袒露的肩膀，是白天的一部分

现在我们这个星球越来越热
那是由于富裕，另外的一个原因，可能就是
这三千五百支细细的火苗，一直燃烧至今

不要拉我起来，让我
再坐一坐这个由大理石制成的结论
我不会成为他们中间的一支火苗，但我确实
燃烧得很苦

因为我不知道，我是

被谁点燃的

简明点评　　一位来自中国的观光客，在意大利的米兰大教堂内，技痒难耐，大"秀"了一把他在"唐诗宋词"的炼狱中所成就的"修辞"绝活。黄亚洲的《意大利，米兰大教堂》以三种抒情姿态出现："火炬"的姿态、"少女"的姿态和"我"的姿态。这三个在抒情诗中司空见惯的意象，经过黄亚洲的语言策动，演义了一幕别开生面的三维动画。

《意大利，米兰大教堂》，以自我为参照，感受陌生世界。第一节入题，第二节点化，从第三节开始，黄亚洲分别使用了"她们袒露的肩膀，是白天的一部分""三千五百支细细的火苗，一直燃烧至今""我不会成为他们中间的一支火苗，但我确实燃烧得很苦"这样的奇妙造句，构建出与时间平行、互动的诗意空间。然后，这首诗最炫目的礼花从天而降："因为我不知道，我是被谁点燃的"。

对文本的剖析和解读，应该着眼对文本寓意的再发现、再挖掘和再拓展。解读诗歌文本，不是为了读出诗人说了什么，而是为了读出：诗人还有什么没有说出来。

别惊动那个词

谢克强

别惊动那个词，千万
它肯定是疲惫不堪，才睡的

年少的时候
这个词，这个惊心动魄的词
以它丰富而深刻的内核，让我
一见倾心激动不已

从那时起，多少年过去了
我常常在报纸上见到它
有时在红头文件里见到它
甚至在一些歌词诗行中见到它
更不要说在书里

许是为了引人注目
它也乐于被人反复利用
扮演重要角色当然兴奋不已
纵使摆在偏安一隅的角落
它也乐此不疲

真不敢惊动那个词

（那些使用过它的人
已经很小心翼翼了）
我怕惊醒它跑进我的诗里
平庸了我的诗

因为诗人在挑遣词时，总想
挑个新奇而富于张力的词

张德明点评

这是一首关于生活奥秘的诗，也是一首有关诗歌美学的诗。语言是存在的家园，语言是生命的证词，语言关联着我们日常生活的丝丝缕缕、点点滴滴。这首诗以"词语"为聚焦点，从对某个特别"词语"的言说，延伸到关于生活的观察、思考以及关于诗歌创作内在机理等事项上来。"别惊动那个词"，诗人此中要向我们表明的这个渐已沉睡的词语到底是指什么呢？诗中并没有明说，而是留给我们去揣测和想象。也许不同的读者臆想到的是不同的词语，但不管人们想到的是哪个词语，它都应具有如此的品性：因长期使用而出现了语意的亏空，因司空见惯而透射着审美疲劳，难以唤起人们的新鲜之感。这类曾被过度消费的词语，其日渐显明的陈腐化和消义化征象，一定意义上强化了我们对于生活的倦怠情绪，消磨了我们的青春、热血和斗志。生活需要保鲜，人生才能不断迈向高远，基于此，对这类惯用之词的警惕和慎用，自然构成了提升生活品质的要诀。与此同时，以陌生化追求为审美指归的新诗创作，对词语的使用也格外讲究，"因为诗人在挑遣词时，总想挑个新奇而富于张力的词"，这是诗歌创作的要领所致，也是艺术创新的内在奥秘使然。唯其如此，以张力充盈的词语来构建诗意世界，才会让短小的诗章得以出新、出妙、出美。用一个词来折射对生活和艺术的洞察，这首诗由此显现出了诗人"大处着眼，小处落墨"的艺术表达功力。

荒漠上的奇迹

李少君

对于荒漠来说
草是奇迹，雨也是奇迹
神很容易就在小事物之中显灵

荒漠上的奇迹总是比别处多
比如鸣沙山下永不干涸的月牙泉
比如三危山上无水也摇曳生姿的变色花

荒漠上还有一些别的奇迹
比如葡萄特别甜，西瓜格外大
牛羊总是肥壮，歌声永远悠扬

荒漠上还有一些奇迹
是你，一个偶尔路过的人创造的……

谭五昌点评

"荒漠"，意味着沙漠地带无边的荒寂与贫瘠，意味着生命的极度匮乏状态，也意味着人类精神的黑夜与灵魂的极地之境。而"草"、"雨"、"月牙泉"、"变色花"等这些在内陆显得平常的事物，在荒漠中的一一显现，则形成了奇特的生命风景，令人感受到一种震撼性的审美体验。诗人李少君运用朴素、平静的笔触，生动地刻画出了这样一幅多彩多姿的荒漠风景图，从中传达出诗人具庄严气象的生命喜悦体验，而结尾处"是你，一个偶尔路过的人创造的"幡然感悟，则让作品结构陡生波澜，奇峰突起，令人回味无穷，堪称一篇"神性写作"的难得佳作。

年轻时代的一个瞬间

韩　东

冬天有冷雨冷雾，
我坐在面条摊上吃一碗热面条。
静静的激越让我的镜片模糊。
她冻红的手指上沾着白面粉。
那些尚未腾达的穷人和我一起吃，用力吃。
那些年轻人、打工仔。

老板站着，一时愣神，
看着异乡冷清的街道。直到有人喊，
"还有辣油啊？"

她冻红的手指在我眼前晃动。
我很想去他们的家乡
也开一个面条摊——
下着冷雨或者在雪地边缘。
我想走得更远一些。

兴安点评 一个瞬间，却让人记忆深刻，如同一个梦境。模糊的镜片，让我看到作者年轻时的脸，那是写过《有关大雁塔》的脸，写过小说《双拐记》的脸，却不是现在光头中的脸。

韩东有这种本事，他可以将毫无诗意的场景写得更无诗意，将一个无聊的场景写得更加无聊。

但是，且慢，没有诗意，并不一定就不是诗，无聊更不一定没有意义。在韩东看来，"冻红的手指"不是诗歌中的"意象"，也不是小说里的"细节"，它就是普通的手指。"穷人"这个名词在那个年代还不常用，"用力吃"却是他们最常遇到的动词。韩东主张"诗到语言为止"，什么意思？就是把诗写得不像诗，就是把诗从你们认为的诗中解放出来。诗歌从古诗到新诗，其实就是诗歌从古代汉语到现代汉语的转变过程。当新诗成为陈词滥调的时候，口语可能是诗歌最后的家园，它直指事物的原本，让诗成为最靠近我们感官和状态的一种表达。

江湖宴饮歌

孙文波

待在家是修炼意志，出门是聚众吃喝，
在杯光酒影中，看见一个时代的风景：
美丽的颓废。我不反对颓废。我喜欢酒桌上
让灵魂高高翘起。身体的政治是：一个人
是诗人，一群人是混混。所以，我不说
我是一大群人中的一员，我不说共同的事业
支撑了我们的行为——写作，是孤独的事，
它首先与别人为敌，然后与自己为敌；
我早已知道我是我的敌人；年轻时过去是
敌人，到了年老时敌人是未来——如果
在酒桌上谁向我谈论诗，他就是在向我谈论
战争——在酒的烈焰中，我看见血染大地。
或者说我看见朔风猎猎，漫天旌旗嘶鸣。

诗歌点亮生活·上卷

洪烛点评　孙文波的这首诗与其叫"江湖宴饮歌"，莫如叫"孤独之歌"。他歌唱的是诗人的孤独："一个人是诗人，一群人是混混"，"写作，是孤独的事，它首先与别人为敌，然后与自己为敌"。这也是众人之中的孤独，曲终人未散的孤独。怎么听怎么像屈原的遗传、李白的遗传。从孤独的冬眠中醒来的不仅有蛇，还有神情恍惚的诗人。他在纸上写下一首诗，作为蜕下的蛇皮，向春天献礼。

古希腊的哲人说过：甘愿与孤独做伴的，不是神，便是兽。孤独既像一种兽性，又像一种神性。而诗神是不怕孤独的。诗人追求的是理想，是个性化生存：不仅活得跟别人不一样，所思所想也跟别人不一样，而且，写的诗也跟别的诗人不一样。什么是诗人，就是敢为天下先的人。诗人中的诗人，就是敢为诗人先的人。

旁注之诗

王家新

阿赫玛托娃

那在1941年夏天逼近你房子上空的火星，
我在2016年的冬天才看见了它。
灾难已过去了吗？我不知道。
当我们拉开距离，现实才置于眼前。

帕斯捷尔纳克

他写了一首赞美领袖的诗，
事后他也纳闷：
"鬼知道它是怎样写出来的！"

米沃什

一只野兔在车灯前逃窜
它只是顺着那道强光向前逃窜
看看吧，如果我需要哲学
我需要的，是那种
能够帮助一只小野兔的哲学

曼德尔施塔姆

你着了魔似的哼着"我的世纪，
我的野兽"，
你寻找一支芦笛，
但最后却盗来了
一把索福克勒斯用过的斧头。

叶　芝

从前我觉得你很高贵，
现在我感到造就你的，
完全是另一种魔鬼般的力量。

但　丁

不是你长着一副鹰钩鼻子，
是鹰的利爪，一直在你的眉头下催促。

维特根斯坦

在何种程度上石头会痛苦
在何种程度上我们可以说到一块石头疼痛
但是火星难道不是一个痛苦的星球吗
火星的石头疼痛的时候
你在它的下面可以安闲地散步吗

辛波斯卡

她死后留下有一百多个抽屉：
她使用过的各种物品，
收集的明信片，打火机（她抽烟）
手稿，针线包，诺亚方舟模型，
护照，项链，诺奖获奖证书，
但是有一个拉开是空的。

西渡点评 "旁注之诗"：正文佚失，只留下了旁注。这可以理解为作者对这些小诗的自谦，也可以理解为作者有意用一种旁注的方式来写作，以此获得一种与正文不同的观察视角。旁注的态度一方面是随意、亲切，另一方面又是一种正当的提醒，不仅是为了免于遗忘，而且也可以是对正文的某种纠正。这些小诗均以西方现当代名诗人为题，这当然是一种致敬的方式，但以旁注出之，却又获得一种客观、平等的态度，以便通过不为人注意、佚失的细节道出私人的发现。可以说，旁注的态度正是一种成人的理智、警醒的态度，体现出某种"随时间而来的智慧"。总而言之，这些小诗犹如镜子的碎片，每首都照出世界的一角，别有风味，也耐人寻味。兹具数例：

《阿赫玛托娃》一首，以火星隐喻现实：距离让我们看清阿赫玛托娃的苦难，但对我们自己的处境未必有足够的警醒，所以诗人提醒"灾难已过去了吗"，及时而锐敏。

《帕斯捷尔纳克》一首，提醒我们即使帕氏这样的人杰也写过称颂领袖的诗。作为后人，我们也许不能苛责帕氏，但记住那个迫使帕氏写出那种诗的时代，免于遗忘，也是我们的责任。这组诗中，《米沃什》一首最具智慧深度。在光柱中逃窜的小野兔，也是人类可怜处境的写照，我们自以为在逃离，却始终被后面的庞然大物追逐着，原因就在于我们把那个庞然大物投射的危险的光当成了救赎之光。所以，一种能够帮助小野兔的哲学多么重要！《曼德尔施塔姆》一首别具一种语言发现的喜悦，诗人寻找芦笛却找到斧头，出语令人惊讶。然而，一个野蛮的时代需要斧头，一个创造的时代也需要斧头，斧头正可以是更好的芦笛。作者这是在为诗人的斧头招魂，因为我们仍处在一个需要斧头的时代。

旧　人

大　解

昨天，石家庄旧货市场上人头攒动，

人挨人，人挤人，人擦人，混乱的街道上，

汽车夹杂其中。

我看见一个来自太行山的旧人，在售卖崖柏，

他满脸皱纹，至少也有三千岁。

他的皮肤是旧的，身体是旧的，

目光、声音、笑容、身影都是旧的，

我反复看，用放大镜看，确实是旧的。

真正的旧货啊。凭经验我可以断定，

他一定来自古村落，他一定

见过死神。

阳光从楼顶斜射下来，

照在他古铜色的脸上，使他的包浆，

更显深厚，仿佛一尊雕塑，

突然恢复了动作和体温。

他在兜售他的崖柏，而我已经在瞬间，

鉴定了他这个人。

这件东西不错，有人说。

确实是真货，又有人说。

就在我要出价之时，一股南风，

冲进了高东街，带着尘土和地上的废弃物，

挤过人群的缝隙，一把推开我，

直接带走了这个旧人。

我看见他顺着风，不费力气地向前走着，

几乎要飘起来，转瞬之间，

消失得无影无踪。

杨志学点评　此诗所写的"旧人"，按诗中所写，指的是一个与旧货打交道的人、一个兜售旧货的人。但写着写着，这个"来自古村落"的"旧人"，似乎真的变成了一个走动在今天但却属于旧时代的人。在诗人笔下，这个人的"皮肤是旧的"，甚至他的"目光、声音、笑容、身影都是旧的"。可以说这个"售卖崖柏"的人与其售卖的旧物直接合二为一了。作者写得很逼真，但又充满神秘、冥想的成分。尤其神秘而不可思议的是诗的结尾所写：正当"我"要出价购买"旧人"的宝贝时，这个"旧人"却被"一股南风"带走了。诗就在"旧人"的神秘消失中结束了，却把巨大的问号留给了读者：这个"旧人"究竟是被谁带走了？他是被打击文物贩子的公安人员带走了呢，还是被其他想要拿走他崖柏的人士带走了呢？抑或是被一种来自旧时代的神秘力量带走了呢？不得而知。诗的表达，给人留下了很大的回味与想象的空间。这实际上是对现实中难以理喻和把握的神秘力量的一种陈述与追问，带有明显的寓言成分。它是现实与非现实的交织，是今天与历史的叠合，荒诞中有其合理与真实的一面。

蚯蚓的歌声

侯 马

暗夜，蚯蚓用粪便建造了金字塔

这人类难以企及的精良的盾构机
它只有一个意念就是吞咽
它只保留一个器官就是肛肠

但是，当它在柏油马路上面临毒日
升起时水分消失殒命的危险
它依然把救援的手视为加害
蠕动的身躯竟然可以弹簧般跃起

它说沉默是金……
它入土为安乐窝
它是不长胡须的法老
恐怖的双面双尾人

它可以但实际上不同自己做爱
但它绝对不能一分为二哪怕平均
它保留吸血家族的古老习性
为星球打工，替蛇还债

我的诗人兄长宋晓贤接受绰号蚯蚓

他最早告诉我说沉默是金

但我听到他一度以祈祷终究还是以梦为歌

我在秋夜大自然的合唱中分辨陌生之音

那把发声器官和裹尸布合为一体的正是蚯蚓

张定浩点评

辛波斯卡写过一首关于海参的诗《自割》，"遇到危险，海参就把自己一分为二。/丢掉一个自己给饥饿的世界/留下另一个自己逃离。它暴烈地把自己分割成毁亡和得救，/惩罚和酬赏，曾经和即将"。在这首诗的开端，令人惊异的是一种极其主观的认知是如何以客观的面目和音调出现的，诗人消失在海参里，或者说，从海参中诞生。《蚯蚓的歌声》，某种程度上让我想起辛波斯卡的这首《自割》，因为那种基于精确生物性分析和隐喻上的相似，但可能更主要的，却是因为一种表达方式上的相异。当我们把《自割》作为某种典范，或许会更清楚地意识到，《蚯蚓的歌声》是如何从有可能抵达的高度不自觉地滑落的：它太过直接的想表达自己的洞见，在这种情况下，蚯蚓消失了，消失在过于强烈的人类的歌声中，它过于强调它所是，在静态的字面而不是在词与词构成的行动中。

不过，作者有很好的汉语音律感，这多少挽救了这首诗，譬如"但是，当它在柏油马路上面临毒日/升起时水分消失殒命的危险"，这里面的断句就非常精妙，让"危险"从一个简单的宾语升格为某种余音绕梁。

人生观入门

臧 棣

夜色下，人妖已基本定型，
套路很柔软，如同人性
在你未出生之前就赌输了
我们中间的禁果。回头路重合于
底限的部分，几乎是个秘密。

仅仅气息迷人，就已把世界掏空。
掷出的色子，重新捡回时，
已变成月光慷慨的小费。
你不需要魔镜，稍稍一瞥，
人渣就很醒目，泛滥如

变形记里的甲虫，正合谋
如何将卡夫卡送上本地的法庭。
时间有点紧。你需要的是
爱的法宝，就好像我们已能确认
柏拉图确实说过：每个人

都是诗人。你不妨再大胆点，
比如，深藏在石头里面的，
一旦劈开，那跳出来的，

更神奇的造物，你还会凭我们的天性，

给他起一个人的名字吗？

梁晓明点评

作者取这个题目毫不委婉，他直接说出自己这首诗歌将要显示的意义，从这也可以看出作者是一位性格直率爽朗的人。但除了题目，这首诗歌的内容表达却极为含蓄，充满了暗示的意味。读完后我特别要提出的是作者写作手法的老练，比如："仅仅气息迷人，就已把世界掏空。/掷出的色子，重新捡回时，/已变成月光慷慨的小费。"无论从哪个方面来看，这句子都写得极为漂亮！按照通俗的行话来说就是：你首先要把句子写得漂亮，句子漂亮了，各种含义自然会跟着纷至沓来。另外一点要说的就是，一种有难度的写作，并不是说说即可做到，我们已经有太多的时间被简单容易的口语所影响，其实要写好一首口语诗歌本来也是极为困难，但在大面积的只提倡口语的口号下，太多本身诗歌能力不够的作者纷纷涌入，但最大的问题是怎么久长？诗歌写作是一个诗人一辈子的事情，他不是简单的一两首诗歌获得好评即可长久歇息的事情，诗歌写作也不仅仅是一种凭运气的事情，这就需要一种语言的训练，在这种训练的基础上，诗歌写作自然会慢慢变得精致、简练，也就会慢慢地在更高的层面上，来看待诗歌语言的写作的这种技法。

令人高兴的是，至少在这首诗歌中，我看到了一个作者对于诗歌语言的把握的水准！

裸 露

杨小滨

她走进旧照片洗澡，把水浑混
像表层的泛黄。我
用雾气擦亮镜框，但看不清
是谁，藏在浴帘背后。

"一个少女，"她解释说，
"但不是我。"她扔出
更多的鳞片、污垢、内衣
婚礼上的歌谱。"是美人鱼吗？"
我问得她大笑，水珠
溅在我脸上。"让我念一段
《诗经》。"她声音宛转而空洞

我听不懂。我捂住耳朵
我飞逃，撞在她身上
才从梦里醒来："原来
你在这儿。"她漂在玻璃上
默许："因为
你在梦中跑得太快。"

她擦干，一边哼歌

一边打喷嚏。远远地
她下颔的倒影
悬挂在春天的颈项。
"那是一件礼品，"她喃喃而语，
"我遗忘已久。"

她脱去无数冬天的积雪。
我给她点烟。照片在火苗里
弯曲。"对不起。"我说，
而她消逝无踪。

于贵锋点评

照片的出现与消失、梦里梦外、洗澡，三件事交错互换，进进出出，"编织"了一首散发着后现代主义之光的诗歌。如同我们目睹的场景一样，或者说，从叙述的方式上来说，三件事都是共时性的，在一个我们都能一目了然的空间里，只不过，在不同的空间层次：照片在外围，梦在中间，洗澡在最里层；照片是实的也是虚的，梦就像一个转换的开关，洗澡在现实中也在照片里、梦里。整首诗，一部分围绕洗澡展开，另一部分围绕对照片的想象展开，就像在制作一个精细的装置。杨小滨在这首诗里，明确地表达了他对朦胧诗、《诗经》等不同时期诗歌的态度，可以说，梦里对"宛转而空洞"之声的逃离和结尾处对照片的焚烧，正是这种意识的行为反映，即他回到了一个真实的空间里，面对着一个真实的现代境遇，这儿，才是他艺术的出发点。甚至，当我读到"她扔出/更多的鳞片、污垢、内衣/婚礼上的歌谱"这样的句子时，我闻到了艾略特的《普鲁佛罗斯的情歌》的味道，那种无聊、混乱与不洁，他也在试图从诗学上抛开这样的现代主义诗风，而进入到自己喜欢的艺术空间。这里面重要的一点，或许就在于，诗人在放弃一种固有的获取"诗意"的方法，比如朦胧、模糊、回忆、隐喻、对时间的想象等。他借助自己对生活的观察，建筑事物之间的关系，构建着自己的诗歌装置。这样的诗歌，它不与某种诗意对应，而是与某种来自思维方式的喜悦、与某种感觉上的触动、某种关系、某种观念、某个空间对应，它不是解构，更不会在结构。正如"裸露"是《裸露》的触发点一样，以一种敞开的眼光来打量这个世界，会发现封闭中的裸露，正如面对的事物关系以及空间本身，也是裸露的，我们无需为它们披上一层想象的外衣。这带给我们新的诗歌种类。而这样的诗歌在汉语中出现，汉语感性的光又给它带来新鲜与洁净；而因为心绪上的平静，使我们将更多的注意力集中到诗歌本身，回到像一件装置一样的诗歌的内部。

写给作曲家Mieczyslaw Weinberg的光的意象

宋 逖

光使用田野的样子，我们叫它黎明

光还使用完了灯塔所照顾的黑暗，光用十一月的李子
树来录你的声音
却从来不发给我悲伤的使用手册

我第一次听见苏契·盖佐和我谈火车：像维恩伯格在
他的大提琴里丢掉的东西
这让我确定金子内部的黑暗是用光来照拂的

另外四个名字：信仰，愧疚，爱和可能性
这一切在阿赫玛托娃用一朵玫瑰就能完成

在我们自己的诗里却需要
左边的夜莺打开完全使用西班牙语的VPN，同时还需
要我们
到河上那座桥的中央等着和度母们相遇

今天是拿着玛基拉准铃鼓的绿度母和你错身而过
虽然，你坚持着说

绿度母不拿玛基拉准的铃鼓
但是，即使不成功的大提琴家手也会在此时说：

"你肯定还没修理好一座桥上被伪装成大提琴的大提琴。"
但是，在藏学家CHOGYAL NAMKHAI NORBU的书中

都清晰地解释过这一切
但是，疑问如果同时也像洞察力般加入到忧伤中

那就需要我们以报身凝视从光的愤怒中抽出一朵
伪装成康乃馨的多重的蓝

也就是，你使用过比如一把旧伞，熟睡中浪费的地平线
或者真的打算从燕子的匆忙中借出的错误的吻

也就是，你真的说过，蓝天哪怕用了过多的VPN来
伪装光的
禅观，在真理的层次上想你一定会知道

在每一个大提琴手的头顶都有看不见的绿色的雾霭
光不止打造近乎透明的巨大宁静

在你的心里，她还会
用犯罪般的忧伤插入到正向你拿出信件的两个说广东
话的西班牙圣母之间

然后，我就试图在一首诗里描绘乡愁 我可以问问那
光使用田野上那顶从大海里拎出打字机的白帐篷

"在你换上西班牙语的键盘输入法之后
有一个左边的夜莺失灵了。"

张定浩点评

Mieczyslaw Weinberg，是出生于波兰的犹太作曲家，二战时去了苏联，是肖斯塔科维奇激赏的挚友。我没有听过他的音乐，相信绝大多数这首诗的读者也没有听过。但这不应当妨碍我们欣赏这首诗，如同光并不要求我们理解它的物理构成，它只要求覆盖我们，以它全部的陌生与熟悉。

作者显然是非常成熟的写诗者，他轻松自如地在各种意象之间滑行，并保持某种优雅且坚定的语调。这首诗里的"光"，我们可以将之等同于某种高于我们并能够将我们穿透的事物，同时，它又诱引着我们心灵内部某种堪与之匹敌的东西。这是一个诗人和一个音乐家之间在技艺层面的切磋和证悟，这种技艺，无论在音乐中还是在诗里，它都最终呈现为光的意象，"光使用……"也是这技艺在使用万物，同时也使用艺术家。

"在藏学家CHOGYAL NAMKHAI NORBU 的书中／都清晰地解释过这一切"，而对此种"清晰"，我想几乎所有的读者都是模糊甚至一无所知的。这个"清晰"的形容词描述，和整首诗意象的纷纭晦涩，构成了一种诗歌需要的张力，我想作者对此一定是感觉愉快的。作为读者，我唯一的疑问，大概是希望他不要滥用这种愉快。

仙 游

杨志学

小时候，我喜欢一个词——
云游！多好啊
张开想象的翅膀，在蓝天云海中
自由地翱翔

当我成长为一个青年
我开始钟情于一个词——
漫游！多美啊
迈开双腿，在祖国大地上浪漫地行走

如今，在偶然的机会，我掉进了一个词——
仙游！啊多么荣幸
我在亦真亦幻的人间仙境
神仙般地赋诗、喝酒

李天靖点评 此诗以简洁而想象的语言，从三个关键词入手，表达了人生经历的三个阶段或三个境界。读此诗，我们似可联想到王国维《人间词话》中所说的三种境界，也可以联想到蒋捷《虞美人》词中所写

"听雨"的三个阶段。但这首《仙游》诗的作者，作为新的时空下的诗人，以全新的构思和语言方式，又翻出了全然不同的境界。着眼于现实发展，"云游""漫游"也许是"仙游"的必要准备，但它们之间也可以不构成必然的因果关系。从诗人的表达看，既是偶然掉入"仙游"，也便说明所到达的仙游境界具有短暂性和不确定性的特点。可以肯定的是，由云游而漫游而仙游，诗人对自由性灵的抒写一脉贯通，从中亦可见出诗人率真洒脱的个性。诗中三个关键词的概括颇具象征和指涉效果，其开放性结构对读者而言也有着很好的启发性。

据说这首诗是作者到福建仙游县采风时，于酒席上即兴创作的。这样的案例也说明，当灵感袭来时快速成诗，也自有其意趣和意想不到的效果。

笔架山的院子，大雪中的清晨

人 邻

空气冷冽、清新，谦卑地透着丰收。
院墙下整垛的白菜，
一层层包裹着绿叶的白菜，
每一棵都那么气定神闲。

这沉甸甸的白菜，
根须上粘满了美好泥土的它们
如此的气定神闲，
实在配得上这个初冬，
配得上这一场厚厚的大雪。

卢辉点评　人邻是一位很注重语言张力的诗人。但我要特别说明的是，他的诗歌语言张力决不是停留在语言自身"承载量"的那种张力，而是善于打开遮蔽在常态底下不易显形的那种"图景张力"，这个"图景张力"就是人邻独有的"精神道场"。就拿人邻的《笔架山的院子，大雪中的清晨》来说，诗人并非在惯常的大雪中去呈现莽莽苍苍的雪景，而是将容易被遮蔽的"院墙下整垛的白菜"拿来"反观"西域的雪景和雪势，

　　而这里的白菜"反观点"或"反光点"来自于不容置疑的
"谦卑地透着丰收""一层层包裹着绿叶""根须上粘满了
美好泥土"的气定神闲，就是这个气定神闲的道场与气
场，才有这沉甸甸的白菜"实在配得上这个初冬，/配得
上这一场厚厚的大雪"的慨叹！所以，我喜欢人邻的诗最
重要的一点就是他的"图景张力"为我们提供了物与物、
人与物之间相容、相生、相克、相对的临界点和观照点，
以至于他的诗总能呈现出独具个性的西域凡尘之光，这是
一种不处庙堂之高和江湖之远的"神性"之光。

北方那些蓝色的湖泊

阎　安

越过黄沙万里　山岭万重

就能见到那些蓝色的湖泊

那是星星点灯的地方

每天都在等待夜幕降临

那些只有北方才有的不知来历的石头

在湖边像星座一样分布　仿佛星星的遗骸

等着湖泊里的星星点灯之后

他们将像见了失散多年的亲人一样面面相觑

不由分说偷偷哭泣一番

我相信那些湖泊同样也在等待我的到来

等待我不是乘着飞行器　而是一个人徒步而来

不是青年时代就来　而是走了一辈子路

在老得快要走不动的时候才蹒跚而来

北方蓝色湖泊里那些星星点亮的灯多么寂寞

湖边那些星座一样的巨石多么寂寞

它们一直等待我的到来　等待我进入垂暮晚境

哪儿也去不了　只好把岸边的灯

和那些在巨石心脏上沉睡已久的星星

一同点亮

汪剑钊点评

蓝色，与人们对天空的认知趋于一致，指向广袤、博大和纯净。诗的开篇"越过"了万里的黄沙，翻越了万重的山岭，意指对无数障碍物的克服，"蓝色的湖泊"无疑与理想和希望有关。"星星点灯"将自然物拟人化，为读者的进一步感受打开了一个通道。因了上述铺垫，作者拈出"石头"犹如"星星的遗骸"，从而赋予了普通存在以某种神圣性。这是巧妙的"拔高"，但作者并不一味高蹈，而是注意到了词语的亲和性，转出下句"失散多年的亲人"的"哭泣"，为自己留下"后路"。诗的下半部分是对衰迈的暮年进行想象，寄寓了对未来的期望，以"湖畔"的等待排遣可能的"寂寞"，并且信心满满地一起点亮星星和"岸边的灯"，既照应了前面的蓝色幻想，又给可能的"晚境"画出了诗意的归宿，我想，其中闪现的是词语的磷光。

渺茫的本体

陈先发

每一个缄默物体等着我们

剥离出幽闭其中的呼救声

湖水说不

遂有涟漪

这远非一个假设：当我

跑步至湖边

湖水刚刚形成

当我攀至山顶，在磨得

皮开肉绽的鞋底

六和塔刚刚建成

在塔顶闲坐了几分钟

直射的光线让人恍惚

这恍惚不可说

这一眼望去的水浊舟孤不可说

这一身迟来的大汗不可说

这芭蕉叶上的

漫长空白不可说

我的出现

像宁静江面突然伸出一只手

摇几下就

永远地消失了

这只手不可说
这由即兴物象强制压缩而成的
诗的身体不可说
一切语言尽可废去，在

语言的无限弹性把我的
无数具身体从这一瞬间打捞出来的
生死两茫茫不可说

"每一个缄默物体等着我们/剥离出幽闭其中的呼救声"，而诗的言说就是由这些缄默的物体深处发出的"呼救声"，这种声音也是一种对人的吁请，以深入事物的密语与奥义。在这一时刻，事物自身的显现似乎脱离了人对它们的习俗性的命名，一切都显得不可言说。当然这一时刻也是语言显现出自身的"无限弹性"的时刻。在事物的"本体"趋于渺茫的光线中，所呈现的是事物之间更复杂的语义网络。它不可说，但已呈现，"由即兴物象强制压缩而成"。

太史公祠墓

汪剑钊

漩涡形的磨盘石，咿呀复诵
无韵的离骚，坑洼的古道
犹如坎坷起伏的典籍。拾级而上，

登顶，迷雾挡住目光的归宿；
墓茔依崖而立，缠绕
八卦图的锦缎，抻开苍柏的遒劲。

一个名字奠定一座城池的底基，
绝不是数学的逆向运算，
更非夸大其词的谎言，而是

诗的风骨和历史的铁马金戈。
野槐花开遍山坡，写《列传》的人
早已化作《本纪》，怀抱哽咽的水声。

苦难的结石酝酿成不屈的铜铃铛，
采灵芝的皇帝最终渴死在权力的黄河，
遭阉割的太史却繁殖了文字的子嗣。

哑嗓子吼出西北的苦谣曲：

黄河的水干了，

老旧的河床遂托起新的地平线。

蒋浩点评

古诗中墓前凭吊类诗很多，和咏怀诗最能构成镜里镜外宽泛的有趣相涉。新诗中类似写作也不少，我印象最深的是戴望舒的《萧红墓畔口占》和萧开愚的《每天下午五点的墓园》。我们文化中好像有个潜规则：诗家不在前辈墓前打发点时间，消磨些情绪，仿佛就接不上那口千古幽幽气，是不配称诗人的。这首诗结构经典而清晰：前两节生动细腻地描绘出墓之所在所是，接下三节自然过渡到由墓中人引发的对历史和现实的荒诞思考：在权力的黄河边渴死的采灵芝的皇帝，繁殖了文字的子嗣却是遭阉割的太史，借此表达了诗人对死者应有的尊敬和评价。诗至此达到理性的高潮，看似应该戛然而止，可诗人笔锋一转，把目光从坟茔向四周荡开去，投向了黄河，指向了地平线。巧妙的是，诗人不是简单而自然地借助于视觉的游移，而是用哑嗓子吼出一曲西北苦谣，把视觉强烈地扭转为声响，有了"石油工人一声吼，地球也要抖三抖"的艺术效果。先是各种光电把这首诗立体化后，突然在结尾处奏出强音：世界不是嘘的一声，而是嘭的一下。墓地既是生命的终点，更是人生的出发点，因为有了"新的地平线"，死者变成了使者。

鸥鹭

西 渡

海偶尔走向陆地，折叠成一只海鸥。
陆地偶尔走向海，藏身于一艘船。
海和陆地面对面深入，经过雨和闪电。
在云里，海鸥度量；
在浪里，船测度。
安静的时候，海就停在你的指尖上
望向你。
海飞走，好像一杯泼翻的水
把自己收回，当你偶尔动了心机。

海鸥收起翅膀，船收起帆。
潮起潮落，公子的白发长了，
美人的镜子瘦了。

一队队白袍的僧侣朝向日出。
一群群黑色的鲸鱼涌向日落。

雷武铃点评

这是一首充满意趣的诗，由各种与海关联的事物构成，这些事物存在于各种相互关系之中。它们之间的关系非常自由，又非常神奇地联结在一起。这种关系并不揭示明确的意义，只表明它们自身存在的关联。

诗的前两句就设立了两组关系：海和陆，海鸥和船；海和海鸥，陆地和船。说它们是设立的，是因为这不涉及意义的表达，而就是关系的认定。第一节接下来的七行，都是对这两组关系的生发与深化。但需注意的是最后四行。因为海和海鸥的同一性，海鸥直接用海来指代。但海本义还在，海缩小到指尖，这也是一种大小间的关系。同时这四行暗用了一个典故："海上之人有好沤鸟者，每旦之海上，从沤鸟游，沤鸟之至者百数而不止。其父曰：'吾闻沤鸟皆从汝游，汝取来，吾玩之。'明日之海上，沤鸟舞而不下也。"（《列子·黄帝篇》）这里面也就引入了第三者，人，他的手指和心机，他和海和海鸥的关系。第二节："海鸥收起翅膀，船收起帆。/潮起潮落，公子的白发长了，/美人的镜子瘦了。"第三节："一队队白袍的僧侣朝向日出。/一群群黑色的鲸鱼涌向日落。"这两节的想象扩张开了，非常奔放。但仍和大海相关，让人想象大海日出和日落的宏伟景象。

移 交

潇 潇

深秋，露出满嘴假牙
像一个黄昏的老人
在镜中假眠

他暗地里
把一连串的错误与后悔
移交给冬天

把迟钝的耳朵和过敏的鼻子
移交给医学
把缺心少肺的时代
移交给诗歌

把过去的阴影和磨难
移交给伤痕
把破碎的生活
移交给我

记忆，一些思想的皮屑
落了下来
这钻石中深藏的影子

像光阴漏尽的小虫

密密麻麻的，死亡
是一堂必修课
早晚会来敲门

深秋，这铁了心的老人
从镜中醒来，握着
死的把柄
将收割谁的皮肤和头颅

里尔克说"诗是经验"，于是一些诗人把经验和情感对立起来，指责抒情的肤浅直接。其实，经验本身不过是沉淀了的情感，或者反省过的情感。因为一段经历，没有情感的浸润，就成为不了经验。潇潇这首诗就很典型，她对深秋的感觉里，蕴含了她深厚的情感，和她独到的感受，但同时也是一种人生经验的总结思考，这是要有一定人生阅历之后才能有的体会。

机 趣

哑 石

不起眼的机趣，可能会走漏风声。
"清风不识字，何故乱翻书？"想想吧，
那肉体的灰烬，那春风，紧迫的人生堪堪数寸。

一寸春晖对于盲者，可能太长了。有人
偶然在躯体里安放一个潜望镜，
灵魂市场调研员，错愕于星空清冽的矩阵——

有一次，我真从未来的漏电事故中醒来，
撞见高傲而脆弱的柳丝。她，比我
先进，有我不认识的亮绿，几乎不止于柳丝。

合法性卡在法律论文的条条注释里，
常识赠送演唱会门票，和一个莫名窝心，
哦，那长腿哥哥的忧伤，是春水中的锈铁钉！

真对不住了，先于我醒来的柳丝先生，
春风竟无法熔掉我对尼禄的恐惧。
我努力识字，直直数寸！这，必然被你看轻。

梁晓明点评

《机趣》一诗极为专业，特别突出的是他用词的大胆！像"在躯体里安放一个潜望镜""灵魂市场调研员""从未来的漏电事故中醒来"，等等，一首短短的诗歌，像这样的现代术语几乎可称为大量的运用，可以想见作者的故意，以及他的对于语言突破的用意！另外，像这种所谓"非诗"的意象被直接运用到了诗歌里的写法，要是放在三十年前，肯定马上就会被我们的杂志编辑和大学里的各种教授给批判和淘汰了。幸运的是，我们的现代诗歌毕竟已经快到百年，特别是这三十年来的发展，在全国各种诗歌写作，和各种诗人的奋进写作的努力下，我们的诗歌已经完全可以接受各种实践，它已经像一个健壮的成年人，再不会为一点所谓的读不懂而惊诧，而大惊小怪！

反过来，显示我们成熟的另一个标志，则是我们对于写作展露新颖的关注和欢迎，比如像这首诗歌的语言的运用，至少在我看来，就是一个极好的显示，并且显示了作者具有着极好的诗歌胃口以及他所能具有的对于诗歌写作的能力！

最后要说的是，中国诗歌网选择诗歌的眼光也令人赞叹！在我所看到的被推选出的一批作品，几乎都具有着极高的水准，这使我对于所谓的网络诗歌写作水平低下的说法产生怀疑，像这种写作，就是放在最为专业的诗歌杂志，也依然不失它的优秀和它独特的风采！

月照如东，如我瞬息的心事

安 琪

月光在如东寂静地长起来，迎接你，和你们
在如东，你们是月光的第一批客人，带着诗歌的情意
和秋天的旷阔（秋天的旷阔就像内心的迷茫）！
你们将与大海的潮声应和
把眺望的影子留给海中的鱼虾收藏
你们流泻如此之多不可复制的爱给如东，如东今夜！
笔在你们胸中荡漾它说，写下，这思绪纷乱的
花开不败，啊南黄海的如东！
范公堤说出了苏公堤和白公堤它们，都是伟大诗人
的心血见证，而文园是幸福的，必要的时刻
它可以让郑板桥复活，让黄慎、袁枚复活。
如东揭开波浪的幕布，盛大的迪斯科开始了！
人们拉着月光舞，扯着文蛤舞
他们知道海水下面还是海水但一天后面并非一天。
你是月光，照见过一切，生死，恩怨。你懂——
你是月光，你懂。
今夜月照如东，划出一道深深的白痕在水面
我披发梦游于此水
在深深的白痕中如入月光之乡
我在热腾腾的如东要撞见的一定是你，你们！

杨庆祥点评　　这也许是一首朗诵诗，很适合在某一场晚会上做开场或者终场来诵读。如果再配上一些视觉特技，效果或许更佳。诗人热爱自己的故乡，因此，在诗歌中，风景和人物一一登场，这些历史的幽灵被诗人强烈的情感所召唤，形成一幅具有特效的水墨山水画。读此诗，我们也许会被作者浪漫的情绪感染，对"如东"生出美丽的遐想。

一个人在屋顶仰望星空

余秀华

我被荒唐的岁月安慰过
所以我还给你更深情的荒唐。也许不仅如此
我被这无垠的光阴伤害着
所以交给你更广袤的光阴。也许不仅如此
那时候我们放下玫瑰也放下斧头
那时候我们背道而驰仿佛为了相遇

而相遇必饱含泪水。从无边的荒原走过去
我们被重新洗浴
而我如此坚硬的心肠，把一个人留下来
除了刀刻就是火烙
此刻，是我号叫的时刻

而时空依旧光滑，我们没有裂隙可以藏身
你赞美这星空就是赞美我
哦，赞美！你会憎恨空洞的词汇
像风说不出在山间，在河流上，在时间的表面
我们无能为力地相爱着
像灰烬把灰烬挤到高处

如果憎恨。我要你憎恨庞大的光亮

憎恨被掩盖的细节

憎恨一切不能自由的生长，憎恨我

——我爱的丰满和缺口都是谎言，都是

还有：我们以为了解的

都在了解以外

你在远方把你的名字给了星群：火是你，水也是

土是你，木也是

我平白无故相信这些相生相克

因为我对着苍穹乱抓的手会放下

只有神话嵌进我们的名字留下

臧棣点评

通常，像"望星空"这样的诗歌主题，诗人一旦进入其抒情逻辑，基本上都会陷于用大我来升华小我的套路。诗的情绪，也大抵遵循着从情绪的亢奋到沉思的豁达的演变轨迹。但这首诗不太一样，诗人写到了沉思主题，对岁月的荒唐的省悟。但诗人的意图却不在获得深刻的思想视角，相反，诗的立意是要激化这岁月的荒唐，从而逼近一个生存的真相：如果找不到切合生命的个人根基的话，"无垠的光阴"绝对是一种无名的"伤害"。这首诗的基调相当亢奋，在亢奋中还传递着一种感觉的尖锐。诗人发出的不是优美的倾诉，其语调近乎一种控诉。这种控诉源于对爱情和生命关系的痛苦体验。一个人面对浩瀚的星空，他以为自己理解这种浩瀚，但其自身却很可能依旧在这理解之外。能留下来的，仿佛只是一种偶然刻有我们的名字的神话。

采艾途中，听一位哑巴老人讲故事

森　子

我们大概是断在这里，桥还在
镬头和耙子证明他的爱与怕
早已交叉感染

我们坐在白化病的桥头，听水声搅动泥沙
泛滥在一个老者的脸上
同时，泛滥在艾草般的面庞上

比划远比讲述更为诚恳
我们并不急切于知道
我们的不知道里有各种填充物

我们点头，不是因为听懂了什么
而是鼓励他说下去
如此，我们的无能为力得到了宽容

讲述本身提醒我们注意：
人，非活着的动物
喜剧或悲剧，只有进行时手心才会出汗

我不愿意曲解生活的大致体貌，这不负任何责任

只是感情不答应，所以交流的困难
在于它的美妙是不幸的含混

那个套在我们脖子上的绳索
怎么忽然收紧了，仿佛绳套中的不是我们
不是我们，这让宇宙多少有些安心

一个哑巴的表述所提供的乡村经验
不比我们已知或预料的更多，人生故事
最终倾向于苦难，以及如何在情感的冰箱里放剩饭

无须想象那样的场景，这里已经多余
关键处绳索套住脖子，一个吸满了空气的人
忽然被提拉到故事的情节外
白化病的桥头只留下艾草消瘦的身形

唐诗点评　　诗人仿佛是一位老到的长发飘逸的叙述者，更是一位精明的富有哲学家气质的抒情诗人。整首诗在不紧不慢的节奏中，让我们看出了诗人思深言静、内热外冷的诗写特质。诗人故布迷景，欲擒故纵，诗题为"采艾"途中，由于没到目的地，就未有任何采艾的细节，虽未到目的地，但确实有没到之意外收获。因为在这个途中我们在"白化病的桥头"，听有"艾草般的面庞"的哑巴老者讲故事，在"比划远比讲述更为诚恳"的交流中，诗人一边听哑巴老人讲故事，一边将自己对于世事和人生的深刻见解与睿智思考，熔铸在对于哑

巴老人讲述的理解和揣度之中。诗写得疏密有致，情绪张弛有度，使得这首诗有内涵、有血肉、有情景，诗作已自成晴风卷云、断虹带雨的意境，一首浑然一体、脉络分明、哲思绕人的诗篇便悄然凸现在我们的眼前。

065

在华山上，与徐霞客对饮

简　明

"再走一步，你将到达山顶
但是没有人能够越过自己头顶"
你的影子像刀子一样快
影子里居住着最后一个升仙的道长
我越想靠近你，你就越高
最高处永远是一个人的舞台
你坐在阳光身旁，神情不温不火
我承认：我追不上你的影子
正如华山上的植被，紧贴岩壁
却无法钻进华山的内心

华山以孤高名世，普天下
谁能与它齐名？云越低
越孤独，树却越高越独立
根扎一尺，树高一丈
一动不动的飞翔，才是真正的
飞翔！天地之间的行云流水
游人只观喧闹，喧嚣背后的故事
落在诗人笔下。诗人写春秋
也写风月，古往今来
只有一个名叫徐霞客的人

醉生梦死过一回

我渴望与这位独具风范的行者
在山顶上相遇，我们席地而坐
简明望着徐霞客
徐霞客望着简明
其实人生只有上山与下山
两件事，上山与下山
如同从二十岁走向六十岁
上山，你只管举目
下山，你必须把姿态和心
沉下来

山的身体里藏着另一座山
一双青花瓷碗在夜色中手谈
声音到达之前，我们前仰
或者后合，我们之间隔着一碗酒
和另一碗酒，隔着一个朝代
和另一个朝代
一碗酒一个百年
一碗酒几个乱世好汉

酒是液体的华山，四十五度不低
六十五度不高：酒是山中山
华山是固体的酒，四十五度不高
六十五度不低：山是酒中酒
一碗不醉人，五碗不醉心
我们像一面旗帜为远景所包围

凡人行走在去天堂的路上
仙人在归途

霍俊明点评　显而易见，这是一首"对话性"的诗。诗人借助与华山和徐霞客的对话呈现了诗歌的永恒母题之一。在横亘如斯的自然山水面前，时间性的命题必然被重新发现和揭示出来。人似乎可以超越一切，但是宿命性的却是这只能是一悖论——人作为生命个体只能是短暂的碎片。而能够超越时代成为千古一人则只有极少数人通过不可超越之举得以完成。这样的人就成为了永恒的精神性高峰，再不会有第二个人再次抵达。你可以无限接近就是永远只差那一小步——有的则可悲地在中途或起点处就退却了。这是关于人主体精神的对话性的诗，其体现的知性和哲理自不必多说。值得强调的是这首诗的一个重要性在于它与哲理有关，但这一哲理并不是强行"说"出来的，而是在呈现与表现的平衡中再次命名出来的。这至关重要。

烟 缕

胡 弦

运走玉米，播撒麦种。
燃烧秸秆，烧掉杂草、腐叶……
已是告别的时辰，
就像烟缕从大地上升起。

年月空过，但仍可以做个农夫，
仍可栽枝栽树，种菜种豆，
无所事事地在田埂上散步，让旧事
变得再旧一些。

种子落进泥土，遗忘的草就开始生长。
万物在季节中，爱有的耐心，恨也有。
但这是告别的时辰，每一缕烟
都会带走大地的一个想法，
并把它挥霍在空气中。

李少君点评

看到胡弦这一句诗："但这是告别的时辰，每一缕烟／都会带走大地的一个想法，／并把它挥霍在空气中。"我就会联想到人到一定年龄以后，很多以前的想法慢慢遗忘，就像一缕烟的消散。在这首诗里，就把烟缕视作秋季以后大地上的一种告别的信号，四季将进入最后一季，人生也近晚年，难免感慨万千。但诗歌里没有议论，而是暗示，因此诗意盎然，堪称平淡到绚烂。总之这是一首相当纯熟的诗歌，语言充满韵味，节奏舒缓从容，是一首看似无意中捡到的难得的好诗，背后显示的是诗人的深湛的功力。

流 沙

叶 舟

只有流沙，只有遗落的星辰
只有秋天小小的王冠——
奔跑、破碎，内部黑暗。

只有空虚的丰收，只有马上的废墟。
当生命的雨夜大浪淘尽
当敦煌如门，万箭齐鸣。

我所不能面对的是一粒死亡——
面部清晰、游刃有余
在秋天的建筑、梦想和歌喉中

在不朽的阴影下，只有
这世代的灰尘和杀机
只有黪黑的脊背上，万物凋零。

只有九月高挂，大地如铜
那在整个夜晚哭泣的孩子
拾取了美、脚印和内心——

并且以生命为乳，与光明共饮

只有大地依然归入
只有十指的盛大节日，触摸如初。

哦，我还记得那只细沙的筐子
那本流失的旧书
那罐爱情的净水，那柄刀刃

当心灵的船队启碇，当风之破晓
当十万细沙集体吹鸣
告诉我，这敦煌的城镇、黎明和诞生

是不是重归?告诉我——
是不是一束恩情的格桑正在记取
青春大道，灯火摇曳。

但是只有幼神高叫，喊出你的名字
只有石窟贫瘠
只有这幻象的大海翻卷、世界堆积

只有一座敦煌
只有一个人类秘密行进——
用血，用燃烧，用这秋天最小的一颗沙粒。

唐诗点评　诗人以一个哲人加诗人的双重身份，给我们揭示了在流沙弥漫的世界里，至少存在着两种截然不同的世相：一种是由黑暗、废墟、死亡、凋零、哭泣、贫瘠等词语及其意象构成的沉沦且悲惨的世界，但同时诗人又以一种顽强的意志和磅礴的抒情，向我们显露出光明、节日、破晓、欢鸣、青春、幼神、燃烧等充满活力和希望的世界。这首诗从流沙入手，把流沙的存在与虚无、黑暗与光明、弱小与强大、衰老与新生等进行了诗意的建构。诗人十分巧妙地把哲学和宗教的情思嵌入诗作，使整首诗既有厚度，更有张力。应该说这是诗人在万虑俱消的时候所得之佳构，在这种情景之下，每一颗流沙虚广无边，万物俱进入其内，诗人定慧自生，诗意横溢，意象奔腾，场面细小而又宏大，意境清晰而又深邃，诗人的神思纵横流沙世界，气势层层推进，如狂风吹卷流沙已成漫天诗歌的风云。

一小杯水

张作梗

我在一小杯水里浮沉。
一小杯水，就能呛出我内心的白玉苦瓜。
啊一小杯、一小杯波澜不惊的水，
足够我歔歔着啜饮一生。

泼掉它？——那全是徒劳。
因为新的水会以看不见的手再次注满杯子。
我也不能将它全然喝干——我喝下的，
不过是我永无止境的渴意。

现在，杯子碎了——连同我无尽的
迁徙和流浪。然而那一小杯水，
依然晃荡在我永无止境的渴意上，
伸出手，我就能抓到它——连同水里

神秘游走的杯弓蛇影。嘴唇上漫过积雨的
浮云，我把一小杯水拆开，又重新组装，
缓缓地注入死亡之杯中。
喝下它！一小杯空无里有我颠踬、摇晃、

短促而又漫长的一生。

杨志学点评

这可以说是一首纯粹而见品质的诗，虽然还不能说它很完美（比如"波澜不惊""杯弓蛇影"之类熟语的使用便降低了它表达的难度），但总体而言还是值得称道的。在形式上，它尽显以小见大之功效。诗人抓取一小杯水来做文章，表达个体生命的独特体验，很能说明问题。

诗的每一节，甚至每一句，似乎都没有脱离一杯水的具象，但又都跳出了一杯水的限制，上升到形而上的哲思层面。也就是说，这"一小杯水"具有似水而又非水的特点。它是物质的水，也是意念的水。

应该说，这"一小杯水"是一个象征。我们可以联想，它是在象征人生的风浪。是的，人的"浮沉"的命运，不一定都要在大江大河里才会出现；有时看似不起眼的微波细澜，一样可以掀起人生的大浪。具体到"我"来说就是这样："一小杯水，就能呛出我内心的白玉苦瓜。"把水泼掉是没有用的，水会以看不见的手注满，风浪也会借看不见的手而再生。即使摔碎杯子也是没有用的，那"一小杯水"还是在那里晃荡。

当然，这"一小杯水"的象征寓意也是多重的，你还可以去做其他方面的联想，比如它象征着诱惑、追寻之类。不过，这些也许都是虚幻的，到头来只是"一小杯空无"，照见人生。

黄河滩上的那些小

高若虹

小到一只又黑又瘦　勒着细腰的蚂蚁　举着一颗肥硕的蚁卵

在枯草的独木桥上跑得行色匆匆

小到一只七星瓢虫倚在打碗碗花蕾上一遍又一遍地喊开门

小到一片叶子跳到黄河里的扑通一声

小到一粒沙子左臂拥着右臂自己把自己抱紧

小到上坡的一条黄土路　风爬着爬着就游入草丛

小到一朵米粒大的枣花　努着黄黄的小嘴喝退大风

小到一只又蹦又跳的小羊羔　让整个黄河也跟着它低一下高一下地蹦

小到手指肚大的一个人　在黄河沿上顶着风左摇右摆地站着　站得令人不安和揪心

小到从拦河坝的石头缝里长出的筷子高的枣树　风一吹

就有两颗花生米粒大的枣　脸红扑扑的　掀起妈妈的衣襟

我爱着这些小　爱着她们虽渺小

却从不小了自己的爱　小了劳碌　小了快乐和对活着的自信

我相信这些小　相信不论哪一个小仓皇逃走

黄河滩就会轰隆一声塌陷出一个巨大的洞

只有我这根小小的酸枣刺

扎在故乡的身体里游走了几十年

可从没听见她喊一声疼

谭五昌点评

在历史的长河中，黄河滩自成一卷沉重的长幅自然风情画，也成为全体华夏儿女共同的生命背景，在这里，生命的微小和坚韧与黄河的博大与厚重形成了鲜明的对照。这首诗中，诗人以多元化的抒情视角，记录了黄河滩上生长的"蚂蚁""叶子""沙粒""羊羔"等具有历史感的生物形象与情态，以及黄河儿女们的生活景象。"黄河滩"是汉语符号里的母亲原型，它孕育着生命的根基，"不论哪一个小仓皇逃走/黄河滩就会轰隆一声塌陷出一个巨大的洞"，由此呈现一个大地母亲的无限深情。在诗的最后一段，诗人自比为"小小的酸枣刺"，扎在了"故乡"母亲的身体里，与她融为了一体，对比手法的运用，不但有效地渲染了诗人对黄河母亲的崇拜与热爱之情，也有力地拓展了作品的想象空间。

孤雁儿

杨　键

我的命，悬在一张白纸上，
还从来没有出现在上面。

无论我的命怎样离奇古怪，
也无法在一张白纸上出现。

这一张纸还是白的、白的、白的、白的、白的，
如同骨灰盒里没有骨灰如同家里没有家如同心里没有心。

山河大地也不在白纸上，
只有你在白纸上。

杨克点评

杨键是个"哭碑"的诗人，他哭的是消失了的中华文明。可他以为文明尚存的年代，在王国维看来文明已丧失殆尽，非但哭过且跳湖了；而王国维所向往的文明长存的岁月，孔子早在二千五百年前就哭了，以为"礼崩乐坏"了。这构成了一个悖论："厚古薄今"、对文明源头的向往和追溯本身就是依旧传承的中华文明的重要元素。

《孤雁儿》是建立在观念之上的写作，一张白纸，白
得那样干净，白得如同骨灰盒里没有骨灰如同家里没有家
如同心里没有心，我的生命和山河大地也不在上面，只有
"你"在白纸上，那个你，也许就是诗人所追崇的"无"
的文明源头。为宣扬一种观念去写作，一般而言会认为难
有佳构，可杨键这首确实是好诗，如同说不应口号入诗，
"人生自古谁无死，留取丹心照汗青"却是千古传唱。可
见好诗有无限的可能性。

苍 蝇

黄 梵

我想看清它的脸
不论幸福还是饥饿都狰狞的脸
想象它体内装满了毒药
想象它恼人的嗡嗡声里，泊着对我的仇恨

其实它和人一样，只是饿了
像饥饿的人推门进来，想要一块饼
但我没有勇气放过它——
要用苍蝇拍啪啪的官话，消灭它嗡嗡的方言
它不得不跳起生死的圆舞曲

也许，它是苍蝇界的信徒
向往去它的圣地——我的厨房
展开翅膀来祷告
嗡嗡的祷文，令它不敢栖息在供品
——我的蛋糕上

也许，它是苍蝇界的文艺青年
想把目光狠狠插进诗集——
它沿诗集爬了一圈，却没找到缝隙
只听见，屋里响起了阴险的脏话

也许，它是苍蝇界的乖孩子

渴望父亲和它嬉戏

这飞来飞去的苍蝇拍，多像它酷爱的飞碟啊

只一瞬，就把它揽入黑暗的怀抱

李少君点评　诗歌写到一定时候，最难的是寻找独特的视角，这甚至是检验一个诗人处理题材和事物的能力高下的标志，是衡量一个诗人是否成熟的标准。苍蝇本是人厌恶之物，黄梵却能写得如此生动有趣，称之为"信徒""文艺青年""乖孩子"，仿佛苍蝇就是当下的一个屌丝，有些可怜可恶但也可爱，整首诗显示了诗人相当娴熟的技巧，以及细致的观察和描述能力。

致一只下午的田鼠

江 非

谢谢你，这些年一直陪着我，谢谢

十二生肖中的开始，我从小就认识的朋友
谢谢你的名字，田——鼠——，一个
既有土地，又有生命，既有
植物，又有动物的词语，既显示了田野的形状
又隐藏着你悄悄晃动的胡须，还有你的孩子们
藏在你的腹下，它们是兄弟、家族和生活
谢谢你陪着我一直来到了这里，下午的阳光下
我们重又相逢，下午的饥饿中，你让我看见你
你的样子没变，日子依旧，只是多了
一些岁月的沧桑，可是沧桑算什么
暴雨算什么，人们隆隆开过的铲车算什么
你有一个好名字，田——鼠——，你是
田野真正的主人，田野上伟大的演讲家
你有一篇迷人的演讲，和一只崇高的手风琴
你只是旅行，来到这儿，空着手，独自一人
在一片喧嚣与苍茫中，插入你的身影与名字
让关系有一些失衡，光线有一些颤动，以小小的
身躯和活力，显示了家谱和生命，数学和命运
你是一个、单位，一个显明的名称：田——鼠——

一种固定的生活、一种限制，和让谷物和洞穴相互
呈现的动力和政治，让鹰从天空抵达地面
战争和政府在宗教的湿气中突然形成
你在演讲中说食物，食物多么重要，食物
就是你的一生，食物就是你的思想，形体
只是为了更好地适应进食，思想却躲避一切
你说你今天饿了，所以出来旅行，旅行
就是饥饿，一切都是源自饥饿，包括你的名字：田——
鼠——

它和你步行而来，它是你的理性、身份、静物
和位置，一只田鼠死后的去处，但是此刻
你还活着，你来了，犹如一个雨点到达了它的低地
我看见了你，不，也许是你在看着我，或者
我们相互看着，我们，一个器具面对另一个器物
一种精神面对另一种精神，一个问题回答另一个
问题，田——鼠——，我羡慕你的姿态，喜欢你的
音调，你明晰的节奏在光亮中飞翔，然后
跟随着光同时消失，我突然感到了温暖，你重复着脚
与回忆，田——鼠——，你按照自己的方式在搜集
和观察着那些有光晕的事物，面对这个跳舞的时代
一个幽会和统治中的事件，我也必须重新思考
声音与语言，行动与台词，形象和领地，田——鼠——
你的话，让我看到了一个地铁中充满了想象力的孩子

臧棣点评

写信的对象是一只田鼠。这似乎牵涉一种信任问题。诗人似乎在人群中间找不到可以交心的人，他更愿意把内心的想法对着一只可爱的小动物倾诉。这里，对他人的回避，构成了这首诗的最内在的动机。对敏感的心灵而言，田鼠不仅仅是一种野外小动物，它更代表了生存的意义。和它们相比，正如诗人暗示的，我们并不算"田野真正的主人"。在诗人眼中，这些田鼠和大地的关系更亲密、更融洽。就形象而言，在诗歌的对话中出现的这些田鼠，仿佛是生活的困局的一个小小的治疗师。也许还不仅如此，它们的身份，随着诗人的对话意识的增强，也在不断分神，它们是大地的精灵，它们还是我们和大地之间的小小的向导。

通过和这些田鼠的对话，诗人让自己看清了我们的处境，也让我们意识到了他在内心深处所做的抉择。它们是我们的陪伴，但更重要的，它们似乎也是我们的替身。通过它们活泼的身影，我们仿佛看到了那个潜伏在我们身上的"地铁中充满了想象力的孩子"。

在清晨

李 南

那是对面楼上
开窗换气的那户人家。
那是第一个跑上枝头的麻雀
它唱歌，有词有谱。
那是与你擦肩而过的男人
你闻到过他清新的口气。
那是晨雾中，山脉沾上的露水
那是露水睁开的双眼。
那是山脉上
被深深掩蔽的矿苗！
那是青春和恋爱的祭祠
记忆飘出徐徐青烟
那是打工妹轻声的叹息。
那是独裁者的权杖。
那些是这个世界的美好与不幸。
而藏在我们身后的
是孩子们的梦，在天上
被灿烂星群 紧紧环抱。

王士强点评

《在清晨》这首诗首先以自然、鲜活的意象取胜，非常生活化。这其中，有"对面楼上""开窗换气的那户人家"，有"唱歌，有词有谱""第一个跑上枝头的麻雀"，有擦肩而过、有着"清新的口气"的男人，有晨雾中的露水以及"露水睁开的双眼"，有山脉上"被深深掩蔽的矿苗"，如此的搭配组合形成了一个清新、陌生、有张力的生活场景。但又不仅如此，全诗不仅是具体、形而下的书写，更有形而上、概括性的书写，那里同样是"青春和恋爱的祭祠/记忆飘出徐徐青烟"，是"打工妹轻声的叹息"，又是"独裁者的权杖"，如此便呈现出了简单背后的复杂内涵，使全诗的内容更为丰富，并与前面的具象形象所构成的某种情感指向产生了对话关系，"美好与不幸"的结合张大了全诗的所指空间。而在这些之后，"是孩子们的梦，在天上/被灿烂星群/紧紧环抱"，这既是具体的、现实性的书写，同时又是普泛性与抽象化的，关乎梦想与追求，关乎生存之理想与生命之意志。"在清晨"一定程度上也是一种隐喻，它可能是时间意义上、作为"一天"起始的清晨，也可能指向作为"一生"之起始，从而喻指一种人生状态，还可能喻指作为"历史""人类学"之起始阶段，从而使全诗有了丰富、复杂的内涵，没有流于清浅与平淡。

杜甘固

宁 明

像身上的一块胎记
小村的名字
五十三年不曾离开过我

岁月之手再巧
也不能从我的童年记忆中
不疼不痒地
将小村灰突突的形象抹掉

比一粒芝麻还小的村庄
在全国地图上，总是落不下
自己堂堂正正的户口

想一想年迈的爹娘
我就想对着小村的方向磕个头
只有向小村下跪时
才能看清，它脸上的皱纹
比曾经受到的伤害还深

简明点评

诗人的老家在河北魏州，即魏县，是有着二千二百多年历史的千年古县。诗人没有立身于历史宏大的框架下去建构对故土的诗意解读，而是通过童年的视角，来梳理情感的脉络，将渗入这片土地千年文化的根和魂，植入了诗的血脉中。

《杜甘固》首节"像身上的一块胎记/小村的名字/五十三年不曾离开过我"，迎面便把读者带入对故土浓得化不开的情结里，这样深入皮肤，再漫长的时光也无法剔除的感觉，哪一个深爱故乡的游子不曾体会过？"胎记"是故土赋予诗人的标记，反过来亦是诗人对故土无法剥离的牵念，使读者瞬间产生认同感，然后安静下来慢慢进入诗人内心深处。"岁月之手再巧/也不能从我的童年记忆中/不疼不痒地/将小村灰突突的形象抹掉"。"不疼不痒"四个字加深了不能"抹掉"的语境表达。即使小村"灰突突"的，也是诗人心头的明月光。故土所带给我们的挚爱温暖，让我们可以有足够的勇气去爱上这灰色的世界。"比一粒芝麻还小的村庄/在全国地图上，总是落不下/自己堂堂正正的户口"，比芝麻还小的村庄也有自己的尊严，它是祖国辽阔疆土堂堂正正的一部分。堂堂正正的还有祖祖辈辈生活在这片土地上的人们。"想一想年迈的爹娘/我就想对着小村的方向磕个头"，故土之所以难忘，是因为我们的血脉亲情都浇筑在那片土地上，小村和爹娘在这里重合在了一起，使诗句的情感走向达到了高潮。"只有向小村下跪时/才能看清，它脸上的皱纹/比曾经受到的伤害还深"。结句未见诗人过度着力，完全是情感的自然流淌，却分明让我们感受到了文字后面意蕴深远，厚重的力量。

再谈时间

石　厉

世上从来没有见过这样的牢笼
表面上对我如此宽容和放纵
它的铁栏，一直在我眼前晃动
但从不靠近我，它小心地
躲闪，与我在不同的
平面上互相猜疑和虚度

等我突然发现它的残酷，那些
弥漫在空气中的铁，早已转化为
雕塑大师手中的刻刀，你能
觉察到它的准确和深刻，无论
生命与枯骨，都仅仅是它的材料
它按照自己的规则在工作

先让你手舞足蹈与肿胀，最后
要将虚幻的线条，全部抽调
将我们还原到形成以前

兴安点评

孔子曰：逝者如斯夫，不舍昼夜。赫拉克利特说：人不能两次踏入同一条河流。两位东西方哲人都是在说时间——它的不可逆性以及不可重复性。

石厉的这首《再谈时间》也是在说时间，他在探讨人与时间的关系，即人在时间掌控下的不可逃逸性和在劫难逃的悲剧。我们都在时间中，这是命定的事实和宇宙法则，即使我们化作枯骨烧成灰粉也一样在时间的框架之内，只不过我们已经被"还原"到个体"形成"之前的"虚幻"状态。诗人将时间比作"牢笼""铁栏"，还有"刻刀"，无时无刻不在羁绊着我们，并适时给我们的脸和身体刻下深深的岁月之痕，让我们从内心深处感受时间的"残酷"。

石厉是一位有深厚学养的知识分子诗人，他对时间的思考具有启发性，让我们再一次体验哲学意义上的时间与生命、死亡与轮回的转换过程。

减 少

轩辕轼轲

撸串时我减少了羊
可草原一点没有觉察
冲澡时我减少了水
可大海一点没有觉察
书写时我减少了树
可森林一点没有觉察
喝茶时我减少了普洱
可云南一点没有觉察
走路时我磨损了路
可我不是掀翻它的最后一辆货车
骑马时我压迫了马
可我不是压倒它的最后一根稻草
我切菜使青菜在减少
可更多菜农涌上了街头
我喝酒使泡沫在减少
可更多酒嗝涌上了喉咙
我用太阳能掠夺过阳光
可太阳的金币一点没有减少
我用雨刮器扫射过暴雨
可乌云的营房依然兵强马壮
地球减少成地球村

可村里的人还老死不相往来

白日减少成白日梦

可梦里的人还闹得鸡犬不宁

人的寿命在减少

可投胎的几率在增加

人的欢乐在减少

可哀乐的音量在调大

当人被火焰一把攥成骨灰

正在钻井涌出的原油

一点没有觉察

臧棣点评

古人讲，诗贵含蓄，并且将这含蓄发展成一套细密的审美规训。含蓄的审美，意在规训生命和自然之间的心灵态度。但从支撑的角度讲，它又很依赖文化的封闭性。而轩辕轼轲的诗，则立足一种语言的开放性。它的基调是诗性的陶醉，与无畏的吟咏。他的诗，基本上都是从私密的个人空间抛向开放的阅读场域。注重声音的广场效应，有时会淹没诗人的个性，但是，在轩辕轼轲的诗中，诗的声音却体现为一种积极的洞察，诗人将他的生存感受和他对时代的社会情绪的敏锐捕捉有机地焊合在了一起。换句话说，诗的声音有力地推进了诗的意义的生成。《减少》这首诗的主题并不复杂。在我们的生存中，生活对人的磨损几乎无处不在，并且令人日趋麻木，以至于我们在生存的艰难中丧失了对它们的洞察。所以，改变的可能，首先就是要揭示这些磨损我们生命的东西在我们身上造成的麻木。

黄河石

高鹏程

我的书桌上压着一块石头。一小截
凝固的黄河。

它来自它的上游。或者更远的地方。一次雷击之后
山体的崩塌。
然后带着粗粝、尖锐的棱角，一路泥沙俱下。

多少流水的冲击
多少年代的歌哭成就了它现在的沉默。

那些凹痕、斑点，多像是沿途
它曾经过的那些村庄、码头、驿站
亮过又熄灭的渔火。
那些神秘的纹路又来自哪里
那些浪花一样，曾在长河里出现又在长河里消失的事物？

现在，它静伏在桌面上。冰凉，光滑，通体黝黑。
它在纸上旅行。侧面的褶皱里，依旧压着无数
欲说还休的涛声。

它未曾经历过完整的黄河。像一颗

不死之心。

依旧有一条河流在它的内部川流不息

幽暗的水面下，依旧有一盏期待被点燃的灯。

臧棣点评　从诗的类型上讲，《黄河石》是一首咏物诗。所咏之物，不出于日常的生活情境。和印度宝石或南非钻石相比，黄河石算不上有多么奇异。诗人很清楚这一点，所以他并不打算凭借奇崛的想象去写这首诗。这首诗在以下两方面处理得比较好：第一，诗人描述的对象——黄河石，虽然看上去是一个静物，但作者并没有将诗的视角仅仅停留在旁观的位置上。诗人从一开始，就将黄河石作为一个人生思绪的原点，来展开他的丰富而跌宕的内心感受。这时，对这首诗而言，诗的类型实际上已从静态的咏物诗越来越深地滑入充满戏剧性的深度意象诗。也就是说，诗人不断将他的人生感怀，对生命的内在体察，像打擦边球一样，擦过黄河石的表面，通过诗人之思和所观照之物的虚实交汇，完成了对审美感受的客观化的呈现。它几乎可以说是艾略特所称的、作为现代诗写作的神圣律条的"客观对应物"观念的一个范例般的展现。第二，诗人的思绪展开的方式，紧贴并围绕着深厚的人生经验来进行，基本杜绝了怪异的或冷僻的生命体验。在本诗中，诗人动用的人生经验，虽然饱含诗人个人的生命体会，但从情感的趋向上说，它酝酿的是一种独特的带有向地域文化的象征意味致敬的人类经验。从这个角度讲，诗人在这里呈现的黄河石头，和梵高在绘画语言里呈现的农夫的"皮靴"，并没有什么差异。

第一日

宋长玥

青海和西藏中间，男人站在一片白云前看了很久，
卑微到云端的我们，
爬过多少颗星星，才能找到世界的良心？

说不清楚哪些痛苦来自土地，哪些痛苦原本就藏在
心里。
所有道路的最后绝望苍茫。
这一片人类最终到达的荒原，地图上杳无印记；
而在我们的灵魂中，它比青海和西藏还要广阔。

洪烛点评　　《第一日》是宋长玥组诗《南山十日》里的第一
首。第一日，本身就充满诗意。可以理解为原初
的起点，也可以理解为全新的开始。当一个人第
一次走上青藏高原，最感到震撼的无疑是第一天。
他会发现自己熟知的世界之外，还有另一个世界，陌生的
世界。他在这特殊的地域看见的白云，似乎都与别处的有
所不同，更经得起打量。那是另一个世界的风景。在有闲
且有缘看云的时候，人们才会面对自己，看见自己的内
心。那么多人喜欢去西藏干什么？不仅仅是猎奇，更是为

了找回自己，找到一向被疏忘或怠慢的精神生活。在西藏的白云下面，人们才能产生在别处、在原先小圈子里产生不了的想法，譬如："爬过多少颗星星，才能找到世界的良心？"这是全诗的诗眼。还有"说不清楚哪些痛苦来自土地，哪些痛苦原本就藏在心里"，这是对自我的拷问，在没有答案的疑问中达成禅悟。虽然只是第一日，但已足以证明：此次没有白来。即使一个凡夫俗子，当他变得敏感了，意识到时空的无限与自身的有限，就可能被锻造成一位诗人。哪怕只是"瞬间的诗人"，他的生命也变得"比青海和西藏还要广阔"。

地 铁

宗焕平

我居住的小区
紧邻地铁车站
每当有地铁穿城而过
我就觉得世界要被毁灭似的

特别是深夜
那声音清脆，刺耳
无论我多么辗转反侧
也无法读完一篇完整的小说
这城市一天比一天肥硕

臃肿、饥渴
我真担心有一天
一些人会挤不上那趟最后的列车

挤上车的人
也会在车轮与轨道的撞击声中
愈加惊恐
不知道中途会发生什么事情

甚至，有些人会担心

诗歌点亮生活·上卷

列车将奔向寒风凛冽的郊野
在那里他们将被再次洗劫
然后，两手空空回城打工

还有一些人
惊魂未定
上了车，又下来
一直在站台徘徊

这个冬夜
我这么想着，想着
感觉整幢楼
突然变成了开始启动的地铁列车

杨志学点评

地铁在改变着都市及都市人的生活，而生活在都市里的人，一方面欣然接纳了地铁；另一方面，有时也会莫名生出一些复杂的情绪。

此诗表达了敏感的诗人对现代化大城市中一种重要交通工具——地铁的惊恐感。作者把人的直觉和一些想象性场景交织在一起，好像把我们一下子带到了地铁列车的现场，去一同感受、倾听，去思考人的存在。现代人的生活越来越便捷了，但各种不确定的、意外的因素却也越来越多了。诗的结尾，诗人又以幻觉形式放大人的惊恐感，显得更加意味深长。

这是一首现实感很强的诗，但作者偏重于心理揭示的表现形式，又使之具有强烈的现代意识。

散 步

许 敏

草木屏息。人间的大美
都被你一一收藏
只有天空，在平静的湖面
赶路，还镌着古老的纹身

湖畔，林深
草密。没有一丝血污

你走得那么慢，有时在喧哗的
日光下，有时在林木的阴影里
有时停顿，有时转身，在碎了的
时光里，风里。湖水清凉

松脂的清香，日浓
腐叶，潮润你的眼睛

那些野山栗，白蕨
都有草木的从容与孤独，也都留恋
俗世之美，一湖春水
被撞得七零八落，无法收拾

你来了，又走了，像无名
也像不会绝望的那枚松针

杨志学点评　虽然我们可以学习陶渊明那样"心远地自偏"，但如果是在都市里散步，那其实是走路而很难进入散步的境界。真正的散步，应该到大自然的怀抱中去，那便可以真正显出一种自然、自在的无拘无束状态。这时候，自然环境、自然之美与人的心境相契合、相生发，常常会使人有一种飘然世外、超尘脱俗之感。诗人许敏的《散步》，所呈现的就是这样一种状态。在这里散步，有平静的湖面、松脂的清香、草木的从容，让人感受到"大美"的境界，获得洗涤身心的效果。尽管在大自然中散步之后，人还是要回到嘈杂的城市，甚至人在置身于大自然环境的同时就可能留恋俗世之美，但这种大自然中的散步（或漫步、漫游），对人心的滋润却是重要的。有时候想不开的问题或症结，到了大自然中以后便会豁然顿开。人会抛却名利观念，"像无名"那样；人会改变看问题的角度和观念，甚至，当人从大自然中散步归来，"也像不会绝望的那枚松针"——大自然会永远唤起人对于美好生活的信念。

诗歌献给谁人

冯 娜

凌晨起身为路人扫去积雪的人
病榻前别过身去的母亲
登山者，在蝴蝶的振翅中获得非凡的智慧
倚靠着一棵栾树，流浪汉突然记起家乡的琴声
冬天伐木，需要另一人拉紧绳索
精妙绝伦的手艺
将一些树木制成船只，另一些要盛满饭食、井水、
骨灰
多余的金币买通一个冷酷的杀手
他却突然有了恋爱般的迟疑……

一个读诗的人，误会着写作者的心意
他们在各自的黑暗中，摸索着世界的开关

树才点评　这首诗的题目，也是一个问题，尽管作者没有加问号。整首诗就是为了"回答"这个问题而展开的。这首诗之所以好，就是因为"回答"得认真，"回答"得丰富，"回答"得有诗意。诗是献给诗中列举的"那些人"的，而那些人的"生命存在"反过来

又赋予这首诗以内容。通过动作，比如，扫去积雪，别过身去，登山，突然记起，伐木、买通……那些人的面孔和形象变得鲜明、动人！这种写法能把细节揉进去，让诗句有一种生命的骨感。比如"栾树"是北京常见的一种树，但作者偏要把树具体到"栾树"，说明平常观察之深。"突然有了恋爱般的迟疑"，也是精到的描述，让人叫好。这首诗结尾蛮有深意：写诗的人，读诗的人，误会当然是难免的，但都是"摸索"的一种方式。世界有开关吗？开关在哪里？这些都耐人寻味。

挪用一个词

张二棍

比如，"安详"

也可以用来形容
屋檐下，那两只
形影不离的麻雀
但更多的时刻，"安详"
被我不停地挪用着
比如暮色中，矮檐下
两个老人弯下腰身
在他们，早年备好的一双
棺木上，又刷了一遍漆
老两口子一边刷漆
一边说笑。棺木被涂抹上
迷人的油彩。去年
或者前年，他们就刷过
那时候，他们也很安详
但棺材的颜色，显然
没有现在这么深
——呃，安详的色彩
也是一层一层
加深的

唐诗点评 张二棍的这首诗让我读到了一种安详、安静和安宁。首先是安详的氛围。无论是屋檐下的两只小鸟，还是矮檐下给棺木刷漆的两个老人，我们看出诗人巧妙截取的这两个特定的画面，在不经意中把我们的心深深地笼罩，我们仿佛与鸟和老人一同获得了一种生存状态的安详。其次是安静的气息。有小鸟的地方无疑是安静的，否则任何不安静的声音都会逼迫小鸟远走高飞。这种安静同样出现在两个给棺木刷油漆的老人身上，没有人去打扰他们，两个老人可以随意地说笑，这种安静让我们浮躁的心渐渐地平息下来。最后是安宁的力量。诗人用一种冷静的笔调写到死亡和对于死亡的态度。在从容不迫的叙述中，让我们看到了两个普通的老人面对死亡的态度是安宁的：暮色逼近，屋檐低矮，命运之神随时都会将两个老人的生命摘走，老人们仍在说笑，这种对于死亡的乐观和宁静，震撼人心。这首小诗胜过多少关于死亡的虚假的哲学命题，诗人的内心强大，面对死亡更是呈现出了一种强大的力量。

别 父

冬 青

这个夜晚　不是为睡眠准备的
气急　心衰　向人间作别　哽咽　生吞的泪水
对于父亲　一切失去了意义

一缕微风　将父亲像石头一样地吹着
把余温　睿智　善良和辽远的一生统统吹散
也吹着我的日夜兼程　迟到的诀别

我忍着上天入地的悲恸　一路追赶父亲
你消失得那么匆忙　干净　毫不迟疑
以至于让我欠你一个拥抱　一辈子无法偿还

用哀婉的目光　追问父亲肺里的那场战争
死亡把咳血和沉疴打扫干净
不再有杂草和霾　从此　别来无恙

你走了　世界还是原来的模样
时事跌宕　午后依然有寂静和阳光
让我事先领略了　我走后的人间

被日月包了八十二年浆的父亲　出远门了

收拾好内心　卷起了铺盖　向宇宙投宿
从此　我便指天为父

六月里的父亲节　本来就可有可无
这回彻底没关系了
远天一路下沉的旧太阳　试图挽留父亲的喉结

很难说　花飞花谢里没有父亲的音信
你热爱的鱼和大海　恣意着你熟悉的诡异和波纹
岸上的风　吹着空空的长椅　以你的姿势　垂钓你

你的存在和消失都是一种永恒
你走后　万物皆父亲
天空有克制的悲伤　云流过你的额头和咳嗽

夜晚前脚刚走　清晨紧随其后
浮世在你身体里层层剥落　莲花般打开
露出清澈和薄亮来　归隐就在那里

用几个平方米　安顿了你的白骨　从此分守两岸
中间隔着浩荡　宽远　生死界河　活着的思念
风吹落叶　小树降下了半旗　云层如铁

圆坟的那天　在你坟头上撒下了芝麻和高粱
让它们用根须替我们碰触你　抚摸你　继续绕你的膝
浅草飘摇　该不是父亲灵魂有知　有话想说吧

把父亲种回地里　时光变得静止而相似

生命因死亡而悲怆　爱和苍茫引领　向神靠近
过了七七四十九天　父亲　你骑青山　踏白云　搂抱
月亮

下到地里的父亲　再也起不出来了
你那脚踏实地的品行　终于找到了归宿
松开一辈子的隐忍和两袖清风　与土地抵足长眠

人生有着无数次的来来回回
这一次　父亲真的一去不回了　谁敢说你没有活过
我们的存在　就是你来过人间的证据！

一捧灰和它来自的身体　瞬间没了瓜葛
出远门的灵魂如果还没出关　就别走了
留下来　以父亲的名义　把我穿在身上

父亲　属于你的那部分不存在了
留在我身体里的那些　也正在沉向死亡
其实　从天堂里来　到天堂里去　除了你　还有我们

李天靖点评

"黯然销魂者，唯别而已矣"，何况天人永隔的离别啊。

此诗以"我"的视角铺叙了父亲离世女儿的悲情，一气呵成：写"这个夜晚"父亲的逝世；我的奔丧、迟到的诀别与追魂，用明喻；内心悲戚的慰藉，死亡于父亲的疾病而言是一种解脱或曰干净了，用悖谬；以时空倒置体验"我走后的人间"那种失魂落魄，以及心空的茫然——"指天为父"；写与父亲无关的父亲节，却见"远天一路下沉的旧太阳 试图挽留父亲的喉结"尤见沉痛；热爱生活的父亲虽已远逝，生前诸物，譬如花的生死、鱼和海以及岸上的风，仍有依依余情，景语皆是情语；以至万物皆父亲或曰父亲即万物，"天空有克制的悲伤 云流过你的额头和咳嗽"，写内心的隐痛。父亲的火化那节写得极美，"浮世在你身体里层层剥落 莲花般打开"用比拟，以显内心的不忍；安葬一节，写忘川河两岸的景色格外凝重，连"小树降下了半旗 云层如铁"用拟物写之；圆坟那天，想象芝麻和高粱长出的根须"碰触你 抚摸你 继续绕你的膝"，用拟人，尤见深情；"七七四十九天 父亲 你骑青山 踏白云 搂抱月亮"，写父亲超生，人生的绝望乃有宗教；肉身安息，品德的高洁与隐忍，无愧一生；"一捧灰"的灵魂于盘桓之际，"就别走了，留下来 以父亲的名义 把我穿在身上"，更见父女深情。

　　一首悼亡之诗，悲恸无泪，字字沥血。女诗人擅长用比的手法且融情于景；有声的独白、无声的景语，诸场景历历在目，如看一场微电影。

午 夜

杨献平

两扇窗被我关闭，一道门
通往世界。一盏灯照亮眉头
我看到内心的夜色

在午夜我总想沉醉
镜中人，他为什么不快乐
有时候我一遍遍学孩子唱歌：
"秋风起，寒霜降，鸟做窝，人忧伤。"

杨志学点评　这是一首简洁而内敛的诗。诗人的表达颇为圆熟老到。表面看诗人似乎没怎么用力，但其功力已渗透在尺幅之中且表露无遗。诗人建立了自己的逻辑。"两扇窗"在深夜关上，外面的世界就这样被关上了。与此同时，"一道门"敞开了，它对应着人的内心世界在午夜时分的充分打开。"灯照亮"的是"眉头"，而诗人看到的分明是自己"内心的夜色"。人最清楚的是自己，有时候最看不清的也是自己。是清醒，还是沉醉？是快乐，抑或不快？这既是琐屑的关乎一己肉体的生存感受问题，又是宏大的关乎世界的哲学问题。想不通也就别想了，何不学学小孩子那样，在歌里唱一唱"鸟做窝，人忧伤"呢？我们以为孩子们只有快乐没有忧伤，那是因为我们把孩子的忧伤也当作快乐了。

不难看出，诗里有联想、对应，也有转折、跳跃。诗人写得颇为节制，而其中之味可以让人品之再三。

白 盐

杨绣丽

盐是会走路的，不穿鞋，戴草帽

走在古代煮盐人的皱纹里

走在父亲劳作的额头上

走在微凉的爱情和近视的双眼中

大海退远时，土质变淡

时间从盐里诞生

盐从血脉里往外点灯

我一路驱车回家，靠近大海的土地

盐从古代往现代点灯

煮海做盐的人，也煮着日月星辰

古盐场的桃花开了，红色的盐开了

咸涩的记忆变成甜蜜的开放

唱卖盐茶的人，挑花篮、八角篮和荷花篮

像挑着幸福的摇篮

大海退远时，大地长高

盐是会劳动的，像润物细无声的春雨

从故乡的群雕上走出来

这是英雄的盐，这是智慧的盐

大海的根系，飞翔的方言

青春般沸腾的热血

在人们心中点起明亮的塔灯

耿占春点评

普通读者都懂得关心诗的抒情性，这没有错，因为每个人心中都郁结着一些难以言说的情绪，诗人可以替人们表达它，开个玩笑说，即使在民主制社会里，人们也需要这种情感的代议制，然而内行的读者关心的是另外一些容易被忽略的议题，即诗歌如何处理"物"？诗歌如何描写非诗之物？这个议题更需要诗人的代议制，因为如何看，如何描述物，关乎着"物性"，关乎着更隐秘的心性。因此，我愿意重复一遍，诗歌是一种关乎感知的"物性论"。

同卢克莱修的《物性论》一样，同阳明心学的"格物致知"一样，每个时代的诗人都得重新阐释富有历史感的"物性论"。《白盐》这首诗就是关于盐、关于煮盐、关于盐茶的物性论，也是关于劳作、心智与生活的颂歌。请注意诗人赋予"盐"的一些新的物性，盐在这首诗歌中被赋予的拟人的物性，时间与智慧的属性，这是与其他事物的物性——"从血脉里往外点灯"或"大海的根系"——联系在一起，混合而又纯净的物性。

葛仙寺记

林 莉

那一年
我们连夜进山
背着水果、香火、未了的心事
在菩萨面前跪了下来
如今，我忘了
我们都对菩萨说了些什么

嗯，我们紧闭着眼
我们的舌底埋着
山中野兽、泉眼、开白花的荆棘
我们的嘴巴在冒险
它试探整座山谷的虚无以及
菩萨的沉默

唐诗点评　诗人林莉是一个善于在叙事中抒情的高手。诗作开篇即将读者带进了一个较为久远的时空之中，从不确指的"那一年"下笔，诗写我们连夜进山带着供果和"未了的心事/在菩萨面前跪下来"。既是在连夜那么虔诚地进山拜见菩萨，为什么"忘了/我们都对菩萨说了些什么"？这让读者在这里有着许多不解。高明的诗人在这里不急着告诉您什么，让我们像诗人一样在拜菩萨时要静心宁神。接着诗人用一个"嗯"来重新提笔诗写，这是诗人在凝神静虑后向读者袒露心迹，几个词语"紧闭""埋着""冒险""试探"，将诗人内心的小心翼翼，以及对于这座寺庙的内外环境给诗人的感受全部抒写得恰到好处。尤其是诗人说整座山谷是"虚无"的，菩萨是"沉默"的，让我们猛然明白了，诗人为什么在前面会说想不起对菩萨说过什么。诗篇像一枚让您看不清楚形状的飞镖，在短时间内击中了我们敏感的内心。诗虽写完，但给人以启示颇多，这就是言有尽而意无穷之妙境。

南海吊脚屋里的兵

楚郑子

把你关进一间小屋
再放到辽阔的大海
一年　两年
你会入骨体会
什么叫孤独
水是生命之源
可当生命中只有海水
一年　两年
你更会明白什么叫
对海的恐惧

对着海风说话
对着海鸟说话
对着鱼群说话
总怕丢失自己的语言
拉着送补给的战友的手
我不停地说
他是这一大片海域
唯一能听懂汉语的人呀
一月一次
亲人的感觉

那么短暂
还不及天上的一次月圆
目送补给船消失在海面
我会用一个月
翻阅战友留下的一捆过期报刊
连一个页码
中缝广告的每一个汉字都不放过
我在搜寻我关心和牵挂的每一件事
故乡的信息再晚也特别亲切

真的佩服班长
以及班长的班长们
他们在这十几平方米的吊脚屋
一守就是十来年
他们重返故乡时
是如何把一个海洋动物重新驯化
如何脱下他们骨子里厚厚的盐
吊脚屋是祖国插在南海的一根根门桩
我们的营地与海潮保持不到一米的距离
只要我们不在海风中腐烂
这茫茫大海上的国境线
就是一道坚如磐石的防波堤

如今第一代第二代吊脚屋都光荣退役
祖国一夜间把岛礁建成海上花园
从此南海多了许多边城
我们这些一直孤悬在海浪上的战士
终于有地盘像城里人一样散步、购物、上网

看一架架飞机降落身边

这是多么强大的祖国哟

如果你有望远镜

一定能看见我们饱经风浪

飘扬在南沙群岛的灿烂笑脸

现在每天收操

我们都会迎着第一抹朝霞

跑到海岛边沿

攀上空荡的吊脚屋

擦一擦生锈的铁架

抚去门窗的尘埃

深情地望一眼

我们留在里面的那些岁月

曹宇翔点评

此诗写出了独特的生命体验，准确而真实。南海士兵的形象清晰地呈现在我们眼前，让人凝神，内心升起一种崇敬和眺望。在八一建军节到来之际，读到这样的诗格外亲切。多少官兵守卫祖国海防边防，远离家乡和亲人，默默奉献，不为人知。读此诗，我们如闻南海翻卷的波涛声，如看到士兵们高大的身影。诗中一系列意象比较鲜活，再现了士兵孤独中的坚守、枯燥中的欢乐和富有。作为一个老兵，我愿意向读者推荐这样的雕塑民族魂灵的诗。

亲人的名字我不能提起

成 路

听说：隔世的亲人潜行时用棉花堵着耳朵
是为了把声音丢给我
听说：远方的亲人睡眠时耳门大开
是在等待我的盘剥

那，有足够的清水果腹的我
就在腹腔里把亲人们的名字无限地盛开
使他们奔跑到喉头为止

周瓒点评 这首短诗仅有七行，却颇耐人寻味。不能提起亲人的名字，是为什么呢？诗的标题叫人猜想它的主题可能是思念，也或者是伤逝。诗的头一节提及"隔世的亲人"和"远方的亲人"，他们或是"潜行"或是"睡眠"，暗示可能是离世的或相隔遥远的亲人。空间距离带来的自然是想念或怀念，由此，"听说"一词就包含了相见不能、呼唤无着的伤感。只是"听说"，当然也有无根据之意，而对于阴阳相隔者，有无根据或许并不重要。不过，听说的那些说法，却对诗人意义重大。那是渴望得到回应的呼唤，而在这里，回应集中在耳朵的作用上，用棉花堵住耳朵是为了听不到，耳门大开是期待有声音进入。

第二节诗表明，"听说"的两种情况，对于"我"来说，起到的作用却是避开"耳朵"的性能，转换提起名字的方式。听觉转换成视觉，在蓄满清水的腹腔里盛开的亲人的名字，朝着喉头奔跑。把思念说出来，就变成了让思念生长，成为身体内无限地盛开的一部分。诗的美学之力在这首短诗中有了一个漂亮的反转：听说之事和无根据的想象，巧妙地变为身体经验的呈现。

短诗贵在有所藏。这首诗里藏着的，可能有关于鬼魂的传言，幽冥界的生机，灵媒的嫁接转换，以及说出与听到的错位感。如果诗人在语言的锤炼上更下功夫，更用心关注表达的贴切与用词的准确，或许能打开另一番诗境。

119

两颗相望的纽扣

王妍丁

春雨降临
烛台上
往事还在不停地起身
一颗纽扣讲述着
另一颗纽扣的故事

它们离得很近
只要伸手就能触摸到炽热的爱情
就能在一种宁静的茂盛里
一个覆盖另一个的嘴唇

一生很短
真的只有相爱那么一点点时间
可是它们的手始终坚贞地握在衣袋里
彼此
谁也没有走近谁

烛泪一生都是热的
就像心底没有明了的忧伤和幸福
两颗纽扣
就这样彼此相望

一生都不曾衰老

唐诗点评 诗人和常人不同的地方，就是能在常人司空见惯的现象中有着独特的发现，并将这种发现转化成美丽的诗篇。整首诗没有更多的客观意象，更多的是诗人的喃喃自语，既在写两颗相望相守的纽扣，又是在写两个相爱但又永远没有走到一起的一对恋人。在沉静而深情、朴实而动人的诗写中，让我们感受到了"一生很短/真的只有相爱那么一点点时间"的浩叹，更让我们看到了因为"炽热的爱情"，使得"谁也没有走近谁"，在"彼此相望"中，"一生都不曾衰老"的惊人力量。这首诗秉承了诗人一贯浓烈的抒情风格，并在巧妙的诗写中把这种抒情推举到了"情浓而意不乱，语直而味不淡"的佳境。

致因学费被骗蹈海自尽的女孩

李建春

孩子，我震惊于你的美！

我震惊于你刚刚经历高考从一个
贫寒的家庭考上大学因而全身
玲珑地穿戴，得体而活泼的少女的美！
你半没在海滨的流沙中　海浪
也不敢吻你敬畏地让开
好像刚刚被责骂哭泣地睡去
小手微张，半温柔的线条搁在床沿
你其实还不懂温柔不懂生活粗暴的云
从你梦中掠过
你畏惧退缩不知所措像童养媳
在黑暗的过道门厅期待奶奶
走过唤你一声"小妮子"又埋头择菜
你在巨大的荒芜中走向
闪闪发光的大学所见的一切
让你心跳
你在父亲的艰辛母亲的茹苦与
一万元钱的比例下没有脱离
玩游戏挨骂的心理和补习的小课堂
娟秀的笔记，仿佛刚刚脱尽乳牙

满口长齐的恒牙还不习惯
与你跨越的大门对话就听到一声
呵斥（这是了解你一切的服务员
最周到、彻底的欺骗，自始至终
都是关爱、焦急的提示）
你，萌芽的少女在与整个世界
接触的初夜抽泣着
从沙滩的床头
滚下去大海又爱又怕翻滚着拥抱你
把睡着的你送回惨白的黎明

雷武铃点评　这首诗写取材于新考上大学的广东省揭阳市惠来县岐石镇十九岁女生蔡淑妍，因学费被骗跳海自杀一事。这是现实中发生的一件极为痛心的残酷之事，但这首诗使用的是浪漫主义色彩的语句和语气。"孩子，我震惊于你的美！/我震惊于你刚刚经历高考从一个/贫寒的家庭考上大学因而全身/玲珑地穿戴，得体而活泼的少女的美！"这样的一首诗，竟然以"震惊于少女的美"而开始，也是够令人震惊的。全诗一直以这种温柔、甜美、亲切的浪漫化的语言和语气进行描绘，描绘一个天真的少女应该有的美好的生活环境。甚至置她于死地的大海也是温柔地爱着她的，给她吻和拥抱。"海浪/也不敢吻"，"大海又爱又怕翻滚着拥抱你"。但我们知道这天真语言的修辞越华美，这现实事件的真相就越残酷。

我

沙 克

树上长出土
树上长出河
你们言必批评习惯思维
却惊疑、害怕、回避、否定这棵树的存在
我的身上长出书籍和文明
我的身上长出排斥一切同质的虎毒
你们言必批评万人一面的模仿
却不赶紧拜服这个身体

如果当下有一首唱不了的歌
唱了就不会停息的歌
那是因了我的存在

我天生不会讨巧
与一片面包一双乳房的差距那么大
与一个家庭、单位、省市和中国差距那么大
与人精、魔王和沸腾的朝代
差距那么大，反之亦然
你们与我差距那么大那么不般配
我的身上长着创世之器、之乐、之委屈

我没有了

鞋子给你们穿，思想奉送给东方

西方的形象前来做殉葬

我早就没有了

用生与死的两世来暗藏温情、柔软和无争

树上长出溶洞

洞里蕴藏六天的海洋、云霄、山

借神的平凡活在当下

在你们面前

周瓒点评 这首诗题为"我"，在理解上却可以是双重的，一种把"我"等同于诗人塑造出的，也得到诗人认同的"自我形象"，另一种是把"我"对象化为一个角色，即诗人所刻画的，把自己想象成为的某个"自我形象"。以前一个"我"的方式读这首诗，你大概会读出一个自大、激烈、谵妄的人，而以后一种方式读，这个"我"或是另一种人，或是另一种物。根据第一节的两个并列的段落，读者还可以猜想，也许"我"指的就是"树"。这样，这首诗的主题就变了。把"我"理解为人，与理解为"树"，则是这首诗可能的两种不同的理解向度。

当然，第一节中的"树"的部分也可能是诗人运用起兴的手法，它与"我"的关系是一种类比性质的。树和"我"身上能长出的事物乃是自然与文明的并举。不过，诗的最后一节，又好像将树和"我"融合了，"我"与树一样，"借神的平凡活在当下/在你们面前"。用这么多篇幅来猜测"我"是谁，不是想说明这首诗有多玄妙，反倒是想表明我认为这首诗稍微欠缺的地方，那就是关于"我"的一切还是略显抽象。换句话说，诗人的意图或许是想表达一个狂放、独特、负载了无限意义的"我"（不管是人还是树），但是，因为诗的内部构成既非明朗、单纯的，也非绵密、清晰的，因此，通读下来，给人的感受是某种程度上稍有故作惊人语之嫌。尽管如此，此诗也算得上有趣。

王 村

刘 年

过些年，我会回到王村的后山
种一厢辣椒，一厢浆果，一厢韭菜
喜欢土地的诚实，锄头的简单，四季的守信
累了，就去石崖上坐一坐
那里可以看到深青的酉水

我会迎风流泪
有时候，是因为吃了生椒
有时候，是因为看久了落日
有一次，是因为看到你，提着拉杆箱
下了船，在码头上问路

罗振亚点评 海外学者顾彬曾说，每当我们对文明生活的复杂性感到厌倦的时候，就会向往一种更"接近自然"或"淳朴"的生活方式。此言不虚。似乎是一个悖论，人类早已在消受现代化的种种便捷和好处；可却时常怀想、迷恋逝去的桃花源式的乡村文明，这种情结在以还乡为天职的诗人那里尤其突出。《王村》虽然只有短短的十行，但仍然蛰伏着精神还乡的坚执意向。在象征思维之光的烛照下，王村的"后山"不再仅仅是地域意义上的方位指向，而已转换成淳朴和谐、令人神往的精神"乌托邦"所在，在辣椒、浆果、韭菜、土地、锄头、四季、石崖、酉水、落日、码头等组构的时空中，自然、生活和爱情形态，都呈现着未被污染的"绿色"，置身其间，与山水为伍，和清风对话，不知秦汉无论魏晋，岂不快哉！而"过些年"的点醒，则既造成了诗人心中理想的"生存圆"同与"土地的诚实，锄头的简单，四季的守信"迥异的充满虚伪、繁琐、欺骗的现实"生存圆"的对比，对有生活而无真正生命的所谓现代文明的否定不宣自明，又因其整体"未然态"情境的虚拟，增加了诗的空灵妩媚和一丝淡淡的惆怅。

小　路

玉上烟

午后，我独自在一条小路上散步
不知它尽头伸向哪里
也不见有人经过
小路两旁是苍老的银杏树
刚下过雨，鹅黄的叶子结满了
颤动的水珠
它们簌簌飘落
这里，再厚的落叶也无人打扫
我久久地凝望着清冷的天空和
孤零零的远山
前方几十米处，是一个幽暗的水塘
不时传来鸟鸣声
当我慢慢走近
池塘左侧，出现了一个墓碑
我小心翼翼地蹲下身来
上面的字已经模糊不清
我徘徊着，全身突然起了凉意
"通往墓地的路是最安静的
你要吸取教训"
"大喜鹊与乌鸦在墓地争鸣
难不成那些鸟儿真的与死魂灵有牵连？"

我想起了两位朋友的对话
我突然意识到
小路的一切都不像是真的
所有的，仿佛并不曾存在，包括我
也像离开了人世很久的人

洪烛点评

世上的道路有无数条，描写道路的诗歌也不计其数。鲁迅说："世上本没有路，走的人多了，便成了路。"写路的诗人多了，却容易陷入惯性，容易轻车熟路，偏离诗之真谛：创新，或者用大白话来说叫与众不同。我一直觉得玉上烟的诗歌常常以神秘感取胜，有女巫的气质（褒义），她面对道路这一最容易落俗套的题材时，果然也独辟蹊径："独自在一条小路上散步"。这条路之所以显得神秘，不仅因为看不见有人经过，以及厚厚的落叶无人打扫，更因为路上的独行者也不知它尽头伸向哪里。当然，这个不走寻常路的诗人还是亲手揭开了迷惑过她的谜底。原来小路的终点是一块看不清碑文的墓碑。难怪那么冷清。曾经有一个最早预言全球化的古老谚语："条条道路通罗马"，那是就空间而言的。就时间而言，对于每个生命，说"条条道路通墓地"，也不能算错。这已上升到哲学层面的思考，比前者更形而上。诗歌可以直面惨淡的人生，也可以直面惨淡的死亡，没什么是不能写的，关键你要写出新意，那才是绝处逢生，那才叫出奇制胜。

礼 物

娜仁琪琪格

这是今年的第几场雨？它奔向大地与万物的合奏
淋醒了我的心。这一年有多少事物被我忽略
那些花开、草绿、蝴蝶的翅翼，那些飞鸟的天空
疾走的人群、这人间的时光
一日一日都在翻动

而我心苍茫。倾覆巨大的疼痛，那些忍住的泪
不能说出的伤，无法返回的故乡——
沉入哑默。我用哑默、纤弱、柔软
用爱 与突然而来的下陷、谷底、寒霜
那些飞来的石头——对抗

妈妈，您看啊，您走了，带走了风烛残年
病痛。一生的辛劳。而把一个女子的柔韧
倔强。对人世美好的信任。执着。留给了我
留给了我
扶住我的弱。我的踉跄
在风口，微笑着把自己站稳

雷武铃点评

这是一首怀念母亲的诗。共三节，第一节起兴，因雨而唤醒内心对世界的知觉。感觉到这个世界上的事物，"花开、草绿、蝴蝶的翅翼，那些飞鸟的天空/疾走的人群"，由此意识到有一年丧失了对这个世界上的事物的感觉了。第二节写到这种感觉的丧失是因为陷入了伤痛之中，这种感觉的丧失是因为情感依靠的丧失，而造成一种与世界的对抗。第三节最后写出了这种丧失的核心，母亲的去世。而这一节直接呼喊出来："妈妈，您看啊，您走了，带走了风烛残年/病痛。一生的辛劳。"是一种悲伤的抒发，但同时也是一种恢复。母亲的去世，这一丧失和脆弱终于转化为一种支持的力量，促成自己坚强地成长："把一个女子的柔韧/倔强。对人世美好的信任。执着。留给了我/留给了我/扶住我的弱。我的踉跄/在风口，微笑着把自己站稳"。

整个下午，他都在擦着那块玻璃

姚　彬

我一直在想，他是否要把那块玻璃擦成无
这是一块不到一个平方的窗玻璃
里面有飞鸟的影子，有磨刀大爷的吆喝
有少年在里面诵读，有情侣在里面低吟
有屠夫鼓起的牛卵子一样的眼睛
有悍妇汹涌的波涛
有普拉斯的自白，有金斯伯格的号叫

我一直想，一个瘸腿的人从少年走到中年
为什么要以一块和他相依为命几十年的玻璃为敌
如果要彻底打败它，一锤就会取得胜利
为什么要用一块柔软的棉布去对抗

整个下午，我都在看他擦那块玻璃
仿佛是他在用一块铁砂布擦着我的身体
有时溅起冷冷的火星

梁晓明点评 一个人，整个下午都在擦那块玻璃，他到底在干什么？他又到底想干什么？他想把那块玻璃彻底擦掉？我们看到作者其实一开始就告诉我们，这块所谓的玻璃，其实并不是一块我们常识中能够理解的玻璃，因为它里面有"普拉斯的自白，有金斯伯格的号叫"，不仅如此，它里面甚至还有"情侣低吟，少年朗读，飞鸟的影子"，还有奇怪的"磨刀大爷的吆喝"，"有牛卵子一样的眼睛"。这样一来，哪怕是一位几乎没有现代诗歌阅读经验的读者也会明白，这块玻璃，显然已经不是一块我们日常经验中能够理解的玻璃了。换句话说，这块玻璃，显然已经变成了一个作者的代言工具。他只是需要这样的一块玻璃来进行他想叙述的思想，一种感受和情绪。换句话说，就是这块玻璃，其实早已经飞升到了玻璃的上空，它已经是一个代名词，也就是成为了一个形而上的载体。从这个意义上来看，作者显然已经成功地完成了这个目的。

新 生

杜绿绿

她想成为新世界的一员
便来到我的梦中。

传说中的光明
使她放心，这里——
没有多余的人，
动物异常冷峻。

"——是你的乐园，
你的领地，可你在暗昧中沉睡"。
她自在地躺下
在我的梦里，
像是拥有整片地方。

"平庸的空间正在被替换，
勇敢者能得到它——"
荒草望不到头
失重的云朵掉下来。

"我自己就是路，请走过来"，
她摊开手脚，

伸长每一个关节——
占据了所有我看到的画面。

"你要走很远的路,
请从西北的马群里挑选你钟爱的"
她指挥我的梦,调整观察视角
贬损这里规范的、让过往入梦者
一致赞赏的平衡。

她将我拖进梦里,放在马背上
"你只能去寻找另一处
建设中的国度,无法计数的空壳
葬在岩层中——"

我失去了我的梦,
她在我身体中醒来。

臧棣点评 就文学题材而言,"新生"在诗歌中很常见。而就诗的主题而言,这样的题材却触及很多微妙的难点。它既是非常个人的,因为每个敏锐的诗人对"新生"的具体感受是有差异的;同时,它又带有审美的普遍性;也就是说,个人的具体感受,无论多么独特,但在意识深处是可以被共鸣的。而杜绿绿的这首诗,最难得的地方,就是在语调的控制方面显得非常精准。诗人使用的语调带有一种审视的意味,夹杂着犀利的省思、幽微的反讽和良好的自我克制;这些修辞特征又刚好可以用来修正这首诗的幻觉情境。换句话说，就诗的情境而言，诗人呈现的画面，似乎是一种幻象；但通过对诗歌语调的精准使用，这种画面升华为对我们的生存真相的一种透视。在诗人的洞察看来，新生只能在梦中实现，不仅结局难以意料，而且还可能触及最深切的悲哀。新生召唤了一种光明，但它的实现却需要我们敢于置身在更具冒险性的生命空间之中：不仅要面对随时会掉下来的"失重的云朵"，而且还要直面"无法计数的空壳葬在岩层中"。但正如诗人揭示的，"新生"的意义，在于我们知道如何从"失去的梦"中获得一种醒来的能力。

鸡鸣驿

爱斐儿

一

鸡鸣三声，天下大白，城门洞开。

天光重启驿墙上的汉瓦秦砖，光阴蹄声嘚嘚，尽做成白马飞驰而过石板老街。

远看一峰陡起，鸡鸣传闻四野，所有的草木都起身迎向官道，只见车马滚滚而来，入鸡鸣驿，驿卒、探马往来于道，商旅带来俗世繁荣，酒肆里沽酒，鸡鸣寺祈福，风声与传闻高过道听途说。

途经这里的人，没有一个是归人。他们日夜鞍马奔于途，武将纸上谈兵，文官出谋划策，一次次皆因闭关锁国，置人民于水火。

二

密令和锦书，再难修补身前旧河山。

至此，鸡鸣驿迎来三千里加急，送别旧朝代殆尽的气数。

经年的骨血，垒高这孤城一座，扼守大漠与西风，等那途经的人，来访这苍茫中的故城，从砖瓦中翻找昔日的奇迹与荣辱，在石头中翻看那让人泪水长流的密约。

数百年后有人问："因何日行千里的速度，终难追回一场泡影？因何那些丝绸和白银，都没能换回一场必然的灰飞烟灭？"

三

轮回路远，前世走散的人重又回到鸡鸣驿，曾经往来驿站的文臣或猛士，也沿着暗记从白云边返回苍茫尘世。

旧情依稀，朝代如云，能执手相认的人，定是前世宗亲。

鸡鸣驿，留有遗世之美。往来于街巷中的皆是古人与流云，每一次不期而遇，皆是古老灵魂的再次相认。

如庙宇中遇见那生动的壁画，如指挥署遇见门当户对和砖雕，如若遇见头顶槐花牵手走过石板街的情侣，他们一定是那爱过前世又爱到了今生的人。当他们赤脚走过城墙上的每一块砖石，手指触及城墙上那些泥土和石砾的时候，心中顿生载舟覆舟之慨，回首有缘人：

"是相濡以沫，还是江山社稷？"

答曰："爱过之后，再议。"

四

其时，乱世已平，山河依旧，鸡鸣驿三字孤立于北方平野，阑珊处藏下十万火急，槐荫下藏起庙宇和房舍。

诸神作证：作为千载纽带的鸡鸣驿，一端连接庙堂和江湖，一端通向古往与今来。它是铁打的，也是流水的，而来往之人，皆行在颠沛的路上。

如今，他们是故地重游的人，也是荷锄归来和泥墙根晒光阴的人，身居太平，与古树为邻，晴耕雨读，和光同尘，深藏美德与良善，皆是世人眼中安然的一切。

可知，安宁才是盛世的真相。

李少君点评

鸡鸣驿曾是喧嚣热闹之地，"车马滚滚而来，入鸡鸣驿，驿卒、探马往来于道，商旅带来俗世繁荣，酒肆里沽酒，鸡鸣寺祈福"；鸡鸣驿也曾是历史风云汇集之处，"一端连接庙堂和江湖，一端通向古往与今来。"但诗人在这里感受的却不是这些，只是日常人世，"是荷锄归来和泥墙根晒光阴的人，身居太平，与古树为邻，晴耕雨读，和光同尘，深藏美德与良善，皆是世人眼中安然的一切。"确实，这才是人间最长久最现实的生活，也是我们最该珍惜和保有的生活，诗人因此感叹："可知，安宁才是盛世的真相。"诗写到这里，可谓点睛之笔。整首诗节奏舒缓，有一种从容大气。语言也颇简练，古意今情融汇得天衣无缝。

第二部分

网选作品及点评

我总是在黄昏，走过你窗前

一 灯

我总是在黄昏，走过你的窗前

落日的余辉，映红你的玻璃窗，此时

你已从白昼的忙碌中，抽身隐退

打开客厅的灯，厨房里，灯也跟着亮了

扎着花边的围裙，为家人孩子们准备晚餐

白天皱紧的眉头，舒展开来

眼角漾起一丝安详的笑意

或者，晚餐已用过

家人在看电视，孩子们在捉迷藏

你站在窗前，眺望远方之外的远方

草木青青，羊群浩荡

隐形于，正在悄悄稠厚的暮色

心跳微调至共振的频率

我是你投射在窗外的影子，此地

此时，我们是同一个天涯人

罗振亚点评

傍晚时分，被落霞染红的玻璃窗中，映出一位辛劳的主妇身影。这样安详宁静而又温馨的家庭画面，虽然是生活中习以为常的日常景象，但已经很美。尤为可喜的是，诗人更透过这重美的帷幕，以想象力的介入赋予了画面多重情感层次，并使之获得了自然温暖的诗意。"你站在窗前，眺望远方之外的远方/草木青青，羊群浩荡/隐形于，正在悄悄稠厚的暮色"，或许并非实指，而只是诗人依据自己的心境的虚构和想象，但它却巧妙地将自身情感转移到本不相干的主妇身上，在克制地表达情感之后，又利用情感"共振"机制把抒情权引回自身，和盘托出"同是天涯人"的抒情主题。至于"同是天涯人"是主妇的感受，还是诗人的感受，抑或是主妇和诗人的共同感受，读者尽可做出或A或B或C的不同诠释，诗自然也就随之进入了灵动的境地。

雪压屋顶

一 弦

那一年，雪真大
压住屋顶，盖住炊烟
米仓是空的，父亲学风的样子打一声呼哨
把我们拢回屋里
按着空瘪的肚子做游戏，讲故事
火炉上的水壶嗞嗞作响
墙壁上的"馒头"冒着热气
母亲一声不响纳鞋底
弟弟妹妹欢天喜地

雪一下好多年，屋顶的积雪一直没融化
我们兄妹已各奔前程
父亲依然守着火炉
一个人喝酒，讲故事
偶尔抬头，窗外屋檐上
一排听得入迷的孩子，流着长长的鼻涕

杨志学点评

表达父亲与子女间情感关系的诗作应该不少，但像这首诗所用的叙述方式我觉得还是颇具陌生化意味的。

诗从童年记忆入手，简洁的言辞中透露出众多鲜活的生活场景和细节。那是一个"米仓是空的"、物质贫乏、生活艰难的年代。诗题《雪压屋顶》不光告诉人季节的严寒，而且喻指生活的严峻。但就在这样的年代，"我们"的日子却是有趣而快乐："纳鞋底"的"母亲"是宁静的，"弟弟妹妹欢天喜地"，这在很大程度上要归功于"父亲"对家庭气氛的营造。

诗的第二节以"雪一下好多年"作为过渡，完成了大跨度的时空跳跃。"屋顶的积雪一直没融化"照应了诗题，象征着严峻艰难的日子持续了许多年。现在，虽然"我们兄妹已各奔前程"，但"我们兄妹"眼下的生活是否富足或幸福，诗里并没有说明。值得注意和玩味的是，诗人以幻化、叠映的手法，让"雪压屋顶"的意象贯穿起了昨天与今天。过去"打一声呼哨"聚拢子女的父亲，好像转瞬之间变成了现在"一个人喝酒"的父亲，而听他"讲故事"的人，也从昔日欢欢喜喜的子女变成了今日屋檐上的冰挂。摹写父亲孤苦之状如在目前。这样的叙述中，满含着对父亲的深切牵挂和对童年愉快生活的极度怀恋。

对一个小土丘的痴望

一苇渡海

它了解我，胜过我了解自己。
它知道我从哪里来，往哪里去。
它懂得我的矮和小，不等于猥琐、自怜。
它懂得我继续的矮和小，
不等于厌倦、自弃。
几十年，它代替了我孤寂的身影，
扮演了我浑茫的表情。
现在它清晰地表明了我：
放弃耸立的恶念，归于心灵的平坦。

臧棣点评　这首短诗写得相当朴素，涉及的场景也很透明，几乎一览无余，但它本身牵涉的意向性空间却并不浅陋；可以说，在短小的篇幅里，这首诗的意图展现得相当深邃。这是一首关于自我和存在的诗，它抒写的是，生命的个体如何在这卑微而晦暗的日常存在中寻找到自己的立足点，并在那里重建自我的信念。诗人写到了普通人的生存形象：卑微和平凡。通过"矮和小"，它们深深塑造了"我孤寂的身影"。但就像爱尔兰诗人希尼在奥登的诗歌中指认的，诗的神圣的功能在于它可用于灵魂的"测量"。诗，可用于生命绝对的镜像。在这首诗中，诗人深知卑微对人生的遮蔽，但也知道生命的真意在于，我们应该有能力建构一种心灵的秩序，以避免生命中美好的那一面渐渐混同于"猥琐和厌倦"。最后，诗人想展示的是，灵魂的从容，或者说"心灵的平坦"或许是人生中的一个真实的故事。这首诗的主题，从动机上看，观念色彩相当浓郁，弄不好，很容易堕入抽象的说教。但本诗中，诗人的倾诉，基本上是有效的。这首诗的成功得益于诗人对叙事语调的老练的把握，以及诗人在无名的小山丘和人生的孤独之间建立起的那种简练却寓意丰富的隐喻关系。

山坡上的羊

二　胡

羊羊羊，咩咩咩，满山坡的声音
呵痒了野花，笑哧哧地全开了

羊嘴把初春嚼得黏黏的
把天空都涂满了草汁

羊憨厚的嘴只会说咩
那是它们对村庄永远说不清楚的爱

唐诗点评　好的诗歌是一情一景，自成经纬，诗笔在游走之间自然呈现诗意。这首诗短短六行，却包含有丰富的内容，让我们读出了诗歌的玉质金声，充满了画意诗情。通感、联想等手法的自然运用，把诗人心随情转、意随笔走的情感脉络，梳理得经纬分明、井然有序，尤其是几个动词和形容词：呵痒、笑哧哧、嚼、涂满、爱……这几个词语把整首诗点亮，既把羊对村庄的爱呈现得淳朴、自然、生动，也把诗人的情感呈现得细腻、真挚、通透。整首诗所呈现的画面感十分逼真，抽象的概念如初春也变得可感可触，让我们仿佛置身山坡，似乎与憨态可掬的羊在一起，与笑哧哧的野花在一起，与黏黏的初春在一起……羊、山坡、村庄和天空，构成了奇妙的画卷，我们可以尽情地享受大自然的祥和安宁。整首诗清新、灵动、凝练，对于情感的把握恰到好处，对于语言的处理十分娴熟，读后让人顿生喜悦，有神清气爽之感。

我 们

丁 薇

人间的波光
在一条大街上流动
被狭小的房间收容

我们在白天牵手、散步
我们在夜晚亲吻，挥霍汗水
我们在重复人类的初衷
——历史再次还原成现实

只是一天
时间已经足够
这镀金的成色多么坚定
从表面开始，坚硬的质地已经形成
—— 一切源于内心
我相信，你也相信

我们完成了爱情的所有形式
当白天再次取代黑夜
我们也将涌入人群……
在一条盲目和必然的道路上
读出人世最后的秘密

网友王徽公社点评

阅读丁薇的作品，多是对生活状态的描摹，对观察思考的捕捉，写得自然流畅，并不显山露水。但这首《我们》，却非常奇谲。起笔，"人间的波光，在一条大街上流动"，是对随波逐流式生活的诗意观察和切入，让人联想人如鱼虾，在江河中游动、挣扎、搏击的场景。随后笔锋一转，"被狭小的房间收容"，瞬间从远拉近，由动化静，营造出巨大反差和审美张力，勾起读下去的欲望。次节，作者先用直白的语言交代了饮食男女的爱情常态，尔后再次笔锋一转，以"我们在重复人类的初衷"，把爱情真实还原为历史真实，使得男欢女爱兼具了现实感与历史感的况味，诗境与诗意极大拓展，确属神来之笔。第三节，表达了爱情观，因为"一切源于内心"，所以必定天荒地老，"我相信，你也相信"。但生活仅有爱情是不够的。末节，开始首尾呼应，当"我们完成了爱情的所有形式"以后，就应该从温暖你我的"房间"，重回波光流动的"人间"，道路虽然"盲目"但很"必然"，因为"人世最后的秘密"，还等着"我们"共同去解读和挖掘。纵观全诗，可以看出作者对人生与写作的积极态度。如果把"最后的秘密"狭义为诗的秘密的话，那么打开生活真实与诗意真实之间的密钥，至少在这首诗里显然已被作者掌握。

保持的白里

于耀江

没有到过的远，不知远的样子
在风中流动的云，像水憋急了要找到出口
云到达的地方就是远吗
窗前种下种子的话语，说给秋天去听
向日葵开得好像精神的祈祷
一瓣一瓣地祈祷，一瓣一瓣地在褪去的黄里凋谢
我柔软的内心承受了眼前的季节
在哈下腰和抬起头里，秋天就是一种远
最后的鸟洗亮最后的眼神
我在帮助向日葵，藏起了最后的种子
想要过河的石头洗白了自己
被人踩过的白，在泥里保持的白
白得远了，远了才能剩下的白
石头保持的白里，有一种东西叫作坚硬

网友韩东林点评

当我走进诗人所要保持的白里时，我将不知所措，是继续走进去还是有必要转身退出？保持一种白，并赋予诗意的诠释，诗人的担当让我感到敬佩。诗歌中的白，显然已经超越了颜色的表象，更接近一种哲学意义上的或精神层次上的寓指：白得远了，远了才能剩下的白。显然，我们处于红尘之中，并没有抵达真正的远，更不知远的样子，当我们轻吟诗歌和远方的时候，却只能在凡尘中接近一些纷杂的事物，在窗前种下种子的话语，说给秋天听，在哈下腰和抬起头里，秋天就是一种远。或者认定：云到达的地方就是远，远和白在诗人的叙述中，成为了共依共存的高尚的词语，当然这些抽象的词语必须具有一些动态的意境来体现和表达，比如向日葵、云朵和最后的鸟洗亮最后的眼神……这些都是故乡里不可或缺的事物，诗人笔下的白，大概就隐藏在这些质朴深沉的事物里。保持着白的秉性。当诗人推出最后的具象——洗白了自己的石头时，我蓦然发现，白不仅需要保持柔软的内心，更需要保持一种像石头一样坚硬的东西。可以任人踩踏，可以保持在泥里。但坚硬的纯白的秉性不会轻易改变或消失。

油菜籽

大刀李征

一

逮着机会它就开花
不开冬瓜花不开西瓜花不开南瓜花
专开它刻骨在心的那一朵朵油菜花

籽虽小，心里搁的可全都是油菜花
不如就叫它油菜籽好啦

二

不让它开花
那就榨它榨它榨干它，榨出它所有的油水
经由你的胃你的肠窜进你的血管你的心
成为你的这一部分成为你的那一部分

最终你也成了油菜籽
逮着机会你依然开花
不开冬瓜花不开西瓜花不开南瓜花
专开它刻骨在心的那一朵朵油菜花

洪烛点评

如果这首《油菜籽》只有前半部分，也能独立成篇，但只能算一首平常的诗。有了后半部分，就是好诗了，因为更上一层楼了。所以欲穷千里目的诗人，不应满足于有点小发现就仓促成篇，还要往深处挖掘，往远处眺望，往高处飞翔，往细微处注入情感，就会有大发现。至少，会有更大的发现。山外青山楼外楼，柳暗花明又一村，独具慧眼的发现才是诗的核能。一首诗要想成为精神上小小的核电站，必须有超凡脱俗的新发现、大发现。世上并不缺少大美，缺少的是大发现。大发现甚至堪称作者的"发明"了，可向诗神申请专利。如果这首《油菜籽》只有前半部分，只是油菜籽想开花，有了后半部分，就是人也想开花了，就是人在替油菜籽开它那没开出的花、没开完的花，就是心花怒放。如果这首《油菜籽》只有前半部分，只是油菜籽想说话，有了后半部分，就是人在替油菜籽代言了。替万物说出其想法，说出其想说而说不出的话，是诗人的天职。人类也因为有道破天机的诗人而显得更伟大。

礼 物（祭南岳忠烈祠）
广 子

你说，忠烈祠是一个词吗

戴安澜是一个词吗？再大声点儿

你能说，野人山是一个词吗

同古是一个词吗？借给你一万吨梦话

你敢说，仁安羌是一个词吗

就算你糊涂，你就可以说

缅甸是一个词吗？山顶上的白雪

是一个词吗？比白雪更白的

骨头是一个词吗？就算翻书比翻山

更容易，你能坦然地说

历史是一个词吗？忠烈祠

真的是南岳的一个词吗

好吧，电视剧的确很好看

你坐在沙发上就能断定

远征军是一个词吗？敌人是一个

词吗？二十万是一个词吗

那么你已经在心里插满了蜡烛

就有权利悲壮地说，鲜血

是一个词吗？死亡是一个词吗

即使撤退到和平的语境里

枪是一个词，子弹是

一个词，刺刀是一个词
你能说出，屠杀是多残酷的
一个词，瘟疫是多恐怖的一个词
七十一年是多久的一个词

九百九十公里是多远的一个词
战争到底是什么样的一个词
祖国是何种颜色的一个词
如果你一定要逼着死人说话
烈士你说，死都死了
为什么骨头还要化成灰站起来
走那么久，那么多冤枉路——回来
你说，回来是一个词吗

耿占春点评

本诗透露出激烈的反讽，其语调接近愤怒，它几乎是一种从窒息与沉默状态中激起的反讽话语。因为长久以来，经验脱离了词语，历史脱离了记忆。一代人又一代人的记忆被虚假叙述所伪造，空话脱离了经验在任意地空转。因而，不是那场战争、那场远征本身在七十一年之后让诗人愤怒，而是历史记忆的丧失让人窒息，是词语脱离了真实经验之后咄咄逼人的空洞把诗人逼近沉默的深渊。而激烈的反讽，就是从这一时刻——记忆的空白遭遇到一座物质遗迹的质问：为什么真实的经验变成了一个词而不是关于它的叙事？他们不是被战争消灭而是被不忠实的记忆、被背叛的记忆置于死寂之中。

死去的人什么都不缺

夕　染

一

每年清明。都要上山
什么都不做，不说。他只想在
父亲的
寂静里，避一会儿雨。
想起头几年，山里的新坟多，人也很多
他烧纸时，妻子和女儿
认真看着。旁边的野杏树，偶尔落下
花瓣，他磕头
也跟着磕头。
那时候，雾气还没这么重
悲伤的事，看起来也很幸福。

二

一个人走在林子里
听到鸟叫
就想起第一次，给父亲擦洗身子时
那种空荡，让人战栗的

空荡。以前女儿

总跑在前面，时不时停下来叫他

爸爸，爸爸。那时候

他没听到过

鸟叫。野杏树还在开花，他最后蹲下来

像一只昆虫

坟草茂盛，他羡慕父亲。

茱萸点评

诗人张枣在《哀歌》里写道："死，是一件真事情。"南宋诗人陆游说："死去元知万事空。"死亡被触发的那个瞬间真切存在过，而对于死去的人，世间的万事万物都如梦幻泡影，随之消逝。不过，这"空"并不是无有，而是完成——每一个死去的人，终于不需要再为尘世之物所羁绊，获得了完整的自由。夕染的标题，"死去的人什么都不缺"，实际上已经点明了这首诗的深心所在。但"死去何所道""死者已矣、生者何堪"，亡者固然自由了，生者却往往不得解脱，或者说，依然不能忘情。夕染这首诗中的死者是"父亲"，生者是"他"和妻女，不断闪回的则是过去的几段记忆："头几年"、"那时候"（两次出现）、"以前"。所有的情境和安放在这些情境中的感情，都为两节诗中共有的"想起"这个动作所引领；而两节诗各自的结尾，"幸福"与"羡慕"，也成为了存者对亡者"什么都不缺"式的完满与自足之歆美的落实。

山 色

子 溪

黄昏，我坐在广场上看山色

一群鸽子飞过来

它们高于山顶的时候

山色没有什么变化

它们飞在半山腰时

山色突然零乱起来

我多希望那些鸽子

就像一些圆圆的铆钉

能把山色钉下来

也把黄昏钉下来

这样，我就会在广场一直坐下去

一直看山色

那山色，无非就是树的颜色

草的颜色，黄土的颜色

还有那些瓦房的颜色

就像一个人不断变换的表情

可是鸽子飞过来了

鸽子们不停地改变着这些颜色

也不停地改变着我的心情

最后，当我和黄昏的表情一致时

我眼里的山色，也在黄昏里慢慢褪色了

网友芦苇印迹点评

这篇《山色》融洽地将个人主观情感和客观的山色景象联系在一起，作者寄情于景，语言真挚，表达坦白，首句直接交代了时间、地点以及作者看山色这件事情，接下来作者将动态的鸽子置于山色场景之中，而山色是什么？是那些树，那些草，那些黄土和瓦房的颜色，纯朴，自然，毫无雕饰的，也是亲切的。当鸽子高过山顶的时候，并不影响山色，而鸽子掠过山腰，却凌乱了山色，也凌乱了作者想留住山色的心情，因此，作者希望鸽子能化身为圆圆的铆钉，将此时的山色定格下来，将黄昏留下，因为黄昏的到来，就意味着黑暗和寂寞消沉的到来，作者留恋于此刻坐在广场，静静地欣赏黄昏，用心去感受生命终点站的那一份美丽和淡然的心情，这种心情是复杂的，带着浓浓的伤感，而仅仅只是鸽子的飞行改变着山色，影响着作者情绪吗？当然不是，时光不会为任何人、任何事停留，在鸽子的映衬下，山色似乎是变化的表情，当山色暗淡，鸽子也会随之离去，自然中的变与不变是一个永恒的哲学命题，作者有感于黄昏最终的到临，真切地感受到生命的光芒终将也是要渐渐褪色的，而这些，都是人类无法控制的。读到这首小诗的最后，不禁令人神伤，这很能触发起读者的共鸣。

海 事

马小贵

像是一瞬间游进古老的夜色，轻盈的
火烛在海面上跳跃。幽暗中你略显
疲惫的脸有水母般的深意，透过发光的
剪影，你冰凉的手指正摩挲风声的存在。
这样久久地，你，唇边的秘密埋伏以待
像要为一次远航辩护，但说不出的语言
像斜桅上的旗帜永远伴随我们。任你
静物，任你扑闪的睫毛引发一场晶莹的暴动
赞美你健康的肩胛，不为荣耀。只为采摘
时间的葡萄，海鸥奋战于饥饿的两线
在凌空的时刻听见泡沫微微的喘息，耳语般
召唤，你知道，俯冲的勇气来自不断抨击自身。
当午夜的热浪从你的腹部渐渐涌起
这黑暗中的温暖，浸透进我身体的海域。
我触摸到你海豚般光滑的脊背，好像我们
已相识多年，有幸生活在平凡的渔人中间
在一盏弧光灯下面，学习采集盐粒，凝望
海以及海边的松树。偶尔一只蝴蝶出现在
前甲板不安地乱撞，为了挣脱她那颗被困的心
像停顿、像紫色的蕾丝浪花消失在阳光里。
直到你的身体靠得更近，靠得更近，肋骨

轻碰如低声浅笑，像一艘帆船驶向港口，在所有的抵达中，我听见你潮汐般涌来的痛苦。

此刻海在别处而你在身边

唐诗点评

诗人从本质上是善于创造语言，尤其是善于通过一种新的语言建构一种全新的意境。此诗的最大妙处是在似与不似之间，写海事是虚，写人情是真。

诗人一面将与海和你相关的一系列隐现交织的意象一路铺排，看似缓慢实则快速的诗写，排兵布阵，点染生色，自成猎猎气势，仿佛整个大海都被调动起来："火烛在海面上跳跃""海鸥奋战于饥饿的两线""蝴蝶出现在前甲板不安地乱撞"等等，动静结合，海天一体，将情感酝酿到喷薄欲出的境地。

另一方面诗人直接切入主题，将你进行情感的诗写："疲惫的脸""发光的剪影""扑闪的睫毛""微微的喘息""耳语般召唤""俯冲的勇气"等等，这一切集中在一个核心意象"身体的海域"，另由三个动作进行有力的传递，诗作开始的"像是一瞬间游进"，中间的"为一次远航辩护"，结尾的"一艘帆船驶向港口"，十分诗意地完成了一次海上的与您有关的情感交融，在这个时候"我听见你潮汐涌来的痛苦"，此时的我对于辽阔的大海已经没有感觉了，唯有感觉到你的存在："此刻海在别处而你在身边"。

诗写到这里，戛然而此，我们突然明白了诗人的狡黠和睿智，大胆与害羞，直白与含蓄。此诗达到了"意深故可曲，度敛可微通"的境地，是不可多得的一首好诗。

早雨诗

小 刀

台风将来一场早雨，刚够
新来的异乡人洗隔夜头。
老街依然漫长漫长，而树木
越流露青绿，越危险；
这些未坠地的雨滴，好像
长满了闪烁眼睛——
漂浮物，递过来的战栗
晾在半空。这样说
水滴有无从掌控的
美，比如猜不准糖衣包藏
哪一种，翻滚。
我爱上"来路不明的女人"
她冷静、尖镞于新笋，
从不剥出内心；这脆嫩
更接近"无限的消逝"，比怀中
六月还假寐，她双眼
长出薄蝶翼，略去水滴
破出的瓦蓝。

王士强点评

艺术家罗丹说过，"生活中并不缺少美，而是缺少发现美的眼睛"，《早雨诗》的作者便具有一双善于发现的眼睛，发现并捕捉生活中的诗意与美，对于一位诗人而言，实在是一种不可或缺的能力。

《早雨诗》写早晨雨后的所见所感，仿佛让人置身雨后园林，周围的一切都是新的，清新葱翠，心旷神怡。此种情形让人想起唐人王维的《山居秋暝》："空山新雨后，天气晚来秋。明月松间照，清泉石上流。竹喧归浣女，莲动下渔舟。随意春芳歇，王孙自可留。"这两首诗的意境有共通之处，都有对于大自然的亲近、发现以及与社会化生存的疏离、映照，但《早雨诗》无疑包含了更多的现代元素、异质性、晦涩性，其所使用的语言也是现代汉语，两相对读具有相映成趣的效果，一定程度上能够折射出现代汉语诗歌与古典诗歌所不一样的神采、风韵。

《早雨诗》对于外界的观照细腻而别致："老街依然漫长漫长，而树木/越流露青绿，越危险；/这些未坠地的雨滴，好像/长满了闪烁眼睛——"树木为何"越流露青绿，越危险"，而水滴为何"有无从掌控的/美"，都有着某种言之不尽的意味，余韵悠长，让人品味再三。诗中的"新笋""从不剥出内心"，以及"脆嫩"更接近"无限的消逝"，关于实有与虚空、新生与消逝的书写，都颇富见地、耐人寻味。

葵花街的游戏

小 西

葵花街没有葵花
树也少见，鸟也少见。
葵花街有店铺，一间连着一间
肉铺，丝绸铺，糕点铺，铁匠铺和当铺
在寿衣铺与花圈铺之间
是棺材铺。

那时曾祖父还小
经常和棺材铺老板家的儿子捉迷藏
有时藏到寿衣宽大的袍子下面
有时躲到花圈后
有时躺到棺材里
运气好的话，棺材是檀香木或者楠木的
曾祖父迷恋那些精致的雕刻和木头的香气
会憋住笑声，多待一会儿。
但大多是杉木的
常常刚爬进去，就有人哭着来取。

多年后，他们各自娶妻生子。
先是老板的儿子，在买木材的路上
被一场齐腰深的大雪藏起来。

再后来，油尽灯枯

曾祖父最后一次把自己藏进棺材。

可我知道，游戏还在继续

冷霜点评　　这首诗语言很质朴，但是却隐含着很丰富的诗意空间。最表层是"曾祖父"的童年，儿童没有成年人的忌讳，棺材铺也变成了捉迷藏的乐园，让人想起废名小说《桥》中小林和同学去"家家坟"摘芭茅的段落。直到诗的最后一句，才出现了"我"，也同时带出了整首诗看似平淡的叙述中潜藏的情感："曾祖父"童年的故事"我"是如何知道的？由此我们仿佛可以想见一个其乐融融的场景，疼爱自己曾孙女的老人向孩提时的她絮语着自己幼年的趣事，而现在，这一场景只留存在"我"的回忆之中。倒数第二行就是浸透了这种情感，沿着回忆的方向上溯，在童真之眼中幻化出的情境。最后一句"游戏还在继续"，既可理解为"曾祖父"终于回到已经作古的儿时玩伴中间，另一方面，废名有句诗尝言，"生为死之游戏"，则这结尾处的"游戏"所指向的，就是仍然还活着的"我"，以及所有在世的人。从这里再回头咀嚼"曾祖父"童年在棺材铺捉迷藏的情景，就有了不同寻常的、直抵生命本相的味道。

致 意

小 葱

我是天空小小拖拉机载来的乘客
被雷电击倒，又插上翅膀复活

江边红顶的木房子平放着秋天的身体
白桦林用力舒展开青春的眼尾纹

从俄罗斯飞来的鸥鸟，不需要护照
准备好接受风的动心

白云们躺在地平线上，等待我的抚慰
可我只是一个外地姑娘，转眼就会悲伤地离去

什么是陌生的安宁？就在这儿——
空旷的天地间，我低下眉头

当星辰的风暴停息
蓝莓果凝着新鲜的平静，繁盛着大地

在中国的极北，所有忠诚的、未被采摘的词语
吁请我的守护。哦，那是唯一，我呼吸的声音

雷武铃点评

这是一首意义不是很明确的抒情诗，未形成明确意义的情绪似乎隐含在一些优美词汇的选择上，是一种情绪弥散的诗。基本上由一些词和句子本身洋溢的色彩和情绪带动，词句之间的意义关联和发展松散。其中一些刻意的词语的选择，是带实际信息的，如，白桦林，江边红顶的木房子，秋天的身体，俄罗斯飞来的鸥鸟，中国的极北，我只是一个外地姑娘，从这些信息中我们可以看出，诗中所写的地方是中国最北的漠河，抒情主人公是一个外地来旅游的姑娘。在这些透出实际信息的词语之外，就是另一些表达情绪的词语了：天空，翅膀，雷击，风，白云，地平线，悲伤，空旷，星辰，风暴，眉头，蓝莓果。这些词语都是一些特别精神化和象征化的美丽意象，它们就像插花材料一样，被剪裁和捆束在一起，构成一种氛围。直到最后的抒情句："在中国的极北，所有忠诚的、未被采摘的词语/吁请我的守护。哦，那是唯一，我呼吸的声音"。这里所使用的词语，也是非物质性而更近乎精神性名词。具体所指也不是很明确，还是情绪性的表达。

晨 练

王 妃

她在阳台上瑜伽
双手一次次抓向虚空
楼下的结香早已松开了拳头
香气在盛开和凋落里
连绵起伏
灰喜鹊成群结队
它们爪子收束，张开双翼
在结香上空穿来穿去
每一次，那认真的飞行——
风，卷起波澜
香气在升腾
她在灰喜鹊面前专注地
练习。抓，握……
她的十指灵巧，未染花香

简明点评 王妃这样驾驭她的语言列车。假如不说是一种"出发"，或者是一种"抵达"，王妃有可能会展现一种一直平缓行进的姿态。由诗阅人，我以为可以窥见她内心的一丝慌乱。

　　王妃的诗歌语言是私密的，她渴望表达，但茫茫人世间，却没有一双耳朵善于倾听。王妃苦心经营的，只是自言自语："每一次，那认真的飞行——/风，卷起波澜/香气在升腾"。

　　《晨练》，单从诗题上理解，似乎更多叙述的成分，然而诗中描写性词汇并不多见。意象零星，想象随机："阳台""香气""灰喜鹊"与"瑜伽"等，似乎不构成什么，似乎又有某种暗合，显出迷离的倾向和探究的企图。短章与短句，显示着王妃的性格特质：温情和自信。作为诗人，王妃内心世界的飘泊感正如时光和流水一样，给她创作的灵感。她像蜜蜂一样在生活的花海中勤奋穿梭，像蝴蝶一样舞蹈和留香，她一遍一遍地否定自己，又一遍一遍地找回自我。这种自由状态下的写作，似乎较少功利，似乎更符合艺术规律、更需要天分。

　　王妃诗歌，有一种"顺风顺水，顺天顺地"的语感和"单简澄明，平淡幽玄"的气象。她温婉的表达策略，甚至她作品中的私密性也为她赢得赞誉——这是她内心的指引。

草鞋 皮鞋

王 剀

一双草鞋
静静地躺在博物馆里
有皮鞋络绎不绝
前来参观

草鞋朴实无华
始终保留着草本纤维的韧性
最适合长途跋涉
以敢闯新路著称
长征是最响亮的品牌
这对生命的印章
曾戳出震惊世界的铃记

皮鞋油光水亮
往往残留着动物本能的野性
总喜欢油水的味道
有油水的地方一般很滑
最容易湿鞋也最容易滑倒
不如草鞋稳当
丝丝紧扣大地的背脊

草鞋说
能不能站稳与鞋无关
与穿鞋的脚息息相关

杨志学点评

此诗以草鞋、皮鞋对举，题旨比较明确，没有什么歧义。在篇章结构及语言表达上均采取了比较简洁的方式，读者读来比较好接受，也能够体会到诗人的匠心和诗的内蕴。第二节以"草鞋朴实无华"起，是对草鞋品质、精神的发掘与提炼；第三节写皮鞋，因要完成与草鞋相对的任务，所以就显得有点漫画式的脸谱化。第三节和第四节构成了诗的主体部分。但更精彩的实际上是开头一节和最后一节。第一节的"皮鞋"用了借代的修辞，是指穿皮鞋的人。这样也构成了静与动、物与人、历史与当下的对比。结尾的提炼比较精准，也在一定程度上矫正了对皮鞋的简单化勾勒。

简体诗（纪念何塞·马蒂）

王 敖

有魔灯，照花世间的灯
叠成山的影子，仿佛海里无穷多的河道

扯动冰川，把我碓成何塞·马蒂，如醉月掷天
震碎铜山，穿透海螺深处，风神的集中营

我的叹息如鹿下山，我的山洞是古猿的罗马
黑夜和青岛，是我的两个家

终有一天，你无法再说出，天啊
记忆为你献花如孩童，荒野里的庄稼

转圈抛走昏鸦，我的亲吻在伊丽莎白公园
曾经属于天鹅，那遥远的抽搐歌唱着我，粉身为祖国
献上石油

每次古怪的发音，都让我上吊般腾空，并低头不认罪
巨焰的理发师，修剪着我，如麦穗去地狱做酒，如比
喻的奴隶

坐卧不离，用下巴去幻想的大街上，拦路施工

何塞·马蒂，我的变形记，让我背着你就像悲哀背起了远山

用远去的火车冒着，戒掉的烟，我，王敖，和你一样最爱暴风雪，冻僵亦不会熄灭，钻石开始都是碳，后来都是你的光明

臧棣点评

诗的标题中，何塞·马蒂是这首诗表达纪念之情的对象。所以，这首诗的意图是明确的。它是一首纪念诗，也是一首人物诗。不那么明确的是，读者本来指望在诗的场景中能更清晰地分辨到对何塞·马蒂本人的勾勒，但诗人的做法似乎并不意在满足读者的这一阅读预期。一首人物诗，读者却看不到多少传记意义上的有关人物形象的描绘，这的确会引起不小的困惑。这也许是件好事。因为来自诗的困惑，恰恰说明这首诗向我们提出了它自己的问题。既然纪念何塞·马蒂，作者却很少动用历史人物的传记资料，那么这样的目的其实是明确的：诗人就是要读者把所有的注意力都倾注到何塞·马蒂所代表的生命精神上。也就是说，对传记资料的废弃不用，诗人的意图是，向何塞·马蒂的精神致敬。诗人要纪念的是，何塞·马蒂在人类历史上所演绎的人类生命的某种精神性的存在。甚至也不妨说，在诗人的独特的感受中，何塞·马蒂昭示了一种生命的原型。我们知道，何塞·马蒂是19世纪古巴独立运动中的杰出的革命家，古巴的民族英雄，同时也是一位优秀的诗人。与这首题为"简体诗"暗合的是，何塞·马蒂也写过一首名为

《纯朴的诗》的诗。其中有这样的诗句："我是一个诚恳的人，/来自棕榈树生长的地方，/我想在临死之前，/把心灵的诗句歌唱。"但按一般的读者反应，人们会觉得这首纪念何塞·马蒂的诗，诗人的修辞风格似乎不太"朴素"，甚至有点过于"华丽"。那么，这首《简体诗》的"简体"，究竟简体在哪儿呢？据我的体会，它的"简体"其实喻指的是诗歌想象力本身的"简朴"。按想象力的类型，这首诗其实是一首布莱克意义上的"天真之歌"。所谓"天真之歌"，其本意是逆反人类过于复杂的"经验之歌"。本诗中，诗人给出的意象不可谓不繁复，但从诗的想象的逻辑上看，这些繁复的意象却都活跃在诗人的奇幻而自由的想象之链上。它的强烈的主观性，既与感受力的神奇维度有关，也与生命意志的自由维度有关。此外，这些自由奔放的近乎神话的想象力的自我展示本身，也隐喻了何塞·马蒂的生命形象——正如何塞·马蒂在他的《纯朴的诗》中表白的，"他是一个好人"，一个愿意为纯洁的原则献身的人，一个有理想的人。更重要的，一个有着生命热情的人。现代人文话语中，不太重视人的幻象经验。更恶毒的，现代人文话语酝酿了一整套复杂的理性语法来污名诗歌的幻象经验：一方面，倾向幻象的想象力，不成熟。另一方面，文学的幻想性，不真实。不足以承担人类的责任。但通过对这首《简体诗》的阅读，我的想法有了新的变化。幻象经验，狂野的想象力，恰恰展示了内心体验的真实性。因为说到底，生命的启示大都来自我们对存在之光（在这首诗中，它是"你的光明"）的追寻和认同。

177

中药铺

王十二

山下的药铺正在生火，药柜上的毛笔小楷
如风中簌簌发抖的人生偈语
药罐里的党参，白术，炙甘草，苍术，茯苓
劈啪作响，令斑斓的树叶深感愧疚

暮晚的小镇，飘摇着寂寥而又肃穆的良方
屋檐上晾晒的草药，在落霞中与世界的关系
愈发清晰明朗，炉火更旺了，病人还没有来取药
人世欲望太多，一阵风，吹乱如水的月色
脘腹胀满的人，内心有数不清的漩涡和激流

清苦的药汤，被文火熬成一幅安身立命的经文
一粒甘苦的药丸，如木鱼敲醒了我的前世今生
她用尽最后一滴药性，将一个人内心的孤寂
涤荡得逍遥自在，宠辱不惊

冷霜点评

很多中药的名称本身就是古代中国人充满诗意想象力的命名，例如半夏、忍冬、相思子、当归……它们连通了自然与身体，搅拌着季候与乡土、命运与心情。这首诗也是在这个脉络中展开了它的抒情，并在抒情的文火中，煎入了一丝批判的辛味。草药在作者的笔下，不仅意味着身体的疗愈（"脘腹胀满"），更关涉着心灵的涤荡（"人世欲望太多"），成为自我与世界之间达成某种本真的、"清晰明朗"关系的一重中介。在这个意义上，诗中的"中药"所散发出的诗意，通向的是一个已经逝去的、"用尽最后一滴药性"的古典世界。整首诗的意象和语调水乳交融，很好地服务于主题，共同营造出一种挽歌般的苍凉气息。

179

茨维塔耶娃十四行

王子俊

"经历了整整一百年啊
我才最终迎来了你!"

——茨维塔耶娃

"整整一百年啊……",你失口
叫出对自己全部的高傲和预言。
我们听见你自在和神形的金唇
像上天派来的夜莺,在卡卢加山岗礼赞。

活着!你得饱尝战争、饥饿和厄运的
艾蒿。只有命运把永恒的木钩为你拧紧。
为了爱,保留下去
就必须高傲地去死吗?茨维塔耶娃?!

生命,在无名的尘埃下止步。
当所有你爱的人,都先后穿过四条道路
向你安身的花楸果树聚集。
而去死!如果从此能换取爱

那就以高傲的姿态死去吧
如果作为回报的是安魂或不朽!

这是一首给茨维塔耶娃的献诗，所引的诗句来自茨维塔耶娃那首著名的《致一百年以后的你》（苏杭译文），该诗写于1919年，距今将近一百年，茨维塔耶娃在"饱尝战争、饥饿和厄运的艾蒿"以及政治的翻云覆雨之后，已经获得了不朽，而这首献诗写于此时，似乎正是茨维塔耶娃所呼唤的"你"的应答。而且，与茨维塔耶娃那首诗相似，此诗的声音也是高亢而激切的。值得注意的是，诗的第三行用了"我们"而不是"我"，表明作者的一种认识：尽管茨维塔耶娃的诗诉诸个体的读者（"你"），但喜爱她的后世读者已构成了一个为数众多的群体。

在这首诗中，作者表达了对茨维塔耶娃其诗其人很鲜明的理解。我们可以看到，整首诗是由"高傲""爱""死"这三个词（均各自出现了三次）确定了它的音调和意义结构的。三个词的交替出现和不断回旋，也使这首诗呈现出一种乐曲式的构造。而这三个词，也的确抓住了茨维塔耶娃诗歌与生命的内核，至少是这个内核很重要的组成部分。对它的揭示，在这首短诗中也不乏层次，例如"死"，围绕着它，一方面是与"高傲""爱"组成的三维关系，另一方面是与"活着"和"命运"之间的对抗冲突，熟悉茨维塔耶娃人生经历的读者必然会从中唤起非常生动的阅读记忆，并由此形成共鸣。

作为一首十四行诗，相比意义"转""合"的后半部分，这首诗的"起""承"两节更加出色，尤其第一节，形式上也有种对话性的古典气息，"失口"一词最为精彩。

月见草

王辰龙

她冲洗台阶，身后小酒馆还有微光
透出卷帘半掩。午夜开始逼真仿佛
欢乐颂弥散于醉汉的口舌，他街沿

盘坐，扭着空烟盒，像是鼓弄魔方
手机亮起时，慢跑者闪过，拐入了
旧日的中国：暗巷弯曲，标语总是

褪不尽一如此刻的桑拿霾与冬日里
黑惨惨的雪。这些他终归难以看见
眼下是方形广场被展览馆前的街灯

照得通亮，滑旱冰的他们逆着时针
打转。望向圆阵我忆起关乎宇宙的
科普片：再一次，星云扶摇，满布

画面的虚空。必须从童年往事游回
本地的沧海，用月见草的化石标记
大厦的遗址，并说出那余下的所见

雷武铃点评

这首三行一节，五节十五行的诗，形式规整，排列成一致的方形。但在这整齐的外部格式之下，内容的变化和转换迅速而频繁，以致让人读的时候根本感觉不到形式上的机械和单调。同时，这种镜头般的多次转换，人和场景的相继进入，使得这首十五行的诗内容饱满，读起来感觉远不止十五行。这是好的诗歌的标志之一。

我们可以清点一下这首十五行诗的内容：她在小酒馆外冲洗台阶，他在街沿坐着，攥紧空烟盒，时间是午夜。他的手机响起，这时有人慢跑经过他，进入了小巷，遗留历史痕迹的小巷。而时间再次被确认，冬天有雪有雾霾之时，地点是展览馆前的方形广场，有年轻人在滑旱冰。这时候，叙述者转换成了我，一个本地人，我的感受，想象的星空和记忆中的童年交混一起，本地的沧桑变化。最后落到月见草，那没说出来的东西。整个诗是一连串有人物的场景的交代，如电影的视觉语言，直到最后落在一个人内心的声音之上。整首诗歌描写和交代的要素，人，时间，地点，活动，历史，沉思，依次出场，井然有序，而浑然一体。明确说出的很少，暗示出来，点到的内容很多。并且在最后还说出了那没说出的东西。

深加工

王明远

北大仓的秋天　天高云淡

黄绿相间的大平原　稻香扑鼻

万亩大地号　一座座满满的国标粮仓

等待最后的发令枪

招商局长到处忙招商

主题是粮食深加工

他去南方考察，看到车间里

抛光、消毒、灭菌、漂白的流程

还有各种芳香剂，一样也不少

透过明亮的玻璃窗，他还看到

一堆堆儿童小食品，被套上漂亮的包装

南方老板兴奋地说

这材料就来自北大仓的某某农场

招商局长自豪　回去后才知

那材料　是粮库已经储存四年的粮

杨志学点评 一首诗是小的，它能否支撑起事物的大？一首诗是轻的，它能否承载起"国标粮仓"的重？这首诗吸引我的，正是作者的敏感和担当。如诗题所示，此诗触及的是"北大仓"粮食的"深加工"问题。作品通过戏剧性的对比描述，展现了"南方老板"的精明和北大仓招商局长的迟钝。一首诗未必能够解决现实中存在的问题，但它呈现了生活中富有启发性的一幕。尽管诗的语言还不免有些粗疏，诗的形式感也显得不足，但作者不做作，也没有故作高深，而是采用一种比较朴拙的话语，辅之以短小的篇幅结构，来驾驭处理这样的现实题材，较好地表达自己的寓意，我觉得还是比较可贵的。

在海淀教堂

王家铭

四月底，临近离职的一天，我在公司对面
白色、高大的教堂里，消磨了一整个下午。
二层礼堂明亮、宽阔，窗外白杨随风喧动，
北方干燥的天气遮蔽了我敏感的私心。
——我不确定自己是否用对了这些形容，
正如墙上摹画的圣经故事，不知用多少词语
才能让人理解混沌的含义。教会的公事人员，
一位阿姨，操着南方口音，试图让我
成为他们的一员。是啊，我有多久没有
参加过团契了。然而此刻我更关心这座
教堂的历史，它是如何耸立在这繁华的商区
建造它的人，是否已经死去，
谁在此经历了悲哀的青年时代，最后游进
老年的深海中。宁静与平安，这午后的阳光
均匀布满，洗净了空气的尘埃，仿佛
声音的静电在神秘的语言里冲到了浪尖。
这也是一次散步，喝水的间隙我已经
坐到了教堂一楼。像是下了一个缓坡，
离春天与平原更近。枣红色的长桌里
也许是玫瑰经，我再一次不能确定文字并
无法把握内心。我知道的是，

生活的余音多珍贵，至少我无法独享
孤独和犹豫。至少我所经历的，
都不是层层叠叠的幻影，而是命运的羽迹
温柔地把我载浮。此刻，在海淀教堂，
我竟然感受到泪水，如同被古老的愿望
带回到孩童时。或归结了
从前恋爱的甜蜜，无修辞的秘密的痛苦。

王家新点评　拉金的《上教堂》已属当代英国诗歌中的名篇，我至今仍记得王佐良的译文："说真的，虽然我不知道 / 这发霉臭的大仓库有多少价值，/ 我倒是喜欢在寂静中站在这里。"有别于拉金的讥诮和"降调"技巧，王家铭的这首《在海淀教堂》写一个"北漂"的青年诗人的岁月感受，其间伤感与温情并存，他寻求安慰、理解，经历了茫然和惶惑，而最终从内心里涌出了对他来说最珍贵的东西。

　　诗一开始是一种不经意的调子，去教堂是"临近离职的一天"，这暗示了不稳定的生活和精神背景，去教堂不是出于信仰，而是它就处在公司对面，因而他会去那里"消磨"。但这种消磨也不是无所事事，我们可以从"北方干燥的天气遮蔽了……"这一句中感受到他内心的潜流，他坦承他在混乱中寻求着什么，纵然一切都如"墙上摹画的圣经故事"一样难以确定其意义。但是启示仍无所不在，这座耸立于"繁华商区"的教堂本身就是无言的诉说；尤其是它的建筑历史本身，那些消失了的建造者，他们所经历的"悲哀的青年时代"和最后游进的"老年的深海", 都引起了他的好奇, 或者说, 引发了他对岁月和自身命运的沉思。正因为这样的内在经历, 一切都在他的眼前和周围变了, 他感受到"这午后的阳光／均匀布满, 洗净了空气的尘埃", 甚至"仿佛声音的静电在神秘的语言里冲到了浪尖"。因而他会这样写道:"这也是一次散步, 喝水的间隙我已经／坐到了教堂一楼。像是下了一个缓坡, ／离春天与平原更近。"生命在不知不觉间经历着一种洗涤和升华。正因为这种精神的参与和分享, 他又重拾对生命的爱, 甚至"竟然感受到泪水"。这恰是对内心的开启。他像是经历了一场仪式,"如同被古老的愿望／带回到孩童时", 又像是"归结了／从前恋爱的甜蜜, 无修辞的秘密的痛苦", 在对过去的了结中有了一个新的开始。

第一次看到父亲拄着拐杖

王祥康

我甚至忘记喊他一声"爸爸"
这种老是我一直担心的
仅仅五个月不见 父亲就要依靠
一根拐杖走今后的路吗？
全身压上这根木头 腰弯得厉害
他的病他自己总不承认
我靠上前去 想用肩膀替代冰冷的木头
父亲却固执地避开了
我的肩膀在哭泣
一根木头替我承担了最后的一点点责任
拐杖触地的声音沉闷
紧接着是轻飘飘的脚步声
好像一问一答的两位老人
面对土地 父亲永远也不肯服输
"你去忙你的事" 沙哑的声音
撞得我肩膀重重一颤
我的肩胛骨与父亲手中的拐杖
隔着一道尘土 岁月和温情的距离
而父亲还在颤巍巍向前移去

王士强点评

古往今来，写父母、亲情的诗早已数不胜数，但这样的诗似乎永远也不嫌多，永远也不过时。究其原因，还是它涉及的是最基本、最普遍的人伦情感，它们是永远存在、永远说不尽的。同时，这样的诗往往是发自内心、有真情实感的，艺术性高低另当别论，它们往往首先是能够打动人心的。

这首诗从"我"第一次看到父亲挂起拐杖写起，写父亲的老去、写时间的残酷、写自己与父亲之间的关系，诚恳，自然，表面波澜不惊而内在波涛汹涌，有丰富的情感容量。由此，父亲面对疾病和衰老时的微妙心理，内在的抗争与不甘心，作者本人对于时间流逝的叹息与惶惑等都表达得非常生动、细腻，在个体的情感向度之外同时具有生命、命运的内涵，引人深思。

本诗的长处不在于意象或语言的陌生化处理而在于细节。细节的作用对以凝炼为内在要求的诗歌而言尤其重要，有时一个细节便足以成为整首诗的核心、诗眼，其作用胜过千言万语。本诗的细节描写很成功，首句"我甚至忘记喊他一声'爸爸'"便真切地写出了看到父亲挂拐杖带给自己的震惊，不无突兀却又合情合理。"拐杖触地的声音沉闷／紧接着是轻飘飘的脚步声／好像一问一答的两位老人"，这样的诗句如非亲历、如非有心，断然写不出，也由此，才更具震撼人心的力量。

忽然而至的书信

王鸿翔

那个忽然而至的书信让我伤心
那个写满我名字的纸条
目光游离
像是错过的坎坷
不知不觉，我呆呆在纸条上涂抹
纸条的后面是一些泪迹，一些
酝酿已久的沉默

我在红红的笑靥里自言自语
时隔多年蜿蜒在心灵深处的小径
赤足的人揉碎一些兰草
天，冷出一些香气
八百里隋唐的河山蜿蜒逶迤
我必须在事实的背面扎下根须
在一些歌声的后面
结绳记事

还有很长的路要歌声流浪
还有，流浪的人渐远消遁的忧伤
今夜无雨
憔悴的行者紧裹着那条枣红色围巾

在一局荡气刻骨的棋盘里
左突右挡

不知作者为何要把爱情置于隋唐这样一个特定的时空？也许，在他心中，当代的爱情与隋唐的爱情并没有什么两样？或者，因为在现实中爱情的氧气日渐稀薄，只能到古代去寻觅了，古典的爱情才更像是真正的爱情？"八百里隋唐的河山蜿蜒逶迤／我必须在事实的背面扎下根须／在一些歌声的后面／结绳记事……"即使是一封"忽然而至的书信"，也不只是从远方寄来的，更像是从古代寄来的，难以回复。爱情的第一个敌人是空间，第二个敌人是时间，所以离别让人加倍的忧伤。无敌的爱情，只存在于诗歌与艺术中。诗人的爱情，对于自己而言是轰轰烈烈，对于别人而言也最富有观赏性。不管他的身体有多么笨拙、行动有多么羞怯，可他的灵魂会跳舞，跳的都是热舞、劲舞，甚至是打破了舞台界限的街舞。诗人把爱情带到了大街上："在一局荡气刻骨的棋盘里／左突右挡……"比他的舞姿更有感染力的是他的勇气。诗使一个人变得灵敏，而爱情不仅会使一个人变得感伤，也会使一个人变得勇敢。所有情诗都是公开的情书。公开了又怎么样？

一 世

天 岚

天地有细语，有欢鸣，有殇，有离情
你要驻足，要倾听
要爱，信仰，止住泪水
这是多么奇妙的造化
三千世界莫过一世
人心有魔方，鬼影叠着人影
时光使者一意孤行
君不见，天地大幕开合有度
有人唱，有人和
你须咬紧牙关，万物匆匆皆走班尔耳

罗振亚点评　人来到世上，即会领略酸甜苦辣咸等各种滋味，遭遇荆棘与鲜花交杂、痛苦和快乐参半的生命本相，人人如此，代代相似，这是宿命，更是规律。尽管人间天地有时也称得上变幻莫测，惊心动魄；

但同无法遏止、一往无前的永恒的时间相比，所有的情感、事物，包括人类个体，均不过是匆匆的过客而已。因此，每个人都该学会欣赏、倾听置身的世界和他人，达观隐忍地对待身边发生的一切，有所坚持信仰，有所禁忌不为。整首诗歌提供的情思信息大抵就是这些，时浓时淡的禅意随着起落有致的诗行溢出，对读者无疑构成了一种无言的启迪。语句、意绪和视点之间跨度较大的频繁跳跃，在带来含蓄的同时，也在一定程度上强化了诗的禅趣色彩。

山菊盛开

无伞之旅

你把根扎在山的崖头。贴近语言清纯的高度，
在九月，让从容的舞步盛开一厢温暖。

以沐浴的身姿迎向越来越清澈的阳光。有想象
之中的细腻，在远离尘世的山野里飘逸。
所需甚少。是最纤弱的泥土相伴，几滴雨水，
来自诚实的云朵。你用守望一生的信念，长出这些
朴素的叶子。绿色的叶子。

把珍藏的风骨伸进花朵，怡人的色彩最洒脱的
盛开里。你从孤独中散发高贵的气息，
以回报的心态，让那缕清香，抵达生命的源头。

山菊花。在这朴实的名字背后，有雪山一样
负重的坚贞。霜风来过，用透明的刃袭向
毫无遮掩的身躯。贫瘠射出漫长的阴影，引诱
你的坠落。挺过来！甚至不去舔一舔伤口，
就以歌声一样的盛开表达一种念想。

那些默然静立在崖头的枯萎的小草，在你的
盛开里，正把一张

叫作再生的洁白信笺，装进迎春的信封。

在暮色里瞭望盛开的剪影，如同在静谧的原野上
聆听骏马的嘶鸣。以小见大。山菊花，你
落下的花瓣有慈爱的颜色，和思想的芬芳么？

山—菊—花！

刘向东点评

菊是中国诗歌和中国画的母题之一，我们见过不少，可是，能如此近距离感受野菊并有效表达出来并不容易。这是此诗最出色的地方——它是及物的。当然还有进一步的可能，比如更放松一些，给人以信手拈来的感觉；比如再安静一些，再多一点自觉的疏离，化真实和具体为空灵……

清明节

云 帆

一个节日
缩小了只有两个字
放大了是两个世界

洪烛点评

短而又短的短诗，又叫微诗，也特别适合如今微博微信渐占大众阅读主流的手机互联网时代。近期也出过一些具有轰动效应的短诗、微诗，例如施云获"咸宁第二届世界华文诗歌大奖赛"奖金十万元的《故乡》，只有十三个字，被媒体赞叹为"一字万金"："故乡真小／小得只盛得下／两个字"。这首《清明节》也是微诗潮流里的一朵浪花。与那首《故乡》相比，这首《清明节》仍然有新发现，发现了阴阳相隔的"两个世界"。

读到第三句，还是会让人眼睛一亮、心一紧。我想起苏东坡悼亡诗中的"十年生死两茫茫，不思量，自难忘"大家不妨找来重读一下，会更理解"清明"这两个字在中国人心头的重量。

奶奶行走在我的诗句里

太阳岛

我写下慈眉善目
和蔼可亲这些词
奶奶就在纸上活过来了

她就踮着小脚
拄着拐杖
行走在我的诗句里

她把藏在被子底下的包裹
一层一层打开
把珍藏了许久舍不得吃的水果糖
分给我们兄妹吃

她为了节省一根火柴
趴在灶火口
把即将熄灭的火星
一口口慢慢吹旺
把柴火燃着
烧锅做饭

我生怕那个词
会把她绊倒

汪剑钊点评

显然，这是一首悼亡诗，乃作者纪念自己已故的奶奶的作品。诗的起句看似漫不经心，实则颇具用意。"慈眉善目""和蔼可亲"通常用作形容到了一定年岁者的慈祥、温和与善良，为读者建立心目中可敬、可爱的老人形象而服务。众所周知，这是两个几乎被用滥了的成语，但诗人却以"奶奶就在纸上活过来了"一句让它们焕发了新意。作者的回忆就此展开，第二节实写虚拟的场景，以"行走在我的诗句"来照应开篇的"写"。随后，拈取两个小细节，在对数词的选择运用中，如"一层一层""一口口"等，把奶奶对孩子们的疼爱和生活中的节俭生动地刻画了出来。末节的第一句稍作变化，在节奏上起到了应和的作用。最后，以抽象的"词"带出"绊倒"这一具体的动作，写出了对奶奶的一份至深的爱意。

书，记忆，镜子和她

戈　多

一本书，从诞生到翻阅
这些都不是它的选择
所有的快乐、忧伤、苦难和幸福
都不是它的，它只是一个旁观者
复述者，或者只是一面镜子
里里外外，照留着别人的真假和命运

如果记忆只是一个词语
它不会比一片叶子坠入泥土的时光更长
那个傍晚里的春天，梦想，和翅羽
离一面镜子有多远，就离一个人有多近
一本书敞开扉页，看着，爱着，战栗着……
带着爱，冲动和满足，翻动着反复奔跑的风光

一本书不只是词语，故事和镜子
一本书是一个花园，这里有她所有细枝末节的美
当她醒来了，她就是黎明
当她睡着了，她就是黎明未到之前的黎明
我是有福的，在时间老了之前，还来得及
坐在灯影里被她捕捉，此刻我是唯一轻唤她名字的人

洪烛点评

好的诗人，不仅能把"死书读活"，还能把"死书写活"。戈多的《书，记忆，镜子和她》一诗，给我们提供了想象的另一种可能：书不是死的，而是活的。一本拟人化的书，有生日也有记忆，有沉睡也有苏醒。正如书外面的世界，有黑夜也有黎明。在戈多眼里，这本书更是一个睡美人，等待被一次凝视、一个亲吻唤醒。从这个角度来说，再好的书也是半成品，需要读者付出另一半的劳动，才能够产生"化学反应"，而不能只是"物理反应"。爱才能够溶化在血液里，成为灵魂的燃料与动力。你在读书，书也在读你；人在挑书，书也在挑人……读书的过程是一次深呼吸。你在给书进行"人工呼吸"，在你温情的抚慰下，书果然就活了过来——至少，那里面的情节、人物乃至哲理，栩栩如生。读死书与死读书，都是不可取的，是笨拙的方式。有心人才能点铁成金。哲学家说过：我思故我在。对于我辈：我读故我在。书是一面镜子，使人照得见自己。

201

黄昏书

六 指

我的树枝已藏不住鸟鸣。落叶
一直铺到，一个人荒芜的内心
我的江山瘦下来，守望江山的人
也瘦了下来。怀抱镜子，流水
取走我们的倒影，它们疲惫
晃动，弱不禁风。落日，在你的
桥头。也在我的路口，像红灯
留给赶路的人群，我们速度太快
甚至没有赶上自己的灵魂。偶尔
我会俯下身子，和路边小草交谈
交换彼此的枯黄。是的，我不比
一株草更加孤独。在乍起的风中
向它们学习如何调整身姿，迎接
兵临城下的霜降。起身寻你时
光线开始变暗。墨蓝色的云朵
向暮晚的山脚飘去。远方的事物
是你遗留的潦草处方，在我的
记忆中，生着鱼鳞状的锈。伸进
口袋里的手，因摸到陈旧的信封
而莫名地悲伤。寄给你的黄昏
已布满夜色，成群的蝙蝠在集结

如时空的拉锁将白昼与黑夜缝合

茱萸点评

六指是再典型不过的抒情诗人，诗这种文体在他这里没有别的承担，只需要为内心那些细微的波动负责。正因为落叶，树枝疏朗，才藏不住鸟鸣；正因为荒芜，空旷的内心才能被落叶挤占。黄昏，昼夜交替的瞬间，正是一个人结束一天的劳作，可以歇下来审视内心的时候——和拂晓不同，它并不需要在睡眠中度过，而有的是机会抒情。从"起身寻你时"开始，作者将黄昏的晦明变化和心情的伤感起伏很好地结合了起来，直到那个精妙的比喻贡献出了整首诗的余韵：成群的蝙蝠集结在明暗交替的刹那，如同时空的拉锁将白昼与黑夜缝合。

这首《黄昏书》的情感，忧伤而清淡。背后有故事，但情节已经不重要了，重要的是，黄昏的到来触发了内心深处的孤独情绪，这情绪没一个诉处，便形之于诗，形之于比喻。倘若存在一种时间诗学的话，秋季与黄昏，无疑是最令人伤感的时刻，这种伤感大到可以是终极之思，小到可以是别离之情："夕阳无限好，只是近黄昏。""从来此地黄昏散，未信河梁是别离。"——唐人早有妙悟。

书 法

心 亦

真希望:
在撇、点、横、捺的旅途中,
总有一条清清的溪流,像绞丝旁
陪伴左右……当夜晚的蜜被慢慢耗尽
鸟语的飞白,
正在干净的宣纸上,悄悄落阵。

气沉丹田,儒雅地悬腕。
浓浓的墨,压过来,锁住了纸质的白天,
入木三分。潇洒的剑客,紧贴雪原上的微光:
穿行。

踮着脚的笔尖,用旋转的锋刃,
携带行书里的花蕊,
偷看狂草的芭蕾:突然苏醒。
千年的寿纸之上,黑白分明的
诗句:屏住呼吸,
一声不吭。

卢辉点评　　将书法挥毫泼墨的书写过程演绎成一回人生之旅，这无疑为这首诗提供了一次可能空间。诗歌的可能，就是一次探究，一次命名，一次发现，一次推动，一次重新建构的过程。就拿心亦的这首《书法》来说，书法中的撇、点、横、捺就像是人在旅途的行进过程，在这个过程中，诗人将浓浓的墨、纸质的白天与人生在世的阴晴圆缺进行一番对比和反衬，从中演绎出人世沧桑的境遇。而诗人在诗中选取那些潇洒的剑客、雪原的微光，显现的则是人生的境界。至于诗中的鸟语、宣纸、黑白、落墨……将书法之魂袒露无遗：从中不难看出，一次运笔、交错、拿捏、挥洒、放浪、神定的书写过程不正是千姿百态、沧桑变迁的人生演绎吗？心亦正是抓住这个飘逸书法与诗性人生的结合点和可能空间，为我们建构了书法的审美旨趣，暗示了书法的人生指向。

205

臆想者症候群

午　言

雾水在前方放置一面镜子，略暗
它模糊远山，也顺带模糊工地的直角
这些现代主义的钢铁和混凝土
在晚秋吹响鸽哨：那引领时代的口号
叩响溪流深处的果核

母亲也在叩响果核，她精于
核桃和板栗的打开方式，一双儿女
比她还要熟稔使用工具的角度和力道
再也没有什么比这更欣慰了
授之以渔是她永恒的真理

尾随童年的记忆，姐姐和我跃入星辰
房子、竹园，还有黑湾，一同变为倒影
对面传来笑声，悦耳如回音
每次梦醒，姐姐的掌心都印满我的指纹
——（它们是血缘的脐带）

我望着眼前的含混区域，它们
终将沦为废墟。总有人听着哨子赶来
我不知搬运的队伍中是不是也有个老父亲

他不断往返于废墟和废墟的流放地

并以黄色安全帽抵抗命运

当臆想在阴雨连绵的山丘成形

当故地沦为背景，溶于笔纸交接处的

是母亲的针线，和父亲的斧痕

下一次长久凝视，就是生与死的告别

姐姐将和我牵手：一切都会完成

网友九月漫点评

诗中存在着似"母亲""鸽哨""核桃和板栗"等极具暗示性的名词。这里的"母亲"既指的是赋予我们生命，习惯"授之以渔"的妈妈；亦可以指曾经哺育过我们，但现在已经变成废墟的那些静谧的乡村；而"鸽哨"原本是最能够引起人愉悦心情的声音，在这里所引起的却只能是令人唏嘘的回忆，这样的反差更能够抒发诗人内心的独特的反省与沉思。而"核桃和板栗"同样具有象征意味，"核桃"具有智慧的指向性，"板栗"也是曾经人们赖以生存的基本食物之一，而关于栗子打开时的声音，亦有流传说那是幸福的声音，而诗人告诉我们母亲教会子女熟练的打开方式，即"母亲"给予儿女们智慧和幸福。文中还有很多这样的词汇，如"直角"二字，既是"现代主义的钢铁和混凝土"的工业社会的形象表述，也是现代社会人们情感之间的凌厉。

最后是诗人的情感，温馨的回忆与冰冷的现实之间的落差带给诗人的是伤痛，是迷茫，同时也是无可奈何。

讣 告

天 天

白纸黑字，已经把一切显露出来了。
想到人间的生死，还有什么不能放下？
此刻，它在墙上，
被几行字压着，被字里的悲伤压着。
它不动，任读它的人掀起了不幸的一角。

喧闹的街还没交出惊涛骇浪。
一切还在继续，
没有眼泪，下午的阳光把万物照得刚刚好。
多么平常的日子，
巷子里，放学的孩子跳得不能再高了。

唐诗点评

死亡是每个人都会面对的宿命。在这个世界，从生理角度来说，还没有不死的人，从精神层面来看，有的人死了上千年，他还闪耀着万丈光芒，这是很多人梦寐以求的境界。

从何处落笔写死亡，一万个人有一万种写法。但是诗人必须在现实中抓取富有诗意的瞬间，将瞬间定格成永恒，只有有才华的诗人才可以做到这点。正如天才似的歌唱家，不怎么经过训练即可达到歌唱的境界，而缺乏才华的歌唱家穷其一生也难达到"天籁之音"的境地。此诗就是一首虽来自人力，但实在又超出人力接近天然的佳作。

诗人在某个神光乍现的时候，突然被墙壁上的《讣告》击中，在这个瞬间他关于死亡的思考找到了一个非他莫属的意象——讣告，作者直接将其作为标题，给读者一个强有力的冲击，紧接着"白纸黑字"四个字，自然地将一个关于死亡的消息向这个世界做了揭示。作为人在死之前有很多的东西放不下，只有到了死的时候，无论你愿不愿意都得放下，所以诗人设问一句："还有什么不能放下？"陡然间把人逼到了看破红尘俗世的境地，尽管讣告还在被"字里的悲伤压着"，哪怕为此有人"掀起了不幸的一角"。尤其是结尾处"多么平常的日子，巷子里，/放学的孩子跳得不能再高了。"这种大转换大跨越大反衬，诗人仿佛架设了一个秋千，一会儿把我们荡进悲伤，一会儿又把我们荡向了平常。诗意陡转，情绪跌宕，语言自然，诗意天成。

减 法
从 容

雨水淹没我的城市
雷电笼罩的楼房总让我
想到一个男人在雨中关窗的动作
暴雨、警报、紧闭门窗、与世隔绝
我开始删掉手机中的联系人

第一个删掉的是一位董事长
他的壮阳酒正大张旗鼓地上市
第二个删掉的是一位广告商
他在酒会上说，他曾经也是位诗人
第三个删掉的是一位童星的妈妈
那孩子的笑脸比成年人更迷茫

据说人的一生会遇到2920万人
我只想在每个城市保留一个朋友
一千多个电话，我删掉了900个
已经离去的亲人，有时半夜醒来我还会拨号
电话的那头是一些陌生的男人和女人
死去多年的妹妹，她的QQ我一直没有删除
电视里的主持人拿着话筒焦急地报警
每个街区都有人正在失踪

殡仪馆王主任的电话

我考虑再三，决定保留

暴风雨夜是适合生命领悟生命的时刻，狄金森、瓦莱里乃至小德兰都经历过危机或转机的暴风雨之夜。写下这首诗的诗人也在暴风雨夜获得了对生命的独特领悟，她的领悟就是标题所提示的"减法"。一般来说，我们的人生愿景都是建立在加法基础上的，我们从小就被教导去不断地获取，为此甚至甘愿受尽各种磨难。我们的人生意义就建立在这样一个加法乃至乘法的机制上。财富、爱情/性、知识、荣誉，这些东西的不断增加意味着成功，这对我们似乎是先验的、不证自明的真理。虽然这些东西所代表的境界有高低，但它们都属于人生的加法则并无不同。诗人却在一个雷电笼罩、每个街区都有人失踪的时刻，突然对这一公认的、人人陷入其中的人生哲学起了怀疑。事实上，不断的加法不仅不断加重我们的负荷，也使我们远离真正的自我——不断堆垒的外物鸠占鹊巢，占据了自我的位置，而真正的自我迷失了。这一领悟让诗人在风雨交加中做起了减法。她减掉了董事长、广告商、童星的妈妈——这些人正是加法哲学的信奉者和这一加法标准下的成功者。这进一步表明，诗人的减法就是对上述加法哲学发起的一场暴动。在诗人的减法原则下，一千多个电话中删去了九百多个。而有幸被诗人留下来的是什么人呢？真正的朋友、离去的亲人还有殡仪馆王主任。死亡是不可能被减去的，它也是对加法哲学釜底抽薪的反驳，同时也是诗人的减法哲学的立论基石，所以殡仪馆的电话必须保留。然后是友情和亲情。同时，如果我们仔细阅读本诗的第一节，其中有似乎不经意的一句："想到一个男人在雨中关窗的动作"。我认为正是这一行诗透露了作者心底的秘密：在暴风雨夜惦记一个男人，这必定是爱情。因此，爱情也是诗人为自己保留的财富——我在此不得不把爱情称为财富，再一次证明我们的语言也深陷于加法哲学不能自拔。正是根据这一行，我猜测这首诗应当出自一位女诗人的手笔。

忽 略

乌云琪琪楠

忽略一场倒春寒，一块还未成形的冰
忽略一片雪的厚度，一些易碎的时光
忽略喂养欲望的仁慈，忽略爱情
忽略死去活来的肉体，忽略刺破浆果的阵痛
忽略争夺、挨打、惨叫，忽略一把匕首
忽略享乐的天性，忽略一条流浪狗的遍体鳞伤
忽略高过鸟鸣的汽笛，忽略遮住口鼻的空气
从轮回里打开一把锁，从黑白里挖出一粒复活的种子
如果战争不可避免，我还要忽略枪声

杨四平点评 忽略、遗忘与记忆，是有选择性的。忽略什么，关注什么，遗忘什么，记住什么，都不是随意的，都是有意味的。历史上，有的国家为了消灭另外一个国家，不止满足于颠覆它的政权，还要毁灭那个国家的历史，而要毁灭那个国家的历史，就需要抹杀那个国家的记忆，要抹掉那个国家的记忆，就需要焚毁那个国家的文献档案。质言之，忽略与记忆，小到具有个体生命历史的意义，大到关涉国家民族存亡的政治意义。我们要从这个意义上来谈论这首诗所写的"忽略"。

整首诗采用了反讽的技法，具有二律背反的现代品质。表面上看，诗人不断强调他要忽略这、忽略那，总体来看，忽略一切处于劣势的、野性的、负面的东西；其实，往深里看，诗人所反复提到的他要忽略的东西，恰恰是他念兹在兹的东西，是他十分看重的东西。这些东西，既有自然界的反复无常及其灾难，也有人性的无节制的迷狂，又有社会上的纷纷扰扰、名利场上的你死我活，还有人类无限扩张所带来的生态环境的破坏，乃至还有遍地哀号、血流成河的惨烈战争。而所有这一切，诗人都是通过一系列意象暗示出来的。象征，是这首诗取得成功的法宝。有些象征性的意象，能给人以文学性的陌生，如"高过鸟鸣的汽笛"。如果这样的鲜活意象、这样的局部象征多一些，此诗会上一个新台阶。另外，排比，固然增强了诗歌的内在逻辑和生动气韵，但同时因其自身的散文化气味也减弱了诗歌的表现力。也就是说，对诗而言，排比是一把双刃剑，要慎而用之。

一群羊

尹宏灯

一场冷空气来袭——
需要一个粮仓，去召唤迷途的颗粒
需要一个炉灶，去烘暖一群羊的苍白

去，把城市的门关上，把火车站的门关上
把门前蜿蜒的公路关上，把院子的栅栏关上

粮仓的门早已打开，炉灶的门早已打开
手掌的门早已打开，掌心曲折的纹路早已打开

——老屋升起了一朵暖阳
屋外的世界便慢下来了。一场热流
就这样，改变了一群羊的命运

唐诗点评　尹宏灯的《一群羊》，让我们读到了别开生面的诗意和诗情，诗人笔下的羊可做多解，既可以认为是实指动物的羊，也可以让人认为是十二生肖的羊，更可以认为是在当代中国像羊一样善良谦卑的中国人，尤其是从农村出来的农民工这些勤劳朴实

的羊，在每到年关时的喜怒哀乐、悲欢离合、七情六欲等，诗人将这群羊置身于雾霾、暴风雪、冷空气等环境之中，让人横生无限的唏嘘和感慨。羊这一意象极富弹性，诗篇从多个角度对于羊的情感进行了既有节制而又有张力的诗写。诗作想象奇特，视觉新颖，充满诗意，诗味浓郁，达到了情深而不诡、辞朴而不拙、意新而不妖的境界。

择一小镇，与你终老

邓小军

我愿择一小镇，与你终老
小镇越小越好，居民越少越好
阳光越多越好，雨水越足越好

路不要太宽，一人两人三人结伴而行
汽车减速从身边过，却又显得绰绰有余
双行线单行线不必设置，我们遵守着心路

我们遇见每一个人，仿佛都是熟人
相互招呼问候。迎面而来的几只羊
也显得端庄落落大方
我们就在小镇的公园附近
觅一座老房子
让我们像邂逅相遇那样去爱

用陶罐储蓄雨水，喂养满壁青苔
筑成我们爱情的殷实屏障
然后养一只老猫
陪我们在墙根下晒太阳
在软的时光里
你的肩膀紧靠我的肩膀

日子就这样消耗着，简单

快乐。如果我可以陪你更久一些
我们就同坐上夕阳的船，把小镇的风光
还原成一场布景，紧披在我们的身上
偎依到两个灵魂渐渐消融

罗振亚点评　有人说，诗歌和现代文明是相悖的，而和古典田园之间却有着密切的精神关联，这种判断基本上是不错的。该诗全部的魅力就在于以精神乌托邦的营造凸显出了现代人的灵魂走向。诗中的小镇看上去不那么高效、便捷、文明，还不无落后、单调之嫌；但却是人人心仪的"远方"，一片理想化的天地所在，它和平安宁、温暖简朴，人与人、自然之间和谐友善，没有喧嚣没有事故，有的只是美与爱。它和诗人置身的当下，无形中形成了一种互补又冲突的潜对话结构，两相比较蛰伏着一股复杂的怀旧意绪。你可以说诗中的一切都可谓虚拟的"空中楼阁"，它甚至混淆了现实与虚构的界限，可是其间的美好却道出了无数灵魂的隐秘，亦能消除众多读者的精神焦躁，虽然细节真切，整体模糊，有种超现实的味道，却也因其中国化意象之间的协调暗合了传统的意境范畴，与诗的意向达成了相得益彰的效果。

三 月

邓志强

三月姓雨，燕子像块湿抹布，
一些挂在檐下，一些仍在天上擦。
花朵生着气，流水悲伤得
一点也不晦涩。

三月名字叫阳光，阳光得
谁都感到有些晕眩。
我站在阳台上，望见远峰横刀立马，
像古时候要去打仗的先锋。

唐诗点评

这首诗立意奇特，以意取象，以象成诗。在常人眼里显得普普通通的三月，在诗人眼里变成了"姓雨"的三月。由此，一系列的意象因为雨这个中心意象而自然汇集：燕子因为雨像块湿抹布，无论是飞翔或是停留，都意象翻飞，诗意天成。因为雨，花朵不像晴天时高兴，而是生着气，流水似乎因雨含悲。当读者的心情显得十分阴暗潮湿的时候，诗人又别出心裁地把三月命名为阳光。与前一节的整个意象相比，这一节的诗行，因为阳光的缘故，一切都变得明亮起来，甚至让人觉得"晕眩"，远处的山峰也让人看得清清楚楚，明明白白，在诗人的眼里，山峰像古时候打仗的先锋，诗人仿佛看见了横刀立马的队伍。这种陡然升起的庞大和壮阔与第一节的弱小和柔婉形成鲜明的对比。诗意在这强烈的对比中喷洒而出，让我们看到了简洁明朗的诗意和诗人快速跳跃的情绪，一首好诗就在这急速的跳跃中得以完成。

我想死去一会儿

邓晓燕

事实上，只要我开始
反抗白昼，我知道
夜就要来了。于是安心地
梳洗，刷牙，放热水
倒尽脏处。我知道夜晚的毛病
它沉睡时需要洁净
需要每个人暂时死去

我欣慰于这种洁净
悬浮在我头顶
它们假装沉默假扮本分
不！我爱上了恐吓，指令。被雾霾遮蔽的天空

我要死去一会儿
让弯曲的背拉直些
让四肢喷涌的血自由些
我死去，在一株植物的叶脉间
醒来：黎明有它自己的准则

荣光启点评

这是关于"反抗"的诗，诗作前后呼应，表明反抗的对象是"白昼"与"黎明"。"白昼"有什么？有"恐吓，指令。被雾霾遮蔽的天空"；"黎明"呢，"有它自己的准则"。看起来这是一首题旨宏大的诗作，但诗人巧妙的地方在于大题小做，她说"我要死去一会儿"（"沉睡"），她很尊重这"死"，这"死"有仪式感，"梳洗，刷牙，放热水/倒尽脏处……需要洁净"，唯有在这种"死"中，我弯曲的背才可以伸直一会儿，我四肢喷涌的血液才可以自由些；唯有在"死"中，我才可以像一株植物一样活着，自由伸张，自由呼吸。

对，我们也可以说这是一首关乎"自由"的诗，在日常生活中，我们已经习惯了生活于"恐吓，指令。被雾霾遮蔽的天空"之中，不仅习惯，甚至是"爱上了"。但我们知道这不是我们的内心，没有人没有这种内心的反抗，诗人高明的地方在于，她说：我的日常生活就是一种反抗，我的睡觉就是一种反抗。让我暂时死去一会儿，让我在这个生理状态中享受一会儿"自由"。

不过，诗歌也透露出我们的生活的一种悲剧性：难道，对"自由"的追取，唯有靠这种暂时死亡的方式来获得？这是读者的疑问，也是诗歌魅力的一部分，它表达出人的生活的某种悖论、某种悲剧性的处境。

以日常生活的一种必须的状态，来表达一个尖锐的精神诉求；以细小的笔触，来表达关于自由与反抗的命题，这是诗人独到的地方。诗歌不是口号，它必须将人的精神诉求寄寓在具体的意象、境界与语言中，在这一点上，诗人做得很好，看得出作者写诗的经验。日常生活的诗意、如何在贫乏的日常生活中提炼出诗意，这些当代诗人必须面对的题目，这位诗人做得很好。

苦荞花开

双皇连

苦荞花开，香气挽着我们
向山顶聚集。细脚的哑巴美人
腰肢像红色的秒针，翻出
高原的血气。这时你会看到
蝴蝶的经书，一张一合
蜜蜂是会飞的经文——

苦荞花开，开得很努力
就要把自己开成
小小的庙宇。就要开成
我们的母亲、妻子或儿女

她们都不懂得喊苦：她们的苦
要等清风来翻译，她们的苦
要用山歌来消化
她们只是默默地把秃顶的高原
又垫高了几寸

苦荞花开。苦荞花还在开
她们不稀罕掌声，不惧怕冷雨
美得残忍，美得铺天盖地

美得能够超度我们的骨头和血…

苦荞花开。苦荞花开
香气挽着我们
乡愁挽着我们
宿命挽着我们
风一吹，贵州高原的坡坡坎上
仿佛一座座中医院
在霞光中悄悄建立

西渡点评　诗总是言在此而意在彼的。或者说，诗的语言永远不满足于表现单一的意思，它总是暗示着比字面更多的东西。这首诗的手法就很典型。表面上，这首诗是在写苦荞花，实际上，它也在写我们的母亲、妻子和儿女。但作者又不把这层意思明白说破。诗人说苦荞花"就要开成我们的母亲、妻子和儿女（似应为女儿）"，接下来并没有对这个比喻做进一步的说明，但此后对苦荞花的描写却处处照应着我们的母亲、妻子和女儿的形象。每一行诗都是在写苦荞花，但也都是在写我们的母亲、妻子和女儿，既把苦荞花的美赋予了人，也把人的品质赋予了苦荞花，深得一箭双雕之妙。另外，这首诗的几个比喻也都很见功力，如细脚的哑巴美人、腰肢像红色的秒针、蝴蝶如经书、蜜蜂是会飞的经文，前两喻传形，后两喻传神。而以庙宇、中医院喻苦荞花，则于传神以外，兼能传情。作者说得上是造喻高手。

终南山

左拾遗

喜爱一座山，和它的名字。从唐诗开始
它的春景，它的幽深
它的隐喻
以及，北纬34度、留下的闲笔
小剂量的芬芳，和自以
为是的风光
一个人，在内心慢慢豢养了四十年的
来路或归宿
只为，与一座山见面
拥抱或促膝交谈
到了终南山。"真的，不想走了"
山上的雪花
一片一片，幻如
佛前的蒲团，坐满风声和空相
一个人，向流水问禅
在口语里
露面。过亦官亦隐的生活
进也踟蹰，退也沧桑
站在，汉字的风口。一座山，转身
落泪，擦光了
时光的偏旁或纸巾

大地，只剩下
私奔的炊烟
鸟鸣，拖动孤寂的
光芒。今夜，深一行，浅一行，居无定所

李少君点评

终南山是隐逸的代名词，也成为一些人最后的归宿。这首诗前面三段写得不错，写一个人到了四十岁时来到终南山的感悟，有些句子还特别出彩，比如："山上的雪花/一片一片，幻如/佛前的蒲团，坐满风声和空相"，将瞬间即化的雪花比如小小的蒲团，空幻而美丽，也颇有想象力。但本诗第四段似乎有些岔开，与前面缺乏承接关系，使全诗显得不那么完整。古人说诗歌有的是"有句无篇"，有的则是"有篇无句"，这首诗也有此类似欠缺，但诗人功底不错，是一个有个人风格的诗人，假使在雕词酌句的同时，也注重布局谋篇，相信可以写出更好的诗歌。

来城里玩的父亲

东 天

来城里玩的父亲
总希望能遇见乡下来的熟人
有时他还发出疑问
那么多人进城了
为什么就碰不到一个两个呢

他在河边的椅子上
与年龄相仿的老头摆谈
打问他们从哪里来
再三探听许久不曾走动的
远亲的消息

来城里玩的父亲
总不习惯这游手好闲的日子
有时他就坐在阳台上
用捡拾来的竹子木料
编制些生活用的小器具

他接到的一个电话
告诉他喂养的蜜蜂分家跑了
从此他就有些躁动起来

他原本安宁的心
似乎被那些蜜蜂带走了

杨志学点评

　　"来城里玩的父亲"散在于全国各个城市，是一个不小的群体存在。这首诗微妙而准确地把握了此类父亲的心理和行为，写出了他们在城里的孤独感和不适感。作者先写"父亲"在城里遇不见熟人的疑惑，继而写"父亲"去找"年龄相仿的老头"聊天并打探"远亲的消息"的行为，接下来又描绘了"父亲"因不愿意闲着而在阳台上制作小生活用品的场景。通过这三层叙写，"父亲"的形象便清晰地浮现在我们眼前。慢慢地，"父亲"的心也似乎安宁了下来。不料，作者在尾段笔锋一转，抖出了新的波澜——"父亲"的心又被他"喂养的蜜蜂"牵跑了。想想，这戏剧性的变化也在情理之中。更为主要的是，它通过富于说明性的生活事件，揭示出"父亲"的心最终不属于城市的生存命运。结尾的转折可以说是颇为精彩的一笔，它加大了诗的内涵，成为此诗表达上的一个亮点。

一条带有老虎图案的围巾陪伴她整个冬季

东方明月

红酒。
火焰。
王的坐骑。
虎低低的啸声深入到涌动的月光里

她其实一直都隐身在老虎的额头
如果他奔跑
她也会
血液奔流，她知道她一直都爱着这只金黄的老虎——
爱着他帝国的霸气

夜色降临
月光睡在虎的胸膛，生出一个绸缎般的词……
帝国的版图，她拿得起
却放不下

张清华点评　这是一首由直觉经验或无意识中诞生的诗，但它又有强烈的形而上意味。这表明，纯粹的无意识活动也会产生好诗，就像海子的诗歌中有大量的无意识内容一样。博尔赫斯说的"老虎的黄金"，或海子所说的"焦黄的老虎"，都有异曲同工之意。这只子虚乌有的虎，将主人公的意识带到了辽阔无边又只在方寸之间的"帝国"，没来由地生发出咆哮的霸气，与狂奔的意念。

而且节奏是微妙的，不止有虚拟的激越与豪迈，更有着月光下温柔的犹疑与纠结。仿佛一只猛兽飞奔中的慢镜头，或里尔克笔下之豹的那种强韧中的软化与颓靡，主人公的意识最终也停歇于柔软和迷失。真是臻于佳境的一首诗，无法不赞。

回故乡

北国雪

村子，在山的那边
茶青色的池塘，倒映
远不可及的事物
一只鹰从自己的影子飞过

群山之中
那些熟悉的橡树
用无序排列的热情
演唱一首七彩秋歌

夕阳喜欢坐在山顶
倾听流水
而此刻有一片云
正从泉韵的夹缝行走

面对山我只有沉默和崇敬
风吹过来，万物之心都在颤动
崖柏，我生命的菩提
伸出手臂，与我相拥

落叶掩盖了小路的抒情

啄木鸟敲响木鱼

故乡，我心灵的寺庙近了

黄昏正提着月亮回家

洪烛点评

诗歌最古老的母题中，让诗人写不完同时也让大众百读不厌的，除了亲情、友情、爱情之外，就要数乡情了。所谓母题，不仅因其古老，更因其触及人性，触及人类共性。但越是共性的，越需要用个性来表达，才不落俗套，更容易唤起共鸣："啄木鸟敲响木鱼／故乡，我心灵的寺庙近了／黄昏正提着月亮回家……"每个人都有一个桃花源，那就是他的故乡。有的人回去又走出来了，有的人走出来就再也回不去了。有的人只离开一天，以为是一年。有的人已离开一年，以为是一天。只有长着候鸟一样的心灵，才懂得还乡。只有渴望回归的人，才明白流浪的涵义。把羽毛弄脏了很容易，难的是把它再洗干净，而故乡能帮助我们返璞归真。只有离开家的人才会想家，只有回家的人才会明白家到底是什么、才会爱到骨子里。叶落归根，返老还童，讲的都是这个道理。故乡与童年同在，我们怀念故乡，有相当一部分的原因，是怀念童年，怀念童年的自己。童年回不去了，能回的只有故乡了。北国雪的《回故乡》，告诉我们：离故乡越近，就离自己的心灵越近。作为童年的物证，故乡的山水、树木、老房子，无处不唤醒我们温暖的记忆。回到故乡，等于回到记忆里去。回到故乡就像回到童年，只有名字没变。可这个名字，仅仅构成对另一个自己的纪念。

流水线插件女工

冉乔峰

这些大姐呀

在这条拉线上多年了

你看，那娴熟的动作与双手足可以证明

走失的青春，嫁给了漂泊

当她们老了返乡时

又来了一群姑娘

渐渐地她们也在白炽灯下老去

目送她们归去的身影

只有那一排排陈列的凳子

偶尔在拉线上，工位旁，废乱的纸张上，有一些零散
的字迹

在这些我们看不懂的断句和心事里

可以看出她们想证明她们曾经来过

杨志学点评

《流水线插件女工》是一首表现女工劳动的诗。表面看来，诗里有流水线、拉线、工位等词语，但诗的重点全不在劳动的场面、效果（这些在诗里都略去了），而在女工的命运：她们一群群甚至一代代的更替，岁月对于她们生命的无情的消

耗。即使"娴熟的动作与双手",也只是在证明她们"走失的青春"。她们的价值在哪里?她们是那样的卑微、不起眼,似乎没有人关注和记得她们。只有"一排排陈列的凳子"——这无生命的东西在对她们表现出感情。还有她们留下的"零散的字迹",那也许是为了"证明她们曾经来过"。不难看出,作者的表达相当婉曲,也颇为节制。似乎只是在客观呈现,只用了少许心理推测。就在这不露声色的节制中,诗意散发蔓延开来,文字在蓄积中爆发出能量。

草地上，一只蝈蝈叫得欢畅

田　斌

谁的挂件，在草尖上摇晃
一只蝈蝈
从我童年的记忆中叫出了欢畅

阳光这块金子
在草地的翡翠里
闪烁，耀眼

风在山坡上
像是一个琴手
一声一声
拂动着柔软细草的琴弦

这时，蝈蝈叫出了声
一声一颗珍珠地叫
把整个旷野叫得
寂静无声
叫得，芳香四溢

杨志学点评

这首诗写得诗趣盎然。看起来明白晓畅，其实颇多婉曲之笔。仔细品读，有不少可说道之处。

首先是动静结合、虚实相生、时空交错、首尾照应。开头一节诗人以静写动，通过虚笔和时空翻转带出了静中之动。草地和蝈蝈笼子是实写，而童年的蝈蝈叫声是虚写，是时光倒流。而最后一节则是以动写静：蝈蝈真的"叫出了声"，而且是"一声一颗珍珠地叫"（见出其珠圆玉润般的优美动听）。蝈蝈的叫声是实写，而"整个旷野"却被叫得"静寂无声"。这就是动与静的辩证法。把首尾对照来看，又可以见出这首诗在结构上的呼应关系。

其次是通感笔法的呈现。诗人置身于自然场景，身心放松，身体的各个器官全然打通了。视觉上有近景也有远景，有局部也有整体；听觉上既有蝈蝈的叫声，也有风奏出的琴声。"拂动着柔软细草"是一种触觉式的表达，而结尾一句"叫得芳香四溢"又从味觉角度用力，可谓以点睛之笔进一步丰富拓展了诗意。

关于乡土

田鑫红

无非是栽点瓜、点点豆
再播些玉米、小麦，忙着春种秋收
无非是庭前移花、养草
后院植树，在夏日听蝉、秋夜赏月

无非是尘满面、鬓如灰
生前在土里刨食，死后仍归于泥土
无非是用尽一辈子力气
努力挣脱了它，夜半梦回
却患起了乡愁

唐诗点评　每个时代都有其无法逃避的悖论，比如说乡愁就是这个时代很突出的一种悖论。很多人尤其是很多农村出生的人："用尽一辈子力气/努力挣脱了它，夜半梦回/却患起了乡愁"。这首诗在一种平静的叙述中，精心为我们营造了乡土画卷，这种画卷不是全景式的，而是一种点状勾勒，诗人寥寥几笔让我们看出了乡土中的瓜、豆、玉米、小麦……这些养活了乡土中国的粮食。同样，是简单几笔，让我们看出了乡土

中的花、草、树木和夏日蝉鸣、秋夜月华……这些陶冶了
乡土中国的庭院。当然，仍然是简单几笔，让我们看出了
乡土中"尘满面、鬓如灰/生前在土里刨食，死后仍归于
泥土"的乡土中的人——农民。这首诗表面是关于乡土的
题材，实际上它从一个侧面揭示了我们当代或许是亘古以
来乡土中国的一种永远无法绕开的悖论：您努力挣脱的，
却是您时时不能忘怀的。这首诗以小博大，笔走偏锋，却
有意外的收获，这就是诗歌辩证法的奥秘和魅力。

突然想写一封这样的信

叶邦宇

想写封信，用天空的一角
写给无名氏：这是一个陌生人

时光飞逝：就用这只鸟的一根羽毛做笔
不时地蘸着湖水，像春天垂下的柳枝

用草书，让看信的人觉得字迹潦草
觉得想念，就是这样的一丛灌木

天气已经转凉了，树叶开始落下来
给大地加衣。记得：温暖是冷出来的

记得，别像月亮一样熬夜，它和星星
都是熬夜的命。你的命是萤火虫

还有，不到走投无路，可别忍痛割爱
人生和爱，毕竟都不是韭菜

总之，多保重。情长纸短，不尽微忱
野旷天低，不尽依依

落款：两隐

注：阅后付丙

王士强点评

"信"一般是写给相识的人的，但这封信是写给"无名氏""陌生人"的，而且是"用天空的一角"来写，这自然是一封特别的、不一样的信。这封信的内容平和自然、通达睿智，表达了与大自然之间的和谐共处，其背后则是对一种生活状态、生命境界的倡扬。在这里，用"鸟的一根羽毛做笔"，以"湖水"为墨，用"草书"来写，因为这样让人想念"一丛灌木"。天凉了，"树叶开始落下来"即是"给大地加衣"，"温暖是冷出来的"，这自然极富哲理，包含了对自然、对人生的深入思考与发现。继而，诗中写道，月亮和星星都是"熬夜的命"，而"你的命是萤火虫"，这里的"萤火虫"并无确指，但其核心意向应该是一种"光"，它关乎爱、追求、生命意志等。此外，不能"忍痛割爱"，因为"人生和爱"很大程度上都是失去便不可追回的，应该珍重、珍惜。诗中的告别也是情意绵绵，"多保重。情长纸短，不尽微忱/野旷天低，不尽依依"，有着无尽的情谊。诗的落款与备注同样说明，它是写给知己、知音的，"唯知音者倾听"。有这样的同声相应、同气相求的收信者在，这封信才具有了意义。

悲 伤

艾 华

这辈子，我都学不会
在田地里支起夹子
捕捉那些偷吃粮食的小田鼠
看它们痛得叽喳乱叫
身子抽搐个不止
我甚至还想出手把它们给放了

我的同伴们跟我可不一样
他们会忽视小动物求助的眼神
同时还埋怨我手脚不够利索
当他们架起火来烤食小动物的时候
会拉我过去共享美味
我说什么都不过去，宁肯饿着

我不会做弹弓，不会垂钓
只会坐在石头上，看远方的天空
天空懂得我的悲伤，所以跟我一样悲伤
有时候我想让天空把我也带走
有时候我连天空都不想多看一眼
我是多余的，天空也多余

我的那些同伴，他们拉着我
让我跟他们一起跳舞，让我学他们
把那些花那些草都踩在脚下
我跟不上节拍，慢慢被疏远了
一个人躲在山洞里，与野兽为伍
当那些野兽舔着我的时候，我想哭出声来

卢辉点评　　诗歌相当大的作用，在于激发人们感知生命和敬畏生命。《悲伤》这首诗，好就好在诗人在"不会"与"会"之间，在良知与道义之间，在生命与杀生之间，在敬畏与漠然之间，恢复和净化着人类应有的"初心"。

在这首诗里，"不会"以及"我跟不上节拍"，看似"我"的落伍、不入流，而正是这层"隔膜"所形成的"情感主体"和"意志主体"，才使我们强烈地感受到"我"的"隔膜"并非是自我封闭形成的，而是人类缺乏敬畏生命的"准幸福"之殇。正是在这个"痛点"上，诗人宁可用异端的思维方式，哪怕是极端的"会"的方式："一个人躲在山洞里，与野兽为伍/当那些野兽舔着我的时候，我想哭出声来"。这个"与野兽为伍"的方式，是无奈的"会"，有代价的"会"，或是能唤醒的"哭"。作者正是从生命与杀生之间，洞察到人类在合理外壳下的"准幸福"是何等的"集体无意识"。诗人试图在敬畏与漠然的对峙中，将人类拉回到人人所需要的"普世情怀"之中，让"普世情怀"反哺芸芸众生。

一个人的乌托邦

兰 雪

疆域不必太大
能转身即可；海拔不必太高
站在高处，能看清体内的矮子即可
在这个世上
滞留的时间不必太久
从盛开
到凋零，花蕊上
能放下"从容"即可
墓碑不必太巍峨
高度与宽度，刚好写下一个人的名字
即可——

唐诗点评 当代诗歌不缺乏技巧，缺的是诗行里的思想和智慧。很多新诗技巧太盛，把诗人的思想和智慧藏得很深，让读者无法触摸到诗人情感的律动，尤其是在一番细索之后，仍然找不到思想的核，为此，让很多读者望诗兴叹，进而转身离去。这或许是目前新诗没多少读者的原因之一。当我们读完这首后，觉得诗行虽完，但诗意仍在我们的头脑里汩汩涌流，这种状况就是古人说的言有尽而意无穷之妙。这首诗摒弃了时下流行的技巧，直抒胸臆，把一个人的乌托邦诗写得淋漓尽致，诗意迭出，特别是作者看似随意撷取的几个对比意象：疆域的大和小，海拔的高和矮，时间的长和短，墓碑的高与宽，这些直白而又充满无限诗意的倾诉，让我们看出了诗人情绪的沉静，诗人喜怒适然，无故意卖弄技巧之嫌，只有真诚抒发之态，一首有思想内核和智慧的诗歌就这样矗立在我们的眼前，让我们再次感受了好诗带来的魅力！

山花慢

兰兰在水一方

山花慢

慢成一首词牌

风动心动

小草抱着寂静的爱情

战栗

曾经的忧郁，蓝色的

往事，像那几朵用错的修辞

在自己的果实里打坐

我格外虔诚

阳光许诺的春天

在左边

身后，格桑花三千

汪剑钊点评　唐五代和北宋早期，词多为小令，篇幅不大，字句不多。后来，人们为表达更复杂的情感和描摹繁复的事物，创制了一些较为舒缓、悠长的曲调，其相应填入的词之字句也较长，由此确立的诗体被时人称之为慢词。在慢词的形成和发展方面，柳永委实功不可没，他以赋为词，将铺叙与白描相结合，在人与物之间进行了巧妙的沟通，其中的《雨霖铃》《望海潮》《八声甘州》等，俱已成了传世的名篇，在一定意义上，它们的文化内涵已作为"集体无意识"渗入了国人的精神结构中。当代中国似乎已进入了高铁的时代，快节奏的生活使现代人陷入了数字化、功利化、非诗化，甚至反人性化的困境中，因此，对"慢"的向往或营造一种"慢"的生活，实际就等同了一种诗的追求。本诗作者由古典诗的这一特殊文体生发联想，由现实场景进入想象的空间，借此找回了某种古典的情怀。第二节以小写大，以卑微的"小草"含纳高尚的"爱情"，凸显了抒情主人公阔远的胸怀。此外，诗中"朵"这一量词的使用尤见匠心，让"修辞"获得了花样的质感，堪称点睛之笔。

灯 火

达 达

这一次，我在夜晚出行

仿佛一种仪式

我有意躲开白天的无尽嘈杂

成为一个饱览夜色荒芜和温暖的人

一路上，我时而眯眼假寐，在头脑中反复播放岁月的

风暴

时而透过车窗望望窗外，浏览大地上的原色风景

有时看到黑夜本身，夜啊黑得像一团化不开的糨糊

有时看到灯火举着光明如星斗明灭闪烁

我不知道每盏灯火后面是些什么人

但我知道他们肯定也跟我一样曾历经人事的纠结和

沧桑

表面平静如水内心早已千疮百孔

尽管此刻他们躲藏在一盏盏灯火后面

做着该做或不该做的事情

说着想说或不想说的话语

让我确认这世界上同时还生存着那么多的同类

活着并不孤独

如我即使在暗夜出行

也有未见过的无数灯火从四面八方蜂拥而来抵达内心

汪剑钊点评

夜晚由于被黑暗所笼罩，仿佛隐藏了生命的许多秘密。灯火，就像划破黑暗这层幕布的刀子，让光亮透射进去，可以洞悉秘密的一部分。诗的首句非常平淡，第二句"仿佛一种仪式"则为作品定下了基调，作者力图从生活的形而下进入形而上的思考。他看到了"黑夜本身"，这本身是什么？从存在主义哲学来看，那就是"虚无"。对"虚无"的感知刺激了人们对生死的清醒认识，但它未必消极，因为，一个真正的存在主义者必定具有西西弗斯精神，能从绝望深处看到希望。他面对暗夜，面对"千疮百孔"的现实，绝不是因此沉沦或沮丧，而是会点燃一盏心灯，并把这光芒赠予自己的同类。

想起故乡的地名

白公智

故乡有一大串土名。站在村头一喊
人应为人名，山应为山名。
小时候，我喊出第一个地名
那个地方，就是我的远方。
喊得多了，就有一座座山一条条河一个个村庄
从四面八方围过来，把我捧在手心
一直送到，远方以远。

故乡的地名，无法从地图上寻找
像乳名，只存活在亲人的心里
只用爱恨、神祇或传说命名
每个地名，比人名长久，比村庄古老。

小时候，这些地名都在我的前方
我像认亲一样，认一个，喊一个
一路走过来，我的爱情线，命运线
山路一样弯弯曲曲，拐进岁月深处……
再喊的时候，所有的地名
都在身后，拖成生命长长的影迹。

杨志学点评

　　"故乡"是一个屡见不鲜的创作母题，极容易唤起人心头共有的情结。有一个湖北诗人因为"喊故乡"而喊出了名，但也给别的诗人喊故乡造成了压力。然而优秀的诗人又总是敢于挑战的，比如一位四川诗人针对故乡和亲人的《喊一声》就通过中国诗歌网《每日好诗》栏目而打动了许多读者，这位诗人还凭借此诗成了"首届中国网络诗人高级研修班"的学员。现在，诗人白公智又来挑战，他呈现出来的《想起故乡的地名》这首诗又有什么独特之处呢？其一，这里喊故乡的内容比较具体，诗人喊出了故乡区域内的一个个地名，而他对故乡的感情便依附在关于一连串地名的记忆上。其二，他所喊的故乡地名都是土名，这样的名字在地图上找不到，也不通用，而只在一定范围内对一定人群起作用，它们就"像乳名，只存活在亲人的心里"。但恰恰是这样的土名具有陌生化效果，更具有穿透人心的力量。其三，这些土名又显得很神奇，不仅"比人名长久，比村庄古老"，而且居然与"我的爱情线，命运线"发生了关联。这样写故乡，便传达出了诗人的独特发现与真切感悟。

诗歌论

白鹤林

清晨街道上，见一老妇人
背两扇废弃铁栅门，感慨生活艰辛。
夜晚灯下读诗，恰好就读到
史蒂文斯《人背物》，世事如此神奇。
难道诗歌真能预示，我们的人生际遇
或命运？又或者，正是现实世界
早先写就了我们全部的诗句？
我脑际浮现那老人满头的银丝，
像一场最高虚构的雪，落在现实主义
夜晚的灯前。我独自冥想——
诗歌，不正是诗人执意去背负的
那古老或虚妄之物？或我们自身的命运？
背门的老人脸上并无凄苦，这首诗
也并不须讨厌和虚伪的说教，
（像某些要么轻浮滑稽，要么
开口闭口即怨天尤人的可笑诗人）
我只是必须写下如下的句子：在我回头
看老妇人轻易背起沉重铁门的瞬间，
感到一种力量，正在驱动深冬的雾霜，
让突然降临的阳光，照彻了萎靡者的梦境。

西渡点评 对于诗是什么，曾有过无数的定义，以后还会有无数的定义。事实上，每个独立的诗人都必须对诗歌做出自己的定义，极端地说，每首诗都对诗歌做出自己的定义。写作这首诗的诗人认为诗歌是一种背负："诗歌，不正是诗人执意去背负的那古老或虚妄之物？"导致诗人产生这一想法的，据文本本身透露，包括两个刺激，一个是清晨所见老妇人背负废弃铁栅门的现实场景，一个是史蒂文斯的诗《人背物》。史蒂文斯的诗重在关注诗的创造过程，也就是诗人将纷乱的心思转化为"明媚的清晰"的文本的过程。史蒂文斯认为，在这一过程中，诗人须要"最成功地抗拒脑力"（也就是那种纷乱、无定形的心思），犹如负重的人抵抗住物的沉重。显然这首诗的主旨并不在此。实际上，这首诗与其说是对史蒂文斯的某种回应，不如说是对骆一禾、海子的回应。海子尤其是骆一禾，就已经把"背""背负"和诗歌、诗人的使命、命运联系在一起。骆一禾说："我背着世界来到世界"（《夜宿高山》）"我承受等级/背起泥土/穿过人性"（《飞行》）"那只在深红色五月的青苔上/孜孜不倦的工蜂/是背着美的呀"。本诗通过老妇人背负铁栅门这一现实场景让这种背负感变得更有现实的张力。

落叶归根

白水清泉

少小离家，风推着影子
尾随在我身后，想象、荡漾
老屋没动，土墙没动
那盘老磨，似乎吱吱地响着
院中的梧桐树挡住了一轮斜阳

追忆，三十多年的时光
柴草早已在灶膛内拉丝结网
都说三十年河东　三十年河西
可如今，河都忘了桥的模样
离艰辛与幸福半步之遥
却要赔上几十年漂泊、游荡
迷路了，灯盏摇曳在荒野
人老了，还是应该还乡

还乡，还乡
风，牵着我似曾时髦的西装
还没跨进久违的村子
脚步，就把满地的枯叶
踩得沙沙直响

曹宇翔点评

此诗写游子还乡的心情。落叶归根这个成语，有着人性之美和夕阳一般的暖意。细读这首诗，我们会想起约翰·丹佛的歌声《乡村路带我回家》，贺知章的《回乡偶书二首》。老屋，石磨，灶膛……诗人被往事团团围住。故乡是一棵大树。落叶喜归根。由于命运之风的缘故，有的叶子也许飘落遥远异乡或异邦。乡愁之作，总能给我们带来精神的抚慰。人人心中都有一条回乡之路，有时候，经历的一切都是故乡。

254

在鞑靼的夜空里显出究竟

白音巴图

会经历七种火焰煅烧吗？

流沙也会孕育百合吧？

贴敷的彩绘光泽变暗

佛说纯蓝　河西的扫帚

还能荡涤尘土？

比如你用沙哑的歌喉

比如你用触手可及的石头

你一定　前世是个花岗岩的脑袋

我并不怀疑　璎珞繁简

一辈子倾心于流沙世界

晕染生土般的曼陀罗

我会亲近　岩刻里的人面桃花吗？

衰朽的木桩还可以拴马吧？

弄脏的衣服择日褪色

舍弃弹珠和玩偶

废墟里的磨盘　碾压着般若无量

比如你的菩提心

比如你微尘中的如意宝树

你一定　学会了在彩塑上缝制纽扣

请相信爱情　铁锹遮面

如最后娴熟的算术　唯有减法
在鞑靼的夜空里显出究竟

洪烛点评　要读懂《在鞑靼的夜空里显出究竟》这首诗，首先要知道鞑靼什么意思。鞑靼是对混合了蒙古血统的突厥语民族统称。鞑靼人广义可指俄国对亚欧大陆各国使用突厥语各族的统称；明朝也用该词称呼东部蒙古。这首诗所写，可能是河西走廊一带："流沙也会孕育百合吧？／贴敷的彩绘光泽变暗／佛说纯蓝　河西的扫帚／还能荡涤尘土？"我想到了敦煌、鸣沙山与莫高窟。千佛洞里的天花板以及墙壁构成最绚丽的天穹，在黑暗中熠熠生辉。"岩刻里的人面桃花"，是反弹琵琶、衣袂飘扬的飞天吧？"弄脏的衣服择日褪色"。"你一定　学会了在彩塑上缝制纽扣"，为了把最美的瞬间固定下来，使之不至于变形或偷偷溜走，请相信爱情，爱情会使一切成为难忘的回忆。结尾很精彩，达到高潮："铁锹遮面／如最后娴熟的算术 唯有减法／在鞑靼的夜空里显出究竟"。铲去浮华与装饰，露出的要么是真实，要么是空白。在鞑靼的夜空里，静静仰望，用减法对待历史与现实，减去所有的不美好，剩下的就全是美好了。没准你能看见一轮明月，或满天星斗。

打捞出来的瓦罐

鸟 喙

两只瓦罐从池塘的日形月影中打捞出来
像两朵莲花，又像两顶雪白的头颅

我触摸着它们，双手便暗淡下来
二祖母和她唯一的光棍儿子便从瓦罐里爬出来

他们又开始刀耕火种的忙碌，赤条条翻动着土块
赤条条搜索着土块下粮粒和虫子

还是老样子，二祖母在东桌吃饭，把脸趴在碗上
她的儿子在西桌吃饭，把脸趴在碗上

我端着一个空碗，站在堂屋的门槛上
他们都一声不吭瞪着我，他们也相互瞪着

他们照旧在饭后用铁钉在瓦罐内壁划上一条杠
这些横杠划得很深，至今还那么清晰

只是今天那些横杠已变成更厚实的苔藓
他们当年似乎在计量谷子的支出，又似乎远远不是

"打捞"是一个无比美妙的词，充满了动感和精神，令人遐思不断。"打捞"的意义，或许在于索取，在于失而复得，也在于重新保有。另一个词"瓦罐"，当然也让人怀想无限，因为它早已退出了当下的日常生活，让位于流水线上出产的更为精美的瓷器，仿佛成了一个蒙尘日久的旧词，需要再次拭亮，露出它的纹理与身世，它的机密和过往。

于是，故事来了，诗意也迸发而出。当"打捞"和"瓦罐"这两个词电光石火地碰在一处时，一册潦草的家谱，一段哽咽的往事，一个平淡如常的家族场景，慢慢地和盘托出，"至今还那么清晰"。两只瓦罐"像两朵莲花，又像两顶雪白的头颅"，"从池塘的日形月影中打捞出来"，这一刻应该是有惊讶的，狂喜的，意外的，仿佛不期而至的客人，突然挤进了眼前的生活，与你狭路相对，唤醒过去。然而，作者迅速发现了时间的吊诡，"我触摸着它们，双手便暗淡了下来"。——这是这首诗的高潮阶段，因为"二祖母和她唯一的光棍儿子"仍然埋伏在瓦罐中，须臾不曾飘失，又在这一刹出水而来，打开了作者斑驳的记忆。

是的，"还是老样子"，一切都是老样子，日光之下并无新鲜之事。时间篡改了一切，但总有一些东西，或许也是时间莫可奈何的。我喜欢这首诗，因为我眼前的书桌上，也站着一只陶罐，据说来自马家窑时期。

我并不了解小镇全部的黄昏

西厍

我并不了解小镇全部的黄昏
我总是在它边缘散步
在它和乡村的咬合处
凉飕飕的晚风几乎要吹散我
就像吹散西沉的晚霞一样
我把脱下的外套袖手抱在腹部
才避免在这出春入夏的节气里变成
晚霞的一部分。我满足于
小镇部分的黄昏：这凉飕飕的风
和很快就会散逸的彤云
我熟悉它冷却的部分
对它热烈的部分则所知有限
那些在夜晚仍然沸腾着的
我都敬而远之——
据此可以判断我不能算是一个
热爱生活的人？不，我热爱生活
但仅限于上苍赐予的部分中
那更狭隘的部分——
比如这凉飕飕的风和很快就
散逸了的彤云，比如这冷却的诗

冷霜点评　诗歌的写作需要捕捉、审视和裁剪，进而在词语的缀连中拓开一个提供读者思索或抒情的空间。例如"小镇"与"黄昏"，这是两个被浪漫主义诗人时常关注和不断歌咏的主题，当代诗人如果要在这片精耕细作过的园地里培植一些独具个性的语言之花，显然并非易事。对此，本诗作者进行了颇有意义的尝试，诗的开句"我并不了解"，既直陈了人的认知能力之局限，也巧妙地为自己选择了一个适切的角度，进入诗性的核心。那么，"不了解"的又是什么呢？那就是"小镇全部的黄昏"。这是一个看似谦卑、实则蕴含理性的自信的句子。小镇这个点的选择也颇具匠心，它原本就是城市的边缘，远离都市的喧嚣；至于在小镇的边缘，则意味着其地理位置就是准乡村了，它意味着偏远、淳朴和安宁，从而与暗含的现代生活之喧嚣、都市的豪奢构成了一个对比。"出春入夏"则点明了季节，并且成为一个过渡，承上启下地牵引出后面的陈述。所谓"弱水三千我只取一瓢饮"，世间美景万千，作者只满足于"部分的黄昏"，那"冷却的部分"。而针对人们据此可能指责抒情主人公缺乏生活热情的判断，他断然反驳道"不，我热爱生活"，不过，他有自己明确的界限，不逾矩、不奢求，只是恪守自己的信念与理想，享受着上苍的"赐予"。这无疑是一种哲学的理智，也是经过了"淬炼"的诗之精钢。

我不敢轻易喊出它们的名字

吉林寒石

这个是香豌豆，那个是红指甲儿
这个叫打碗碗，那个叫米口袋
还有咱家前院狗娃，他也是花儿

在乡下，母亲给那些不知名的野花
都起了一个小名儿
就好像栓柱、留柱、铁柱一样
哪个都舍不得，离不开，放不下

现在，我不敢轻易喊出它们的名字
怕它们像亲人一样
喊着，喊着，就离开了

谭五昌点评

这首短诗是诗人对乡村母亲的缅怀之作，作品共分三节，前面二节采用母亲的视角和说话语气，鲜活生动地刻画出了一位诙谐幽默、热爱日常生活的乡村母亲形象，后面一节则回归到作者的叙述视角，表达作者对已逝母亲留恋情感的几行诗句显得自然妥帖，又非常巧妙，可谓既出人意料，又合乎情理。

慈

亚 林

野火有燎原之势
熊熊难驯

草屋里，母亲轻咳一声
火苗跳上油灯，翼翼小心

山腰不老松下
我百岁的奶奶，怀抱冷月寒星

因为怜蛾
她不点灯

李少君点评

《慈》这首诗最后一句打动了我，有着仁慈之心的百岁老奶奶，居于山腰不老松下，"因为怜蛾/她不点灯"。飞蛾有见光扑火的习惯，而老奶奶担心因此杀生的菩萨心肠，干脆不点油灯，与寒星冷月为伴，真是进入了一个极高的境界。整首小诗简洁朴素，以童年的视角，将细小事件及细节写得惊心动魄，比如"草屋里，母亲轻咳一声/火苗跳上油灯，翼翼小心"，有四两拨千斤的巧妙。意境质朴，动人心弦。小诗不小，抵万语千言。

262

夕阳也是一匹快马

吕　游

夕阳也是一匹快马
不是你们想象的，它老了
缓缓坠落，如石头坠落山崖
由红鬃烈马长成白马
再由白马，长成那匹红马
时间的血流出夕阳身体
我们都累了，我还要
交出身上积攒的星星般的钻石
深渊就是黑夜，夕阳的
这匹红马也会回头向后奔跑
为了找回青春的记忆
那不过是我，站在月光背后
树梢因为沉重，动了一下
上面留下马的印记，在金秋
停在路口，成为那片枫叶

杨志学点评　这是一首颇具现代感的诗，多跳跃、转弯度大，省去了过渡与铺垫的内容，由读者的想象去填补。此诗题目和第一句均是"夕阳是一匹快马"这样一个创新性隐喻。细读下来，你会看到此诗几乎每一句都在跳跃，都在转折。诗不长，而意象联翩而至。诗意朦胧，而其题旨却也并非不可把握：它是感叹时光流逝的，有岁月如梭、老之将至的悲伤，也有追怀青春的激动与欣慰……意象的多变造成了诗意的蕴藉，令人回味。

晚香玉，或白日梦

师　否

十月，羊群消失在天山
云的深处落满了鸽子
它们唱道——

太阳渗出了海面
雪落下来，像穷人的盐

耿占春点评　是在书写"晚香玉"吗？这首诗自有自己的特异之处，除了标题之外，根本没有出现什么晚香玉，没有出现任何花的意象，相反，出现了与花朵截然不同的"羊群消失在天山"……当然了，标题中提示了一下，晚香玉纯属"白日梦"。这首诗自有其无限空灵之处，它展开一个高远广阔的空间，与晚香玉相似的唯一之处是，无论羊群在深山消失，还是云的深处落满了鸽子，它们都是看不见的事物。代替可见物的是一种声音，它们"唱道"，接着出现的不是自在之物，而是歌中的事物，声音中的事物。一个跟天山相距遥远的景象"太阳渗出了海面"和"雪落下来，像穷人的盐"。这首诗的每一行都跳跃得极其遥远，足以显示出白日梦的时空特性，也暗中浮动着不可见的晚香玉的属性。

265

深夜陪母亲聊天

网无尘

母亲坐在我身边

絮叨过去冗长的生活片段

她说，还没出嫁就和父亲一起盖婚房

脱坯，和泥，扛木头，顶个男人

她说，为了我上学，偷偷攒下几百元私房钱

她还说，我幼年多病，四处求医、拜神

她又说，父亲常年酗酒、发脾气

母亲说，母亲絮絮叨叨地说

说村里老了几口人，两头大母猪生猪娃

猪又掉价了

母亲说，二十多年的债还完了

母亲松了一口气

母亲需要倾诉，我已不再是倾听者

我不够耐心，但清楚地知道

回忆和苦难

延续了母亲的一生，我的一生

母亲在她的絮叨中睡着了

像掉在地上的一粒干瘪的种子

王士强点评

母亲的絮叨有时是一种负担，但即使是负担也是幸福的负担。诗中母亲所絮叨的，是她的一生，是一生中的平凡、琐屑与苦难。这些是不足为"外人"道的，这种絮叨本身即包含了心理上的信赖与亲近。而"我"虽然不是一个耐心的倾听者，但却知道自己与母亲之间许多东西是共通的："回忆和苦难/延续了母亲的一生，我的一生"，由"母亲"及"我"，全诗具有了丰富的人生内涵。文学是人学，对人、对人生的关怀、关切是不可或缺的。诗歌最终还是应该"以人为本"而不应仅仅停留在语言、修辞、技艺的层面。

267

找不到一条笔直的河流

成小二

平凡的露珠，刚出生就死了。
从发源地一泻千里，都来自名山大川的后代。

一部分流水走进沙漠，成了败家子，
汹涌的暴发户换装了贵族血统，从半路杀出来，

充沛的雨水让河流失控，
贪恋冲出缺口，恩惠害死了好多人。

八百里河山，分段述志，浇灌不同的风景，
苦难以结冰的方式封存世界。

吞没沉船，泥沙，打个结勒死溺水者，
灵魂因不安而扭曲，我们从没找到一条笔直的河流。

杨四平点评

世界上当然没有一条笔直的河流。世界上的河流
必然是蜿蜒逶迤的。小河拐小弯。大河拐大弯。
没有一条河流不拐弯、不弯曲。这是大自然的物
理现象。在诗人看来，这似乎是一种无可奈何的
地理图景。诗人极其不乐意。因为：来自露珠的

河流，从名山大川流淌出来的河流，"从发源地一泻千里"，原本是可以一泻直流到海的，但终因种种外力，河流在奔流向海的漫长旅途中，生出了不少变故——有的河流流入沙漠，消失在蛮荒之中；还有的河流，也就是那些支流，从半途中粗暴地闯入，摇身一变而跻身于大河的队列；无论是愚顽至极的河流"败家子"，还是伪装的河流"贵族"，都使河流改变了原有的流向和河道；此外，还有，超量的雨水，使得河流像脱缰的野马，冲破围堰与河堤，夺走了许多无辜的生命，损毁了数不胜数的家园，这种洪流及其水患，就不止是要受到谴责了，而且还应该遭到诅咒！至此，前三节诗主要写河流改变流向的不期而遇的外在原因。像天要下雨那样，河流要改道，都是人类无能为力的事。对此，我们人类不能一味地"围堵"，更为行之有效的办法是"疏导"。这是由"河性"决定的。我们人类最好因势利导，顺势而为。李冰父子建设世界上最伟大的水利工程都江堰为人类提供了治水典范。诗人没有在河流的曲曲折折那里感受到"曲线美"，反而感受到的全是恐惧、沉滞、焦躁和死亡。换言之，诗人将人类的全部苦难归结于河流的弯曲。显然，最后两节诗，就不仅仅在写自然的河流了，进而写到了精神的河流、文化的河流、文明的河流了，由自然的"河性"写到了历史的"文化性"，乃至"人性"了。所以，诗人坚决要摒弃弯曲的河流，去找寻笔直的河流——那条在诗人心灵中流淌的精神之河、理想之河。读过张承志的《北方的河》就会明乎此！但是这只是理想。理想终归理想。诗人明知不可为而为之的果勇与执着，多少显出了向死而生的悲壮。

暴 君

仲诗文

喜怒无常的暴君
昂首阔步
走在田埂上
动不动就发号施令
"再乱跑，打折你的腿，乖乖地跟在老子后面"
湿漉漉的声音
一直从天上传来
干掉他
干掉他
那时，桃子还很小
我恨恨地揪了几把

暴君
都是一点一点褪掉毛的
他光秃秃地坐在椅子上
已经瘫成了一袋面粉
我常常无声靠近
研究他睡着的样子
模仿他作为暴君的样子
爸爸，爸爸
也会不经意

小声地叫醒他
怕他就这么
死掉了

王士强点评

父与子的关系是说之不尽的，仲诗文径直以"暴君"来写父亲，颇为独特。"暴君"与"父亲"两个角色之间有着强烈的张力，诗歌由此形成召唤结构。诗的前后两部分形成了反转，这是"父亲"形象由强到弱转变的过程，也是"我"对"父亲"的态度由单一（恨）到复杂（爱恨交织）的过程，打开了丰富的联想、想象空间。整首诗节制、及物、具体，诸如"桃子"很小、暴君"褪毛"、瘫成"面粉"等的表述均形象而生动、贴切，"模仿他作为暴君的样子"写两代人之间的复杂关系，有着多重的读解、阐释空间。总体而言，这称得上是一首优秀之作。不过，就我的阅读期待而言，关于"暴君"与"父亲"或许本身就是一首"长诗""大诗""复杂之诗"的素材，目前的处理似乎仍显简单化、浅尝辄止，让人有意犹未尽之感。

271

我被一只蜜蜂蜇了

任海青

养蜂人手拿一支画笔，前一下
后一下，灵巧地移虫
工蜂以王浆饲养了幼虫
养蜂人乘机盗取了王浆——这是个费眼神儿的小活计
白白胖胖的幼虫
蜷曲在王台，是否在酣睡。尚不谙世事
天才的数学家，神奇的建筑师
被勤劳的养蜂人算计了——他的瞳仁闪着亮
王浆、蜂蜜，在初夏季膏脂满地
我窥见了珍奇的秘密
"多可爱的小生灵啊，对人无所求，给人的却是极好
的东西。"

当我好奇地弯腰察看
一个莽撞的小家伙钻进我的头发，我听见头顶噗噗作响
它比我更加慌不择路……
养蜂人拨开发丝，帮我揪下那只小可怜
金色的尸体，漂亮的光芒，身着铠甲的兵士
指尖上，一枚螫针横陈
它拔出唯一一件武器，以命抵押
——纯属误伤。肿胀、灼热、痒、剧痛

难以忍受。我从未如此
欣然期待某种痛觉

不过……始终也没那么疼。我必须接受那缓慢的
悠长的胀痛，隆肿的包块。起伏的山峦
坡上坡下，槐花、荆花、紫云英，花深似海
痛是多么深刻的甜蜜

此刻，我赞美蜜蜂
赞美王浆、蜂蜜、头戴纱帽的养蜂人
赞美螫针和疼痛，以及山谷里迎风颤抖的小花
也赞美无边无际的柔情暗夜

洪烛点评 　赞美蜜蜂的诗歌可谓多得数不清，但这首诗还是让我记住了。对蜜蜂和劳动者的歌颂，如果陷入模式，其感人程度和美学意义都会大打折扣。相反，尽可能写得别致一些，才有望给老题材注入新灵魂。赞美蜜蜂，不仅赞美王浆、蜂蜜、头戴纱帽的养蜂人，到了连螫针和疼痛都赞美的程度，才可以说刻骨铭心、入木三分。就像我们对待爱，如果不仅爱其带来的幸福，也同样能爱其带来的伤害，才可以说真懂得了爱，懂得了爱是什么以及什么是爱。爱难免带来彼此的怀疑乃至误伤，这并不能证明爱是假的，反而更为真实。"痛是多么深刻的甜蜜"，是这首《我被一只蜜蜂螫了》的"诗眼"。越是有尖锐性与疼痛感，越是带刺或长骨头的诗，越是让人无法挑剔。任何一把雨伞，都长着骨头，才

可能撑开，或者收拢。诗也是这样：血肉饱满、皮肤光滑固然重要，还必须长着潜在的骨头或刺。诗人永远在寻找主观印象与客观世界的偏差。偏离得越远，越容易营造出另一个似是而非的世界。他应该有造物主的雄心，而不仅仅是一位写生者。最大的快乐就是：能够亲自为笔下的事物逐一重新命名。不要嘲笑诗人自我燃烧的激情：他必须保持某种冲劲儿(最好以加速度)，才能挣脱来自身后的万有引力。惯性写作太没劲了。他无意于进入历史，而是要改写万物的历史——使万物、使历史获得新的版本。还有比这更伟大的创意吗?不怕旧题材!只要能找到新感觉。越是有难度的写作，越能挑逗诗人的好胜心。但诗人并不为了炫耀技艺，而是掌握了简便易行的办法：怎样才能尽快找到一条新路呢，那就是插入众多的旧路的缝隙……

青海骢

多杰斯让

在青藏高原，一天早晨，我见到了
雪，雨，雾，阳光——同时光临草原牧场
四境之前走来了一匹白马，扬鬃甩尾
这是传说中的天马，抑或现实的一匹良马
在九月的高原，我就是那个骑马的人

九月的高原上，雨雪中骑马而行的人
人和马都是高原母亲真正纯粹的儿子
青藏高原有那么多的颜色，四季分明
一匹马出现的时候，一幅铜版画浑然天成
纯白，枣红，雪青，黑色，随便一种颜色

青海骢和高原一起从海底托生
青海湖至今成为牧人和所有马的归宿地
我有足够的幸运，知道了这个世界上
依然还有真正的纯洁、圣地、图腾
有魂灵、有神性的马儿引领着年轻的高原

看到青海骢，就能够想象高原上的一切奇绝
特别是九月，特殊的季节，驰骋高原的
因为爱情和月亮而活着的高原女人骑着枣红马

因为太阳和血性而活着的高原男人骑着黑骏马

所有的一切都会苍老，而青藏高原会永远年轻

洪烛点评

一首诗就是高原上的一片云彩。这首诗因为想象空灵、意境开阔而自成光彩。诗人进入青藏高原，直接抓取了高原的雪、雨、雾、阳光这些景物，同时将高原的各种颜色：纯白、枣红、雪青、黑色截取进入诗中，让这首诗句句有形，字字含意，一气呵成，万象纷呈。青海骢以日行千里而著称，是一种稀有的良驹。诗人顺势将自己磅礴的诗情诗意一路潇洒地与高原上的青海骢一同纵横驰骋，让我们知道这个世界"还有真正的纯洁、圣地、图腾/有魂灵、有神性的马儿引领着年轻的高原"。于是高原、马、人这三个核心意象组成了特定的诗境，让我们心存高远。最后，诗人一句"所有的一切都会苍老，而青藏高原会永远年轻"，让这首诗既厚重又灵透，让人在不着边际的高原，突然抓住了高原的关键"年轻"。就像在辽阔的天空中，我们突然看到了太阳这个天空的主宰，瞬间让这首诗荡然生机勃勃起来，这首诗也因此像一片美丽的云彩留在了我们的心里。

怀念一位已故的朋友

竹林一闲

他死了。我们把春天，慢慢掏出一个坑，
小心地，把他摁进春天的腹腔。
我们继续活着，
并等待，来自泥土深处的呼唤。
草木青了几茬，又枯了几茬。
我们继续活着，
没有大悲伤，也无大欢喜。
日复一日，拨开草丛，
寻找一两只身体发光的虫子。
微弱的光亮，支撑着爱，

是的，我们爱着自身的卑微，
像爱着那些，刻进石头里的，安静的死亡。

罗振亚点评

朋友死了，自然悲恸，不时怀念，此乃人之常情。
诗在诸多语汇、意象的流转中，就流贯着诗人这
种内敛隐忍的情绪节奏，一个"小心"足以表明
他对朋友的爱之深切。但诗人优卓的直觉力，又
敦促着文本超越了具体事件和心灵反应的书写，

走向了生命本质的顿悟与揭示：死亡面前人人平等，不论贫富贵贱、男女长幼，最终都将奔赴它的约会，人生原本就少大悲大喜，平淡和卑微才是它的底色。生与思平静的精神"对话"，无形中在诗的情趣之外平添上几许智慧的理趣，也构成了对传统本体诗歌观念的冲击与诘问，诗歌难道仅仅是生活的复现或情感的流露吗？不，它有时更应该有哲思光芒的闪烁。

悲 伤

江 汀

我在这条街的骨髓中旅行，
每日领受一份它的寒冷。
修路工人们正在忙碌，
铺下这一年度的沥青。

但初春傍晚的红晕
正离我而去，
仅仅留下模糊的预感。
在其他场合重复呈现。

雾气堆积在地铁入口，
像受伤的动物在蜷缩。
车厢里，人们的脸部如此之近，
他们随时能够辨认对方。

以漠然，以低垂的眼。
长久、缓慢地储存在这区域。
肃穆地等待被人再次发现，
在背包中，在城市的夹层。

摘下各种式样的帽子、围巾，

意识残留在绒布上。
我们习惯于这些形式，
在一阵大风吹来之前。

没有携带随身物品
也不借助任何比喻，
从它们那里逐级堕落，
或艰难地提升。

后来，一个女孩涂抹护手霜，
气息向四周扩散。
间或有灯光灭去，
印象暂时地消逝片刻。

继续擦拭这些秩序，
这抽象的生活，这些轰鸣。
一个老人，从口袋里掏出眼镜，
观察这些陌生人。

而多余的眼睛，先于我们而在。
沉默无言的生活
与诗歌无关；
心灵像晚餐一般成熟。

幻想中的店铺悉数敞开。
因和果同时陈列。
因和果纠缠在一起
好像死人无法分开的手指。

我们跟着钟表在世上漫游。
想想勃鲁盖尔的那群盲人。
我们对空虚做出
日和夜的姿态。

但困顿将保护自己，
我要重新收集那些忧虑。
它们分散了，像面包的碎屑。
我听到外面的洒水车之声。

很快这条街将被浸润，
像钉子嵌入木板，
像浅显易懂的教诲
在一颗心脏凹陷的地方。

几十年的忧愁
悬在空中，瞪着这个时代。
唯有它看见我们的重影。

我想追随任意一个邻人
回到他的家中，
直到他确证自己
沉入某种重复过的睡梦。

但星斗们还停滞在那里
像狗群游荡在夜间的车库，
他们向我们抛掷杂物。

因为白色的智慧无家可归。

陈先发点评 我喜欢节制的诗。情绪与情感不能如泡沫溢出而应强抑如水面，这样，语言内部的张力才会趋向最大化。这首诗四行一节的形体，冷静而致密的叙述，乃至词之取舍、语调之扬抑、语速之缓止、相互契合之疏密，都让我觉得无碍而愉悦，气息流畅，没有滞塞感，显出作者非同一般的语言功夫。此诗充溢着一种在当代城市生存中无家可依的深切的失落，随着街道与地铁等物象，帽子、围巾、护手霜等细节的推移，这种失落与徘徊不断加强，很自然地迎来了围绕"因""果""困顿""教诲"这些词展开的事实上是对内心秩序的一种追究。这种追究在诗中转折得自然妥帖，与具象彼此呼应，使诗中的空间更为洞开与深邃。我读诗，喜欢捕捉每首诗中作者的心性与心象。只有少数一些有心性的诗人，在冥思达到一定强度时，才能在诗中完成心象的凝结。现在网络上流行一类投机之诗，像讨巧的段子，读来促人一笑，也偶含些油滑机敏的急智在内，但这类诗本质上是空心的，再读两遍就会觉得厌倦。而如这首诗，是我所谓有心象的诗，你越读便越会觉出它的词之适意、气之动人。从头至尾，有一种强大而被抑制的哀伤气息在驱使着词的运动，很容易与阅读形成共振。

没想到……

江 耶

我坐到邻村女孩孟小花旁边时
土坯支起的课桌刚刚转凉
门洞挤进的光只照亮一尺长的黑板
昏暗之中，小花像她的村庄在我眼里模糊着
这是第一年，我们上小学一年级

从二年级开始，我长个子小花也长
我和小花一起往后排挪座位
到三年级，同学们好像发现这个规律
很多人开着玩笑，把我们叫作"小夫妻"
我心里顿生甜蜜，小花人前人后不再搭理我一句

四年级时得了肺病的我回家休养
半年后回到学校，孟小花和全班同学
搬到学校最后一排，五年级是毕业班
老师管紧了。我靠着土墙晒太阳，向四周看
多少天了，也遇不到小花出来玩耍一次

我上五年级的第一天，走到小花村口池塘埂上
看到她蹲在塘堤上洗芋头，此后的每一天
她这个样子保持到我初中毕业，让我的一天无比踏实

我上高中离村的早上，鼓足勇气对她说，我喜欢你！
她把脸一捂，身子一扭，跑了，边跑边喊：
跟你认识九年了，没想到你真这么流氓！

好诗是"具体"的，从世俗的具体中来，经过诗人抽象，达成新的具体——这新的具体与生活本身保持着一定程度的联系，又要拉开足够的距离。显然，透过本诗，我们感受到了这样的距离，尤其是结句。看似狠歹歹的一句话，写出的是至纯至真，是少男少女之间持续经年的美好情感——这与早恋不早恋无关，此乃人间最美好的情感。趁便说一句，窃以为诗无结尾，只有结句，好诗结句过后，诗意还在走。

答李白书

江　榕

首先发生的，是物质层面的愁
我饮不到唐朝的美酒，也典当不了
你古董般的大衣（今天，它应该上交给国家）
我无法用我的心朝向你的手
因我所爱之物已被禁得七零八落
剩下的，也凑不成一首完整的诗
你劝我同醉，我劝你护肝
请不要沮丧、扫兴、赐我青白之眼
因我爱你的剑多过你的诗
我爱你为唐朝注射的肾上腺素多过你不得之志
你有你的剑法，我也有我的心事未了
一个拖家带口的男人、精神贫瘠的思想犯
要怎样找回秋风里被人拾走的魂魄？
"我伏虎之时，不曾见过影子。
少年时，我有向往之物
便在商铺前徘徊，以期入梦
然而皆是饥饿之虎，对我咆哮
久而久之，便降服了……"
"列车现在是临时停车，预计晚点一小时……"
暴躁的乘客哗然而起，面红耳赤
既已上车，这么长的关押，唯能任其摆布。

陈年往事毋庸再提。停车的

这一小时里，你可将秋心拆成两半

与我同消万古愁

冷霜点评　时空阻隔的破局，古人与今人的穿越式遭遇，现代情绪对古典人事的重新洗刷，构成了这首诗典型的生成逻辑。这种时空混杂、古今一体的生命形态所以能成立，主要得益于诗歌这一独特的文学体式的庇护，同时也自动促成灵动有趣的诗性来。时空超越，古今同聚，这样的情景描画起来颇有点玄学的味道，想象的无羁、诗路的难料，以及造语的不合常理，都被这种特定的书写形式所允诺，朴素地说，处理这类题材，怎么虚拟都成立，你怎么写都行，只要写出诗意诗趣来就成。由于将古代人事置身于现代生活场景中，诗歌因此形成了古与今的互文关系，即古之人事在现代生命空间里找到了新的注脚，而今人的精神状态又从古代人事中找到了某种寄托和诠释。进一步说，诗歌状写了两个诗人的生命对话，隐秘传达的则是今之诗人对自我生活处境和精神存在的认知和感触，正所谓"借古人之酒杯，浇自己之块垒"。自然，这类纳古今于一处的穿越式文本，也有自身的书写难度，这种难度主要是语言选用来构建生命场景的难度，因古人与古汉语是一致的，正如今人与现代汉语连在一起，在此情形下，如何将古汉语与现代汉语有机嫁接，便是每位诗人处理此类题材时都要攻克的难题。这首诗用了两个戏剧性独白，两个独白一多用古语，一全用现代汉语，展示了两个不同时代的人两种不同的生存场景，这样的处理还是有所成功的。但其他述说皆用大白话，则稍露滑稽调侃之拙。

几只蚂蚁

江一苇

经过一个工地时
我看见几个农民模样的人
在猜拳行令
或许是他们的声音太大了
引起了我的好奇
我驻足了几分钟
看见他们一个个赤裸着上身
在灯光的映照下
脸涨得通红
其中一位络腮胡子的中年汉子
还一边吃着花生米
一边用方言哼着小曲儿
这是我以前从未见过的画面
不得不承认
它彻底颠覆了我的记忆
我搞不清他们是坐在他乡的冷风中
还是坐在家乡的罗帐里

曹宇翔点评

《几只蚂蚁》的作者，记下匆匆一瞥中的一个生活场景。真实，细致，不事雕琢。这场景让人怦然心动。为了梦想，为了亲人，为了过上较好的日子，我们谁不曾像蚂蚁一样顽韧、渺小、忙碌，以不同方式打拼、奋斗、吃苦受累？从某种意义上来说，我们也许就是那个哼着小曲儿的中年汉子，是工地上那几个劳累一天自得其乐的人。人生不全是一场苦役，作者引领我们看到生活的另一个侧面。简单的快乐，乐观天性，是生活泥淖之侧绽放的鲜花。

一只羊在夜晚通过草原

江南雨

在这样的夜晚，我看到星星牵着羊群
寻找草场、水源、和天敌
一只饥渴的头羊在前边探路
牧人疲惫的鞭子被风吹上树梢
伸手就能挽住月光
一支训练有素的羊群，这个夜晚
正在狼群的锐叫声中通过戈壁

这样的迁徙显然有些悲壮
静静行走的队伍中，弥漫着死亡气息
而其中的一只，命犯桃花
它多么像我当年
为了一段前世的恋情
于一个春夜出走

其实，上苍早已看清了这一切
一只羊正离开羊群，为苦难殉情
牧羊犬的吆喝声，多么高贵
至今还在记忆里反刍
草原时断时续的马头琴
不会为一只羊祈祷

一只羊离开了故乡，它要去何方
在一场风暴到来之前
我看到它绝望的眼睛里
蓄满了草原的苍茫，和泪水

一场阴谋在夜幕下铺开
星星站在高处，它没有阻拦

罗振亚点评　　韦勒克、沃伦说，任何作品都是作家"虚构的产物"，《一只羊在夜晚通过草原》亦然。看上去，它不乏真的存在方式和功能，但却不一定是实有的具象。底层视域中呈现的是"夜晚"离群的"羊"，面临即将到来的"风暴"充满"绝望"，对这场"夜幕"下的阴谋，"星星"并未阻拦。而抒情主体"我"及其想象的投注，却使诗的结构变成了高层建筑，在底层视域之上有了象征光影的浮动，随之"夜晚""羊""风暴""星星"等每一个意象符号，也都既是自身，又有了自身以外的形而上内涵，梦真交错，虚实相生，含蓄异常。也就是说，你可以认为诗写了离群的孤独之"羊"夜晚通过草原瞬间的恐惧和绝望，也可以把诗理解为对处于精神困境之中的"人"的观照，还可以做出别的解释，只要合理，随便由你。

一首诗的诞生过程

江南潜夫

一滴雨，和一个字
或者说，一场雨和一首诗
同时抵达我的梦中

我敢断定
春雨也好，秋雨也好
每一滴雨都是天空神圣的精子

我还敢断定
梦里也罢，梦外也罢
每一个字都是大地珍贵的卵子

当大地遇上天空时
或者说当天空遇上大地时
一首诗就此诞生了

有的成了向阳花木
有的投胎为鸟兽虫鱼
有的降生为人，有的转世为佛

低于尘土，高于天堂

就在我最后一个字落笔时
最后一滴雨也同时落定

唐诗点评 这首诗是一首关于诗、关于写诗的诗，可以说是一首"元诗"，它对一首诗诞生的过程进行了形象、传神的书写。由"雨"到"字"，由潜意识到意识，由混沌、无形到成形、定型，一首诗的写作过程得以呈现，一首有意味、耐品咂的诗也得以形成。确如诗中所写，诗歌创作是不无神秘的过程，如精子与卵子的遇合，如天空与大地的相遇，但其形成的，却又与两者皆不相同，它来自天空、来自大地，却又是"低于尘土，高于天堂"的。诗，正在于可解与不可解、可知与不可知之间。

小情人

这 样

她为什么选择和我在一起

她那么小，有世界上最好的年龄

她那么轻易就肯定了我

亲我左边，又亲我右边

好像少亲一次，爱就会少去

她为什么选择和我过苦日子

穿便宜的衣服

经过有钱人的家门口，也不羡慕

她和我住搬来搬去的出租屋

在地铁口帮我卖打火机，皮带，手推车

她那么小，才五岁

就开始认命，帮我大声吆喝

谁会来买她的塑料花

谁会给她梳一下，打散的脏头发

余怒点评

《小情人》，这题目难免给人以轻佻感，乍看还以
为是卿卿我我、打情骂俏的小情诗，但读下去，
才发现非关爱情，写的其实是父女之情。题意与
内容的反差带给读者一种惊讶，这惊讶贯穿于整

个阅读过程。错位的意指会在阐释之外带给阅读以额外的快感，这虽然是一个"小伎俩"，但也不失为吸引阅读的一个手段。而论手法，这首诗十分简单：平铺直叙，不事雕饰。这也是上世纪九十年代以来抒情诗的演变路径，由主体介入转变为客观呈现，由情感宣泄转变为冷静叙事。就技巧方面而言，这么做的好处还在于蕴情感于不言，引弓弦而不发。直到结尾处，作者隐忍着的悲伤才略见端倪。除了冷静的叙述和朴素的言辞之外，这首诗的结构也相对简单，用两个"她为什么……"和两个"谁会……"的疑问句串联成篇。可能正是因为它的朴素和简单，这首诗才获得了撼动人心的隐秘力量。

新的一代

安 吾

送给你，渴望我完全垮掉的人。

——戈麦《誓言》

我二十岁　决定成为一个足够危险的人
背对父亲　大声咳嗽　这使我
一不小心　就走到了时代的反面　我穿上
从驯服扔出的飞靴　把更多的人　输送到
小康社会　他们　手捧鲜花
彻底忘记了　那些被年龄蒙住眼睛的人
到底　谁尖锐到轻如蚕丝的境地　谁背负
匆匆而至的漂泊感　谁去发现奇迹　和圈套
对这一切　大多数时候　我只好装作　无所谓
二十岁　我常在别人的故事里　伸懒腰
喝绿茶　然后　一次次错过　祖国的夜晚
一次次　来不及打捞 那些活物的细碎
多么惬意（幸好　活物是一种可再生的
资源）某项保护法　如是写道　而我为什么
最终　会从一大堆沙子中的一粒　流落为
某个父亲的结石　有没有一个母亲　会
为我流下悔恨的泪　我在耻辱的胆汁中
翻来覆去　持续到今天　我身上　这股

挥之不去的骚味　也是你们每个人　都有的

或者 终将有的　看　我始终装作一个

深谙世事的代表　不去窥视　此处的姑娘们

弯腰掸去　高跟鞋面上的灰尘时　从衣领

吐出的　浅浅的乳沟　我只是　向着一只狗

用力挥动　几被遗忘了的爪子　仿佛是

在别处　是在别处　我坐在

可供纪念的餐桌前 我二十岁　拿起了筷子

王士强点评

这是一个"小时代"，大多数人开始放弃对形而上领域的追求，于时代、灵魂和家国等宏大主题，亦兴致索然。年轻一辈的诗人们更热衷于讨论自己的生活，享受其中的精致与颓废、绝望与厌倦。

他们能很好地处理那种题材，并将之精致化。相较于关心一群人，他们更关心两个人（之间发生的张力）。安吾于同龄人写作中，更为别致的地方在于，他既不是一个修辞/技术主义者，也不是沉溺于日常性的絮叨中而无法自拔的诗人：他始终在检校自己于这个时代中所处的坐标，夸张地释放着他的叛逆、苦闷和颓丧。这有别于"垮掉一代"的"新的一代"，大抵是由许多苦闷少年构成的，安吾朝这些同代人抛出了探讨的诱饵；精心修饰后的自白，却又隐约透露着对某种"主流"永远的警惕和偏离。

关 门

庄 凌

母亲年轻时也拥有山水起伏的玲珑身体
可她的春天太小了
万紫千红都被庄稼和茅草覆盖
她总是把门关得紧紧的
把幻想与故事关在了门外
这一生她只为三个人开过门
一个是父亲
另外两个是她分娩的儿女

母亲的钥匙在别人手中
而我的钥匙在我自己手中
我爱粗茶淡饭也爱灯红酒绿
我爱晨钟暮鼓也爱潮起潮落的快感
我不会把门关死
也不会为魔鬼开门
你转动锁孔，宝藏就为你打开
你是我相见恨晚的人

洪烛点评

母爱，是文学的一大母题。每个诗人都迟早将为母亲写一首诗。作为90后诗人，庄凌早早地就写了。不只是写母亲，还写出了自己，以及自己与母亲的区别。实际上是写两代女人不一样的活法。

甚至，还让人管窥到巨变的两个时代。女人心理上的封闭（或自闭）与开放，何尝不是时代的特征？如此宏大的主题，庄凌却举重若轻，在于她找到了门这个意象。更关键的是，她还为这扇门找到了钥匙。通过门的开合，表现母亲与女儿情感世界的差异。这既是家门，更代表心扉。母亲一生"只为三个人开过门"，她是为别人、为亲人而活的，是以亲人为中心的生活方式。女儿则是为自己而活的，以自我为中心。"母亲的钥匙在别人手中"，她的命运与亲人休戚相关。"我的钥匙在我自己手中"，掌握着自己的命运。母亲因亲情而满足，拥有一个家就自成方圆，而新时代的所谓"独立女性"，其实也是有所期待的，等候着一个不是用钥匙而是用眼神就能打开她心扉的人。女人成长的过程，即使会有叛逆，但都是在向母亲致敬。从女儿到母亲，是女人完整一生中的两个阶段。《关门》这首短诗，因意蕴丰厚而让人浮想联翩。真正的诗从不怕篇幅有限，关键是要能激发读者无限的想象。

杀羊记

刘 厦

小卖部的喇叭喊"谁买羊肉"的时候
那只羊还被拴在小卖部门外看人
为了证明足够新鲜
一只母羊经历了最快的轮回

早晨它被牵走时
小羊羔还不以为然
等天黑小羊羔一声声叫时
母羊已成了不远处那个茅坑里的
排泄物

那只羊被杀的时候
真的没有叫一声
就像一个婴儿被母亲换了身衣服

流淌的鲜血洗不净它身上一生的泥土
破开的肚皮冒着腾腾的热气
五脏被冷风吹凉
包括胃里小羊吃剩下的草

羊肉、羊皮、羊血、羊下水

都卖了
只留下母羊眼中的沉默
压得这个寒冷的傍晚越来越暗了

罗振亚点评　生下小羊羔不久的母羊被悄无声息地杀掉了，它的肉很快被人吃掉，傍晚时分的小卖店里，只剩下"母羊眼中的沉默"。初看上去，诗不过呈现了一个司空见惯的事件，传达过程中也没运用什么高超的技巧，几乎就是借助朴素的叙述手段，支撑起了诗和世界之间的基本联系。但是从天黑后小羊的鸣叫和母羊成了"茅坑里"排泄物的细节对比，从结尾处"压得这个寒冷的傍晚越来越暗了"的压抑走笔中，读者仍然能够触摸到诗人悲悯、愤懑心音的脉动。难道羊生来就难以摆脱要被屠宰的无奈命运，难道弱肉强食的法则从来就是天经地义的，难道人类的残酷无情就不该受到必要的遏制和谴责？其实，人一如羊，如若一味掠食于动物，结局或许会比羊更惨。原来，诗对动物的观照承载的是关乎生命、命运乃至生态问题思考的命题，不动声色的叙述技巧的到位表现，也显示出诗人对复杂生活的处理能力之强。

在上海申报馆旧址

刘 频

在上海申报馆旧址，一楼
是改造成的现代茶餐厅
我落座在一个偏角位置，像电影里
的地下党，等待着一个接头的上线
我在穿越世纪画面的等待里
将一捋被外滩的风吹乱的头发
我甚至想象着一声破空的枪响
猝然染红明早的沪上报头

但上世纪四十年代戴礼帽的那人
他不会来了。我也没看见义愤的记者
在老式的版面里进进出出
我只是一个外省旅游者，随意逛到这里
我只是饿了，装成一个有身份的人
保持着对美食的耐心和矜持。在东张西望里
我甚至异想天开偶遇一场上海滩式的爱情

我看见一个个嬉笑的食客
像一条条金鱼，穿透茶餐厅的玻璃门
邻座的一对时尚小阿拉，你侬我侬
时而夹杂一两句低声的争吵

我想，如果他俩是当年伪装情侣的特务
那也好，让我在饥饿中保持着一种警惕
但他们不是
他们在谈论着房子，股市，旅游，婚期

当服务生俯下身来递过菜单时
我点了一份西式套餐，再加一份《申报》
他抱歉地说，《申报》，确实没有

叶舟点评

我个人偏爱这首诗，我甚至幻想我就是这首诗的作者。

我的确这么干过。大前年，我受命写一部电视剧，在上海的街头上彳亍，猎犬一般在搜寻当年的路径。我在《申报》报馆一带安排了咖啡馆，派遣了一对接应的小情侣，还安插了不少的巡捕和特务。在一个灯红酒绿的夜晚，我让帅哥周恩来走进咖啡馆，等待共产国际的代表前来。我还知道，民国十五年，上海交大招收了第一批女学员。也在那一年，《申报》刊登了一则启事，吁请读者来翻译一种美国饮料的名字。最终，时髦而恰切的"可口可乐"力拔头筹，并一直沿用至今，翻译家也搬走了那一笔奖金。——这应该是一部黑白影片。打开电视，这样的画面充斥屏幕，无波无澜，真的有一种审美疲劳。

但是，《在上海申报馆旧址》一诗，探讨的并不是一部戏里的起承转合，亦非编剧的煽风点火。旧址，旧地，旧时，旧日，一个醒目而尖锐的"旧"字，迅速掏出了诗人的内心，让他"在东张西望里"，在"异想天开"里，在"在饥饿中"，始终保持着一种遥远的距离，一种格格不入，继而两手空空。

是的，诗人其实在究问着时间的吊诡与奥义，在探寻那一块魔法的幕布后的真相。这首诗素朴、简洁、安静，令人会然于心。"《申报》，确实没有"，因为时间收走了一切，时间才是真正的法王。我记得英国有一句谚语，用来形容这一种"旧"。谚语说："这就像一份昨天的报纸！"

高河镇

刘克祥

一只出巢的鸟，叼走春天的谷粒
阳光便从瓦屋顶上滑落下来
冬天的风很冷，泪水不再奔跑

门前的草垛，只有几只麻雀喳喳地叫着
耳熟能详的方言，打开了聊天中的表情
灿烂如花的笑，天空亮起一角

高河镇的身影，便在触摸里闪了一下
带动所有的人和事。细节的根部
只有泥土在拽起的努力中与时间胶着

我的父亲母亲，田野中骄傲的庄稼
衣食无忧的温暖里，当我抬头
另一端的心跳却让我牵挂如藤
缠住高河镇朝霞中如丝如缕的炊烟

网友诗语温暖点评

诗人的笔和情都落在高河镇，"一只出巢的鸟，叼走春天的谷粒"。这句很难懂，仔细品味才知道，是诗人年轻时带着自己的成绩（是上了大学吧），像一只出巢的鸟离开了高河镇。"阳光便从瓦屋顶上滑落下来"，这一句是诗人的心情，自从离开高河镇诗人就没有了快乐。诗人没有说他的艰辛，却用"冬天的风很冷"来抒发自己的不易，"泪水不再奔跑"，这一句很好，一方面说明诗人已经成熟了，一方面说明诗人再不是孩提，一切都得承受。接下来，诗人的笔墨都落在高河镇，无论是草垛还是麻雀，或是方言或是灿烂如花的笑或是天空亮起的一角都是诗人的记忆，对高河镇的记忆。"高河镇的身影，便在触摸里闪了一下"，这一句是诗人对上面一段句子的渲染，高河镇在诗人心里历历在目。父母还在高河镇，现在的高河镇也富裕起来，田野中骄傲的庄稼，衣食无忧的温暖里，人们的生活无忧无虑了。"当我抬头／另一端的心跳却让我牵挂如藤"。诗人每一天都无时无刻不牵挂着父母。那种思念如丝如藤缠绕着。此诗感情真切，质朴，让在外漂泊的人有种共鸣。

七月来信

祁十木

我记得我已离开了河州。来信，
可能源于那份承诺。在拉萨，一个额头出血的姑娘
跪在我面前，"给我点钱，您会幸福的。"
那声音困住我。我仓促丢下一张绿色人民币，
她马上起身。"在七月，您将收到一封信"

我离开拉萨，回到河州，今早又离开了这里。
母亲打来电话，说我走后有封信放在我桌上，
我从未见过它。或许我忘记了，我已习惯
忘记一些人，习惯继续闯入另外一些人。灯光闪烁，
将我拉回现实。此刻，我在这辆列车上

从九十年代开来的车，残存着一些老旧的漆，
我剥下一片又一片，证明我常在这坐着。
这些时间，我没有给任何一个人写诗，
也没有长久地沉默。我在想象一种惊喜，
那些兴奋的爱人，会送给我们什么

南行或北上。车要经过无数陌生的地方，
它极具耐心，赋予我往日的睡眠。但这是变相压迫，
我挣扎着渐渐苏醒。彻夜未眠的人，大概是半夜上的车

他洗手、上厕所，眼中布满血丝，像藏着一堆即将被淹没

的蚂蚁。我缓缓张口，想对这个陌生人诉说我的梦境

他忙着打理行装，吹着口哨："想听个故事吗？
一小时前，有个女人打开你的口袋，取走了一封信。
她说她是你的爱人，不想扰乱你的梦境。"我摸着口袋，
她是谁？为什么拿走？怎么会有信？当我说出"信"字时，

他悄然而逝。我敲着窗玻璃，自言自语，"这才是梦？"

汪剑钊点评

读完《七月来信》，我突然想到了一个术语，魔幻现实主义。这首诗歌所透露的某些神秘的气息吸引了我，它有一种令人恍惚的夸张，诡谲、迷离、怪诞；同时又觉得它非常真实，渗透着强烈的现实主义精神，来自于我们的生活。诗歌潜在的情节有点邪魅，但伸展的方向却指着真理的一极。叙事性是这首诗的一个重要元素，但它不同于小说中的被主导性地运用，而是片断式的，跳跃式的，意识流的，甚至类似于电影中的蒙太奇。当然，在这写作技巧背后隐藏的是作者对人与人的信任和重建爱之能力的企望。河州是一个古地名，在今天甘肃的临夏一带，迄今仍生活着回、汉、东乡、撒拉、土等各民族的居民，伊斯兰文化在那里有广泛的传播；因此，它又被称为"小麦加"，被当作西北回教的圣地。至于拉萨，更是众所周知的藏族文化的象征，藏传佛教磕长头的传统，是对信徒的虔诚与耐心的考验，这

一点，可由"额头出血"的细节予以证明。我不知作者在创作时是否有加强回藏文化融合的明确设计，但潜意识里肯定存有沟通的需求。全诗的语调是平缓的，看似漫不经心的，甚至松散的，但不能否认的是，某种梦幻似的诗意浮动其上，同时还有一种悲悯的情怀贯穿在那些朴素的文字中间。诗的结尾如幻似真，亦真亦假，作者仿佛在告诉我们，梦是人生的真实，人生不过是一个梦中梦。

想 家

许 仲

回到家的那天上午
没有事做
光听屋后的鸟叫
光看院外的槐树桑树和意杨树
不是事
这青筋暴突的手
一闲下来，多么难受

就想找点事做
去锄草吧
去施肥吧
去摘点辣椒与豆角吧
母亲说，这些都有人做
这些都做好了

于是，我就像在城里工地上
刚刚结束了劳动那样
往床上一躺
开始
想家

我忘了
现在
我在家

杨志学点评

思亲念家的诗历来很多，而许仲这首《想家》诗的新异独特之处，在于表达了一个外出务工人员回到家里以后所呈现出来"在家"而"想家"的心理状态。

诗写得很逼真。"我"回到家后立刻变得清闲、无事可做，只是听鸟鸣和欣赏院外风景，以致产生了有点"难受"的心情。于是"就想找点事做"。在想做具体事情而不被"母亲"允肯不可得的情形之下，"往床上一躺/开始/想家"似乎成了唯一可做的事情。悖谬就从这里产生了，而诗也就从这里产生了：过去是在外想家，现在是在家想家；过去是夜晚休息时想家，现在是白天想家；过去因忙碌难得有时间想家，现在则有充裕的时间想家。

结尾一语点破：想家而又忘记了是在家里。其自由、闲散之状态以及幸福之心情，可谓溢于言表。

这首诗的成功也启示我们：诗就在日常生活和对它的体味之中，人的幸福也在于此。

310

真 相

许莘璐

隐匿者，
权谋者，
叛逆者，

三个为此设计的华丽辞藻：
骗子。

我们在这世上生存，
像隐匿者一般活着。
使用权谋，想驱赶走死亡多活一天。
我们是叛逆者，想赚多点钱财。
我们每个人其实都是叛徒。

动物更懂自己。
狗对那些对它好的人表现忠心，
死心塌地地跟随你，
人类却习惯在背后捅刀和猎杀同类。

狼从未吃过他们的同伴，
我们却像疯子一般地去尝试。
我们误会同类，

盲目地猎杀，

抖动着手臂。

想在充满荆棘的世界中杀出一条路。

带满刺沾满血的藤蔓。

带刺的是背叛与谎言。

叛徒在矮木丛中潜行，无药可救。

希望与愿望矛盾，难道是为了更好的世界？

茱萸点评　前三节层层推进：隐匿者、权谋者和叛逆者，无非是"骗子"这一名称的三种藻饰；在第三节，"我们每个人"都有这三个方面的表现，因此言下之意我们每个人也都是"骗子"。第四、五节用动物世界的逻辑来反衬人类的贪婪与不义，而在末节做了收束：人类假希望之名以行的罪恶，是否有悖于文明的愿景？

这首《真相》，写出的是我们所处的时代和人类世界的真相。梁漱溟当年问："这个世界会好吗？"是一个疑问句。这首诗说："难道是为了更好的世界？"却是一个反诘句。它批判的是人类现有的文明状况，但这个批判却不是出自深谙世事的老者之手，也并非来自意气风发、试图改变世界的青壮年，而是一个稚童。看资料得知，作者许莘璐今年已经十二岁多了，但这首诗应是她九岁时的作品。

近年来我拜读过不少这个年纪前后作者的作品（以"小学生诗歌节"为代表），当然也不是不好，但是诗用童言写，不难写得好，因为童言本身就天然富有诗性和诗意；然而诗性不是诗，诗意也不是诗（绘画也能有诗意，别的艺术形式也能有诗意），诗还有技艺和巧思的考量因素，还有独属于它的文体要件。许莘璐在一般的儿童作品之外自成一格，显出了她非常早熟、不属于"童言"的那一面。如果不是家长揠苗助长、催熟过甚的话，那么可喜可贺，这种早熟中依然带有幼稚的视角（尚未被"文明"沾染过多的视角），却无疑虎虎有生气。

夜观南湖

牟 才

黑水粼粼，漫过我的脚踵，

收拢亲密的王国。你在迟疑的那刻，

我无法辨明夜与水。你与我，

每一步都踏在猜忌的水藻上，

旋转与进退之间，

就从老码头走到了新码头。

身体早已俯入湖水，

我随黑而上，像蝙蝠飞，

你随黑而下，像白猫穿过梅林。

指出那些神秘的坡角——

神秘有时也称作痛苦，

如偶然的骤停和必然的战栗之中，

没有一种爱指向逃避。

在木坞上，一颗锚被废弃，

石子上生出水纹，湿漉漉的绿色和泪。

像冰川破碎，像

不曾遇见悔恨和沉默的交谈，

像驯鹿般，我们行走，

并不为了愧疚而敏捷，

并不为了生存而雕琢，

并不为了欢歌而僵硬。

只要我们逐一垂下耳朵，

再听一听湖水的尖叫，

黑暗中的人便可以停下，

默许雨的间断打破冗余的暧昧。

冷霜点评　这首诗写的应该是与恋慕的异性之间一种暧昧的、得不到呼应的情感，以及由此引起的痛苦体验。它的巧妙之处在于，在书写这种情感与体验时，语言介于吐露和隐藏之间，而这种语言方式，与它所书写的情感状态之间恰好构成了有意味的对应关系。我们可以勾勒出这诗里写到的场景——在夜晚的湖边散步，小雨似有若无时下时歇，正如两人的交谈不断地陷入沉默；但它却并不呈现具体的情节，需要读者自己用想象去填充。作者很善于运用暗示性的意象，比如，"我随黑而上，像蝙蝠飞，/你随黑而下，像白猫穿过梅林"这两行，在两个前半句里暗示了两人情感的隔膜与心灵的歧途，而蝙蝠的喻象，给人一种盲目而急切地寻索与挣扎之感，白猫穿过梅林的形象，则显得神秘、优雅、机敏而冷漠，传达出闪躲和隐匿的姿态。由是，这一情境中双方各自的情态都含蓄而准确地表现出来了。同样，"在木坞上"以下两行，被废弃的"锚"和石子的"泪"两个意象，也把"我"的情感无所止依的伤感点染出来。

315

太古宇：岩群之诗

孙大顺

有什么是时间看不到的，从塔里木变质区到华北变质区
用旧了的叫废墟。不老的光阴，在无边的世界打坐
无声无息，借助一切美好的翅膀，扇动着汹涌的能量

有什么是空间不能安置的，从阿拉善岩群到康定岩群
当岩石在地球上散步，心不在焉的大陆架
疼痛的骨骼初具雏形。混沌的月光下
身患忧郁症的大海，藏起宇宙的祝福

古老的傍晚，汉语中的岩群多么孤独。火山停止喧哗
太空中旅行的陨石睡着了。寂静的天幕上
悬挂着点点微弱的星辰。在这个沉默转动的星球上
岩石的心跳就是大地的哭声。磨损着薄薄的地壳
呼唤着细菌和低等蓝藻，给感冒发热的太古宇退烧

每一个黑夜，都孕育着一块岩石。疼痛来自诞生
辽阔来自太阳系短暂的沉默。没心没肺的云朵看见了
岩石。大地最坚硬的精灵。它的宿命与苍茫
释放着粗粝的笨拙之美，就要关闭天空的蓝
现在，那块从我赞美中逃脱的沉积岩
在纸上奔跑是危险的。一只蛀虫轻易地咬断它的骨骼

汪剑钊点评

太古宇是一个地理学名词，它指称的是太古宇时期所形成的地层系统。据专家介绍，中国的太古宇分为冥古界、始太古界、古太古界、中太古界和新太古界，主要出露于华北地层区。历史是供人凭吊的，尤其是比人类古老到无以类比的历史。诗人显然并不在进行科普的知识传播，而是意在由物的裸露与剥蚀来捕捉时间的脚步。是啊，有什么是时间看不到的，但时间看到的一切并不是世人轻易可以领悟的。在我看来，唯有对语言矿藏十分熟悉的勘探者才能实现时间与空间之间的转换，实现时间倒逆式的穿越，当他面对黑夜与星星的纠缠，敢于只身坐在汉语的岩石上，占卜似的寻索自我的生存意义。本诗的作者无疑属于这样的勘探者，"身患忧郁症的大海""岩石的心跳就是大地的哭声"和"疼痛来自诞生"等词语的组合就显示了他（她）对汉语的敏感与表达的天分。

钉　子

孙玉平

我这一生
只见过三根坚硬的钉子
它们分别被钉入了奶奶棺椁的左边
和右边 一下子稳住了她
劳碌匆忙的一生

搬入新居了
我用尽了半个时辰
也没能把一根钉子钉牢
第一次捶打　它就弯了
这铁物怎么和我的心一样柔软
而不堪一击　我再次捶打
锤子落到了我的手指上
疼出了血和泪水

其实　我只是想把奶奶的遗像
挂在雪白的墙壁上
一抬头就可以看见她的微笑

王士强点评　　这首诗在不动声色中，将我们带入了对奶奶的无限追思与热爱中，诗作表面在写钉钉子，一句三根钉子"分别被钉入了奶奶棺椁的左边/和右边 一下子稳住了她/劳碌匆忙的一生"，让我们的心受到了猛烈的冲击。接着诗人在搬新居后，为了把奶奶的遗像挂上墙壁时，诗人通过对钉钉子的一系传神诗写，真情自然地将诗人对奶奶的爱写得深入浅出，披心见性，捶钉现情。一颗钉子钉下去的时候，仿佛激起了诗人心底的情感波涛，诗人对奶奶的爱犹如长江冲出三峡，突然奔腾咆哮起来，哪怕为此"锤子落到了我的手指上/疼出了血和泪水"，也全然不顾，因为在洁白的墙壁上，奶奶的微笑是诗人最想见到的一种情景。这首诗在质朴中挟带有万钧追忆之力，在追忆中纵横有千般怀念之情，是这类怀亲诗中难得一见的好诗。

看蜘蛛在网上垂死挣扎

孙成龙

整个下午，或者更长时间
小狗保持着同样的姿势
蹲在墙角，叹着冷气
默默盯着对面沸腾的汤锅，汤锅里自己的母亲，以及
一旁嬉笑的人群
不时斜瞟
指着老娘咒骂的主人，抹着眼泪的老妇
这样的场景，总让我情不自禁
冲回宿舍，关紧门窗，拉上窗帘
倒出大碗白酒，一饮而尽
蜷缩在角落，看蜘蛛在网上垂死挣扎

王士强点评

这首诗以立意取胜。诗的篇幅很短，但却写到了至少三种生命形态：狗、人、蜘蛛。小狗眼看着自己的母亲在汤锅里被蒸煮，人指着自己年迈的母亲咒骂，而蜘蛛"在网上垂死挣扎"，这里面所有的生命形态都是灰暗、无望的，没有亮色可言。诗的重点即对于此种生命状态的揭示与呈现。全诗具有较强的叙事性、戏剧性，似乎"不抒情"，但在背后其实仍

然包含了抒情，不过其抒情的方式更为冷静、克制、间接。如此，诗歌在表达上增加了层次，内涵也更为丰富。实际上，对于生命之无望、绝望的书写本身，已经包含了对之的反抗，包含了对生命本身的关切和对生命意义的探寻。

雪钓图

孙启放

一场雪。
草木是雪，楼宇是雪
河流是雪，山川是雪，大地是雪。

一场雪，寒江挂在钓丝上命悬一线
钓雪的人抬一抬头
天上飞过的鸟，是雪

他低下头
双脚是雪，双膝是雪，双手是雪
白眉是雪，银髯是雪
雪的蓑笠雪的钓竿雪的孤舟

睫毛是雪，眼白是雪
雪的鱼篓中活蹦乱跳的是雪
一场雪，只剩下两粒深陷的黑色眼珠。

一场雪，天下一统。
钓雪的人已经盲目
他的盲目是世界的盲目。

洪烛点评

原本以为唐代诗人柳宗元的《江雪》已不可超越："千山鸟飞绝，万径人踪灭。孤舟蓑笠翁，独钓寒江雪。"孙启放的《雪钓图》，则是一个当代人的"独钓寒江雪"："一场雪，寒江挂在钓丝上命悬一线。"不只是对古典意境的化用，更写出了大千世界被一场雪大一统之后，独钓者的迷茫与寂寞："钓雪的人已经盲目／他的盲目是世界的盲目。"众人皆醉我独醒，独钓者就是独醒者。"一场雪，只剩下两粒深陷的黑色眼珠。"旁观者才是真正的在场者，最后的在场者。孙启放的《雪钓图》还使我想到屈原。《楚辞·渔父》诗曰："屈原既放，游于江潭，行吟泽畔，形色憔悴，形容枯槁。渔父见而问之曰：子非三闾大夫欤？何故至于斯！屈原曰：……举世皆浊我独清，众人皆醉我独醒，是以见放。"或许，不管是乱世还是盛世，孤独的诗人因为有思想，才是大浪淘沙中的剩者，也是超越时空的胜者。

看电影

羽微微

一个小男孩在电影中被打死了
你又能向谁说呢
他又不是真的死去
他又不存在。没有一个他为了逃避
一颗子弹，那样奔跑
拉着你的心那样，飞快地掠过大街
磨擦着石子，让你摔在地上
啊，那些不存在的事物
让你痛苦，让你寻找愿意倾听你的人
让你想诉说和哭泣
而倾听者并不存在。他们沉默
他们从座位上站起，转身离去

雷武铃点评

这是一首抒情诗，写的是一件事：一个人在电影院里看电影，电影中一个男孩被打死了，她（也可能是他，但细腻之感让我们更倾向于认为这个抒情主人公是女性）感觉到痛苦。而让这种痛苦更加痛苦的是，她没法说出这痛苦，因为这痛苦只是在她心里，在电影故事中，并不是真的在这个世界上发生的一件事；她说不出这种痛苦，因为没人听她说，"倾听者并不存在"。虽然一起坐在电影院里看这电影的人很多，但这些人"他们沉默/他们从座位上站起，转身离去"。

　　由此我们可看出，这首十二行的短诗，写的只是一件很单纯的事情。但整首诗有很多层面，意义特别丰富。它首先是一个真实的实境，观影实境。是一个观影者自己和自己的说话，这个说话者跳出自己，对实境中自己（你）说话。这些话是自我诉说。但这一切因另一种"不存在"而痛苦。这里，实和虚融汇。发出了强烈的情感："啊，那些不存在的事物/让你痛苦，让你寻找愿意倾听你的人/让你想诉说和哭泣/而倾听者并不存在。"那种不存在的事物，就是我们内心的感受本身，这世界影像般带给我们的触动。而这正是我们人之为人的敏感之处：我们是为所见所感动心的人，我们是一种有想象力、会感同身受地理解世间痛苦的意义动物。其深刻性在于揭示了人本质的存在。我们是感受性的、想象性、有同情心的、因万物而触及自己存在的动物。

　　当然，这首诗的好，与其整个的叙述结构和语言的直接有效有关，这使得整首诗浑然一体。比如，在最后一行"他们从座位上站起，转身离去"，由这个他们和座位，影院的实境得以落实。而此前第一行直接就写电影内容。结构非常漂亮。

给夜空拔钉子的人

如月之月

夜空是无罪的，它的身体被
揳入那么多银色的钉子
我每抬一次头就能感觉
它因疼痛微微的颤抖
和短暂的眩晕

人们站立在星星上面，排长队
每个人手里有一个精美的瓷碗
向神领取面包，这和谐
充满感恩的场面
唯独一个孩子两手空空

她歇斯底里的哭声打破秩序
打翻人们手里精美的，盛面包的碗
神不能破坏自己定下的戒律
神不知如何才能，让她停止哭泣
神对她咬牙切齿，束手无策
那个给夜空拔钉子的人

罗振亚点评

想象力是诗歌赖以飞翔的翅膀，更是测试一个诗人能力高下的重要指标。从《给夜空拔钉子的人》的文本看，作者的想象能力是超人的，它几乎完全是靠幻象支撑起了诗歌的抒情空间。诗中的夜空、银色的钉子、星星、瓷碗、面包等客观对应物，构成了一个相对自足、充满秩序的世界，静谧神秘，"和谐"唯美；但两手空空的孩子的出现，却打破了和谐的秩序，对这个"给夜空拔钉子的人"，神也无可奈何。本来，诗人逍遥游似的夜空想象，就因为人类个体思维的差异性让很多人跟不上想象的节奏，而飞来之笔秩序破坏者的推送，更让一些人摸不着头脑，它是指命运，还是指死亡，抑或是指不可言说的神秘力量，似乎都对，似乎又都不完全对。这种写法对那些阅读经验积淀不足的读者来说，绝对构成了一种挑战。的确，新诗具有一种不可完全解读性，但总应该留给读者一点情绪和思维的线索，否则过度晦涩的写作有时就是自设迷津。

父 亲

麦 豆

车子向北，啊，车子一直向北
别人不相信，父亲，别人不相信
那林子里放羊的人就是你

秋天的林子里哪有什么青草
白杨的叶子变黄，大地也无能为力
想到过冬的羊群和你，父亲
我还是从南方乘车向北来了

我就知道，这个秋天比以往更加空旷
叶子从很高的枝头掉落，声音一定很响
一定比夏天的洪水更让大地感到荒凉

你们都在想些什么呢？大学四年
你和羊群替我守着漫无边际的白昼
在城市，有些时候，我吃饭吃着吃着就开始发呆
那么空旷的林子里，你和一群羊都在想些什么呢

生活，啊，我多么不好意思谈起我的生活
我执意辞掉了工作，没有事先和你商量
我丢掉了赚钱的手艺，两手空空坐上了回家的汽车

车子向北，它心地荒凉地一路向北

爸，啊，我的喊声砸在了你的心上
你就像一个受惊吓的孩子从空旷中转过身来

树才点评 这首诗写得感人，有痛感，写"父亲"，写"车子一直向北"的途中所见，写父亲恍惚浮现在眼前所见的一切景物中……这首诗因真实而动人，因为写父亲，只能直接从心里写，直到写得心窝疼痛，眼窝含泪。"重复"的技巧用得很好，一开始就加强了力量。诗中有叙述，有观看，有回忆，但最动人的，还是有反省。反省把诗情引入心理的内在，显露了情感的深度。作者借景写心，把父亲的精神肖像强有力地勾勒出来。一声声喊"父亲"，这正是内心发生的真实心理事件。朴素而贫穷的家乡生活，而父亲仍然生存其中，孩子远离家乡，上大学，找工作，辞工作……现在再次踏上回家乡的归途。一路上风景更迭，心潮激荡，而自己"却"两手空空"，无以为报，作者只能写诗以抒怀，自省以明志了！结尾两句，巧妙而有力：父亲和孩子的身份颠倒过来，"爸，啊，我的喊声砸在了你的心上"，而"从空旷中转过身来"的父亲，让我们每一个读者都真切地看到了。情到深处，好句子自然迸出啊！

饭 局

杨 荟

我只能用一只手与你碰杯
另一只手 则要握紧拳头
抵御你 另一只手的阴谋
我只能用一只眼睛应和
另一只眼睛 则含着泪
在暗影里苦涩
我只能用一只耳朵倾听
另一只耳朵 则清醒着

接受来自内心的声音
一半在癫狂
另一半在分裂中忧伤
我也曾试图用意念筑起精神堡垒
却没有一次不在脆弱中崩溃
等所有的繁华都戛然而止
一个人 用双手
慢慢掏出 咽下的刺

张清华点评

世俗的经验中也能够出诗，这是一个例子。它可能来源于生活中真实的尴尬场景，为了无法回避的容忍甚至逢迎，主人公承受内心的痛苦，去维持现实的生存之需。假使我们用概念化的道德标准看，这或许不符合某些既定的原则，但恰恰是这种不得已中，写作者真实地描述了生存者的内向分裂和欲罢不能，写出了主人公的脆弱和崩溃，反而比任何道德化的说教和宣示更令人信服。

结尾处有点睛的意义，掏出喉咙中的刺，将所有的感受直觉化了，富有质感与下意识的深度。

331

汉中油菜花

杨　康

请不要用任何过分的词语，去对
一朵油菜花进行修饰。请不要
用任何含有化学原料的颜色去涂改
一朵花的金黄，就把闪光的相机
留在春天以外吧。请保持
足够的虔诚，不要打扰这些春天
的神灵们。就像此时的我
我准备写一写汉中的油菜花
我把它们写在纸上，写了又撕掉
反复斟酌，在意象的选取上
我只选择山川，河流，以及狂野的风
在情感上，不指责，亦不赞美
要写油菜花，我要先写到
从山洞里钻进钻去的冒烟的火车
写到火车厢里搬运来的蜜蜂
写到蜂王的理想，和蜂蜜的甜
像是决堤的洪流，蜜蜂们俯冲而去
向着摇曳的油菜花。每一朵花
的受孕，都有蜜蜂爱的停留
在曾经的大汉王朝的天下
油菜花一点都不喧闹，也不宁静

它们在这片土地上辽阔地

盛开着，并对下一个季节的收获

进行朴实而准确的预言

简明点评 一朵又一朵"一点都不喧闹，也不宁静"的油菜花，相连一片，占据汉中。这个单一具体的形象，在生活中俯拾皆是，却触发了杨康的灵感，诗人的目光越过"春天的神灵们"，切换镜头，华丽转身："要写油菜花，我要先写到/从山洞里钻进钻去的冒烟的火车/写到火车厢里搬运来的蜜蜂/写到蜂王的理想，和蜂蜜的甜"——诗意就是这样被发现并产生美感的。

除非你深刻理解和体验过乡土中国的地理地貌和农耕文化，方能感受杨康这首诗中澎湃深切的爱。诗人在看似清晰浅显的画面中，巧妙地将热爱自然，与大自然和平共处、相依为命的告诫，布局在字里行间，读者愉快地读完这首诗之后，诗人深刻的寓意，才出其不意地凸现机锋：它们在这片土地上辽阔地/盛开着，并对下一个季节的收获/进行朴实而准确的预言。保持一种可贵的幸福感，传达一种平凡的幸福感。杨康的诗指向心灵一路，诗是生活，是自然，是一切的可能。

333

妙 方

杨 锦

女人顺皱纹的路径打量容颜
乞求爱情为青春开具妙方

孩子懵懵懂懂踢开青春期的门
快乐与烦恼较量着各自的领地

耄耋老人在蹒跚里盘算来路
享天伦之乐，创造生命之奇迹

大自然频频示意
妙方，就在爱的手心里

洪烛点评

诗人不是上帝，无法解答天地间所有的迷惑，有时连自己面临的问题都难以解决，但勇于为上帝代言的诗人，还是找到了打开心锁的万能钥匙。秘诀就一个字：爱。比阿里巴巴"芝麻开门吧"还要简短。诗人不是医生，不能包治百病，有时自己都因敏感而比常人更脆弱，但同样渴望妙手回春的诗人，还是久病成医，或者说像神农尝百草那样，选定了一

剂最有效的药方。这个比任何普世价值都更具普世价值的
妙方，就是爱。杨锦在写《妙方》这首诗时，不单单满足
于做心理医生，还渴望站在上帝的高度，洞察人与人的关
系、人与自然的关系。这并不是假大空，而是诗人天然的
使命：哪怕是一首再短的诗，只要真点到了宇宙或人性的
穴位，就是不倒的巴比塔。人类因为不仅对自己、对同
类，更对万事万物有爱才成其为人类。我说的，难道不对
吗？可以给人类乃至万事万物做无数的定义，诗人的话，
一定最合情合理。

白刺玫

杨师傅

在山路拐弯处，一块被遗弃的砂石地上，
疯长，蔓延，搭建起密闭的城堡，
覆满层层叠叠的锯齿边叶子，
不仅枝蔓，连叶片上都有刺，
没人能够进去一探究竟，
只是经常听见鸟雀的喧闹，
冷不丁吐出一群麻雀，一只黄莺，
一条蜥蜴嗖地横穿土路……
等到叶片稀疏的冬天，
你才看清里面玲珑的空间，
错综复杂的迷宫，庇护着鸟窝，蜂巢，蛛网……
还有一个年代久远的石头神龛。
春天，万物发芽，这个独立王国又慢慢闭合，
沉入它幽暗的欢乐与神秘中。
随后，就在五月的某个早晨，
山路上吹来一阵甜丝丝的粉末状浓香，
蜜蜂嗡嗡作响，转弯处一片白亮——
那个被遗忘的幽暗世界
向我们开出了无数黄蕊白花。

冷霜点评

虽然不知道这首诗的作者是谁，但无论出自何人之手，我想肯定会有更多的读者不约而同地跟我产生同样的行动——情不自禁地向这首诗的完成度投来注目礼。《白刺玫》的表现手法新颖自然，出类拔萃。诗人通过有限的诗行在此展现出的是强烈而又清晰的画面感。该诗从细微之处着笔，徐徐铺展。在娓娓道出表现对象的坐标后，拉开一条通往主题——《白刺玫》的直线型线索。围绕这条线索，各种植物、虫鸟和动物的频繁登场都不过是诗人巧夺天工埋下的伏笔，从而衬托出高贵而又不同凡响的《白刺玫》的出现，但自始至终诗人并没有直接点出《白刺玫》的名字，在藏而不露含蓄的词语里，诗人又十分明确地向读者传达出了抒写的对象和表现意愿。这首诗的语言与诗情的流畅性十分一致，阅读时既会带给你审美的愉悦和快感，又会为你留下回味不尽的思考空间。

沪郊动迁户的幸福感

杨瑞福

在市中心，排队来访的摩天大楼
已经伸不开脚
昔日的东方明珠，因为仰望
世界第二高楼上海中心的缘故
颈椎骨发生了错位

被压迫最深的是楼下的地基
吱吱直叫的声音，人听不见
房价犹如西昌发射的火箭
抱怨被早晨的风稀释
凝结青草表面，化成城市的泪滴

新闻媒体又开始热情讨论幸福了
最值得采访的群体，当然
非沪郊的动迁户莫属
他们最懂得剩余价值理论的精髓
如今比黄金更贵的金属——
是曾经视作生命的土壤

他们幸福地放弃了
这一片在春天急于试穿油菜花金黄外套的田野

这一片让布谷鸟叫醒酣梦，又在
渔火中醉去的江南哟
不甘心在钢筋水泥的凯旋曲里
渐渐闭上了眼

因为动迁而刹那拿到财富之门钥匙的人群
有人开始畅想，与这座城市死活无关的
遥远马尔代夫旖旎的风光，在牌桌上
设计未来的蓝图，不必再理会
高架上难闻的废气、地铁上的汗味
流水线上的辛劳，以及电视、大报
的屏幕或头版忘命呼唤的创新和开拓

洪烛点评

画神鬼容易，画人难。诗也一样，凌空蹈虚容易，脚踏实地难。这首题为《沪郊动迁户的幸福感》，力图接地气，对现实进行正面强攻，建构一种脚踏实地的诗意或创意。且不说是否成功了，是否站稳了，其精神绝对可嘉。因为许多诗人，对这类现实主义的题材，采取的都是绕道而行的策略。他们声称只忠实于诗的美学意义，对社会学意义敬而远之。其实是知难而退。《沪郊动迁户的幸福感》的作者，偏偏想把这难上加难的事进行到底，而不怕吃力不讨好。这样练下去，才可能有扛鼎之力。至少在此诗中，作者已把摩天大楼作为较劲的对象。当代诗歌，浪漫主义仍很发达，现代主义也非常剽悍，唯独现实主义一直很空很假，其实最需要补血补钙，也最可能拉近诗歌与人间的距离。本诗中许多意象、词汇、情感，在高雅派诗人眼中可能是"非诗"的。但一个诗人，若能消化"非诗"为诗，也应该算开疆拓土。更何况，他所写的内容跟我们每一个人的生活都那么近。干吗要迷信"熟悉的地方没有风景"或"距离产生美"，近距离其实有更多的热风景和冷风景，这是真风景而不是假风景。

人们啊，请相信

花 语

没有遮掩和措辞

我只是想离拙朴的原木

更近一些

没有拐弯抹角

我只是时间不多，还有更多

该做的没做

没有客套和礼貌

我只是原汁原味端出了生活的轮胎

从我宿命的肉身倾轧过去的碾痕

没有修复和涂脂抹粉

来不及了，倒数读秒的路上

我心甘情愿接受上帝安排的

每一次提前离场

我只是更孩子气一些

不喜欢算计和表演

我只是更接近真相

不喜欢面具和徒有虚名的奢华

我只是生不逢时

英雄剑气巧遇锈蚀锋刃

左右都不逢源的半生，一忍再忍

我只是一分不差地表达了本我

羞于铺垫

俗世啊

请接受我单刀直入，跃跃欲试

每一次语速过快的主持

我承认，我曾经不顾一切地同流合污

是源于孤独

虽然精神和肉体历经沧桑

已万劫不复

人们啊，请相信

我始终居住的小屋旁

流着清澈的溪水

名叫正直

杨庆祥点评　这是一首直抒胸臆的抒情诗。诗人有感于世俗生活的算计、表演和庸俗，决定以笔为旗，以词语为武器，像堂吉诃德一样向世界发起冲锋。他想离原木更近一些，他想更孩子气一些，他想真诚地表达自己，他反思自己曾经的同流合污，他最后呼吁：人们啊，请相信。诗歌最后以名叫正直的溪水环绕小屋的意象结束。对正直、善良、本心的追求和守护是这首诗歌的"诗眼"。抒情的形式虽然让诗歌流利酣畅，但稍有单调之感。如果稍微在语调上做些调整，也许会收到完全不同的效果。

风暴一种

苏 省

想起平原外你曾涉足的山峦
就抬首看云
黄昏时他们时常不近人情，脸色铁青

仿佛世间全部的苦厄就此升腾
游荡于我和神明之间
这诡谲的莽莽群山令我如此不堪、不甘

想起你我烈风般的爱恨仍令我羞愧
就无风可借。就等待群山
腾出尖锐罅隙，示我以闪电

王士强点评

苏省的这首诗所写"近乎无事",内在却波涛汹涌、"颇不宁静"。其隐藏的主题是"你我"之间的爱恨,由之,他看云、看山、期待闪电。外在的世界风云变幻,其实是自我内心世界的外化,内心正经历着"风暴一种"。诗的真正主角应该是不在场的"你",这里面用情深处若无情,爱到深处懂放手,有着极其丰富的情感内涵。全诗含蓄蕴藉、张弛有度、举重若轻,颇具"羚羊挂角,无迹可求""不著一字,尽得风流"之机妙。看起来很简单的一首诗其实包含了真正的难度。

七 夕

苏美晴

浩荡荡的喜鹊飞过来了

哥哥，我看见黑夜提前来临

我看见葡萄架下

那个扯耳偷听的小女孩

一枚绿叶浸染了她

哥哥，我不敢大声说话

我怕惊吓了喜鹊，搭错了桥

我怕你走错了路

更怕错过一年一次，神谕的相逢

除了今天以外的日子

我一直做一个稻草人

喝雨水，看喜鹊吵闹

长满茅草的身体

风自由地入住

我一直巴望着，鹊桥搭起

你从桥的那边走过来

给我卸下粮食，月光

卸下水和思念

卸下一年里的丰盈

如果没有

哥哥，我就会像一株植物一样生长

然后死亡
剩下的日子，思念掏空了身体
我只能做一个空心人
在这么宽泛的时间里
我一个人，躺在夜幕下
在七夕的夜里，一个人
数遍万家灯火

杨志学点评

这是一首让人浮想联翩的诗。开篇即以诗的意象，营造出浓浓的七夕氛围。"哥哥"的称谓，明确了倾诉者的女子身份。她以一颗洁净虔诚的心，迎接这个日子的到来。细节与场景的逼真呈现，让我们进入诗人搭建的情感世界。我们可以想象，欢聚的爱人在以各种方式表达着他们的相依相爱，而孤独思念的人儿也心生双翼期待着美好的赐予。人生忙忙碌碌，悲欢离合。今天，不妨借此时机，给自己的感情留下一份自由伸展的空间吧。

在中国传统文化语境里，七夕节的起源，既关乎物质，更关乎精神；既是现实困顿的产物，更是冲破现实阻隔到达理想彼岸的渴望与追求。因此，尽管今天不少人把我们的七夕节视同西方的情人节，但我觉得其中的味道还是大有不同的。西方的情人节似乎更多一些轻松与欢快，而中国的七夕节则是在浪漫的背后包含着伤痛无奈的泪水，让人感受到人生的缺憾，又在缺憾中滋生遐想。而美的力量，也许正来自这种缺憾中的憧憬。说到底，这是人征服苦难获得自由的一种形式。

今日诗歌有各种写法。对七夕节，诗人自然也可以有各种各样的呈现。既可以把诗置于现实，做十分生活化的叙述；也可以与现实拉开距离，甚至超越现实，造理想之境。本诗的表达，明显偏于后者。只是我觉得，诗的后半至结尾，这种想象性超越表现得还不够，一定程度上影响了诗意的饱满与深邃。

347

回乡偶书

述 川

其一

没有什么比母亲更加依赖我的血液
食物链顶端，烟囱不再吐出青烟般的童年

这沉默的喉咙。只有风
在无休止地散播婚期和死讯
它们都指向同一个地方：我的背面

其二

小卖部的老伯已经认不出我，当我去买
白象电池的时候（爷爷的收音机早就换了个新的）

更多的人会把我遗忘，正如我会遗忘所有
如果打开失事的黑匣子，故乡便坍缩成
异乡街道上一朵蓝色的牵牛

这首诗，一开始就不同寻常：不是"我"依赖于父母，却是（在时间的流逝中）"没有什么比母亲更加依赖我的血液"！这不仅写出了"我"的成长、远离和母与子之间通常的感情，更是道出了某种更内在命定的关联。需要对时间的力量、对生命的爱与脆弱有怎样的深切感受，才能写出这样的诗句？而紧接着的第二句也很新奇并耐人寻味，以"食物链顶端"来指向"烟囱"，以一种新的视野来打量当今人的成长和生存。"不再吐出青烟般的童年"，既饱含当下的悲哀，又指向让人怀念的早年。"青烟"一词用得甚好，像是语言的幽灵在这里显现。

接下来的三句诗似乎不用多解释。"婚期和死讯"比一般的"生与死"更具体，它切入了该诗的语境，也更能暗示作者回乡间的经历。至于为什么"它们都指向同一个地方：我的背面"，这只能靠我们读者各自去想象和体会了。

通过该诗的第一部分，我们已感知到作者出色的隐喻能力和内在的感受力。而接下来，作者的写法有所调换，从隐喻的建立转向具体的生活场景和细节，甚至具体到电池的品牌——而这个细节起到了一石三鸟的作用。某种意义上，这是对贺知章《回乡偶书》的改写，在那位唐代诗人那里，是"儿童相见不相识"，而在这首诗中，是"小卖部的老伯已经认不出我"，再加上"爷爷的收音机早就换了个新的"，它们都同样切入了"变与不变"这个时间主题，并寄寓了对岁月变迁、物是人非的感受。

而到最后一节，作者又回到了对人生的"隐喻性概括"，他所擅长的修辞技艺也再次得以发挥："如果打开失事的黑匣子"，这暗示了离乡"远走高飞"的惨痛，拓展出另一重更令人惊异的空间和画面。

天际线

吴少东

我曾从飞机的舷窗，观望过天际线
一道弧形的细云围住大地
湛蓝与白云的交会处，一线白亮
没有什么出现，或消失
晚霞绵延，像一个发烫的火圈
等待老虎跃起，钻过去

那一刻，我忽视弧形之下
被罩住的人寰
人类生动的实践，我看不见
万物的动静，我看不见
我甚至不去想
等待我的一场晚宴
我的想法脱离实际
没有上与下，只有
里与外。没有天上人间
只有天地内外

这些年，我常在湖边绕行
累了，就伫立，或坐在石头上
察看水面推远的城市

闪烁着灯火的天际线
与我在飞机上看到的
没有什么不同
几十年来我穿梭其中
钻过一个又一个火圈
没有什么不同
一个又一个我消失过
但跳出的，依旧是原来的我

简明点评

这首诗抒情基调让读者倍感亲切和可靠。

对熟悉生活的新鲜感受，丈量的是诗人内心的空间和弹力。吴少东的"天际线"，与我们记忆中的"天际线"，有几分熟悉，又有几分陌生。熟悉来自生活中我们已经认知的影像，而陌生的部分，则是吴少东赋予"天际线"的灵气和性情："这些年，我常在湖边绕行／累了，就伫立，或坐在石头上／察看水面推远的城市／闪烁着灯火的天际线／与我在飞机上看到的／没有什么不同"。

"一个又一个我消失过／但跳出的，依旧是原来的我"。象征与暗示是艺术表现能力的终极手段。暗示的对面是镜子，镜子里的那个人叫象征。

在梅尔顿·莫布雷的孤独

吴友财

在这座英格兰腹地的美丽小镇

异乡人为什么会孤独呢？

火车一到下雪天就晚点

天空还保留着创世纪时候的蔚蓝

街道上不仅有酒鬼和酒瓶

还有刺猬和狐狸

他们一起

构成了小镇夜晚的全部内容

教堂是所有居民的原乡

他们在这里祈祷内心的平静

和遇见一个人以后的幸福

直到他们中的其中一个

从这里离开后再也无法回来了

祈祷也不会停止

夏季是最美好的时光

青草地在生长

几百年的石头房子也在生长

松鼠也在生长只是你看不见

南来北往的车辆和游客也在生长

你也看不见

你看见了什么呢？你这个异乡人

难道是孤独吗？
在这个宁静而美好的上帝的果园里
休憩的人为什么会孤独呢？

西渡点评

孤独是诗歌的永恒主题，也是生存着的人最强烈的内心体验之一。处理孤独主题的名篇，如陈子昂《登幽州台歌》是因为受"不遇"和"登高"的双重刺激，西川《在哈尔盖仰望星空》是因远离城市的高原环境的刺激，昌耀《斯人》则给自己想象了一种陌生化的类神的处境，等等。这首诗的刺激源是一段异乡的生活经验，也可以说是一种脱离日常生活的状态。但作者处理主题的方式明显不同于陈子昂、昌耀、西川那种崇高化的方式，他把孤独的主题经验化、日常化了，并以一种叙述的方式代替了上述诗人的抒情方式。作者开篇就直入主题，"异乡人为什么会孤独呢？"但接下来却绕了一点弯去叙述他所看到梅尔顿·莫布雷，它的天空、酒鬼和酒瓶、刺猬和狐狸，以及教堂。"夏季是最美好的时光"以下专述对这座小镇的夏天印象，并抓住其一切都在生长的突出特征。然而，作者偏强调其"看不见"的那些东西的生长，最后以一个疑问句"你看见了什么"，转入对孤独主题的二次呈现。"难道是孤独吗""为什么孤独呢"，孤独之感已然喷薄，却又强行压下，在风格上和心灵上都保持了某种高贵的克制。适应于对孤独主题的经验化处理方式，在叙述语调上，作者也采用了一种亲切的口语方式，而没有采用上述三位诗人的高昂语调，呈现了新的审美体验。

桃花

吴素贞

粉色的蔻丹立即失去光芒

那最高的一朵

从垂柳里伸出来

有辽远的巫，媚眼

及莫有的预言

我敬献了多少个春天

一朵桃花

才能避免乌有的卜问

单，双；单，双……

花瓣散落，我的手折枝

打结，沾染着不可见的风

多少人劫后余生

从光秃秃的枝干上

放下了自我

我也曾收下了

自己的语言

"你将留下临水照花的一朵"

收起生活全部的刀子，

身体坚硬的部分

我滋养相信，并赞美它

——预言有着先知的局

坐在河堤，我的手翻开书

启示录

在阳光里沉沉浮浮

而高枝的那一朵桃花

刚刚开败。水面上

有人视它为纠缠不休的命运

有人抱着自己，视为永恒的祭品

谭五昌点评

在中国诗歌史上，"桃花"的形象有其独特而重要的地位。一般而言，"桃花"与女性的美丽联系在一起，它有着神秘的面纱，与悲情的命运似乎有着暧昧的联结，可以生成无数种可能性，比如"辽远的巫""媚眼""预言"，却唯独不是它自己。青年女诗人吴素贞在此用别样的思维与语言，先编织出"桃花"被他人赋予的凄美命运，然后对着"留下临水照花的一朵"进行了自觉的命运叩问与反思。这首诗揭示了"桃花"所代表的女性命运在历史的无常中被摧残与遮蔽的真相，平静的观察与沉思般的叙述语调，连同哲思的内在闪现，使得这首题材陈旧的"桃花"诗篇产生了某种可贵的新意。

它们有一股时光遗落的尘土味

李克

扔掉书，拉开窗帘
感觉某种潮湿让灵魂能拧出水来
天空的明亮是从门缝一下子开始的
田野的安静、隐忍、开阔
与难测的风向和林木的繁密无关
与人们走过门前塞窣的脚步无关
与屋子的朝向、窗和摇曳的几束藤蔓无关……
我像一只无意间闯入的蟋蟀，咽下空气中隐约的冷
四处找寻，仿佛只为了黑暗的某个回声

我在窗前拆开包裹，立体的微光中
那些旧杂志、光碟、磁带、几张发黄的照片……
它们像透过窗棂的那只猫的眼睛，幽幽的
静寂，仿佛在诱惑，我这样
一只无人关注的
从城郊流浪来的生物……蟋蟀突然不见了
从我头脑中，一个滑过的幽灵

我就这样看着，那些
陈旧、过时而我舍不得扔掉的东西
连同它们隐秘的呼吸

慢慢渗透房间的每个角落

它们有一股时光遗落的尘土味，总是

在幽暗的时刻让我的心变得温暖而安静

汪剑钊点评　这首诗最初吸引我的是它散发出的气息，由"时光"和"尘土"叠加的通感将读者带入了一个词语的森林。作者显然熟谙超现实主义或深度意象派的写作技法和游戏法则，注重在语感的自由流淌中展示写作的快乐。诗的第一节开始于书斋，以"潮湿""门缝"暗示空间的某种封闭性，诗中陈述"田野""林木"和"风向"等的"无关"，却在实际上透露了"有关"的意味。"蟋蟀"的出现似乎令人意外，但又构成了某种呼应，把"黑暗"拉进了微光之中。第二节由"包裹"滑进了回忆，拈出了一些具有历史质感的存在，"旧杂志""光碟""磁带"和"几张发黄的照片"，那曾经时兴而今却被遗弃的物品。抒情主人公蜕变成了《变形记》中的生物，渺小，无人关注，流浪，并且还在"城郊"。节末，"蟋蟀"消失，"我"重新回到现实，自然过渡到第三节。诗的语调也自低抑而高扬，逐渐加温，至于被遗弃物，则在亲切如爱抚的注视里逐渐苏醒，并因它们"隐秘的呼吸"获得第二次生命。最后，诗人说，它们让"我的心"变得"温暖而安静"，既在结尾给出了呼应，同时也有所升华。

357

倒春寒

李 季

我们的目的地是寨子西边的一片树林
那片树林在一座高山之顶

我们爬上山坡　大雾从山顶下来
寒风从山顶下来　风雾中的雨点从山顶下来

我们走得艰难　春天的寒潮使路面变得泥泞
每一个人仿佛都是前往虚无之境的悲伤的囚徒

其中的十六个人　他们必须走稳
他们的肩上　扛着一个刚刚躺进棺材的亲人

张德明点评　这首诗的语意简洁明了，结构也不复杂。既没有用纷繁的意象来缀接，从而生成复杂而朦胧的诗境诗意；也没有用变化多端的句式来串场，从而生发出难以一次性完成的阅读困局。诗歌的述说目标是明确的，情绪行进的线路也清晰，阅读起来，几乎没有任何的语言障碍和情感阻隔。这是送葬仪式的诗化书写，又是季节返潮的美学说明。如此的双线叠加，两种情绪交织并行，才是该诗的新意之所在。"倒春寒"的季节感知，在诗中交代清晰，"我们爬上山坡　大雾从山顶下来/寒风从山顶下来　风雾中的雨点从山顶下来"，这接二连三"下来"的凛冽，构成了倒春寒的气候征象，从而"使路面变得泥泞"，使我们的行走变得"艰难"。如果诗歌只是单纯书写"倒春寒"这一季候，其美学意义也就极为平淡了。当最后一节一出，"其中的十六个人　他们必须走稳/他们的肩上　扛着一个刚刚躺进棺材的亲人"，此诗的境界遽然升华到较高的档次。原来有关特别气候的感悟，最后要凝聚在关于亲人远逝的心痛的感知上；而对于亲人远逝所引发的内心的痛楚，又可以回溯到有关那个特别季候的身体和内在感知中。季节感知的书写成为了生命喟叹的自然伏笔，生命感叹的描画又与深刻的季节感知相互应和。这是情绪的交响，又是自然和生命的和鸣。复线交叠，彼此互证，促成了这首诗最终的成功。

目 录

附录　旧体诗词及点评

上海软糖

李　浔

我已记不得
你是怎样甩着长发
粘住了我的问候
甜甜的　比上海软糖
还要软的笑容

甜是味道的插曲
软是什么
是小羊羔想家的叫声吗

你应该是有秘密的
比上海软糖
还要软的秘密
我一直在嚼
牙根越来越软
剩下的日子越来越硬

网友忧子点评

这首甜而不腻的情诗巧妙地处理生活素材，信手拈来的用语背后是对爱情生活的深切感悟。上海软糖意味着吴方言般轻盈柔软的质地、甜蜜的诱惑和追求精致生活格调的品性，它与爱情的表象构成极为相似。诗人别具慧眼地抓住了两者的共通点，通过移情和"软"字的一语双关追溯、还原内心的本真，让生命的激情与困惑在平淡的口气中缓缓溢出。

开头一节表现出上海软糖在性质、特征上与一个女孩外在的神似之处。"粘"字的使用把初遇时诗人随着那女孩的一举一动心神荡漾、不知如何攀谈的状态刻画得栩栩如生，暗示恋爱中的缠绵，证明彼时她于他的强大吸引力。长发掀起的青春气息加上"甜甜的 比上海软糖/还要软的笑容"让人无法抗拒，可想他的心瞬间就被融化了。

真正的爱情绝不远离人间烟火，但它终归还要有一些超越性的力量才能凝聚两个人的灵魂。那么，"比上海软糖/还要软的秘密"必定事关灵魂了。

"你应该是有秘密的"，含蓄地表达了诗人对于走进女孩内心世界的渴望。所以"秘密"或"距离"都要有所保留才好。只有"软"的需要贯穿于爱情之始终，但它随着神秘感的降低趋于无形。好在生活的延续保证了感知的不被隔断，从某种意义上来说，深刻的感知能够从回忆和想象所创造的"新经验"那里得到弥补，这也是爱情与时日一起生长的重要方式。所以"我一直在嚼"。在那么多有滋有味的"软"的铺垫下，"硬"的出现刺激了原本松弛的脑神经。软和硬相辅相成，以矛盾的方式结合在一起，把诗人的生命情思更为明确地抽象出来，诗歌的主题由此突破了特定人物间的专属历程，升华为对一种普遍现象和共同经验的透视。

向上的触摸

李之平

十月过后
我日日观察
伊犁家中院落的变化
甚至亲手触摸
那些残败的蔬果

为防摔落地面
我小心摘取树上剩余的苹果
透过树叶，纷披的天光
照耀我的脸

向上够的动作
还有那瞬时的仰望是
三十多年前的

初来新疆，九岁的我
努力够着树上的苹果，无数
光斑打在我脸上

是啊，向上
是干净，愉悦的

暂时摆脱人间，多么轻松

我相信离世一月的父亲正
步行于那条干净的路上
慢慢仰望，从容前行

冷霜点评　这首诗在云淡风轻的语调中埋藏了怀人的主题，这个主题直到诗的结尾才展现出来，以一种反差的方式和结构的力量，让我们感知到作者对刚刚逝去的父亲的深情。这是它给人留下较深刻印象的地方。

诗的前四节形成一个关联和对比的结构。关联在于"向上够的动作"和天光照耀着脸的形象，对比则源于不同的时间和生命状态。诗中有很多留白，但我们可以想到，九岁时"努力够着树上的苹果"的心情是单纯而喜悦的，而三十多年后"小心摘取树上剩余的苹果"时的心情，则是复杂难言、欲说还休的，充满了中年的况味。这"剩余的苹果"，也显然成为了生命的隐喻。"我"透过树叶所仰望的，也许正是父亲的魂灵。

第五节末行的"暂时摆脱人间"是此诗一个很奇特的表达，但也正是从这里，作者的笔触从自身转向已故的父亲。它像一道桥梁，对于"我"，它是暂时脱离地面、"摘花高处赌身轻"，对于"父亲"，它仿佛表达出这样一种愿念：他也许仍会回到人间，回到"我"的身边。

有意思的是，在最后一节中，魂归天国的父亲同样是"仰望"的姿态。这使他的形象与一种超越性的存在联系在一起，而不是普通的逝者。回头再看第二节"纷披的天光/照耀我的脸"这一句（对比后面"光斑打在我脸上"），就会看出它的更深一层的意味：这神性的天光，正来自父亲所在的天国。在朴素的风格之下，可以看到作者在语言上的用心。

在厂窖大哭三声

李不嫁

早几年，翻地的农民

一锄头下去

刨出白花花的人头

他扔开一个，又刨到一个

扔开这一个，又刨到另一个

那块地像是土地神

不停地拱出相似的脑门

几十个、上百个，总也刨不完似的

让每个重返家园的人

瘫倒在田地里大哭三声

一声天啊，造孽！一声地啊，还我爹

一声天地啊，这一碗洞庭湖的苦水，何时枯竭？

罗振亚点评

许多人以为，诗歌没有直接行动的必要，更不该沦为用于战斗的匕首和投枪；但是诗歌总应"及物"，有所承担，过于纯粹的选择无异于自设迷津。如何艺术地表现日寇屠戮三万多中国人的"厂窖惨案"，是连小说、戏剧、散文等叙事文类都十分棘手的宏大题材，对诗人来说就更是一种莫大的考验。《在厂窖大哭三声》的成功在于找准了抒情视点，它从农民翻地切入，自然而巧妙地把后来的生者与地下的"人头"联系在一处，以小见大，"举重若轻"，虽然走笔朴素，悲愤的控诉之情却力透纸背，血泪交迸，数量词"一个""另一个""几十个""上百个"的反复、递增，既凸显着清晰的过程与画面感，更在程度上强化了控诉的力量。

一个吹唢呐的人

李文俊

那是一个瞎子，我见他
憋足了气，尽管天很黑
我还是借着星光
发现他的脸发生了变化

他的两腮一鼓再鼓
终于把一些不能对人说的话
一下吹出来，刚开始是坐着的
后来索性站到凳子上

星空浩瀚，我感激
这个停电的夜晚，一切那么
真实，而又那么难以辨认
我和他是两颗互不相识的星星

他手中的唢呐，好像
被人咬下一块
发出的声音，也如西北汉子的哭泣
缺少点什么

我没有看清，村庄与棺材

本质上的区别，只是几个穿孝衣的人
与他的吹奏
显得和黑暗格格不入

罗振亚点评 从外观看，文本更接近散文、小说等叙事大于述志的写作路数，第一人称的启用，使心理活动、灵魂解剖与客观场景搅拌，动作细节、情绪氛围和性格刻画兼具，仿佛诗的特征正被有一定长度的叙事过程所替代。在"我"的潜对话与细致观照中，一个连接生者与死者的灵魂安慰者——吹唢呐的人，立体、鲜活地凸现在人们面前。双目失明的他貌似平静，实则内心喧哗不已，凄怆的旋律和投入的姿态即是有力的明证，他借唢呐把"一些不能对人说的话"酣畅淋漓地说出，其中凝聚着人世间悲欢离合的多种意绪，那里有为逝者灵魂的导引送行，有生者对亲人的悲伤与缅怀，更有自己孤独、悲凉际遇不自觉的渗透。也就是说，对吹唢呐者片段、细节式的散点透视里，充满着诗人的悲悯和理解，因此它仍是情绪化的诗性叙事。微弱的星光、黑暗的夜、穿孝衣的人、村庄与棺材等特有的送葬场景，与冷态、低抑的叙述氛围应和互动，更加大了诗的情绪张力。在有限的结构空间里写好一个人，连一般的叙事性文体都会非常棘手，该诗却达成了事态、场景和情绪的三位一体，既有音乐似的流动，又有绘画般的凝定。当然，作品语言还可再精练，诗味还可再足一些。

多少事物只在暗夜生长

李群芳

比如花苞，从不在白天突然开放；比如露珠

只在夜晚为草木缀满珍珠；比如春笋

一夜之间蹿上竹林；比如虫吟，繁星般

细脆而璀璨；比如夜行火车的汽笛

笋一样蹿上夜之森林；比如胡须，在早晨让先天刮净

的脸原

荞麦青青；比如女儿，一觉醒来，身材如笋

面颜如花；比如失眠，一滴浓墨在净水里洇开

比如鼠声，花枝一样艳丽而饱满；比如

《人鼠之间》，斯坦贝克的承诺、的孤独、的希望花枝

一样

艳丽而饱满，又在一阵风中瞬间凋零

比如白天不方便读的书，灵魂从私屉底层

逸出，大雪纷纷，把枯枝压出一声"咔嚓"

寒气凛凛，冰把水缸撑裂；比如，让人深刻到

足以谈论人生的泪滴，露珠压弯草叶，幽泉渗出山崖

比如宇宙洪荒；比如人生百味；比如

诗歌，呃，没有在暗夜里聆听过事物的生长

不足以写下诗篇

关于暗夜，普通人通常会生发一些负面的情绪和联想。但作为诗人，所追求的则是一种不同于寻常的陌生化表达，他可以在黑暗中看到光亮，由丑陋中感受到生命的美丽。记得俄罗斯诗人丘特切夫写过一首诗《白昼与黑夜》，诗人认为白昼实际编织了一张金丝的帷幕，给人以辉煌的假象，因此而忘掉了现实的丑陋、不幸与苦难；而黑夜则揭开了这一虚幻的幕布，撤除了物象与人类之间的某种间隔，也就更有可能逼近世界的真相，从而领悟生命的真谛。本诗作者在作品中接连运用了十五个"比如"，以繁多的事例论证黑暗与生命的辨证关系，其中有"花苞""露珠""虫吟""鼠声"，也有"女儿"和书——"《人鼠之间》"，甚至还有"失眠""承诺""孤独"和"希望"和"人生百味"等抽象之物，借此证明许多事物"只在暗夜生长"。值得注意的是，作者又在这些明喻中嵌入暗喻，像珠扣似的让平常的物类焕发出持续的诗意。最终，仿佛是给诗歌的诞生进行过程的描述，作者指出，正是有了对这些幽暗存在的体验，才可能有美好诗篇的诞生。细心的读者可能会发现，整首诗的主干部分都由一系列的排比句推出，但不同于惯常的排比运用，他将之置于诗行的中间，既避免了原本摆放在行首的单调和扎眼，又显示了并列的条理性，并保持了一定的节奏感，显示了作者在技术上的娴熟。

多年以后，桂花还守着当年的下弦月

辛　夷

我的身体还会保持对往事的忠诚
桂树也还在那个路口，守着当年的下弦月
我们沿着鹅卵石小径徐行的那个黄昏
风声一直把歌里的故事向大地敞开
那时，湖里的枯荷默然，与它背后的山
一起用近乎禅定的姿态，把我们安静地
放在藤椅上。周围的寂静如此美好
酢浆草在角落里小心翼翼开出黄花
我的手指轻轻敲击休憩区的桌台
你讲一本小说里纯净如水的爱情
我们的手又紧紧攥在了一起
仿佛书里的人生是我们所经历的
你看我，又看了一眼湖水，不语
我望着你，双眸更像两个深沉的湖泊
又把目光转向远处的小山。风一直在吹
黑暗中，有花瓣轻轻落地
一些事的结局被提前带到尘埃里

汪剑钊点评

月亮与桂树至少已经有数千年相互缠绵的历史了。作为一个经典传说，其中弥漫着极为浓烈的爱情与悲凉的气息。如此，它就如同一种集体无意识对当代诗人的写作既提供一定的启迪又发出了暗礁式的挑战。本诗的作者以古典的情怀书写着当代的"理智与情感"。往事已逝，但记忆长存，像每年开放的桂花一样，坚守一份纪念、一个诺言，同时又为现实的残酷和无奈借"枯荷"而默然。诗的中间部分既是陈述，又是一种"兴"的手段，"寂静如此美好""酢浆草开出黄花"，渲染了美好、安谧的氛围，让微妙的情愫在淡淡的忧伤中不露痕迹地披露出来。"我的手指轻轻敲击休憩区的桌台/你讲一本小说里纯净如水的爱情"，这个细节凸显了双方竭力掩饰的内心波动，又恰到好处地传达了人生如书、书亦人生的哲理。整首诗基本符合了"哀而不伤"的尺度，在暗示中让日常性完成了向诗意的转换。

继续赞美

辛泊平

有许多路径可以抵达，一个人的过去
回忆，转述，或者猜测，词根只有一个

许多路径，但无一人迷路
每个人都有一本书，书上写满了证词

一个人的过去不属于自己，擦亮的词语
只能照亮眼前的一点点，长夜寂寂

你瞧，我们面对面坐着，交谈
语义越来越深远，但最后都指向自己

一个词就那样突然地跳出来，流星一样
瞬间明亮的弧线，其实也就是瞬间的断裂

还在继续，继续怀疑，继续赞美
继续在长久的迷失中确认自我

悬崖属于印象，犹如那些色彩浓郁的图画
一只鹰从纸上飞起，然后再落在另一张纸上

这首诗的想象力偏向于沉思。诗的开篇，这种沉思包含着一种回顾人生的视角。就文学的体验而言，回顾的视角有助于撑开诗人的经验幅度，将诗人对内心世界的体认和对外部世界的感受，有机地结合在一起。另一方面，作为一种隐蔽的技巧，回顾的视角，还可以让诗人和诗的表达所触及的对象保持一种审美的距离。而这种距离，反过来又深化了诗的主题。在本诗中，诗人提到的"路"，大抵上可以断定，它们和人生之路有关。"有许多路径可以抵达"，乍听上去，有点像"条条大路通罗马"。但从诗的听觉上讲，差别可是大着呢。后者，在语境上基于辩驳的立场，它近乎一种带有强烈反驳意味的人生宣告。前者则不然，它是一种内心的确认，在语调上更低婉，但也更坚决。并且，"抵达"一词的使用，也表明，诗人所宣称的目的地，与其说是和外部的世界有关，莫若说指向一种生命的境界。诗人也暗示了这一点：无论人生发生过怎样的变故，因为对一个真正的生命而言，"词根只有一个"。

就主题而言，人生之路和诗歌的意图之间的关联，可谓洋洋大观。在诗的意图中，和人生之路有关的主题，几乎是每个诗人都会涉及的。美国诗人弗罗斯特的"两条路"，堪称经典性的示范。不仅诗人如此，思想家和哲人也青睐于路的文学隐喻。海德格尔的"林中路"，也对我们从文学和思想的关联的角度去理解"路"的象征含义，有着不容忽视的帮助。本诗中，诗人一再提及"许多路"，是有深意蕴含其中的。以往的人生教诲，偏向于伦理的严厉训诫：人生之路仿佛只有两条可供选择：坦途和歧路。

或者说，正道和迷途。人们最好从一开始就在两条路之间做出正确的选择；如果没选对的话，就只好一错再错，步步沦陷。

毋庸讳言，这样的说辞，作为一种社会训诫，它具有严酷的恐吓性。能在恰当的时间，恰当的阶段，做出所谓的正确的选择，需要太多的幸运。对多数人而言，他们不会如此走运。所以，在本诗中，诗人展示了一种更具包容性的看法。如果一开始，有点迷惘，甚至步入某种"迷途"，其实没关系。重要的是，我们更确立更开放的人生态度，敏于反省自己；这样，人生阶段中的任何一个情景，都有可能是"我们面对面坐着，交谈/语义越来越深远，但最后都指向自己"。对于我们所处的生存机遇，要有赞美之心，要怀有一种敬畏。这样，每个人最终都会把握到一种更积极的生命视野："继续赞美"，并"在长久的迷失中确认自我"。

"悬崖"的意象，应该与外部世界的险恶有关；如果我们接受了诗人的建议，那么，这些"悬崖"就会虚有其表，只不过是一些"印象"；它们不代表这个世界的真相。生命的真相，因为"词根只有一个"的关系，它只关乎我们在世事艰难中如何"确立自我"。

灯

沙 娃

闪一下，亮了一盏
闪一下，亮了一盏
一下一下地闪，一盏一盏地亮
亮成一望无际的海了

我是一个乡下人
心里装满新鲜
日子太暗了
我要驾一叶舟
摇橹，去海中打捞

一盏，给我的妻子
一盏，给我的孩子
一盏，给我父母一样年迈的老人

罗振亚点评　与那些洪钟大吕般的作品相比，《灯》无疑属于风花雪月类的轻型诗。它没有什么太多的微言大义可供发掘，不过是传达了爱家人、爱老人乃至一切人的博爱思想而已，或者说它的魅力恐怕更多存在于艺术层面上。诗没让情感赤裸地表演，而是创设了一个色调亮丽、动静相宜的幻象情境，清凉静谧，有若仙界，而诗人通过想象力的推移，使一盏一盏亮起的爱之灯，共织成一片温暖光明之"海"，并欲打捞它们分送给身边的人，照亮他们一生。奇巧的构思和爱之情感统摄，使幻象空间中的"一切景语皆情语"，半隐半露，含蓄又明朗；"太暗"的日子和"海中打捞"、"我"与他人的结构情境对比，更强化了爱之深度。同时，简洁而亲切的语言态度，仿佛直接通向着诗人的生命内部。也许人们会指责它悖于真实，太过浅淡，可我却喜欢它的清静淡雅，自然天成。

芦 苇

沙 蝎

一群骏马奔跑于叶尔羌河沿岸。
盐碱、荒芜、干旱是她们
身体里自备的食粮；酷夏、霜雪、沙尘暴是她们
生命图腾的鞍马——

被盐碱褪尽皮肉，骨头。被荒芜，
干旱喝干汗血。但烈日、霜风、沙尘暴……是战士蓬
勃生命的马鞭，
她们奔跑。于驰骋中孕育，
产下那条曲折的道路：河流、城市、村庄、牛羊、庄
稼、炊烟……

被寒冬逼入暮年，
她们终于停息在风霜的犄角。她们闷蹲在寒风中，
弓腰。匍匐。把头颅揳入叶尔羌河，
像老马饮冰止渴。更像

老军垦对苦难但辉煌岁月的虔诚祭奠、膜拜，
对未来、远方的祈福……

而一群麻雀喧嚣着闯入苇丛

像盲目的城建。叶尔羌河繁华的背后，

一个穷人闷瘫在强拆的废墟上，

孤苦。无奈。像一块

无人认领的墓碑被遗弃在荒草丛中……

洪烛点评 恐怕为了寻求某种安全感，诗人日复一日地用参差不齐的诗句，为自己编织出一道简陋的栅栏。这是精神上的边境线。"为什么在他眼中，生活总显得很危险？""不，诗人只想由此出发，打造另一个世界，审美的世界，自己为王的世界。"新疆诗人沙蝎对叶尔羌河沿岸的芦苇，有了全新的发现，并不是因为比别人多看了一眼，而是因为他给这平常的植物，嫁接了许多虚拟的情节。叶尔羌河沿岸的芦苇，也就有故事了："孤苦。无奈。像一块／无人认领的墓碑被遗弃在荒草丛中……"芦苇就像一个历经苦难的穷人，活到这份上，还缺什么呢？不需要坟墓，更不需要墓志铭。他的所有诗篇都是提前拟好的遗言，该交代的都交代了。死对于他已失去意义，既不是结束，也不是新的开始。他不需要葬礼，更不需要别人的眼泪。说实话，他自己的泪水还用不完呢。目前唯一无法做到的，是自己把自己遗忘。自己的寂寞，根本不需要别人来认领。沙蝎的《芦苇》，展现了冷风景，读了让人感到冷。这又是一种烫手的冷：寂寞，也是不同凡响的生命力。与其说这是写寂寞、写荒凉，莫如说是在写忍耐、写倔强。

流经我们身边的瓯江

谷 频

我所说的瓯江
只是流水淙淙的这一小段
它是青田的首饰
就挂在我与群山仰望之间
现在不是雨季，而时间
重复着它的容貌，就像
泛黄的照片收藏过岸边的弧线
我灵魂之外，看见过
这瓯江的颜色和我命中的颜色
这样逼近，连同青春期
都成了晾在滩边的衣服
而现在的爱情却像田鱼，一闪就不见
像一种努力的寻找，夕阳的碎片

洗去了许多年代卵石的胎记
哪儿是源头并不重要，因为风向
也在不断改变，这河床更像迷宫
在前方聚集起更多的阵雨

简明点评

谷频的这首《流经我们身边的瓯江》，虽然带有鲜明的地域文化色彩，整体意境的设置，也是以"流水淙淙的这一小段"的瓯江为目标的，整首诗弥漫着"喋喋不休"的中年回顾；但是，我还是愿意把它当作爱情诗来读，"泛黄的照片""晾在滩边的衣服""夕阳的碎片"等诗句，显然已经脱离了中年困惑，窥一斑而见全豹，其喻意昭然若揭。爱情的源头就是人性的源头，爱情的源头也是人类的源头，"爱情的河床"是世上最宽广的容器，是人性最宽容的温床。

谷频的《流经我们身边的瓯江》是一个多情男人的倾诉，情真意切，但并不低婉；语言隐侧，但并不晦涩："这瓯江的颜色和我命中的颜色/这样逼近，连同青春期/都成了晾在滩边的衣服/而现在的爱情却像田鱼，一闪就不见"。《流经我们身边的瓯江》是在何种情状下写成的，让人费解。但无论如何，近河者的散淡与静心，让一个男人成熟。

滚绣球

冷眉语

纸上花朵。信中月亮
我们用信封相爱
隔了薄薄炊烟

凄美的故事在一只掌心走散，又在
手背重逢，一只手到一面墙的距离
略等于红尘，离合，悲欢

皮影戏上演了千年。看戏的女孩儿不知道
她正替一枚手执花朵的棋子
赶往生活的棋盘

我赞美一只迁徙的青鸟
将那界河一笔勾销
月光缝合了忧郁的镜面

请糖纸将两个深爱的人紧紧包裹
像天琴座爱着天鹰座
像糖块爱着那甜

简明点评

以一种更持久的抒情方式，渲染无私与经典；爱情与诗歌这一对孪生姐妹，演绎着从一而终的血脉渊源。更多的时候，爱情具备着诗歌的一切艺术品相，但假若我们由表及里地深入考证，在内心深处，爱情似乎比诗歌更平易、更谦逊、更懂得给予；正如冷眉语在诗中说的那样："请糖纸将两个深爱的人紧紧包裹"。

在纷繁斑斓的人类生活的长河中，爱情无疑是其中最绚丽多彩的波涛。冷眉语以一种明快爽朗的抒情格调，描述着自己的爱情理想；虽然这种爱并不惊心动魄，更不像民谣"五里一反顾，六里一徘徊"那般缠绵，但平淡的相守，同样感人至深："皮影戏上演了千年。看戏的女孩儿不知道/她正替一枚手执花朵的棋子/赶往生活的棋盘"。显然，冷眉语演绎的纯朴爱情，更贴近生活。

这首诗的可读之处还在于，它绘声绘色、惟妙惟肖地勾画出诗人的个性特征，语言简便，颇有智趣："请糖纸将两个深爱的人紧紧包裹/像天琴座爱着天鹰座/像糖块爱着那甜"。

只要你阅读，你就会喜欢《滚绣球》，因为阅读是心灵的相遇。

这是一天中最寂静的时候

宋烈毅

一天中，傍晚是我
最不想说话的时候
我也说不清楚为什么是傍晚
而不是别的时候，一天中
只有在傍晚才会有一群
不知从哪里冒出来的野孩子在这里打水仗
他们用手中的水枪互相喷射
暑假是他们最快乐的时候
外面水雾弥漫，吵闹异常
但我感觉这是一天中
最寂静的时候，当一些人在这傍晚
从家里走出来
安安静静地看画在楼房上的粉笔画
我开始淘米、烧饭，然后用
淘米的水浇花
打水仗的孩子和我，我们都用水
纪念了这个傍晚

李少君点评

《这是一天中最寂静的时候》，傍晚是一天最放松的时刻，对于大人来说，终于忙完一天的工作，可以回到家安安静静地做饭吃饭；对于孩子来说，终于放学了，是最自由自在的一段时间，作业可以留到晚饭后再做，大人们正忙于家务，顾不上孩子，是他们一天中的放风时刻。这首诗，就是描述这样一个特殊的时刻。诗写得冷静客观，有些漫不经心，又很细腻敏锐，比如写到"最不想说话""最寂静"，但实际上，窗外孩子们闹成一团，而我独自淘米做饭，一边想着自己的心事，一边听着人间的欢闹，诗人有着很高超的叙事技巧，将这一切缓慢呈现，将读者带入一种独特的情境之中，并融入进去。古人说一幅好画除了可观可赏，还应该可游可居，诗亦如此，好的诗总是在等待你进入它的世界，并最终在其中尽情体验领悟其美妙之处。

一刹那

肖 寒

树木、花朵、河流、铁
依然冰凉

云朵，一会儿密集
一会儿稀薄

我爬在半山腰，低头看看山下
万物渺小
抬头看看天空
万物虚无

一刹那，我抉择于：
继续攀爬
或是返回地面

洪烛点评

不知道为什么，肖寒的《一刹那》，让我读后一激灵。不愧名字里有个"寒"字，这首诗所表现的孤独感使人冷到骨子里。山下万物渺小，天上万物虚无，这站在半山腰感慨万千的，究竟是人还是神呢？我甚至联想到陈子昂的《登幽州台歌》："前不见古人，后不见来者。念天地之悠悠，独怆然而涕下！"短短四句，却达成了天、地、人三位一体的完美组合。古今诗人的心灵都是相通的，人在天地间的孤独、犹豫乃至忧郁，是最能唤起共鸣的。肖寒虽然登上的不见得是什么名山，却使一种古意获得了现代性，更重要的是他还更上一层楼，使一刹那的抉择成为永恒：诗人啊，是该继续攀爬天堂的台阶，还是经历一番洗礼后回到人间？

在大运河边

沈厚明

今天，我穿了件长上衣和牛仔裤
工业化的结果就是衣服上的
一枚枚纽扣，它的化学方程式
正躺在中学课程里。科学让我惊奇一次
诗歌是另一次：
寻花还上旧花台

如此，我以为
将要发生点什么
譬如庞大漕运船队的归航
或一首不朽诗篇
即将来临？
大运河却风平浪静

时代接纳了这一切
也接纳了我
接纳了一艘游船，借助它，我抵达
唯有大运河从未损坏的涟漪上

为了看琼花而开凿大运河的
隋炀帝，毁了他的帝国

琼花也没有逃脱迹灭

代替它年年绽放的是聚八仙

肉体凡胎的我，身影却被这河水

塑造出来

同一时刻被塑造出的还有时间

对于时间，诗人和作曲家

惯用的策略大同小异

喜欢消失与赋格

伟大的波斯王泽克西斯

面对自己的大军也曾潸然泪下

主妇更简单、敏感：衣柜里放一枚

樟脑丸，明年再放一枚新的

我就生活在未被虫蚀

生活在香气弥散的日常中

叶舟点评　连续两年，我都下过江南，站在大运河之畔，望着那些"从未损坏的涟漪"，那些"我以为将要发生点什么"的河面，试图找出一首诗来。我的确写过这样的句子："在无锡，桥上的故人，犹若一场十里桃花／于前世刚刚走散，今生遭逢，一笑了然。／／在无锡，桥上的故人，脚步慵懒，哈欠／连天，如果在梅雨季，这可能是一声呼喊。／／在无锡，桥上的故人，腋下揣着辞典，有人／用雨水点灯，更多的却凭栏远望，四顾茫然。／／在无锡，桥上的故人，不是康熙，也不是乾隆，／比如这一年我穿过民国，去找诗人胡弦。"

我必须承认，这一首《在大运河边》的作者，比我走得更远，也比我目睹到的风景更纷繁浩渺，至为重要的是，比我思考得更为深入。作者窥见了埋藏在涟漪当中的秘密，也爬梳了这一条河流的前世今生，又透视了眼前的时代与这一条河流之间的张力。其实说到底，这首诗是在究问时间的奥义，在质问时间对人的馈赠，以及更大范围内的塑造与榨取。这种形而上的凝视，包括遐想"伟大的波斯王泽克西斯／面对自己的大军也曾潸然泪下"之类的书写，最容易使诗歌陷入哲理，字词空转，词不达意。好在作者及时止步，掉头返回了目下，回到了河边"未被虫蚀、香气弥散的日常中"。这是一次优美的落地，也是一种成熟的技巧。

如果这首诗能再短一些，可能效果会更佳。

031

特洛伊遗址

沈水之杨

断壁似残牙，
巨石上的花纹述说着往昔的光荣。
权杖，财富，美色，如云在空中飘过，
唯信仰如日、如月，如星空长存。
毁城的原因不是中计，而是与神失和。
褐色的夕阳下废墟静静地躺着，
返程的汽车渐行渐远，
特洛伊像散戏的舞台一样定格记忆。
争夺美女、权杖、财富的戏还在继续。
盲诗人早已为后人写好剧本，
一代又一代人反复演出。
太阳底下没有新鲜的事情。
斜坡上，一群白羊吃着夕阳下的绿草。

汪剑钊点评　凭今吊古，这是诗歌写作中常见的一种风格。特洛伊因战争和美女这两个元素更是引发人们的无限遐想，也因此作为神话原型不断被后世的诗人、作家重新诠释和丰富。相传，希腊的英雄们付出巨大的牺牲夺回了被特洛伊王子帕里斯拐走的海伦，那些原本责难这场战争的长老在见到她本人之后说道：为了这个美丽的女人，进行一场长达十年的战争是值得的。时间是公平的，也是漠然和残酷的，它巨大的手掌可以抹平尘世的一切，权力、美色、荣誉、财富。本诗应是作者的一次游历记行，在对历史残迹的参观中浮起了对生命的返照，感慨过眼云烟的事物在今天依然吸引着芸芸众生，仿佛那目盲的荷马先知似的为我们写好了表演的剧本，而后世没有任何创造性地重复着这一切。诗的末节引用了《圣经·传道书》中的一句名言："日光之下，并无新事"，并以白羊吃着"夕阳下的绿草"颇有深意地隐喻世界的轮回，人事的虚缈，更进一步呼应了"虚空的虚空，凡事皆虚空"的末世之音。

我写下的向日葵

纯 子

我写下的向日葵还是如此惊艳、奔放

形同我远嫁河南的姐妹，

在三和农牧场，它的每次开放

都带着对岁月的敬畏，和对爱情的向往

有时它摇曳，让自己的快乐随风飘荡

有时又同传说中的那样，赶在黎明到来之前

长出新的花蕾，用以接纳命运之外的

雾霭、雷电，和风雨

那些随太阳旋转的花朵，犹如陀螺

一直围绕时间这个伟大的圆心，对我们来说

这枯燥的重复近似于行为艺术，但它却像一次次

飞蛾扑火，那些落在它身上的春光、鸟鸣

从未被它辜负，或者浪费。

事实上花事盛大，最终我们也无法明辨

它是时间的一部分，还是三和美的一部分

开得最低的那朵和开得最高的那朵，都在黄昏

得到过相同的祝福。

而多年后，我必然会在一首诗歌中这样写：

浮生如寄，但三和的向日葵，

"色彩鲜艳、热情奔放、充满激情"，每一朵

都像光芒四射的太阳，让每一个经过的人，

都可以从人群里剥离出属于自己的影子
我还会这样写：浮生如寄
但三和的向日葵，让每一个追求幸福的人
都在最好的年华里，经历着最绚丽的自己，
然后，因"一个男子，或一个女子
而贪恋这荡漾起伏的人间"

耿占春点评 又是诗歌的物性论主题，显而易见，向日葵比盐和石头有着更惊艳的物性，"我写下的向日葵"让这种植物得到了一片日常生活的土壤，河南三和农场，诗人让向日葵同时获得了远嫁姐妹的属性，带着爱情，接纳命运。与其他的花卉不同，向日葵是一种"实用的"花。在"我写下的向日葵"里，远嫁这里的姐妹如同向日葵，她们都是时间的一部分，也是三和农场之美的现身。诗人在向日葵的物性中添加上姐妹的属性和她们的爱。这些或许本来可以写成一首常见的爱情诗篇，但诗人把向日葵推向了前景，只是在向日葵的背影中，重叠着生活的姐妹们的身影。他通过物性的论述透露出内心隐秘的爱，在浮生如寄的命运中，一种美燃烧着人的心，向日葵就是这种光芒四射的燃烧——因"一个男子，或一个女子/而贪恋这荡漾起伏的人间"。

薄 秋
纯玻璃

我爱这透明。如蝉翼爱着阳光

在晚秋的茎
藏有温暖的春日词典
焦黄镶在好看的边缘
秋风潜伏，在墙角，在暗处

我爱逆光下迂回的脉络
在寒冬来临之前
有一条可以找寻枝与叶相爱的夜晚

我爱这优雅的薄纱裙
透过人生静寂的光阴
抚慰一颗感伤的台灯和她的阴影

在颓废的秋长袍里
我爱落叶飘零的喘息
就像没有痛感的时光，爱着——
有时惊慌、有时欢喜的我

洪烛点评

在薄秋时节，诗人仿佛驾驶着一叶"我爱"的小舟，从遥远而又宽阔的海天之际悠然荡来，诗人情至言随、心达意至地带领我们，一会儿看见了阳光明媚的春日，一会儿又看见了寒意弥漫的寒冬，诗意与诗情随着诗人的思绪蜿蜒进出，倏然往来。诗人将秋风、夜晚、台灯等一同布置在情感的大海，这些负载着诗人情感的意象或悄然停滞，或逐鹿心海。但这一切最终都定格在诗人"我爱落叶飘零的喘息"之中，这还不是诗人的最终目的，这只不过是诗人使用的一个障眼法，其实诗人真正要说的是"就像没有痛感的时光，爱着——/有时惊慌、有时欢喜的我"。至此，一首由秋天及我、由外及内的诗作，就这样天衣无缝地将我们阅读之前的一切怀疑统统逼到了诗歌之外，与诗人一样我们也爱上了这个诗意天成的"薄秋"。

朗　读

阿　雅

一开口，你会发现
很多事物正在走远

你读到风，读到它的无拘
但你读不出，风起程时
青草刚刚睁开的眼睛里的蓝
鸟儿们正收拢翅膀，小心翼翼地
躲避着人类
一些相逢错过了佳期

你读到城市，读到一个人与影子的空
但你读不出旋转、秘密
车水马龙的街头转角，被碾扁的
美梦、挣扎
深爱一个人，又必须远离的一声叹息

你路过一些事物：河流、闪电、花开花落
太快了，短暂的停顿远远不够
欢爱的另一种相逢，那些幸福的针
需要用疼痛去慢慢打开

西渡点评 这首诗表现了对语言的一种态度："一开口，你会发现/很多事物正在走远"。这是对语言的怀疑。自从人类拥有了语言，人对世界的认知除极少的直接觉知外往往都经过了语言的中介，在我们的习常中，这个中介通常被认作是透明的，甚至被视作我们的直接觉知。然而，语言一方面揭示世界，另一方面也遮蔽世界、折射而歪曲世界。所以，当我们开口，那实存的事物却逃遁了。同样，当我们"读"风、"读"城市、"读"这个世界——"读"正是从语言中借用来的方式——我们也不能与风、城市、世界的本体相遇，而只能路过。有可能正是这种"读"的态度，既让鸟儿们"小心翼翼地躲避着人类"，也让人与人之间产生隔阂和距离（"深爱一个人，又必须远离"）。也许，从世界路过，就是语言之人必然的命运。那么，要怎样改变这种命运？作者的意见似乎是回到直接觉知（"需要用疼痛去慢慢打开"，这个"疼痛"既是身体性的，也是心灵性、灵魂性的，然而是反语言的），而在作者看来，这样一种态度的取得是关乎人之幸福的。

这首诗的悖论在于，一种反语言的态度仍然不得不通过语言来表达。"疼痛"固然是身体的感受，但一旦我们要表达，它仍然要诉诸语言。这就是维特根斯坦所说的，语言的边界就是我们的世界的边界。但对语言保持一种警惕，仍然会使我们与世界的关系发生某种偏转之偏转。语言固然是一个囚笼，但意识到我们在囚笼里，这个囚笼就在某一程度上被打破了，不再能够完全限定我们。

祭 鹰

阿 强

满天悼祭雄风
一只鹰
死在悬念中

每片羽毛凝着嘶鸣
凝着威望陡跌的敬仰
抓在爪里的大梦
坠失了滔滔
云如历史，特别沉重

忘不了起飞的峭岩
忘不了父母般的天空
泪水泉涌
洗亮了太阳日渐昏远的瞳孔

我想象，如果下个世纪被感动
鹰，重新盘旋
我的羽翼上
会复活些什么样的彩虹？

网友老磨香油点评

众所周知，鹰是勇毅、果敢、俯视世界的象征，常被赋予英雄的气度。因此本诗以"祭鹰"为题，也就同时发出了高歌与悲声，达到一种矛盾中的和谐。诗人开篇即把鹰这个意象上升至俯视一切的高度：一只鹰/死在悬念中。随即又写：凝着威望跌落的敬仰/抓在爪里的大梦。这敬仰与大梦可能是诗人曾经的一个理想，也可能代表逝去的一段历史、一个王朝。第三节诗人借鹰之口传达出的两个"忘不了"是对第二节的补充，代表鹰曾经的辉煌：起飞的峭岩/父母般的天空。诗的末节用了一个第一人称"我"，一个时间点"下个世纪"，它们与"鹰"共同承担了隐喻时间的使命：鹰隐喻过去，我隐喻现在，下个世纪代表未来。"彩虹"象征着美好的新事物，而"我"渴望"鹰"的"重新盘旋"，说明诗人由对鹰逝的遗憾变为了重新对未来的追求，是全诗情感一次压抑后的升腾，阐述了一种生活的信念。

你的名字

阿练若

当我想起你的名字
清晨就会从光中醒来
露水就会打湿静候的小径
你的名字，轻，薄，
像叶子和叶子中间高远又无言的美
可以是夏天，可以是秋天。
我们所走过的路，有荒疏之美
几只鸟即使在飞，我也当作了流逝
这短暂的时辰，只有你
把人间变成了倒影，把我当成了轮回的来生。
能想起的东西太多，这是人间的疾病
能说出的话又太少，我就不再关心来日方长
你的名字，想起来了，一天就慢了下来
慢到了露水缓缓，回到一个一个水分子的秒针里
慢到了我们的光影燃尽，留下记忆的疏星
回到天的尽头，一无所有的虚空里
你想什么，那就是什么。

这首诗把我们带进一个光与影的世界。在此之前，作者已捷足先登，因为爱而发现了这个唯美的空间："只有你／把人间变成了倒影，把我当成了轮回的来生。"爱人的名字，就是打开这精神宝库的暗号，或者说金钥匙。能使人间变得虚幻的"你"，和上帝一样神奇，构成"我"眼中与心里唯一的真实。哪怕只在这短暂的时辰展示魔力，已足够让人荡气回肠。这就是所谓的情人眼里出西施吧？甚至"你"并未真实出现在"我"面前，只是"当我想起你的名字"，奇迹就为"我"一个人产生，"你"应召而来，无处不在。"你想什么，那就是什么。"爱情是人生中最大的梦幻，爱情诗则是梦幻里的梦幻。恋爱的人是梦中人，写诗的人，尤其写爱情诗的人，做的更是梦中的梦了。他或她不仅要会做梦，还要会解梦、说梦、记梦，乃至用文字来给自己圆梦。他们心头的月亮永远是圆的，以想象的空间弥补现实中的任何缺憾。是的，他们能透过万物的阴晴圆缺，看到常人看不到的美景，产生常人产生不了的感叹。他们是在为爱情写诗吗？不，更像是为感叹而写诗。写诗本身，就是一种感叹的方式。读者恰恰因倾听到这种无往不前、无所不在的感叹，发现了爱情的深度、广度、高度、强度乃至难度，而成为新的信徒，爱情与诗的双重信徒。这么看来，爱情跟诗一样，都带有宗教的性质。爱情诗人，宗教里的唱诗班，使人类普通的情感插上翅膀、变成天籁。

木 匠

陆辉艳

他占有一堆好木料。先是给生活
打制了一扇光鲜的门。那时他很年轻
他走进去，锯榫头，打墨线
哐当哐当，又制了一张床
他睡在上面，第一年迎来了他的女人
第二年他的孩子到来。第三年
他打制了吃饭的桌子，椅子，梳妆用的镜台
他把它们送给别人。之后
他用几十年的时间
造了一艘船。"我要走出去，这木制的
生活……"他热泪盈眶，准备出一趟远门
然而他的双腿已经僵硬
他抖索着，走到月光下。这次他为自己
制了一副棺材
一年后，他睡在里面
相对他一生制造的无数木具
这是唯一的，专为自己打制
并派上用场的

王士强点评

一个木匠的一生。时间即是木匠的"好木料",拥有时间即拥有无限的可能。木匠首先为自己打制了"门"、打制了"床",这是生活的必需品,当然同时也有隐喻的意味。后来他打制桌子、椅子、镜台等"送给别人"。然而,生活在别处,这"木制的生活"并不是自己想要的,他用很长的时间默默打制"一艘船",希望能够"出一趟远门"。然而,他悲哀地发现,已经老了,没有时间了,所有的可能性都已丧失。他最后只能为自己打造了一副棺材,走向唯一的、不可避免的结局——死亡。他用一生的手艺埋葬了自己。空空色色,色色空空,一个木匠的一生同时也是所有人的一生。

六月将尽

陈年喜

六月将尽，整个六月
我没完成一件事情
父亲躺在床上
一日小过一日

人间留给他的时日
已经不多
而留给我的还有多少
我每天三次去看他
无非是十步看五步

向南的窗户每天开着
木花窗格是他早年的手艺
昨天夜里　他从一场昏迷中回来
突然对母亲交代：我走时
带上我的木匠斧子

六月将尽，地里的玉米
长到一人多高
空山灌满了蝉声
只有新来者安抚着将去者

只有时间接过人间的法门

杨志学点评

陈年喜的诗，借着打工诗人纪录片《我的诗篇》的播映，已经委实火了一把。他的那些包含了生命痛楚和人生悲欢的词语，遭逢合适的平台和契机，就像遇到导火索的炸药一样，爆破了巨大能量。他新近上传到中国诗歌网的这首《六月将尽》同样也是一首有温度有疼痛感的诗。诗里写到了陪伴父亲的场景，还特别通过"木花窗格"的手艺和昏迷中对母亲的交代的细节点明了父亲的木匠身份。整首诗语言朴实安宁，简笔勾勒，但这是从血管里流出来的诗，真挚而动人。在六月将尽的时日，一个儿子在安慰着他的父亲，也在以诗歌安慰着自己的心灵。结尾两行是从生命体验的基础上提炼而出的警句，满含悲悯，意味深长。

瓦拉纳西

陈波来

一条大河汤汤而下，无所遮掩地，流经生死。

同时流经一座城。古老的城，天黑时暮气沉沉地睡去，天亮时醒来。

生与死不可或缺的部分：斑驳的褚红色的城堡、石阶、隐秘的回廊和巷道。

令一些开始或结局变得跌宕曲折、魅影憧憧；或者，一下子豁然开朗。

那么多人从下游平原来，从上游遥远的北方山区来，穿城而过，涌向河岸投入新生的沐浴。

在用尽一生奔赴去死的路上，生者在大河里历经一场假想的死。

而不远处火葬的柴堆明明灭灭地烧，死者则在火焰和青烟中找到生的路径。

一块未及化烬的胫骨随水漂来，与沉浸于喜悦中颤栗的新生的胴体擦身而过。

生与死近在咫尺，却又安之若素。

一条大河汤汤而下，波光敛艳纳彩，一粒金沙足可捧掬于心。

大河名为恒河，永恒之河。按音译而阴差阳错地得名。

这座叫瓦拉纳西的城，因为生死随喜，而成为平常人的圣城。

汪剑钊点评

瓦拉纳西是印度最古老的一座城市，位于举世闻名的恒河的中段。它是印度教的圣地，信徒们经常在此沐浴或进行放焰口的法事。据说，瓦拉纳西也是佛陀涅槃后舍利化成金刚沙的处所，该地离鹿野苑也仅有十公里左右，释迦牟尼佛成道之后，最初就在鹿野苑演讲《四圣谛》《八正道》和度化五比丘的地方。因此，它在佛教徒的心中也具有重要的地位。了解上述背景无疑有助于对这首诗的理解，作者笔下的"大河"就是瓦拉纳西恒河，汉语中对它的音译无意中赋予了某种神圣的永恒意义，这就给了他（她）一个生死思考的触发点，在对比中展开诗的陈述，如"睡去"与"醒来"、"胫骨"与"胴体"、"大河"与"金沙"。这里，值得一提的是，作者的对比并不以整齐的句式排列，而是参差地设置散文化的句子中，从而避免了习见的对偶式句子的呆板。结尾"平常人的圣城"既是一个对比，也是一个悖论性的发现，所揭示的是一种生命的真实。

时光给理想系了一个死结

陈朝华

时光给理想系了一个死结
一切美好的事物
彼此虚度　相依为命

时光与物质不同
只存在意念中
闪耀的群星
对黑夜来说无关痛痒
熄灭的烟头
对失语者也无关紧要
千里之外 一根数据线
就遮蔽了遍地孤独

朝圣途中，一定有
一场未经同意的大雾
突然迷蒙了远山
但只要能看清脚下的路
聒噪的蝉鸣与多余的风景
都无关紧要

多年之后，回忆录中

那虚构的
怒火
也无关紧要了
理想
就是一个越拽越紧的
死结
你看那些被下蛊的词汇
比灰烬还安静

涂改液过时了
删除键　越来越锋利
你来不及和疼痛道别
真相就消失了
像某种消失的　禁忌！

像在黑暗中
看见更明亮的黑暗
像在空白中
安慰更无辜的空白

日复一日
或者十年如一日
消失的
总是最诗意的那一部分
而理想
总和明天相依为命

杨志学点评

诗，有以象取胜者，也有以议论胜者。这首诗当属后者。诗有各种写法，以议论入诗也是诗的一种路数。聚焦此诗的目的之一，或许在于其文本姿势所蕴含的借鉴和启示意义。从此诗的表达看，作者也当属有一点阅历者，故能够将人生感受一定程度上置于物象、事象和过程之中，尽力避免空泛。读着读着，我们感到作者洞察世事，似有隐情，欲说还休。后面的议论愈益精彩，直到最后爆发出诗的亮点。读完反观全篇，觉得此诗开头从议论下笔，对诗意造成一定拘禁和限定，实属冒险之举，也恰似为诗的主题打了个死结。如果去掉首节三行，并将题目做些虚幻的意象化处理，则会境界顿开，为诗解套。

烧 水

张 口

桶里的水清澈，父亲的脸

浸泡在水中

父亲一瓢一瓢舀起

哗哗地装入茶壶

搁在炭炉上

仿佛父亲把自己

装入了茶壶中，在火上熬

斑驳的旧板门

来回吱—吱—嘭的一声

不知道从什么地方来的风

再没有其他的了

父亲的双眼在母亲去世以后

就成了两个紧挨着的坟墓

西渡点评　海明威以冰山理论阐明了其小说写作的风格学原则和个人独特的写作方法论。这一原则和方法在小说家那里实际上并非普遍适用，但显然应当成为诗歌叙述的普遍原则。这首短诗正是遵循这一原则的成功之作，它只用了寥寥几个细节，却暗示了丰富的生活内容，具有极大的经验和情感容量。实际上，这首诗的每一个细节都堪玩味。在乡村，烧水一般是女人的分内活儿，现在却由父亲来操持，暗示了母亲的缺席。"桶里的水清澈"是因为无人扰动，无人扰动是因为父亲茫然地站在水桶前，忘记了动作，以至水中映出了他的脸。随后他回过神来，迅速（"哗哗地"）将水装入茶壶。"仿佛父亲把自己/装入了茶壶中，在火上熬"，这里没有抒情，但却表现了最深沉动人的感情——这个情感全然通过人物的动作得以暗示。接下来几行以动（风吹门响）写（环境的）静，又以环境的静写人物内心的动。经过上述一系列的铺垫，最后两行便有了千钧之力："父亲的双眼在母亲去世以后/就成了两个紧挨着的坟墓"。这两行把诗中情感的表现推向高潮，也对前面的每一细节做出了有力的解释。在我看来，这首小诗最后达到的效果不亚于一篇好的短篇小说。这都是富有暗示的细节所产生的力量。可以说，这首小诗为诗的叙述设立了一个标准，而在上世纪九十年代以来几成泛滥的诗歌叙述中，这一标准并没有得到始终的贯彻。

后 妈

张 然

给父亲立完碑
辜姨小心翼翼地对我们说
以后想和你爸
葬在一起
你们看，行不？
大哥想了下
说，这个要回去和其他几个兄弟姐妹
商量一下
或者找一个阴阳先生
算一算
看看八字
合不合
辜姨坐在公墓旁边的石凳上
双手夹在双膝间
轻轻说了声
哦

王士强点评

一个有包容力的瞬间。人物形象跃然而出，其内容更是意味深长。"父亲"已逝，"后妈"为求合葬而向过继的子女征求意见，"大哥"未置可否但很大程度上是表达了一种拒绝，在场但未发言的叙述者则置身事外地观察、叙述这一切。诗中人物之间有着高下判然的权力关系，人物心理更是极其丰富，有着很多潜台词。如果联系到民俗、民族文化心理中的合葬、阴阳先生、测八字等，更是可以读出丰富的"文化"内涵，或许也可以联系到文学传统中关于"民族性"的书写。当然，这些联想或许过于"抽象"了，属于其从属、衍生的维度，实际上，仅仅在"具象"的层面，这首诗已经形成了很强的张力和召唤结构，这是成就一首成功的诗的基础。

长江大桥上贴满寻人启事

张小榛

长江大桥上贴满寻人启事，在某个雾气弥漫的下午
我们路过那里。只有无家可归的天使用叹息
轻轻地读它们。它们的纸张都已经泛黄，
就像脚下淌过的水，漂着油渍、菜叶与灰尘。

你看，她就停在那张纸翘起来的角上，
轻盈如翅膀透明的飞虫。

多奇妙呢？现在我们找不到她。
我们为雨水开道、为雷电分路，融化北方数百万年的
冬季，
放出南风使大地沉寂。我们一吩咐生长，万物就生长。
我们在钢铁里播种意念，用导线牵引地极，
借此窥探硫磺的家乡、死荫的幽谷。
我们现在能把人送到气球般的月亮上去。
但我们依旧找不到她。

但我们依旧饮用那水，雾气中昏黄的水，
一边举杯，一边告诉自己现在
她或许已经到了阳逻，正骑在黑色的大漩流背上
准备伴着清晨的歌声凯旋；

又或许到了南京，把宽阔的水面误认成一片海……

我们笑着喝尽杯中之物，拉着手互相鼓劲、互相打气：明天就是新的一天了，我们必找到她，因为众生灵都在用听不见的叹息为我们祷告。

我们多么害怕我们将要找到她。

荣光启点评

长江大桥上贴满寻人启事，这是一个令人震惊的日常生活场景。为什么？为什么这个世界看起来如此安静，却又如此残酷，每年有那么多人从这高高的大桥上消失？作者处理的是一个极为悲剧性的题材，但是，诗歌却保持了惊人的叙述上的克制。那些关于一个个失踪的生命的寻人启事，没人去关注它们，只有"无家可归的天使"才会去读，"脚下淌过的水，漂着油渍、菜叶与灰尘"这些再普通不过的垃圾场景，这里成为非常有力的见证，人们对生命的死亡、消失之麻木的一种见证。

第三段的"奇妙"是一种反讽，"我们"，能够吩咐万物生长的人，能干把人送到气球般的月亮上去的大事，却找不到这些失踪者。唯有谁能真正关爱那些失踪者、关爱人世间那些伤心人？"天使""叹息""死荫的幽谷""听不见的叹息"和"祷告"这些意象，透露了作者对此的回答。这些词与信仰有关，人若不能遇见真正的信仰对象，可能都是失踪者、永是伤心人。

第四段是一种祝愿，我们希望失踪者如今在何处，希望她能够伴随着清晨的歌声凯旋。"她或许已经到了阳逻，正骑在黑色的大漩流背上/准备伴着清晨的歌声凯旋；/又或许到了南京，把宽阔的水面误认成一片海……"我们想象着她在水上漂泊的旅程，这旅程是多么美丽又多么恓惶。

　　而最后一句"我们多么害怕我们将要找到她"，使诗歌犹如急促的乐章到此戛然而止。为什么害怕？在想象中的她，还可以是我们心中的她，如果见到，该是怎样可怖的或者不可预料的情景？然而诗人的叙述到此为止，让感伤、怀念与惊惧停留于此，让我们对人世的忧心与思虑，从此绵延开去。

我只想静静地爱你

张建新

静坐窗前片刻，雷雨声涌来，
手机拿起又放下，夜幕下
总有一扇窗口为你亮着，
因此，有些话显得多余

有时候，我希望我的心是
一小块菜地，有安静
承接雨水的能力，然后变幻出
绿的红的色彩，你躺在其间，
柔软地忘掉言辞和沉默的伤害

我关注的东西不多，看起来
仍有简单的繁复，词语
虽然杀不了人，但可以影响
内心的风向，在你我之间
来回推送湖水的波纹

我们艰难度日，不由自己，
每朵花下都有小片阴影，
正视它的存在犹如认同
美的缺憾，也许这样会完整些

秋天深了，心若树叶

终究会慢慢老去、落下，

不同的是它会落在你的身边，

如我这样静静地爱你，

带着世界的一小部分不圆满。

唐诗点评

古今中外，复杂多变而又甜蜜美好的爱情不知催生出了多少优秀的爱情诗。爱情这个让不同年龄段的人有不同体味的人类情感，使得多少诗人为之吟哦不已。诗人张建新的这首爱情诗朴实自然，明朗易懂，情感沉稳。"静静地爱你"这几个字统率了全诗，贯穿到了全诗的每一个角落，我们发现爱的波澜和律动在静静地触动我们，缠绕我们，撞击我们，我们发现所有的文字和意象，都随着诗人的心跳和呼吸在移动。正因为诗人是这样一种冷静的心态，不仅有诗人对于对方雨夜的担心、湖边的思念……也有"沉默的伤害""美的缺憾"和"一小部分不圆满"的感悟，这些都缘于诗人始终是冷静地观照爱、审视爱、抒写爱。冷静抒情，无情不周。能够用一种冷静的态度对待爱，足见诗人爱情观的成熟，成熟的爱情观自然催生出了一首成熟而又耐读的爱情诗。

突 然

青小衣

去年，我小一岁
也小不到哪儿去，只比现在小
白发没有现在亮，眼神没有现在冷
前年，我小一岁
也小不到哪儿去，只比去年小
脚步没有去年重，心也没有去年疼
记不清是在哪一年，突然就中年了
仿佛刚入冬，夜幕一下子降临
时间提前了
可是，夜长了
睡眠却越来越短。多出来的黑时光
又加重了颜色
等黑夜全部吞噬了白天
那一刻，我的亲人，请不要责怪我
突然把你们都放下了

霍俊明点评 青小衣的这首诗与生命体验和时间性焦虑直接相关。在这首诗中时间性的词语不断在黑夜中闪现，而生命与浩浩时间相撞后产生的结果你可以想象出来。诗人，在一定程度上就是向死而生的特殊群体。他们在语言与想象中提早与个体寒冷的宿命性结局相遇。在黑暗的时刻，只有诗歌能够带给诗人以精神上的对话或独语。这是一首在中年到来的时候自我劝慰的诗。这样的诗歌既指向了自我生命渊薮，也因为带有强烈的时间体验和生命感而带有了能够被更多人理解的普世性。这是一首缓慢的诗，也是一首充满了焦灼的诗。那渐渐生长出来的白发就是时间的荆棘，它永远都不可能被拔出，你只有用词语来抚慰它。一根白发在诗人这里却成为考察生命个体的一个陡峭的悬崖。

白 露

林 珊

还是会有蝉鸣，在歌声里起伏
还是会有花香，在寂静中落下
这一日，我独自走在旷野
紧跟在我身后的，是小狗、夕阳
和马尾松的枯枝
我们眼神黯淡，互不言语
我们肩披曙色，互不打探彼此的身世

如果此时，你忍不住想迎风落泪
请不要忘记，秋风凉，白露降
万物都有欲言又止的悲伤

罗振亚点评 以时令入诗，古已成风，今人尤甚，作品可谓不胜枚举。而在该诗中，白露已经退居为一种背景，一种象征化的时间存在形态。它承继了诸多传统言情之诗的写法，仍以物化方式为主，使人物情感本就十分内敛的诗愈加朦胧婉曲。仔细阅读、破译跳跃的语汇和意象符码，仿佛可以窥见"你"

"我"之间一段失败的情感过程，或者一段逝去的矛盾难言的青春心理戏剧。开篇疏淡画面中景物的沉静、后面人物外在的隐忍，与抒情主体灵魂的骚动之间，构成了强烈的情绪张力，动静相生，表面的缄默掩不住内里的喧哗，在这里不说也就是最好的说了。并且在无言的"劝慰"中，抵达了"秋风凉，白露降/万物都有欲言又止的悲伤"的事物本质属性和规律，那欲言又止的悲伤，是万物的，更是人的。可以说，只有十行的一首小诗竟然承载了如此丰富深沉的人生情思内涵，见出了诗人把握复杂事体的敏锐与高超。

万物生

林程娜

他在来时的路上突然醒来
这个世界从来没有的陌生

花草的姓氏是春天给的
他的姓氏却是一个无休止的睡眠

黑暗从他睡着以后便消失了
这个世界何其美好，那时
还没有一个叫梦境的地方

他的朋友们和他一样在沉睡
和他一样在光芒中跳舞
他们看不见对方的样子
他们的眼睛是发光的星子

那些人从来不俯视也不会仰视
月亮的光辉是他们给的
而太阳也只是他们当中的一员
命名是多余的，万物静默而自得

他们不停地在光芒中沉睡、跳舞

激起了一个新的漩涡

四散的光芒落在黑暗的水上

他在来时的路上突然醒来

这个世界从来没有的陌生

那一天，春天以降临的姿态命名

洪烛点评　　这是一首写春天的诗，把春天写得别出心裁，像是在写创世纪。这又是一首写创世纪的诗，把世界之初写得栩栩如生，像是在写春天。诗中的"他"，既带有上帝的影子，创造了万物，又分明是想入非非的诗人，如梦方醒。经历持久的冬眠，诗意醒了，春天就醒了。诗人醒了，万物就醒了。醒来就像是新生。一个恋爱的人，和一个写诗的人，神态上具有某种相似性，他们都是在"怀春"，他们心里都有一个草长莺飞的春天，不管外面的季节如何。爱是人类情感的春天，诗是人类文明的春天。爱情诗人体会到春天的叠加：他一个人，就同时拥有了两个春天。你远远看见他在写诗，明明知道他是做白日梦，还是忍不住用手指掩住嘴唇："嘘!"不是在警告路人小声点，而是祈祷整个世界变得更安静一些，别打搅了那个做梦的人。更重要的是，别打搅了他正在做着的梦。让他把这个自成一体的梦继续做下去吧，让他把这个透明或半透明的梦给写出来吧，让这个梦给混浊的世界增加一点光、增添一点热吧。你不满足于仅仅看见一个做梦的人，还想看见他做着的梦，乃至他梦里面的梦。同样，也想看见他的醒，看见他的梦变成了真的。梦变成了真的，春天就不是假的。

我每天都想哭

罗　亮

我每天都想哭，无人能理解我
看到师父，小孩，看到鲜花，白骨精……我也想哭
最好的一批词汇我拿出来了，米饭，饭碗

看至三年前，三十年前，我也是
这样；至原点，极限，悬崖边，说到存在，我也不停
下来
别管我，别管文字，别管脱缰
和乖乖的
马
病马，矫健之马的马蹄，马蹄莲，好丑的摄影技术

别管个人的历史（泥深的，泥泞的，可以构陷马蹄的）

我层层展开，孔雀，洋葱，莲花层层展开
我知道，我的天，十分蒙古，十分青海，十分西藏，
十分高原

余怒点评 　　如若要在习惯于正襟危坐、动辄以天下为己任的中国诗人中找寻一位有趣的、无拘无束的语言魔术师的话，无疑当首推罗亮。在一片慕古滥情的当代写作中，他似乎独自承担着文本实验的任务；

　　但同时，他又给予抒情性以深情的容留和理解。"看到师父，小孩，看到鲜花""想哭"是很自然的，而看到"白骨精""我也想哭"，就显得玄妙难度了。不过仔细想想，"白骨精"的身世经历也确实有令人叹息之处。"我每天都想哭"——如此缠绵的浪漫主义，遭遇了他自己的反讽，使之演变为一团难与人说的癫狂的、欲哭无泪的胸中隐情；而与此同时，他又给以适度的回旋，在诗意终止处悄悄予以挽留。

　　在罗亮那里，一切的词语都没有禁忌，古今雅俗，都可成为诗歌的元素。无论是典雅的"孔雀"，还是入俗的"洋葱"，都可"层层展开"。这与其说是想象力的解放，毋宁说是文本开放和语言"播撒"的极限。"我知道，我的天，十分蒙古，十分青海，十分西藏，十分高原"，从这样的诗句中不仅可以看出作者洒脱无羁的自由心境，而且可以读出某种类似于"天苍苍，野茫茫"的高古情怀。

一根绳索

宗　海

盘踞于地面，像蛇！
被我突然发现。我尝试描述它
学会了比喻和造句
并由此，渐渐了解了这个陌生的世界

一根绳索，当被我攥住一头
牵引的时候，它是拴羊的缰绳
也拴住了村庄，和我童年的快乐

而当我听说，一根绳索站起来
套住了某人的脖颈
我感到了由衷的恐惧，和现实的残酷

一根绳索，就这样一次次走近我
并改变着这个世界
在我眼中的，复杂形象

西渡点评

里尔克说，诗是经验。但经验并不就是诗。经验通常都是零乱而含混的。经验要成为诗，必须被形式化。这首《一根绳索》就是通过"绳索"这个独特的线索，整理了与之相关的人生经验，使之成为形式化的诗的经验。第一节涉及人对于世界的认知。"盘踞于地面，像蛇！"这是幼儿对于绳索的最初认知。这一认知中已包含了语言的因素，也就是说，语言从一开始就参与了我们对世界的认知。所以，学习比喻和造句的过程，也是我们认识和理解世界的过程。第二节涉及童年经验。绳索在这里成为联系"我"和羊、"我"和村庄的纽带，也成为布莱克意义上的天真世界的象征。短短三行成就了一首天真之歌。第三节涉及犯罪、惩罚和死亡的经验。这已是布莱克意义上的经验之歌，而"我"也由童年世界进入了成人世界。"一根绳索，就这样一次次走近我/并改变着这个世界/在我眼中的，复杂形象"。实际上，这样一根形式化了的绳索，也就成为人生具体而微的象征。

我喜欢迟缓的事物

宗小白

我喜欢夕阳中的一对老人
衣着朴素、整洁，坐在公园长凳上
平静地望向湖面
一位老人从包里取出几粒药丸
颤巍巍地递给另一位
而另一位正在出神
过了半天才伸手去接
递药的老人一点也不着恼
眼睛里含着平和的光，好像在等
一个孩子慢慢长大

张定浩点评

这是一首非常简单的叙述诗。它叙述了一个很简单的场景，一对坐在公园长椅上看湖的老人，其中一位忽然想起来已经到了吃药时间，于是从包里掏出药递给对方。甚至，在场景的简单之外，作者还有一点过于依赖形容词了，诸如"朴素整洁""平静""颤巍巍""平和"，这些形容词让整首诗的指向更为单一，像一根平淡无奇的导火索，只是为了等待最后一句的转折性爆发。

　　这种写法通常都不会很好，也是初学者最喜欢采用的。但具体到这首诗，读完之后，这个被叙述出来的简单场景却很奇怪地会印在我心里面。我想，这里就牵扯到诗歌超越于修辞的秘密，在语词和隐喻的创造之外，它首先是一种"看见"。在这首诗中，作者无意中看见了一种强有力的、堪作人类境遇象征的真实场景，类似于王维所看见的"涧户寂无人，纷纷开且落"。就这个意义而言，末句"好像在等／一个孩子慢慢长大"，虽然可能是作者自觉最出彩的句子，却是"看见"之外的蛇足，如果删掉，意味或会更悠长一点。

一念，究竟多远

宗德宏

晨点一炷香
不去庙宇不去寺院
让烟雾缭绕不散
一点点的圆
在卧室和心房间

与善同行
不与恶结伴
善恶有果
因为苍天有眼
天上，悬着剑

如果心已被污染
即便许愿
也是枉然
磕多少个头
依旧不安

一念，究竟多远
去问灯盏

杨志学点评

这是一首带有说理意味的诗。这样的诗并不好写，弄不好容易直白干枯、索然无味。此诗作者显然较好地把握了其中的分寸，既能够以经过提炼的语言去阐明个体修行重在修心的事理，同时又能够让事理依附于具体事象和物象（如"晨点一炷香""天上，悬着剑""磕多少个头""灯盏"等），从而让理与象在诗中实现了较大程度的融合。

从结构层次上看，诗的第一节从事象入手，点明虔诚的修炼不一定要去寺院；中间两节偏于说理，但仍然有形象；最后一节于反思性的一问（同时照应了诗题）之后，结束于"灯盏"这一意象，既干净利落，又蕴藉深厚。诗写得并不复杂，其语言的简洁也是值得称道的。

在非洲天亮以前

依 清

在非洲天亮之前，妇女们的眼睛是雪亮的
只要是在黑夜里头，石头和绳索就会离她们很远
男人们审判自由的时候，身体僵硬
他们把父母和孩子藏在一块遮羞布里，树立人道
所以，我看到非洲的那一点点自由
都是在天亮以前
许许多多的妇女和孩子，抱紧黑暗
耕耘着自由的土地
她们的独立，都在天亮以前进行
天亮后，非洲的男人
得把她们赶进遮羞布里，规规矩矩

臧棣点评

这首诗读起来，似乎很简单；但诗的意图却回旋往复，蕴藉深邃。诗里的大词很多：非洲，审判，自由，独立，黑暗，等等。诗的表达范式，近乎宣叙调。诗的修辞展开的方式，也很有惠特曼的风格。但诗的场景的展示，却将这首诗最内在的意图推向了寓意诗。"黑暗"是这首诗的核心意象，与之相连的，也有"黑夜"；意味更深长的，"非洲的男人"的

肤色，也是这"黑暗"意象的一种自然的伸延。对立的一面，"天亮"的隐喻色彩也是明确的，它和被非洲的男人们审判的"自由"有关。根据诗人的暗示，这被审判的"自由"，一方面，是可以从外部观察到的——比如，从将非洲视为一个整体的视角，从那个角度出发，可以看到它几乎都"天亮之前"就被扼杀了。而且用的工具也很原始野蛮——"石头和绳子"。另一方面，这被用原始方法粗暴处理掉的"自由"，也无限潜伏在非洲的"妇女"身上，无限蕴含在非洲妇女"雪亮的眼睛"深处。这样的眼睛，就意象的原始性而言，无疑昭示了对自由的源自身体内部的深切的关注。这种关注必然也是很顽强的，无法彻底扼杀掉的；因为作为一种人类的天性，它们潜藏在身体的潜能之中。这首诗似乎也涉及深刻的性别视角：对男人代表的人类权力的犀利的省察。本诗中，诗人的批判锋芒可以说相当猛烈。在白天，男人们似乎拥有无限的权力，但这权力针对的对象，却是人类自身的"自由"。他们要规训"自由"，要"自由"罩上一条"遮羞布"，让"自由"变得"规规矩矩"。但如此滥用人类的权力的男人也很愚蠢，他们对"黑夜"中发生在妇女身上的事情——诸如"她们的独立"，几乎一无所知。本诗中，文学的讽喻也抵达了其自身的一个深刻的边界；从"抱紧黑暗"这一意象中，我们难免会悲剧性地体会到，对于人类的处境而言，确实存在这样的生命境况：越是在黑暗中，人们可能越自由。但是，无论如何这"黑暗中的自由"都是对人类自身的"耻辱"的一种尖锐的反讽。这首诗中，语感和意图之间的张力，也令人感佩。通过诗的情绪的严格的控制，比如，不是简单地表达诗的批判意图，而是通过展示悲剧性的情境，诗人提升了这首诗内在的视野。

海的名字叫寂寞

牧　野

银河在张衡之前，早已干涸
鹊桥，只是满天星斗编织的一个谎言
什么样的故事，可以与碧蓝相衬？
海天一色，时常演绎着烟雨蒙蒙

仰望苍穹，把吐出去的苦水又咽了回来
在心中，激起无数个漩涡
千年沉船，默默细数着极光的里程
被定海神针扎痛的，不只是寻路人

一袭月色，在广阔无际的海平面荡漾
永远无法探测到恶魔谷的深渊
掩埋了几万年的人之初，静静地注视着
注视着潮起潮落的，阴晴圆缺

张衡是历史人物，鹊桥是民间传说。这是诗人在苍茫的时空、天地之间选择的两个点，两个可以让思想着力的平台。这难道不是诗人诗思拉开的时空之经吗？而它的纬不就是大海的地球上海天一色的烟雨蒙蒙？历史与时空在交错。而第二节，诗人的目光，收拢到自我的内心。"仰望苍穹，把吐出去的苦水又咽了回来/在心中，激起无数个漩涡"。这是诗人追思千古之后的一种自我的心灵体验。一种生存感觉。痛定思痛。诗人清醒的诗思又开始发散式的外延。"千年沉船，默默细数着极光的里程/被定海神针扎痛的，不只是寻路人"。是啊，沉船在海底，千年万年的黑暗里，在等待极光的拯救，可是极光迟迟没有到来。寻路人是向往光明的先驱，痛了，死了。而芸芸众生在这打不破的规则里，也是苦不堪言。 第三节，诗人的目光，由海底转向海面："一袭月色，在广阔无际的海平面荡漾/永远无法探测到恶魔谷的深渊"。看似平静的海面，柔和的月色，谁能探测人类前进的前路，有多少凶险的恶魔谷，有多少吃人的百慕大？ 最后，诗的结尾，将上述一切的意象，一笔收拢。转向人与自然，更大的苍茫。"掩埋了几万年的人之初，静静地注视着/注视着潮起潮落的，阴晴圆缺"。被掩埋了几万年的人之初是"善"还是"恶"？究竟人之初是性本善，还是性本恶？这个命题已被学术界争论多年，众说纷纭，莫衷一是。而"善"在被掩埋的黑暗里，只好静静地注视着沧桑变换，阴晴圆缺，潮起潮落。许多诗歌，都在有意或无意间，运用了电影蒙太奇的手法，这首亦然。诗人用蒙太奇的手法，造出天地与人类历史长河交错的苍茫的大境界，却又不乏个体生命的探幽之痛！

喊一声

周苍林

小时候——喊一声冷

妈妈胸前就是一团火

喊一声走不动了

爸爸的脊背就是一辆奔跑的小车

长大了——喊一声回家

妈妈就是村口最先望见的一棵树

喊一声走了

爸爸就是送我最长的一条山路

现在——喊一声故乡

妈妈就是流在我眼里的泪水

喊一声亲人

爸爸就是装在我心中的怀念

将来——喊一声妈妈

一家人还会在另一个世界相见

喊一声爸爸

从此就再也不会分开……

洪烛点评

诗歌是心灵的呼唤。从心灵出发，走向更多的心灵，而不仅仅是到语言为止。诗的语言，"走心"才有内涵，才有意义。否则仅仅是没有灵魂的肉体，再美也不过是玩偶。周苍林的《喊一声》，是用嗓子喊出来的，用眼睛喊出来的，用手势等身体语言喊出来的，更是用心喊出来的。不是喊口号，是在喊故乡，喊亲人。喊爸爸、喊妈妈，是人诞生之初的本能，也是最真切、最持久、最知冷知热的呼唤。从小喊到大，喊了半辈子，味道越来越浓，酸甜苦辣，俱在其中。人类的情感，不管是亲情、友情还是爱情，经历了时间的考验，才有沧桑感。苍凉其实是最厚重的诗意。所以生离死别成为诗歌永恒的主题，感动着一代又一代读者。为什么呢？因为一代又一代诗人，不是为了写诗而抒情，是为了抒情才写诗。幸福时会欢歌，悲痛时会呻吟。周苍林的《喊一声》，最感人的是表达了爱是超越生死的：喊爸爸、喊妈妈，喊半辈子是不够的，喊一辈子还是不够，诗人恨不得永远喊下去，生生世世不分离。那才是大团圆，那才叫真圆满。

槐 树

京剧青衣

那些年槐花香的时候

也是乡村最饥饿的时候

河堤上的那棵大槐树是我童年的一把伞

我天天经过

偶尔会遇到她

她提着小花布兜

站在槐树下笑眯眯地等我

有时也会从布兜里掏出一个熟鸡蛋或半张饼

小声对我说

趁热吃了去上学

我喊她姑姑

多年后才知她是我父亲的相好

王士强点评

《槐树》写童年记忆，通篇是"客观"的叙述，不抒情，不表露情感态度，其背后则隐藏着一个成熟、理性、作为成年人的叙述主体。这段童年记忆与"饥饿"有关，因而对"姑姑"送给"我"的"熟鸡蛋"或"半张饼"印象深刻，这里的记忆无疑是美好的。而与这种"饥饿"相连的，或许是另一种的精神、情感的"饥饿"，是隐秘状态下的"父亲"与那位"姑姑"之间的恋情。诗对此的处理很节制，点到为止，没有进行任何的道德评判，但却给人留下了丰富的审美、想象的空间。当道德的棍棒举起，诗意必然受损，诗要远比道德更为宽阔、丰饶。

083

时间里的故事

弥　尚

时间和前年的台风一样
离开得
踪迹全无

时间的沿岸
是汹涌的人潮

以为能篡改悲剧
最终被悲剧篡改

人是活的
故事是死的

人都走向自己的故事
故事却离开了属于自己的主人

杨志学点评

这首诗写得非常概括，但又可以触发我们关于生活事件的联想；它写得富有哲思，而又不脱离一幕幕现实场景。

时间是抽象的，摸不着的，而作者把时间的失去，比作"前年的台风"则似乎有迹可循。作者的这个比喻，也让人感到新颖。

第二节继续说时间。作者把客观无情的时间与主观作用下的汹涌人潮置于一体，让其互为依存，也形成主客对比。

在后面三小节里，作者进一步设置了三组矛盾对立关系，并且煞有介事地讲着不脱离时间的故事。

作者究竟讲了什么故事？当我们想要去抓住什么具体事情时，才发现作者所讲的属于时间的大故事，类似人生，类似自然，类似宇宙。这种诗性的概括，是具有一定的普遍意义的。

无 咎

弥赛亚

扫地的人
来到我们中间
使我们成为落叶的一分子

煮鹤的人
顺手煮了一壶好茶
邀请我们围炉夜话

极少的雪落在梅花上
更多的尘土覆盖在公共之地
焚琴的人望着火沉默不语

我们是说不出的话，流不出的眼泪
一生有迹可循，但无枝可依
十里之外，我们是自己的附庸者

小雪的冬天
客人结伴经过小城
行一段路，过一条河。众生匆匆，犹如枯鱼

余怒点评

这首诗题旨可归于最后一句"众生匆匆，犹如枯鱼"，枯死的鱼，生的迹象虽"有迹可循"，但不过是生的幻象。众生皆是幻象，"扫地的人""煮鹤的人""焚琴的人"和"我们"皆是。既然一切皆幻象，那么"煮鹤""焚琴"这样的暴殄天物的行为也就无所谓善恶，无从归罪——"无咎"。

尽管这种以对佛经教义的复述构建一首诗的企图多少带有文化炫耀的成分，但因用以表述的语言是直观的、切身的——这是作者的聪明之处，故未曾伤及诗的肌理。这可能是文化"复述"仅有的意义所在。

我注意到作者用了一个古奥的词语"无咎"作为诗的标题，这有点耐人寻味。由此去分析作者的心理将是一件有趣的事。这关乎对传统的态度，甚至写作的伦理。显然，这不是这篇点评文章能容纳的话题。这首诗给我的启发是，至少，在现代诗中，古奥的语言当适度使用，使用过度非但起不到画龙点睛的作用，还可能给人留下短发女穿汉服的古怪的穿越感和荒诞感。幸好，作者也知道这一点。

十 年

孤 城

哪儿也不去
什么也不干
十年了。只在一个叫作"仙境"的地方
把独自的寂静
打磨得
彻骨薄凉：一朵昙花，拓印在瓷片上

是的，十年时间，足够让一块好铁，慢慢老去
面露愧色
足够落寞幽思
滴穿石头
十年时间，你虚无
你无声无息
在清风在月光在流水在记忆在心灵之上
镌刻过往逝梦的余香

十年里，我在人群里时有发现
又不断失望
十年里，足够把一些人和事慢慢看成空气
在眼前出没
我已经用伤口

原谅了刀光

"在生存与文字之间寻求平衡"
十年了，颓然喝下的酒，再没有一瓶是
你拎来的
秋风又起，落叶四散。我在十根琴弦的颤音里
平衡一颗流星颠覆的尘世
这一次，我没有你说的那么游刃有余

十年
十年
十年……
这样的叠加，无异于寂地雷霆——
佳人令妆镜起皱
暗疾剥出行走的白骨

鸟儿在深林冷不丁啼叫。若寂寂十年，桂香里
落定一枚棋子
云淡天高，遍地暮色
都是佛的眷顾
默然相对。容我站在落日左边，为你写一次：10……
——黑白磨人，十年为记。能写几次
就写几次

杨志学点评

"十年"是一个时间命题。这首名为《十年》的诗，不仅仅见出一个人的生活阅历，更重要的是让我们看到了一位诗人敏锐的感受力和深刻的诗意概括能力。从宏观上看，十年不过一瞬；而从个体生命看，十年又会发生多少事情和多大变化啊！易逝与长存的矛盾，被诗人在第一节中以"一朵昙花，拓印在瓷片上"的意象神秘地道出。随后诗人又通过"一块好铁，慢慢老去""逝梦的余香""一颗流星颠覆的尘世"等意象化叙述寄托自己的感慨。读完全篇，我们感受到诗中流淌着一股跌宕起伏的慷慨之气。曹丕云："文以气为主。"诚然，气的表现有不同的风格和形式。这首诗中流淌的气，就让我们看到了诗人多情而又深沉的表达风格。诗人很想一吐为快，但发而为诗又不得不欲言又止。句式的长短错落也加强了诗的一唱三叹。

父亲与羊群

孤山云

一个人放牧　懂每一只羊的心事

一辈子不肯原谅那条吃羊之狼
一辈子找寻它的藏身之地
父亲在一杆牧鞭上安身立命

羊群是自由论者　父亲也非多事之人
一起爬坡　一起度多欲的夏季
为一只走失的羊挂起一盏红灯笼
给喂奶的母羊吃更嫩的草　肯夜里挥刀

路上相遇不霸道　挨饿也不剥光树皮

父亲老了　羊群开始习惯自己上山找草
一个人的父亲　对着窗口放牧自己
剩下的一点点光阴

洪烛点评

这是一首写父亲的诗。与许多咏唱父慈母爱的诗歌相区别的是，把这人世间最热烈的感情表现得如此冷静。任何一首诗（不管风格如何）原则上都属于抒情诗，区别仅仅在于抒发的方式，"冷抒情""反抒情"未必就真的是不抒情——每一个诗人本质上都是抒情诗人。本诗作者有效地掌控着激情，好像站在局外人的角度观察父亲的人生、勾勒父亲的命运，但他的克制反而更利于塑造父亲的形象，也更为感人。他没有选择父亲与儿女的关系来切入，而着眼于父亲与羊群的关系："父亲老了 羊群开始习惯自己上山找草／一个人的父亲 对着窗口放牧自己／剩下的一点点光阴……"这是一个孤独的父亲，远走高飞的儿女不在身边，有事可做、有羊群可放牧，至少还能打发寂寞，可当羊群也不需要他了，他只能放牧自己的影子，形影相吊，度日如年。描写父亲的衰老，绝对比描写父亲的强大更能带给读者疼痛感。没有爱就没有疼痛。越是疼痛，则证明爱得越深。忍住眼泪、假装平静的诉说，比哭天抢地地用无数个"啊"来宣泄，可能更有穿透力。我觉得《父亲与羊群》属于新世纪的"新抒情诗"。它继承了传统，但并不保守；它兼容并蓄，还汲取了现代派诗歌诸多有益的技法，譬如用叙述来抒情，用叙事来抒情，甚至用议论来抒情，抑或夹叙夹议来抒情……而不再只是用抒情来抒情。它的面孔不再只是单一的哭或笑，还有着更为丰富、五味俱全的表情。心情丰富了，表现心情的手法丰富了，抒情诗的表情也显得丰富了。

回我那个不长"谢"字的小山村……

赵 琼

前年春节，回村
碰到村子东头，正在
为坐月子的儿媳妇熬粥的王婶
当一碗滚烫的红枣米粥
赶走了我浑身的寒意，我将
像一碗米粥里的小米一样多的"谢"字
全都咽在了肚里

去年春节，回村
路过正在剥花生的李叔的家门
几大捧的花生仁，顷刻间
就塞满了我的衣兜，填满了我的嘴
嚼着香甜的花生仁，我把"谢"字
一颗一颗地嚼碎
咽进了肚里

今年春节，回乡的车票，就攥在手心
我将每天都要穿着的西装
以及这个"谢"字，全都叠放整齐
放进城市的衣橱里
披一件乡音的棉衣，出发，回那个

生我养我，却从不让"谢"字

在口头上开花的

小山村……

杨志学点评　这首诗想要表达的是诗人对故乡小山村及村里乡亲的一种感激、感恩之情。这类主题的诗作委实太多了，不容易出新，而作者在这里着眼于一个"谢"字（一个几年来始终没有说出口，今后恐怕仍然难以说出口的"谢"字），便使此诗显出了自己的难能可贵的角度和亮点。

诗人把时间点聚焦在中国人十分看重的"春节"时段，并设计了"前年春节""去年春节""今年春节"的三段式结构。这是对经年累月的概括，也是感情随时间变化而愈益深化的递进式表达。

与此相应，作者选取了三个富有说明性的场景和情境：前年是王婶的红枣粥，去年是李叔的花生仁，今年是"我"的"披一件乡音的棉衣"，这样便使作品感性十足，能够给人留下较深刻的印象。如果要说美中不足，我觉得在叙述顺序上应按照先轻后重的原则，先说李叔的花生仁，再说王婶的红枣粥，因为王婶的红枣粥毕竟是为"坐月子的儿媳妇"准备的，感情上显然更重一些。

总之，此诗淳朴自然，脉络清晰，颇具匠心地表达了一种看似悖理实则合乎逻辑的情感状态，值得肯定。

端午车过黄河

柳　歌

端午，没吃粽子，不赛龙舟，更没有
写诗；故国陷落多时
天下早已归秦：不敢触动一道
名叫"汨罗"的伤痕，只得逐鹿中原
在黄河两岸来回奔袭。当然
不是为了天下
也不是为了苍生。那个心系苍生的人
被江水带走千年了。这个端午
我车过黄河大桥，纯为生活所迫
不仅没有一跃而下的勇气，甚至不能
停留半刻，或稍稍驻足
身边的一切都在飞奔：大河里的流水
天上的白云，路上的树林以及行人
全都行色匆匆，仿佛有着共同的心事
我被裹挟已久，无暇凭吊那个投江的诗人
或者自己
《离骚》掩卷已久，黄钟与黄鹂的声音
同时远离尘世；只有林间的鸦雀
鼓噪不停；黄河浊浪滔天，一泻千里
落霞倒映在水面上，连泥沙
也泛着血红的光辉

生逢盛世，我写不出好诗

也当不成屈子：你有郢都可以凭栏

有楚国可以回首；还有整整一条汨罗江的水

载起不朽的身躯与英名。而我

只剩下短短一段岁月，已不够挥霍

2015 年 6 月 21 日星期日

杨志学点评

中国诗歌网是 2015 年端午节前夕正式上线的。柳歌的《端午车过黄河》是于端午节假期后的 6 月 21 日写成的，体现了诗人快速成诗的功夫。这首诗有两个方面的对比参照值得注意：一是作者当时经过的"黄河"与作为长江水系的汨罗江的联想与对比（诗中"黄河浊浪滔天"等意象可看作对当今尘世的隐喻），其触发点是适逢端午节；二是作为诗歌写作者的"我"与作为中国诗人鼻祖的屈原的联想与对比，其触发点仍然是端午节。作者一再放低自己的姿态，以显示屈原的高大，同时也是对崇高诗歌精神的顶礼膜拜。作者真诚地袒露自己，把自我活生生地呈现在读者面前，让人感到亲切。

一只蚂蚁

柳下客卿

它太小了
小得我几乎从不留意它
这个——
就住在我们院子底下的居民
只是，偶尔才瞥见它
从它那
米粒大小的洞口进出

是的，它太小了
小得，我从来也不认为它
能有什么惊人的举动
但当今天我打开我七层楼的窗子
我呆住了
只见它正站在树端的一片叶上
伸着触须，仰望苍穹

耿占春点评 现代诗的一个特征就是在日常生活中发现某种寓意，一些小事物、小细节、小事情，一些短暂的瞬间与现象，都会得到诗歌的关注，现代诗是赋予意义的行为，在宏大的和集体上的意义被逐渐消解之后所进行的一种意义实践。当然，"一只蚂蚁"并不知道这些，当"一只蚂蚁"提供了一个戏剧性的场景，一个戏剧性思考的场景：无论如何，一只蚂蚁爬上七楼窗口树枝顶端的一片叶子，似乎于它的生存必要劳动显得多余，与它"米粒大小的洞口"相比无疑天壤之别，而"伸着触须，仰望苍穹"似乎与它的渺小身躯不成比例，因此，"一只蚂蚁"令人愕然。诗歌书写了这种令人错愕的时刻，我们能够看到的正是一个人在观看到这"一只蚂蚁"的这一幕时的思维中断与顿悟大开的那一时刻。这首诗是对一切"渺小"者的颂歌，不，这首诗是一切渺小者与"苍穹"般宏大深邃存在之间不可知的联系的颂歌。

放羊的父亲

荒原狼

说是荒废的林场，散碎的
瓦砾间，还有生命的绿色探出头颅
说是板结的土地，贫血的
坷垃里，还有犁铧的光芒蘸着露水
站在昨日草场，率领一群饥饿的羔羊
空旷的风吹落你头上的草屑

说是寂静的中午，天空却缓缓
落下雨来。河水开满银色的骨朵
长翅膀的鱼在浪花上把自己唤成鸟鸣
说是松树和杉树在孤独中自生自灭
说是季节变凉，像寂静里的回声
阳光却在避雨的蛙声里获得了温暖

带走所有你的羔羊，我的父亲
孤独生长的蒿草承担了命运的天空
倒伏风中的万物已经做好回家的准备
洁身自好的云朵为你点着烟卷
趁着脚下的黄昏还在，握紧你的鞭子
你看，一簇鲜蘑举起大地炊烟

网友冷麾点评

诗人并没有直奔主题，而是刻意绕开父亲这一主角，将镜头缓慢推向身后的场景，诗人运用蒙太奇手法，将时间和空间碎片进行交互转换，色彩鲜明，意象叠加，形成强烈的反差感，让人很容易进入诗人精心设计的乡村草场画卷。父亲的出场波澜不惊，没有高亢吆喝，没有挥舞羊鞭，甚至没有一个华丽词语，他仅仅是一个和草场与羔羊打交道的淳朴农人，一个"抽着烟卷""握紧鞭子"、在"黄昏""雨中""炊烟"升起时回家的老人形象，在前面恢宏的场景里，他的身影显得有些落寞和孤单。"带走所有你的羔羊，我的父亲"，祈使句的表达方式，使诗人作为旁观者角度，更能窥测到父亲的举止和周边的环境。诗人眼中的"蒿草"，不再是简单的景物，而被赋予更多的喻意和指代。"蒿草"一方面可以喂养羔羊，另一方面却又承担起"命运的天空"，这有着"奉献"和"担当"双重身份的"蒿草"精神，使父亲形象跃然纸上。

老 家

南 云

老家 老了
老得像奶奶没牙的嘴
絮絮叨叨而又说话辛苦
老得像村口干涸的小河
眼睛干涩
呼吸
困难
老了的烟囱
没有足够的炊烟
来喂饱目光
黄昏也老了
夜幕如铁
没有急促的召唤
让坚硬的水泥路面
温暖地指向
门扉
父母走后
老家咋会老得这么快呢

罗振亚点评　　不能再朴素的语汇，不能再熟识的意象，不能再随意的调子，可是诗却把老家的"老"态形象地推送到了读者面前，让你无法不动容。究其根源就在于诗人没有面面俱到、浮光掠影地状绘老家，而是攫取了"奶奶没牙的嘴"、"村口干涸的小河"、没有足够炊烟的"烟囱"和黄昏里的"门扉"等蛰伏着绵长乡土记忆和审美积淀的典型物象，并且以"父母走后/老家咋会老得这么快呢"的情语"激活"，自然会唤起无数游子苦涩又现代的悠悠故园情。长久以来，诗歌的语言和美始终是一对孪生兄弟，殊不知朴素的姿态可能更具情感的冲击力，简净快捷，直指人心。如果诗人都能这样亲切地说话，诗歌与诗坛就有福了。

羞涩的枝头背对着风的方向

南镞

篱笆上最后一枚佛手果
摇荡着秋天的铃铛。也摇荡着
一口老水井的孤寂

丝瓜架上的藤蔓网住了一小片天空
我仰头看它的时候，一条老丝瓜的阴影里
斜逸出一朵嫩黄的小花
像一盏秋风忘了提走的灯
柔细的身子撑破正在衰败的院落

安静地坐在一角
听枣树和柿子树在风中的对话
羞涩的枝头背对着风的方向

拄着拐杖的老人从院门口走过
孤独加重了她的脚步
她深深弯下的驼背，不停地向生活鞠着躬

在秋天面前，沉重的事物
显现出恭顺的一面

卢辉点评　这是一首象征性和暗示性都很"显眼"的诗歌，从标题的出示就足以证明诗人想表达在"逆袭"环境中如何呈现万物不屈的"力度"、有味的"羞涩"和有情的"恭顺"。按理说，一首象征性和暗示性都很"显眼"的诗歌最好要有足以贯穿整首诗的象征物，偏偏这首诗的五个小节都各自有"物"，而且彼此独立，这无形当中增加了写作难度。为了使五小节诗歌的并列关系有个纵向的隐形"推手"，即递进关系，诗人巧妙地把"羞涩的枝头背对着风的方向"不仅仅作为标题的导入，而是将其作为整首诗隐形的诗意"推手"，即把每一节看似独立成章的诗节进行诗意"融渗"并串联起来，形成一个统一的象征整体。如第二节里"一条老丝瓜的阴影里/斜逸出一朵嫩黄的小花/像一盏秋风忘了提走的灯/柔细的身子撑破正在衰败的院落"就与整首诗隐形的诗意"推手"心手相牵。正是由于这首诗有多处"像一盏秋风忘了提走的灯"照亮了人们的心扉，使"沉重的事物/显现出恭顺的一面"。由此可见，从认识形态而言，诗首先是生命形态，而且是复杂的生命形态，出于这个层面的考量，这首诗的象征性思考，诗人依据的正是万物各个层面的存在感以及生命状态，尤其是诗人多角度、多层面地呈现出在"逆袭"之下那些千姿百态的生命群像，为我们留下驳杂而生动的生命元素。

野 餐

砂 丁

他来时，布兜里匿着
两只野兔。四月，城里
难得尝到这样的美味。
生火时，他把散落的日记
聚成一堆，火星的微吟很快
变得疲倦、不可容忍。
春天了，湖岸变得谦逊
寺庙披上宽袖的绸短衣。
游湖的青年人冒雨
穿越城门，慢条斯理
赶路。四处是热烈、静穆
有受骗、斑斓的欢喜。
迟来的那一个，走在
人群的最中间，个头儿
最高的，说漂亮的
北平话。不洁的是爱且
故作轻蔑，步态昂直
是北方来的海军生，穿灰
白夏布长衫，从不为
金钱苦恼。这南方
多雨、昏热，不可捉摸

有行窃的哑学生，三

三两两作案，把一贯铜钱

混在租舟的小费里。"你

且来，趁着年青。"春昼

宽大，如中举人的肩膀

有奇异的力量，沉溺、放纵

热望并且贫穷。你在

最前面，招呼众人上矮的

甲板，故作大方。在火堆中

近的事物有升腾的形式

快乐，你多须且缠绕

很少严肃的苦恼。

茱萸点评

砂丁近年的不少作品，都在做一件事：重新想象八九十年前的青年世界，并使其与当下建立真切的联结。他的尝试，让上世纪三十年代的众多左翼青年形象复活在了新世纪的书写之中；这些形象，有的有名有姓，有的则匿名于叙事的无常和厌倦（比如这首中的"游湖的青年人"）。诗人运用历史想象力营造出一个真实与虚构混杂的空间，将自身的激情与焦虑投放了进去。在这其中，最关键的并不是故事本身如何具有新奇的特色——故事讲得是否考究不是诗要考虑的首要问题，而是讲述故事的语调和气氛要独此一份。

这首《野餐》中的青年形象，或许并不是此类作品中的典型，但它所呈现出的叙述气息，显然具有很强的代表性。诗中叙述的场景依次是：在湖岸野餐时用日记本燃火烤野兔；成群冒雨穿越城门，来到湖岸；租了一艘小舟游湖，"你"招呼众人到矮甲板上去；最后，镜头回到了野餐时的火堆上来。这四幕场景的顺序其实并不重要（或许就叙事的逻辑而言，它们应该有一个确定的顺序），重要的是作者从它们的推进和切换中勾勒出的一些词：疲倦，不可容忍，慢条斯理，热烈，静穆，斑斓的欢喜，沉溺，放纵，热望，贫穷……它们被用来连缀场景的切换，也被用来形容青年们彼时彼地所具有的精神特质。

因为有叙事的依托，抽象的词语得到了背景的补给，不至于沦落为一堆空洞呓语；更因为作者在节奏和分行上极具天赋的把握，以及极快的场景切换和挪置，叙事的散文性质被极大地压缩，只是被召唤来为抒情服务。是的，这样的一首诗，本质上应该被看作是抒情诗，它的叙事只是为抒情（甚至只是为给出那几个词语）服务的，并不打算真正深入地探讨放纵又压抑、热切又苦闷的青年精神背后的意味。因为，借用砂丁自己的结尾来说，这种"左翼的激情"并不真正多么严肃，它更多时候只是虚张声势的矫揉造作，正如同那苦恼并不来自于真正的沉思，而来自青年人天生的热切、敏感和多情。砂丁善用这种特质并构建自己的声音。

东 山

姜 巫

山顶风高，草叶上人脆
石头里的红嘴鸦
还在尘土中纷飞
这么多年过去了，身体里满是山的颜色
就差一场雪了。可路到山外，失落
岂如失落那么简单

回去你满身天色
一心的混沌，抬起头来
也是虚无的要紧
这样就不存在了吧
世界与世界，也无须倒在光年里
颤动着，遥遥醒作梦中人

荣光启点评

这首诗作十二行，句句要紧，作者在人生感喟与以景写情的境界上，堪称老到，情怀简直像一位老人。"山顶风高，草叶上人脆/石头里的红嘴鸦/还在尘土中纷飞"，开头表明这是登高望远，人在此境界中常常触景生情，面对自然的恢宏、天地之浩渺，有时会感叹人生之失意，思想生命里那些无力的部分。所以有"这么多年过去了，身体里满是山的颜色"，这"身体里满是山的颜色"，表达人世沧桑之感，极为精彩；更精彩的是后"……就差一场雪了"，这话有里尔克"我很孤单/但孤单得还不够……"的味道。"失落/岂如失落那么简单"这种重复的修辞，前一个"失落"是路的消失，后一个"失落"则是生命中的某种茫然，对应着茫茫天色。

"满身天色/一心的混沌"，这是人的状态，而"抬起头来/也是虚无的要紧"，这是天地的状态。"这样就不存在了吧"，"不存在"，这是一种空无之境，许多修道之士所追求的境界。对应着这种"不存在"，"世界与世界，也无须倒在光年里/颤动着"。在世界之存在与不存在之间，"我"似乎与世界遥遥相对，"我"似乎是醒的，又似乎是"梦中人"。作者在表达人的某种恍惚状态之时，显示出极高的技巧。作者以极为简洁的语言、意象和独特的想象力，将这种恍惚状态很真实地呈现在诗歌之中，使此恍惚成为一种具体。

怀揣一个叫徐阁的地名

娄海洋

当我写下这个村庄的名字

天空就倒悬下来

就有许多鸟群飞过

植物们走来走去

就像熟悉的亲人

风等待时机

准备来一次大迁徙

率领它们从千里之外

一起齐集我的笔端

来探望她远游的儿子

其实我已经荒芜很久

就像一片被弃置的土地

或者更像父亲新筑的坟头

长出的青草，刚刚

结出缥缈密实的芳香

母亲死在我的怀中

就像我出生时她抱着我一样

不同的是我抱着她一生的悲凉

还有庄稼，鸡鸭，猫狗以及猪圈的气味

蝉鸣蛙鼓，牛哞声声

也都一起来吧

我要把自己的身体从一颗果实里切开

款待你们

我要拼下全力把天空重新扳过来

好照耀你们的路程

我要倾尽全部的激情和

一腔热血与才华

做成热气腾腾的祭品

摆上神圣的供桌

跪下

遥拜你们卑微，苦难而

又高贵的灵魂

王久辛点评 娄海洋是个门卫，也是一个诗人。偶然读到他的诗，我觉得这正是我欣赏的"中国式表达"的诗歌。这首句子并不娴熟的诗，深深打动了我，所以我借中国诗歌网，推荐给大家一读。他的诗比那些编造一些尸布满天飞的句子更真实。他对他父母亲双亡之际的痛苦深挚的表达，非常动人。而且他的情感的表达是准确完整的。我希望大家包容一个门卫两年来的努力成果，以及他正在上升的良好势头。让我们祝福他！

有些人说的那些抖"小机灵"式的写作，不在我的欣赏范围。我认为，一个有灵魂有血性的诗人，一定是这种从自己土地里长出来的、有深厚感情体验的、有自己与民族国家疼痛感的诗人。缘此，我推荐娄海洋这首诗。

鹅塘札记

施茂盛

鹅在池塘里咳嗽，天气开始变坏。
出水的鲑鱼咬住波澜。垂钓者
在寂寥里啁啾，身子泛出蝴蝶斑。

天外隐藏着闷雷，雨水也是假的。
常有逝者飘过：这可疑的人哪，
哪里是他的尽头，哪里有他边界？

荷叶吻合了新月的胸廓。从这个
高度，午夜有回旋的结构，树梢漏下
发烫的星子，寂静接近晕眩。

一条小径，稀疏地洒落几颗鸟粪。
鸟群倦伏。离此三公里，疲惫的白虎
暗然，在稠黏的呼吸里融化。

逝者尽管飘过。暴露在他身体外的
拥抱的姿势，披覆在鹅塘湖面。
时间愈不像它了，塌陷的宇宙也是。

感觉蓬松的鱼线传来痉挛。

一株陆生植物的臀部开始收拢，
在所谓的歉意淤泥般包裹雀舌的彼夜。

有人似乎天生就是为了传播美名。
但我真的看见卵石沾满古老的
冷意：一把斧斤，抵近蓄势的鹅塘。

唐翰存点评

如果出于简单明快地俘获诗意和语义的兴趣，那么本诗可能会从一般的读者眼里滑过去，或者没有耐心去驻足留意它。事实上，这是一首值得留恋的诗。

整首诗的形貌似在写实，可是一开始，鹅在"咳嗽"，垂钓者"在寂寥里啁啾，身子泛出蝴蝶斑"，人语与物语、人形与物形之间，已经有了变数。"雨水也是假的"，几乎可以肯定的是，此后的"逝者""白虎""斧斤"也是虚构的，甚至整个"鹅塘"，在实有的描述中，也成了虚构出来的一个场。这个"蓄势的鹅塘"，它蓄积和展开的是人与物的穿移，是存在与虚无的交界。在思维与词语的调动下，事物的发作与压制、上升与坍塌、有界与无界、"眩晕"的寂静与"冷意"的介入之间，构成复调，构成无形的话语张力。所以才说，它是在"蓄势"。蓄势而发，却又被某种力量（如人的阴影）统摄，同时被挑拨（如一把斧斤）。其实在这一切的背面，是诗人的观念、语言在操作，是他的"内功"在起作用。

113

礼 物
鬼 石

教师节要到了
校长提前给老师们
开会打招呼
不能再收学生的礼物
尤其是用钱买的
更不能收取
教师们信誓旦旦
保证不给自己找麻烦
今天中午放学
刘老师看见王斌的妈妈
等在校门口
见面后两人先谈了
一会儿王斌的学习
随后王斌的妈妈
把一篮子苹果提了过来
说是自己老家的
刘老师明白其意
连忙推辞并试图走开
可王斌妈妈硬是
拦住又不肯放手
在相互僵持之中

篮子里的苹果滚落一地
在众人的围观中
王斌妈妈哭了
王斌哭了
刘老师也哭了

刘向东点评

很多好诗，比如我们耳熟能详的那些唐诗，大多是来自生活和生命现场的，因此《礼物》给我的第一印象，是它延续了现场灵机一动这一古老的诗歌血脉。又好在不光是延续，娓娓道来的口语，活灵活现的描述，让我很快回到当下语境。看到"在众人的围观中／王斌妈妈哭了／王斌哭了／刘老师也哭了"的时候，我没有哭，欲哭无泪，心里难受。

山水盈盈处

秋水黛儿

只能深刻，在肤浅里
只能清澈，在污泥里
只能醒着，在最深的睡眠里
或什么都不是

走向村庄
是叶走下枝头向大地划着优美的弧度

用诗歌寻找极端的语言
把生命再写一遍
孤绝，直到走投无路

荒草会铺开枯黄接受暮色，原谅不完美
没有人再热衷于进入史册，固守江山和城池

沿着小径，一万年前的那句诺言
还在草尖的露珠里辗转
朗诵一首诗，就加深一层寂静

有人让你患上失眠症和偏头疼
抚摸你的名字，你不再静止

护肤霜激活毛孔，气息漫上来，压碎骨头

一望无际的绿，爱的纯色
只用眼睛交流
潦草一生，不比草更脆弱
困在深深的凝望里，成一座孤岛

阳光拍打着石壁
风在崖上筑巢
霞送日落，缘如巫山一刻

山水盈盈处
玉佩玲珑，衣袂飘飘，御鸟而行

唐诗点评 山水不在高深，有人则有意境。诗不在高深，有我则有情。在诗人眼里，看山不是山，看水不是水，是想拨开时光的迷雾窥探栩栩如生于幕后的故人往事呢，或者，是想看见自己，自己的心情。

这样的山便带有经典的意味，风吹松涛，落叶遍地，让人怀疑冥冥之中是谁在打开卷轴拜读呢？山和水原本长在一起，我原本是山水的邻居。什么时候，看山不是山，看水不是水？什么时候，我有了看破红尘的眼睛？山水盈盈处，诗人就是这样诞生的：由看山看水，学会了看你、我、他，看自己也看同类。多少代文人，屐痕相接，持权驭风，投石问路，在大自然的露天课堂中前呼后拥，恢复了求贤若渴的隐士情怀和嬉笑怒骂的顽童本性，这是

117

在远方灯红酒绿的重重围城中被长期束缚的。仁者乐山，智者乐水，大自然无愧为一座没有围墙、公布于世的图书馆，随风漫卷的名山大川是陈列于岁月青玉案头的一部部无字天书，百读不厌。看山不是山，看了等于没看。看水不是水，没看也等于看了。我该先看山呢，还是先看水？都一样：山中有水，水中也有山。我看山不是山，看水不是水，因为头脑中充满对古典的想象："山水盈盈处／玉佩玲珑，衣袂飘飘，御鸟而行"。水是眼波横，山是眉峰聚——你说，像不像？究竟是我在看山水，还是山水在看我呢？看山不是山，山外还有山。看水不是水，倒影是真实还是虚幻？我该先转山呢，还是先转水？都一样：我只是在原地自转。"困在深深的凝望里，成一座孤岛"，可看着看着，就获得了解放。

我坐在海棠树下空寂四处袭来

秋窗无雨

风"哐当"把我关在门外
不忍叫醒刚睡着的母亲
返回厨房继续整理那儿堆积的凌乱
擦油烟机，撵走趁母亲开门迟缓
钻进来摩拳擦掌的苍蝇
院中小狗安静地卧在墙角
眼神迷离得像是幻觉到骨头
它常在凤仙草上嬉闹
母亲用对孩子似的语气阻止
抹布落下的水滴立刻被路过的阳光吞掉
海棠树顶一片粉色的春意孤独地伫立
母亲还未醒，她找回了病痛从黑夜掳走的睡眠
而我明天就要离开，袭来的空寂我如何才能带走？

耿占春点评　这首诗书写了一个异常安静的瞬间，诗中病痛的母亲暂时睡着了，但这安静中携带着的不再是生活之静美——确实存在着乡村之美：海棠树粉色的春意，安静的小狗，凤仙草……——这首诗同时书写着的却是生活"堆积的凌乱"，厨房里的苍

蝇和"抹布落下的水滴"，这个日常生活场景，正是携带着病痛的母亲每日生活劳作的场所。此刻整理着生活之凌乱的诗人只是一个替身。整首诗的叙述集中在母亲暂时睡着的一个片刻，就仿佛病痛也暂时离开了她。然而读者知道，将要离开的是"我"，因此坐在海棠树下也能够感受到一种无法躲避的"空寂四处袭来"。空寂就像母亲的病痛一样难以消除，诗中的"我"此刻体验着的是双重的"空寂"，是诗人感受着的，也是病痛而孤单的母亲的孤寂。此刻，空寂的时刻病痛尚未发出嘶喊。

这首诗情绪上显得压抑而敏感，或许正是因为敏感而倍感苦痛。诗歌无法减缓身体的病痛，它增加人的敏感性，而敏感性是人性的基础。但诗歌也能为人分摊一种"空寂"与苦痛。

我 们

珞 玥

我们从虚空中来，带着闪电般的疼痛
穿越风暴和黑暗，然后在爱恨交集的叹息中返回
这是我们的开端和结局，无限而短促
但并不是全部。正如：
展翅翩飞不是蝴蝶的全部
电闪雷鸣不是季节的全部
立于山上的我们，看着山下的人群
一批批起来、一批批倒下，也不是我们的全部
其间，还会有风吹过，有雨落下
还会有电光石火、潮起潮落
和一些破碎的欢乐和痛楚

我们，可能会被迫闭嘴，低头，交出骨头和光亮
可能会经历许多劳苦与安息、怀抱与分离、捆绑与反抗
可能还会经过一些小路、旷野、山川和海洋
直到遇见另一个我们，拿出深深埋藏的爱
照亮彼此
直到试着深入身体，穿越一些阴影，触摸到
灵魂，交换香气和光芒
直到再次让我们得以饱满多汁

像一株反复开花结果的植物
像一位起死回生的神

而此刻的我们，可以放下疲惫和沧桑
互相拥抱，彼此相爱
也可以走下山去，走到人群中去
甚至可以，一声叹息
返回虚空

洪烛点评

这首以《我们》命题的诗，可以看出诗人日渐滋长的雄心：不只满足于个人言说，还渴望为诗人群体代言，为其他社会群体代言，乃至为人类代言。这首诗从标题到内文，若把"我们"全置换成"我"，或许也能成立。但其中最关键的诗眼："互相拥抱，彼此相爱"，将因孤掌难鸣而不得不删去。如果没有"互相拥抱，彼此相爱"，每一个人都只是孤独甚至绝缘的个体。正因有了"互相拥抱，彼此相爱"，许多个"我"才能凝聚成"我们"，许多个"小我"才能借助"大我"的力量，得到理解、唤起共鸣。全球化时代的全人类，需要团结与包容，同舟共济。诗人群体何尝不是如此呢？这也是一个命运共同体。在经历了孤立主义导致的边缘化之后，开始抱团取暖，开始继承传统，所有过去的、现在的、未来的诗人，都属于"我们"。"我们"因海纳百川而强大。"我"因有"我们"作为背景而不可忽略。

用秒针移动的速度摸一块石头

莫雅平

眨眼之间一年就要逝去。
2016 年最后一刻值得做的，
也许只是抚摸一块石头。
来吧朋友，闭上睁累了的眼睛，
让我们在内心的光明中摸一块石头
用秒针移动的速度摸一块石头

你可能摸到一弯月亮，
会发现没有太阳也挺美好；
他可能摸到一只眼睛，
会明白视力有时得靠泪水来滋养；
而她摸到的可能是一张嘴巴，
会相信有时候沉默也是一种反抗。

对那个摸到一块伤疤的人，
我要说将来伤疤可能变成勋章；
对那个摸到一把锁的人，
我要说真能被锁住的根本不是门；
对那个摸到一叶扁舟的人，
我要说有人曾用一个陶罐渡过沧海。

摸着一块石头进入2017年。
往后照样会有人莫名其妙地死去，
正如照样会有人不可阻挡地出生，
有多少人在生与死之间荡秋千啊！
而我保证我会照样地活下去，
并且改天会约你们去看山川草木。

臧棣点评

这首诗的基调显得乐观。通常，人们会觉得带有乐观色彩的诗，很难抵达一种深刻的境界。但很有可能，这是一种人云亦云的文学偏见。乐观的诗，也是一种深刻的诗歌现象。《诗经》中的赞美诗，汉诗传统中的感怀诗（如张若虚的《春江花月夜》），惠特曼的《草叶集》，都展现了诗和乐观之间的一种深刻的关联。其实，也可以这样理解，诗的乐观，从文学想象力的角度去理解，它并不需要得到现实经验的验证，它本源于人的精神感受。而且，诗的乐观，更可能是诗的"天真之歌"的面具。换句话说，诗的天真，牵涉到诗对人类的生存面貌的一种发明。

在本诗中，诗人的角色介于陌生的友人和睿智的先知之间。这种角色的设定和诗的基调有关。对于本诗的主题，读者并不会感到生疏。时间的流逝常常在我们的生存体验中引发悲哀或消极的感受。尤其在年关将近，布新尚眉目模糊，而除旧却陷入一团乱麻。莫名的忧伤会更加强烈。如何劝导这样的生存景观？促膝交谈，循循善诱，纾解心结，是一种方法。但这种方法的有效性多半需要听者和劝导者达成某种信任。所以，它很少具有普遍性。但诗的劝导则可以超越这样的局限。诗的信任的建立源于诗人是否具有一种宽广的生命视野，这种视野不是局限于人生的消极，而是努力展望生命的快乐的机遇。所以，诗人说，年关将近，其实没什么好担忧的。与其担忧，不如采取积极的行动。就从最朴素的事情做起。比如，去搬动身边的一块石头。"石头"的象征意义，在本诗的情境中，也具有一种明亮的象征色彩。它是一块诗歌中的哲学的石头，具有丰富的多变性。这种多变性，正是诗人意欲呈现的诗歌意图。石头，既是真实的石头，同时它也是石头的表象。石头也是一种路径，触摸一块石头，就意味着对生存的方式本身的改变。联系到这首诗所涉及的时间主题，和生活有关的隐喻，也暗含在这块石头之中。诗人的意思，与其静止在原地徒然哀叹时光的流逝，不如采取积极的行动，从身边的事情开始，投身于对生活的多样性的更天真的探索。

125

唐吉老汉的工作

原 风

常常是，他牵着黎明的手
在这条城市的街道上，行走
扫帚在他的手里，旋起
阵阵的舞蹈，这城市的光鲜和艳丽
在天亮之前，就呈现在了人们的面前

常常是，春天里，雨水还没停歇
汗水却早已把他湿透，雾气在他的身上蒸腾
和着春季特有的花香，飘满整条街道
有时不慎感冒，一个不经意的喷嚏
也会把所有的人感动
包括那些偶尔从这里路过的人

特别常常让人难忘的
是在寒冷的冬天，下雪的时候
他会拧紧生命的链条，争分夺秒地
透支着自己的体能，以让雪水不至浸湿
路人的眼球，上班族的心情
而冰冻的时候，也许什么都会冻结
但唐吉老汉的心永远不会冻结
因为他是用自己全部的正能量和热度

在投入这份工作，他身上那种

蒸腾不息的热能，不仅感化了这冰冻的街道

也感动了这座城市，让所有的人都记住了

他唐吉这并不动听但却正能量满满的名字

杨志学点评

这首诗的作者叫原风，他在网页简介中把自己称为"民间诗作者"，可见作者的谦逊和低姿态，也和他诗歌描写中表现的朴实作风相一致。就这首诗的题材看，是司空见惯的，在中小学生作文中是经常拿来做好人好事的素材的。这样的素材一般不容易出新。但我们看诗人原风，硬是把俗常的东西写出了新意。他写得如此诗意盎然。想必是唐吉老汉的身影和动作感染了诗人。他设身处地地打量老汉的足迹，也触摸到了老汉的精神。唐吉老汉是在大地上写诗的人，而诗人的责任只不过是不带矫饰地把劳动者的美描画出来，如此而已。

美中不足的是，诗中最后一行和倒数第五行两次出现"正能量"的字眼，如果说最后一行的"正能量"是一种提炼，可以保留的话，那么，倒数第五行中的"正能量"还是去掉为好。

一车猪叫

夏 至

今日秋分。有人说

过了今日，就开始夜长梦多

管不了那么多。骑车经珠泉路上班

久雨初晴的阳光

恨不得将大地剥掉一层皮

满街的车流

搅起弥天黄尘。低头屏息奔走间

突然听到一阵猪叫

猪是不可能

独自上街的。直觉告诉我

一定是有一辆车子

载着它们到某个目的地去。我抬头四顾

果然发现一辆像从垃圾里刨出来的车子上

堆了满满一车猪

猪是不可能

有好座位的

一生逆来顺受的猪，除非痛苦得

受不了，否则不会

发出一声喊叫

现在猪们叫成一片，说明它们已经

痛苦万状。为了舒服一点

它们相互挤压、践踏
但没有谁会理会它们无法言说的痛苦
它们卑微的叫声
一发出来
就被车流的噪音淹没了
好在用不了多久
它们就可以解脱了
用不了多久
它们就可以从曾经肮脏
和憋屈的一生中，解脱出来了

刘向东点评 同类题材的诗文，有的已经相当经典了，诗有韦锦的《运牲口的卡车》，文有刘亮程的《城市牛哞》，但这并不妨碍诗人以自我的视角再次发现并发掘。这《一车猪叫》，叫得让人揪心，最终，以死作为最终的解脱，说的还仅仅是猪吗，那是生存状态之一种。

朗读者

夏　卿

坐在山水间，愿做大地的朗读者
你率先朗读了风声，它吹开万世
激荡大野
一万年过去依然是这样
农人耕田，兵士戍边，官在朝堂
万物都已归位
时代呼唤中流砥柱，只需赐给他阴影和磨难
白纸下暗藏金兰，典籍里有春雷和变革者的梦
江河携带泥沙，沉疴留在拐弯处

群山坐在自己的回忆中，被描摹、被吟诵
朗读者站到山的高度，眺望天际线
和近处的深渊
战战兢兢，走出深谷，豁然找到思想的开阔地
人生当醉心于此，山谷中花草遍地，蝴蝶翻飞
天空布满繁星与春水

朗读者把星宿赶入大海
倾听天上的激流与心中的波澜呼应
替青山代言，为苍生请命
朗读者在密林里阅读了斧子的寒光

触摸到粗粝、沉默的一群人

在晴空下奔跑或安静地死亡

斑驳的历史，读它的正面，也读它的反面

朗读者放弃语言，进入自然和时间的序列

是行走在大地上的自由之花

星空掉进更大的野心，于纷乱中扶起家国

荣光启点评　　当代汉语诗歌，流行写日常生活，在小场景、私人情怀中呈现出某种诗意，像《朗读者》这种风格的诗作倒是很少。《朗读者》的风格非常明显：在境界上非常阔大，作者的想象力寄寓在恢宏的历史背景、阔大的自然万物之上，诗作有久违的历史气息与人文情怀。"坐在山水间，愿做大地的朗读者/你率先朗读了风声，它吹开万世/激荡大野/一万年过去依然是这样/农人耕田，兵士戍边，官在朝堂……"作者的想象力气势非凡，所谓"大地的朗读者"，其实是对"大地"敬畏的观看与吟咏。不仅是朗读大地，也朗读大地深处的部分：历史。这样的朗读不仅宽阔，而且深入，这是当代诗歌中难得一见的对"大地"的"朗读"。

"万物都已归位/时代呼唤中流砥柱，只需赐给他阴影和磨难"与"白纸下暗藏金兰，典籍里有春雷和变革者的梦/江河携带泥沙，沉疴留在拐弯处"这两个语段，其实是对称的。当代汉语诗歌，常常流露的是那种绮靡或者虚无的人生观，而对历史与现实充满希望的书写，往往很少。在这里我们终于读到这种希望（或者说"正能量"）。"时代呼唤中流砥柱"和"典籍里有春雷和变革者的梦"，若在别的地方，你会觉得媚俗，但在此诗中，却安放着极为合适。

个中原因，乃是作者是真诗人，是真正为"大地"忧心的人；他的人文情怀、家国梦想，不是附庸风雅、趋炎附势，而真正是"替青山代言，为苍生请命"；他不仅在"山的高度"朗读群山、深渊与天际线，也"在密林里阅读了斧子的寒光/触摸到粗粝、沉默的一群人/在晴空下奔跑或安静地死亡"；他不仅朗读"斑驳的历史"的正面，也读它的反面。这是一位真正的"朗读者"，愿在"纷乱中扶起家国"的诗人。这样的诗歌，区别于当代汉语诗歌的某种常见的面貌。这样的诗人，显出与大多数人不一样的情怀。

路发白的时候，就可以回家

索木东

我们站在草地上唱歌
天色就慢慢暗了下来
再暗一点，路就会发白
老人们说——
路发白的时候
就可以回家了

多年以后，在城里
我所能看到的路
都是黑色的
我所能遇有的夜
都是透亮的
而鬓角，却这么
轻易就白了

唐诗点评 生活中处处充满诗意，只要您是一个生活的有心人，诗神会随时光顾您。古人说一切景语皆情语，我说，一切感悟皆诗歌。这首诗就是将小时候的人生经验巧妙转化为诗的例证。诗人从在草地上唱歌开始诗写，让我们感受到那时候人生的美好，我们一直唱到天色暗了下来，路在夜色的笼罩下开始慢慢变白，我们借着路发白时的光亮回家。这一节的诗情诗景充满了纯真，富有神秘的气息，仿佛我们也情不自禁地跟着歌唱了一回。诗人写此诗的目的不在此，他仅仅只是一个由头。诗人不慌不忙地写道："多年以后，在城里/我所能看到的路/都是黑色的/我所能遇有的夜/都是透亮的"，这几行诗在沉静中透出了力道，在朴实中蕴含了猜想，与第一节的诗意几乎完全相反，好像有某种东西就要破土而出。最后诗人运足了气，用力甩出了一句让您惊讶的诗行"而鬓角，却这么/轻易就白了"，这句诗行初读显得突兀，再读觉得自然，反复读觉得诗人在不露声色中将您的情绪彻底捕获了。这首诗用笔老到，语言纯净，情绪沉稳，耐人寻味。

你无法走进纯净的时间

晓 雾

你可以是任何一种形式

打掉灰尘 把名字放置一边

你可以把植物捆绑起来燃烧

坐在一块石头上思考

而你无法走进纯净的时间

你可以劫杀一滴水 在一粒沙子上奔跑

可以像黑夜兜起光来

还可以在一种声音里得到启示

把整个土地隐藏起来

可以在一朵云上变幻

而你无法走进纯净的时间

纯净的时间在一截朽死的木质体内

那是一种想

纯净的时间在星星的掩埋里

你在仰望的时候会感到撩目的疼

你会低下头来 怀疑起道路来

网友凤鸣宫山点评

瑰丽的想象、奇特的哲思，是这首诗最打动人心的地方。诗人在某一个纯净如真空的时间段突发灵感，浮想联翩，各种奇谲的意象在大脑中闪电般游走，如同潜意识，泉涌般泻出于笔端，完全用不着刻意捕捉，只需将这些思绪的碎片有序地排列起来，才发现很美、很哲理。其实世间很多事情在现实中是无法做到的，但在想象中却可以如愿。比如真正意义上有谁劫杀过一滴水，又有谁曾奔跑于一粒沙？这些看似荒唐的行为却在诗人的脑海中瞬间完成。但还是无法走进纯净的时间，可见纯净的时间只是一种理想状态，一种虚无境界。水至清则无鱼，真空里无法实现燃烧，无法完成呼吸，尘埃无处不在，完全纯净的世界谁走进去过？即便进去能存活吗？诗人告诉人们现实世界虽然太多不完美，但理想状态和真空世界本不存在，谁也无法超越，谁也无法做到纯洁无瑕，只有"低下头来"，踏踏实实回归现实，选择合理的道路。当然，"诗无达诂"，谁能绕开肉身，深入骨髓，抵达语词的灵魂，谁才是仁者、智者。诗也有不足，比如任由意识随意流淌，不加理性疏导，过度追求陌生化审美，个别语句的词不达意，都是其败笔，但瑕不掩瑜，其意境和哲理的光华依然照亮了人们的眼睛。

过若尔盖草原

流　沙

大，并不空洞。巨大的绿毯上，
绵羊、牦牛、马儿是真实的存在。
我们疾驰而过，总走不出眼前
深不见底的慢；我们失去的，
仿佛正是精灵们所需要的。
经幡飘动的身影，是神的遗留；
牧羊女矗立风中，有独立的色彩。
沼泽潜藏，风在吹过，她的头发
和牛羊的细毛同时竖立起来，
像风在说话，而她们在忘情地聆听。
水草丰茂，大河蹒跚，
有一种不舍的依恋……
——拐弯处，曾有红色的星星闪耀，
为即将断裂的朝代埋下火种。
记忆在脑海中燃烧，留下的历史，
如同雕像，斑驳，但仍旧挺拔。

风一直在说话，他们在匆匆赶路，
多少擦肩而过的事物在向北，
而我们穿过的，恍若苍穹下
唯一的大地。

冷霜点评 如何将旅程中纷至沓来的印象和感受拣选重构，在语言中凝塑为一个整体，是对旅行诗写作的考验，这首短诗文字简练而有章法，提供了一个有益的示范。其中既呈现了看风景的过程（即诗题中的"过"）：从远观（"巨大的绿毯"）到近景中的细节（"她的头发/和牛羊的细毛同时竖立起来"），也有对视觉经验的精彩概括（"我们疾驰而过，总走不出眼前/深不见底的慢"），有不拘泥的对偶（六七两行），也有变化中的重复（"风在说话"——"风一直在说话"）。抒情被有意地节制，以让位于形象自身的表现力，因而当它现身时，才显得"并不空洞"。

短 暂

高 岭

越容易引起激情的事物越是易朽。
像牲畜的粪便，从内部发酵。为戍边而伤心。
但消费不能从少女的蓝色指甲走向牙膏，
血液也不能从新的风尚回到律法。
毁坏时间的是
被切断的葱段、香肠、回忆。
当装饰之风涌向厨房、炊具、女性的内衣。
我们举起的手臂满怀绝情。
人们吞咽繁荣，约束，乡村的风景，
让速度削减体制和道路，
对着商场，影院，橱窗
对着反复，漆黑，晚间新闻覆盖的天气。
一切如此短暂，像消费学的真谛。
多云，积雨，高压……将要胜利的情绪，
而非胜利本身。
我将更快地尝试旅途，浑身风景，
像面临"光荣革命"的洛克。
我写下的句子越来越短，
印在少女的太阳裙上。
只有风把它吹起来，人们才能看到。

张定浩点评

瓦雷里曾经有言，"所谓新者，照定义，即事物会腐朽的部分"。这首诗谈论的，就是那种引发我们种种新鲜欲望的易朽之物。这本身是诗歌恒久的主题。但作者在激情、速度、旅途和短暂、消费等等之间，做了过于快速的等义切换，像某种依靠修辞完成的诡辩术。这首诗中快速出现的每一个名词，都浮在表面，成为一种简单的象征碎片。然而，易朽的恰恰可能是这些名词被寄寓的象征，而非名词本身。事实上，如果细究其中的每一个名词，可能都会打开另一个向度。

于是，作者在这里不自觉地进入了某种同义反复的循环论证，"我写下的句子越来越短"，可能也正是这种循环论证的困境的产物，他没有能通过一首诗的写作抵达未知，而只是反复表达了自己的已知，虽然这种表达本身，已经非常娴熟。

他坐在石头上

高　野

他坐在石头上。拐杖仍握在手里。

八月和尘土向他堆积。

他无动于衷。

仿佛沉浸在年轻时一次意外的欢愉。

他把剩余的时光全部留给往事和回忆。

那耀眼的金黄，是唯一的财富。而未来

是灰烬。曾经的痛苦比曾经的幸福

更使他感到无限荣耀。

老年斑啃着他的脸，像一枚树叶正在腐烂。

而远处喧闹的孩子是一群苍蝇。在舔舐

他的黄金。他试着清理一下嗓子。

一口痰堵住了体内的老虎。

他不知道那老虎跟他一样衰老。

同样的痰也堵在它喉咙里。

他们喑哑得如同他坐的那块石头。

无人来过，更多的是风。

西渡点评 这是一首富于画面感的诗，为人的暮年提供了一幅具有心理深度的肖像。"他坐在石头上。拐杖仍握在手里/八月和尘土向他堆积""老年斑啃着他的脸，像一枚树叶正在腐烂/而远处喧闹的孩子是一群苍蝇""他们喑哑得如同他坐的那块石头"，这些描述性的语句出现在诗的开始、中间和结尾，构成了这首诗的骨架和底色。但是，诗毕竟不同于画，如果单纯依赖描写，它永远无法与画争胜。诗人的工具是语言，这个工具是时间性的，所以它能够表现历时的过程。这是诗和空间性的绘画的第一个重要差异。也就是说，诗可以瞬息万里，诗歌空间的广度是绘画所无法比拟的。同时，语言还可以呈现心理的空间及其过程，也就是它还可以思接千载。可以说，这首诗的心理深度正是通过对老人的心理刻画来获得的。这种心理的刻画填充了前述描述语言之间的空白，构成了这首诗的主要部分。其实，即使前述描述性的语言，仍然具有心理和想象的因素，如比喻的运用，抽象和具象的并置（"八月和尘土向他堆积"）。显然，作者了解他的工具的特征和优长，而在运用中做到了扬长避短。

只有你还未爱过我

高世现

这雷声我养了有些年了

用胸口的猛虎喂它

为了留住闪电一般的身体
我从深喉掏出我的肉我的血
妹妹，别怕这惨白的虎啸
像磷火划过骨头的森林
这世上有很多你不知道的事
比如用长大的雷声爱你
它不负责经过你的村庄
却准备为你堕落，像最后的心跳

当沉默的根倒立像上帝的须
我也足够老，那时请你
低头看看燃烧的诗篇
每一个字，都是我的眼泪

我身体内部的雨注定要迟到
当你听到灵魂的回声
我早已不在，每一句都是悬崖

而这首诗拒绝读者，我只为你悬念

西渡点评

这是一首不同寻常的情诗。标题"只有你还未爱过我"透露出诗所表达的是一种遭到拒绝的感情。末一句"我只为你悬念"，让人想起海子"姐姐，今夜我不关心人类，我只想你"；"当沉默的根倒立像上帝的须/我也足够老，那时请你"一节，则让人想起叶芝的《当我老了》。那两首诗所表达的都是一种刻骨的单恋。说它不同寻常，首先是它的风格完全不类一般的情诗。情诗的风格通常倾向于温柔、委婉、优美，这首诗却写得崇高、壮丽、辽阔。这一风格让我们想起骆一禾的《辽阔胸怀》《壮烈风景》等系列杰作。其次，这首诗中的抒情主体的形象不是一个普通的坠入爱河的男子，而是一个近乎非人的英雄或半神，他有闪电一般的身体，用胸口的老虎喂养雷声，用长大的雷声来爱一个人间的女人，用惨白的虎啸来表白。最后，这首诗说话的对象非常特殊。表面上，和一般的情诗没什么不同，叙述者是在对"你"、对一个人间的"妹妹"说话，实际上却是对时间、对遥远的未来说话。诗的标题本身就是面向未来的。首节"这雷声我养了有些年了"即引入时间因素，第二节隐含了一个未来视角，末两节则完全转入未来视角。这也是叶芝那首名诗所采用的视角。这首诗吸收了多首中外名作的元素，这是它的优长，但恐怕也是它的缺点。我们能看出这种吸收，也说明这种吸收还没有完全达到圆融自如的境地。

钉 子

高玉磊

更多的钉子在墙上

就这样

像小时候

更多的钉子在十字架上

通常没有意义

钉子一个个被砸进去

总有弯曲的

这表达不了什么

对时光的深深畏惧

不只是那些弯曲的钉子

臧棣点评

《钉子》这首诗句法简单，用词也很普通，但它包含的诗意却很耐人寻味。它的魅力，它吸引人的地方，源于诗人独特的语感。从意象和隐喻的关联看，这首诗仿佛立意于视觉效果，在类型上，偏向艾略特所说的"视觉诗"。它的文本意图围绕"钉子"的象征语义展开。但从听觉效果上看，这首诗在语感方面又显露出一种犀利的直接性。它的节奏很鲜明，简短的语句加强了诗的速度的推进。整首诗的描述性的重心，不在勾勒"钉子"的形象，而在揭示我们和被用于工具的"钉子"之间的相似的生存情境。在阅读这首诗的过程中，我们会在意识深处隐隐感到，我们和这些"钉子"之间，具有相似的"命运"。那在"弯曲的钉子"上表现出的"弯曲"，既是钉子的本能，也是一面可感的镜像。而那隐藏着的世界之硬，在我们的"对时光的深深畏惧"中，很可能并没有什么"意义"。

深陷农业的词语

唐朝小雨

都是庄稼，玉米和小麦说着不同的话
油菜花属于爱打扮而且招摇的那种
红薯木讷，土豆老实，谷子谦逊

而喜欢往高处爬的黄瓜、丝瓜
它们生活得又是多么艰险陡峭
这些深陷农业的词语，我说不出谁更幸福

或者谁更沧桑，父亲的脸像一片荞麦地
破旧的身体里一块骨头挤着另一块骨头
只有我能从他的霜降里摸出泥土般厚实的美学

耿占春点评

或许这就是诗：为经验发明口吻，为事件发明语气，或者为事物发明修辞，并通过语调与修辞赋予事物以意义。这首诗《深陷农业的词语》很精妙，诗人为多种作物发明了"自然而然"几乎属于事物自身的比喻，玉米、小麦、油菜花、红薯、土豆、谷子、黄瓜和丝瓜，被赋予了不同的"性格"修辞，"身陷农业的词语"对各种庄稼的拟人化如此自然，以至于这些农作物不是同时也很像是从事着农业生活劳作的乡村里的人们。因此，当后面的诗句说出"父亲的脸像一片荞麦地"的时候，诗人几乎像是从土地、从季节里，从父亲的"霜降里摸出泥土般厚实的美学"。《深陷农业的词语》因为词语的深陷而美好，在漫长的诗歌史上，农业一直为诗学提供着"泥土般厚实的美学"，这首诗则是这一美学传统的当代发明。

像濂溪一样，我坦然地……

唐朝白云

躺下，坦然地
躺倒在群山的脚下
躺倒在城市和乡村生活的低处
像濂溪一样，放下张家山碗大的泉眼
放下山的高低、路的远近和岁月的冷暖

逆流而上，我坦然地躺下
躺成一块石头或一截木头
躺成一段陈年往事
像濂溪一样，放下白天的白与黑夜的黑
放下海鸥的召唤和蔚蓝的寂寥

当然，还可以顺流而下
我坦然地躺下，躺成一条悠深的巷子
或躺成一座日渐荒废的花园
像濂溪一样，放下左肩的风雨右肩的闪电
放下天干地支、子丑寅卯和金木水火土

像濂溪一样，我四脚朝天地躺下——
躺成先辈的墓碑，躺成下一个世纪的路标
像濂溪一样，我五体投地

放——下——

放下泰山的重，放下鸿毛的轻

杨志学点评　这首诗也许在诗人心里已经孕育了很久的时间，但观其成品却让人感觉到它是一首一气呵成之作，读来有一种畅快淋漓之感。作者从日日流淌的濉溪身上得到了灵感，也找到了生命的寄托。他像是长长地舒了一口气，因为调整好了生活心态，放下了一切不必要的负担。诗一开始，便是一种怡然放松之情的脱口而出，显得比较自然。这既是人之情绪的自然状态，也是诗歌语言的自然状态。从结构上看，第一节带有总写性质，第二、三节从"逆流而上"和"顺流而下"两方面着笔，带有分而述之的意味。而最后一节也并非简单地再合上，而像是在高潮中结束全篇——不是吗？又是"四脚朝天"的天真，又是"五体投地"的虔诚，虽然动作上略显夸张，却是诗人性情的进一步流露和展现。

钟声不可追

离　开

你看到的斑鸠
就落在郊外空阔的菜地里
它有着一身淡红褐色的羽毛
它来回走动
尔后飞向高处
疑是儿时见过的那只
它带走的鸟鸣不可追

听说油桐花又开了
开在了你的城
花香不可追
全都落在庭院
落在你书写的纸上

你在江南
你的面影在水里荡漾
你走得那么匆忙
行囊里装满整个冬天的
忧伤

你想去一趟南山寺了

那就轻轻推开竹门
经霜的果子挂在高枝上
钟声入了云端
钟声不可追吧

简明点评 语言在什么状态下，才可能从"不可追"，脱胎换骨地成为诗意？我们面临着一个图像刷新眼球的时代，人们对文字的阅读兴趣，正在被图像所取代，迅疾的刺激取代了传统审美的静观，及时行乐的快餐取代了传统的细品。但《钟声不可追》一点也不逊于图像吸引眼球的力度。足以称道的是，诗人别出心裁地使庸常事物焕然一新："它带走的鸟鸣不可追"，"听说油桐花又开了/开在了你的城/花香不可追"。灵性之美，使快意的阅读充满弹性。人心从容，并重新在文字里获得会心的对视。

地 图

殷 红

一片银杏树叶
被我夹在一本诗集里

这本诗集，每一行诗句
都有故乡的泥土味
有鸟的鸣叫，草的颜色
还有炊烟的白，河水的清
以及一个女人暖暖的蓝

翻开诗集，从银杏叶的脉络
我看见回家的小路
看见一缕阳光
缓缓地移动，从东边的山岭
移向西边的稻子

而面南的家，没有关上大门
静静地蹲在地图深处

唐诗点评 当前诗坛有一大批写作故乡的诗作，如何在这类诗作中脱颖而出，是诗人面临的难题。高明的诗人往往会出其不意。这首诗作的情感在诗集、家与地图这三个大的场景之中跳跃，选取了银杏树叶、鸟鸣、草、炊烟、河水、小路、阳光、山岭、稻子、大门等一系列事物将诗人的情感给以了丰富的呈现，尤其是诗人特意写到的"一个女人暖暖的蓝"、家敞开大门，"静静地蹲在地图深处"，让这首抒写故乡的诗作，可感可触，隽永迷人。诗作没有陈词滥调，没有故作深情，更没有炫耀任何技巧。但我们透过表面平静的文字，能够隐隐触摸到诗人内心汹涌着的对故乡浓浓的情感，这种情感随着作者所选取的一个又一个客观意象的出现，一次又一次地撞击我们的心扉。

月 光

钱利娜

把我当成一片叶子，像前世的一条道路

在你心中卷起

把你的嘴唇放在上面

就能吹出一个曲子

叶片的每一次颤抖

就长出一个音符，每一个音符

都是她为自身弯曲的囚徒

音符长出绿色的房屋、桌椅和床榻

你称之为家园。也长出退缩的云

拧出暴风雨

在雷电撕裂伤口之前，沐浴我们的月光

像一个静悄悄的房间

仿佛重拾的天堂

还没来得及破碎

田园点评 对于《月光》这一古老的命题，想写出新意或通过表现衍生出新的命名是一种挑战。显然，诗人在这首《月光》中成功地挑战了这一命题。在这首诗中，诗人从头至尾的叙述一直是在假定的比喻中展开的，比喻的准确和到位验证了假定的成立，同时也加大了读者对这首诗的可信度。如果每首诗都拥有一个无懈可击的结构的话，《月光》完全是构建在想象力之上的建筑物，外观虽不是宏伟庞大和高耸的那种，但遣词造句极其用心和讲究，其结构并没由于想象而显得虚无缥缈、不可捉摸，而是在虚构中呈现出一种让人信服的真实性，从而不会使读者坠入不知所云的五里雾之中。横亘在你与我之间的情感是一种美丽的距离，这种距离通过诗人的叙述在缩短，在游刃有余的语言表述里想象被灵魂化，或曰具体化了。因此，可以说这是一首容易引起共鸣的诗。

再次写到西江及其他

徐金丽

我已习惯在早晨将窗口推开
看西江是否还在绕过一方端砚之后
艺术地穿过羚羊峡口，迷失于宣纸之上
江面上起伏沉浮的帆影
能否再次逃过劫难回到岸边
找到固定的居所。昨夜的渔火
栖息在风中的桅杆
等待下一个追赶大海的黑夜

这一刻，我在等江风漫过北岸
提起城市的精神
清空昨夜虚幻的梦境，从下一刻起
我开始对着窗口盘算一天的生计
在江边把一天的事情干完
——送小孩上学、跑菜市场
看股市、上班、供房子、听收破烂的吆喝
听大排档上的酒后胡话
说出城市生活的真相

我也看见西江的波浪
抄袭了长江的手法，让后浪推着前浪

推出浪花上愤世的诗人
只是总也找不到一种语境
适合城市的写作，只能让窗外的西江
把过去的水重新流过一遍
然后看江面泛滥昨天的渔歌

在我到来之前西江是别人的
之后就穿过历史来到我的现在
一直出没在我的身边
浇灌江岸上疯长的生活
只是在西江上游
散落在黄昏下的古屋已成故居
像这江水淤积的结石
藏在体内，无法排解
总在梦里让我疼痛

耿占春点评

相对而言，的确很难找到"一种语境"，找到一种"适合城市的写作"，我们生活的城市太庞杂，太具体繁琐又太过抽象，因此这首诗选择了"早晨"和"窗口"，选择了推开窗口的瞬间，让重新看见与重新想象得以发生，再次确认一条江与一座城市的存在。"这一刻，我在等江风漫过北岸/提起城市的精神……"，他想到，"从下一刻起/我开始对着窗口盘算一天的生计/在江边把一天的事情干完……"，小孩上学、上班、逛菜市、看股市，听"收破烂的吆喝"和"大排档上的酒后胡话"说出城市生活的真相。即使如此貌似无意义的生活重复也像西江一样重复长江的"后浪推着前浪"，在这一片刻，重复静止了："在西江上游/散落在黄昏下的古屋已成故居"，流动的生活意象中突显出"淤积的结石/藏在体内，无法排解/总在梦里让我疼痛"。这首诗在重复与静止之间、流动与固化之间，也就是在生活与死亡之间描写着他生活的城市，在短暂的所有权中思考着生命的意义。

车过南华寺

桑　根

在南华寺之前
先读的《曹溪水》
读《曹溪水》之前
先知道的曹溪
知道曹溪
是在三十年前看过的道济师父的诗词里
"唱小词，声声般若；饮美酒，碗碗曹溪。"
这之后
知有六祖
知不生不灭
车过南华寺
端坐　平躺或侧卧
都只能远眺半山上的一角屋檐
视线内还是曹溪更近
虽失却澄明清亮
九曲十八弯之后
仍潺潺有声

杨庆祥点评

这一首诗，以南华寺起兴，表面上写寺庙，而实际上心中无寺，心中有什么？有六祖，有不生不灭。虽然是一首小诗，却有一番大的境界。诗歌中有视觉，有听觉，有触觉，诗人不在诗中，又处处不在。"空山不见人，但闻人语声。"所谓"不见风动，不见幡动，仁者心动"。一切消失不见，最后留下的，是佛的见性自明。

我还是旧的

梦天岚

小区里的香樟树正忙着换上新叶，
多好，还有那些刚刚抽出来的枝条，嫩得……
我跟在一场细雨的后面。
水泥板架设的小径发出"空洞"的回应。

三月快要过去，我还是旧的。
也是，天灰蒙蒙，连阳光都不看我，
我低着头，行色匆匆，
从一片阴影走进另一片阴影。

"属于你的春天再也不会回来。"
当我这样告诉自己，其实是在替年龄说出。
这也没什么，即使不说你大致也会知道，
一个怪人，似乎乐意待在自己的旧里翻东西。

没错，我要回到那些伤痛和绝望之前，
找到一台老式录音机和一盒卡带，
那里除少许杂音，只有一个婴儿醒来的哭声。

汪剑钊点评 在一味逐新的时代，守持一份清醒的"守旧"尽管在表面上不合时宜，却是有益和必要的。诗的开篇叙写自然界的更新与嬗变，以香樟树的新叶绽放暗示出季节的转换。作者写到了枝条的伸展，还写到了它们的"嫩"，至于"嫩"到什么程度，作者没有说，他把答案留给了读者的想象。这是一种成熟的写法，诗贵含蓄，半遮面的琵琶诱人更甚。接下来，"水泥板"一词的出现，与"香樟树"构成了某种对照，在自然和人工之间画出了明确的"界线"，并以"空洞"一词表明了作者的立场和倾向。第二节"我还是旧的"是点题，更是为后面的言与行做好铺垫。"从一片阴影走进另一片阴影"则渲染了适度的伤感，自然过渡到"属于你的春天再也不会回来"，印证着时间的吞噬力。诚然，回忆的目的绝不限于记忆，这对于一名诗人而言更是如此，他致力于在诗歌艺术的"复兴"中翻旧出新，剔除有害的杂音，而在一个婴儿的哭声中重现纯洁和创造。

我们所要到达的

黄劲松

我有来路　与每个人一样
在暗与昼的草地里
找到自己的羊群　还有天空　河流
我射杀的狼　曾经快于我的奔袭

我想回到确定的幽暗中　成为
众人的光芒　如河流的堤岸
可以延伸到大海　那么
我们是紧紧拥抱的水珠
接受了分开的命运
而确定的照耀来自于一切流淌

我能发现每个身体里的盐
不说也知道　我们经历了同样的雨
和雨中的奔跑　我们的羊
能否经受这样的苦水　在黄昏的
晴阳里抵达我们的宽恕

网友管俊文点评 北岛说每一首现代诗都有语言密码，只有破译密码才能进入诗。这诗也不例外。要破译唯一可靠方法只有文本细读。"我有来路 与每个人一样"。开篇气度不凡，有一种神俯视众生的大视角大襟怀。"在暗与昼的草地里"，《圣经》里神称光为昼，称暗为夜。作者借其说法，已暗示《圣经》对本诗的核心意义。"找到自己的羊群"，羊这个概念在《圣经》多次出现，多指上帝的信徒，与狼相对，找羊群就是发现自身的神性。"我想回到确定的幽暗中"，一种自我牺牲的圣徒精神，"成为/众人的光芒"是"回到"的目的，是耶稣救世的情怀，牺牲自我，"肩起黑暗的闸门"。"如河流的堤岸/可以延伸到大海"，呼应标题这是"我们所要到达的"。大海，象征目的地，既是人生的目标，理想，归宿，（又是）天国，理想主义……一切意识形态预设的标的。"我们是紧紧拥抱的水珠/接受了分开的命运"，从水滴结合到分开，预示去往圣殿的漫途，每个人都是独行者，只有依靠信仰支撑，但"确定的照耀"正是来自每一滴流淌的水珠。"我能发现每个身体里的盐"，盐在《圣经》里被比作好人、信徒，"雨/和雨中的奔跑"代表命运的磨难，而"我们的羊/能否经受这样的苦水"，我们的善良意志能否经受考验，决定着能否"抵达我们的宽恕"。这里作者把上帝换成我们，使全文无一处出现"上帝"，或暗示"上帝已死"，揭露人自我异化的神圣形象。全诗颇具《圣经》语言的特色：气象大，凝练，语气确信，有意模仿耶稣的口吻，概无疑。

墓志铭

萧振中

这颗牙齿脱落了
它咬过食物
咬过笔杆
咬过爱人的嘴唇
也咬过敌人的手
更咬过黑暗中的镣铐
如今它脱落了
向这尘世
交还它曾死死咬住的
风雨和阳光

王士强点评

以"牙齿"喻人的生命，牙齿所咬住的东西即是充斥生活的林林总总：食物、笔杆、爱人的嘴唇、敌人的手、黑暗中的镣铐……它们是欲望，是意志，是爱恨情仇，是红尘滚滚。然而，这一切都会消失，成为过眼云烟，相反，自然界的"风雨和阳光"依然故我、恒久不变，"人面不知何处去，桃花依旧笑春风"。而这"风雨和阳光"则是曾被"死死咬住"，意欲与之抗衡、死磕的对象。诗里面包含了不可避免的人生悲剧，包含了关于人生、欲望、价值的反思，也包含了永恒的忧伤与诗性。

167

清代吴家豪宅

梧桐雨梦

清朝遗留的豪宅出奇安静　有时唇齿相依

有时各自守成　没有人怀疑真实的历史
更没有人图谋不轨　侵吞　颠覆　或者不恭不敬

有人不远千里　而我只需一小时四十分钟
路险　宅安　容易让人排除杂念
走进窑洞　摸摸下院错落有致的青石板
看看石头的天下　方言　古建筑学　不一样的
大清味道

上院是我喜欢的　老北京四合院的格局
以砖木结构为主　没有缝隙　不生悲喜
有时　是肉体的安静　让精神生出
入世者的光

我不想猜测豪宅的主人什么模样　我只关心场景
我不会追问他们　他们没有呼吸和温度　许多华贵都是
世袭的
我不追问　他们占山为王时　我还不在尘世
我找不到合适的词语与他们对话

我不追问他们 包括四季更迭和他们

无法复原的一生

简明点评 艾略特说："就感知而言，广泛深入的阅读并非仅仅意味着更加广阔的天地。在一个真正具有欣赏能力的心灵中，感觉并非是随意堆积起来的，而是自身形成的一个结构。"梧桐雨梦诗歌的意象结构，正如艾略特所言，指涉方向非常广阔，但逻辑缜密，令人思路大开而不迷茫。诗人内心的色彩是常人难以识别的。神秘，并且"有时唇齿相依 有时各自守成"，这是梧桐雨梦诗歌的意象提示。内心丰富饱满的自由度，使梧桐雨梦的诗歌，成为繁花盛开或衰败的世界，它既有私人空间，也有公共空间。那里不单单有她一个人，她把整个世界都拽了进来。梧桐雨梦的诗歌好读，它属于娓娓道来的布道；梧桐雨梦的诗歌好解，它属于娓娓道来的心禅；我用我手写我眼，我用我眼写我心，基本上不埋伏隐喻的闷雷，也不炫耀技巧里魅惑的手段——这是一个诗人成熟的标志，也决定了她写作的高度。梧桐雨梦从来不去刻意寻找，也从不把忧患的身心当废墟；她准确把握生活，从中分辨阅读者所需要的果实与花朵。比如这首《清代吴家豪宅》，在她笔下，是造访与静候，是创生与复活，是一个优秀诗人不着痕迹的才情："上院是我喜欢的 老北京四合院的格局／以砖木结构为主 没有缝隙 不生悲喜／有时 是肉体的安静 让精神生出／入世者的光"。"没有缝隙 不生悲喜"，让精神生出入世者的光。

169

雪花的六根肋骨

雪 馨

第一根

绣上初识。用小小的绣花针
绣出嘉陵江
我们相遇的距离，刚刚好
落下夕阳

在肋骨的时光铜镜里
击节而歌
留下些声声慢

某一天，我们隔岸了
记得把她挂在你的窗檐
你想我一次
她，也会响一次

第二根

取下第二根肋骨
为迟到的一生，碎成三百六十五片

一半引渡
一半续缘

奔赴的路上
以水的柔弱融入，以袖口半掩面等待
等眼里的影子，变成了
温暖的名字

不必拐弯
淌出来，让四季的美
都染上
芦花的白

第三根

北风正紧
围炉的三两只纸蝴蝶，已经醉了
我不能自私地
独自醒着

靠近，再靠近
保持初放时的安详
借炉火之手，摘除第三根肋骨的锋芒
彻底醉过去

这夜露
这黑暗
这雾霾

是最昂贵的赌注，你来
我便是赢家

第四根

不想欺骗自己
以第四根肋骨为笔
在绯红的枫叶上写满春天的故事
如果大地解冻，请替我绾发

真实已迷上了阳光
陪我坐坐吧
让所有的伤口言归于好
让梨花开出月光的白

让风吹过来，即使长发不再
你依然可以看到
雪花
正潇潇洒洒

第五根

你说你正执梅穿过雨水
而我正单衣试酒
苍山负雪的北方如此辽阔
足够种下，你漂泊多年的心事

　　　被风折叠过的人生

我们注定都只是过客，无法预言
哪一个最先离席
趁来路还在

我愿用第五根肋骨的白
换你手中的一段香，落地
成为你
迎娶的新娘

第六根

隔岸的风云都是诗歌的毒
我们素面
从桥上走过，入骨三分
绝望的笔再次开花

此刻的花朵
有些桂花的味道，我们用手语
叩动门环
红烛已潸然

来吧，拿走最后一根
飞花轻似梦
折断所有的翅膀，只为与你一起
给大地鞠个躬

洪烛点评 　早就听说雪花大都是六角形的，可雪馨还额外看见了"雪花的六根肋骨"。这就是诗人的慧眼，这就是诗人的童心。这就是慧眼与童心结合产生的创意。有创意才可能有创造。有诗眼的好诗，一下子就令人刮目相看。由物理升华为心理，由形而下递进到形而上，好诗，更贵在有诗魂："这夜露／这黑暗／这雾霾／是最昂贵的赌注，你来／我便是赢家……"这样的好句子，情理交融，想让人不说好或想让人说不好，都难。诗恐怕是所有文学形式中最短小的品种。读诗是要去领悟那种微妙。而写诗更难得：是要去创造一种微妙。造山易，造微妙难。好诗拿在显微镜下看（一个比喻），才明白它五脏俱全、手舞足蹈。就像用放大镜观察一瓣柔软的雪花，才发现它棱角分明。雪馨借物抒情，雪花的每一根肋骨，都像犄角一样触及读者心里最柔软的部分，有点儿疼，又有点儿痒。"来吧，拿走最后一根／飞花轻似梦／折断所有的翅膀，只为与你一起／给大地鞠个躬……"诗歌需朴素之心，像雪花一样干净，才能像雪花一样生动。每一位诗人每写一首新诗时，都处于同一条起跑线上，都在空白中造物。无中能生有，生万有。同时，也要从有字的诗里读出无字的情，莫名的美乃至难以言喻的微妙。

不愿凋谢的泪花

晚　枫

这阵风，好像是拄着拐杖

从故乡走来的

呼哧，呼哧，累得一个劲儿喘息

这声音，我好熟悉

如一首深沉的歌

周而复始

吟叹阿娘含辛茹苦的人生

今年夏天，她去了另一个世界

从此，只能以风的模样

把远方的儿子探望

霜，降落在京杭大运河两旁

十月的苏北，逼人的冷越来越近

从夏到秋，季节在阴阳两界转换

不愿凋谢的泪花里，鲜活着阿娘的身影

仰望母爱，我的诗既苍白又无奈

文字或许根本就不能为离愁止痛

跟着秋天走我在悄然变老

而萦绕生命的记忆，却越来越年轻

小背篓，吊脚楼

还有那条会唱歌的沅江

这一切都跟着笑眯眯的阿娘

迎面向我走来

一种温馨暖暖地沁入游子心脾

如果这是一个梦，我宁愿长睡不醒

抱一缕思念在异乡的秋草上摇曳

乡愁如菊，越寒冷开得越艳

用不着导航，我认得回家的路

阿娘躺的那座山

就是儿寻亲的回归线

故乡，是一块疗伤的补丁

唯有她，能捂住

游子灵魂深处的痛楚

曹宇翔点评

故乡，母亲……万古长新的主题，挥之不去的痛楚和眷念。曾有多少光芒万丈的天才深情吟哦，倾诉不已。这首诗的作者，写丧母之痛。就连一阵风，也幻化成母亲从故乡走来的身影。我把此诗略显的散，理解为，儿子在心里对母亲东一句西一句的念叨。谁的母亲含辛茹苦？谁的母亲已不在人世？读完这首诗，再听听马思聪的《思乡曲》、德沃夏克的《自新大陆》第二乐章，谁会流下无限哀伤、百感交集的泪？

幸 福

淡 水

风轻轻一吹
树梢上一枚熟透的枣子落下来
叭的一声掉在地上裂开甜润的肉
我看见的是
幸福突然落在几只蚂蚁身边
它们围着甜枣忙活起来
两只麻雀在树枝间蹦来蹦去找虫子
它们大概是去年相识的那两只
此刻就站在两根树丫上彼此相望
风让树枝荡来荡去
幸福就在它们之间荡来荡去

王士强点评

　　幸福是什么？这似乎越来越成为一个问题。现代社会的物质越来越丰富、充裕，但人们的精神却愈加紧张、压抑、焦虑，"幸福感"不升反降。这首诗提示我们，幸福或许很简单，不过是一颗甜枣落到蚂蚁身边，不过是"两只麻雀在树枝间蹦来蹦去找虫子"，幸福并不在于"多"而在于"少"，并不在"远方"而就在眼前、身边，保持本心、保持内心的安静与平和、抵制过多欲望的诱惑才更为重要。"弱水三千，独取一瓢饮""不爱那么多，只爱一点点"，幸福或许也有着相似、共通的密码，这首诗对之进行了形象、生动的诠释。

上了年纪的老父亲

梁书正

现在，他终于和身体里的豹子达成和解了
他坐在阳光中，面色安详，也不点烟了，不训斥了
他平和，没事喜欢抓一把米喂鸡
然后咕咕咕地和它们亲近
他抚摸它们羽毛的手是慈祥的
他叫唤的声音是温柔的
院落多么安静，阳光多么柔和
他和一只鸡蹲在一起，目光怜悯、低垂
仿佛他就是这世间万物的老父亲

王士强点评

"上了年纪的老父亲"写老年的生命状态、写时间的力量，平静、自然而动人心魄。父亲老了，时间改变了他，这时的他"终于和身体里的豹子达成和解"，"豹子"是强横、进击、有力量但同时也有危险性的，它是父亲年轻时的形象，也是诗中所写父亲的"前史"。而此时的父亲变得安详、平和了，他不再是一只"豹子"，而是与更为弱小的、没有攻击性的事物——"鸡"——相亲近，抓米喂它们、抚摸它们的羽毛、呼唤它们，其乐融融。通过这样的书写，一种宽

阔、从容、智慧的生命状态呈现出来。年轻有年轻的美，而老年有老年的美，这里面重要的同样在于如罗丹所说发现美的眼睛，本诗通过对生活细节、侧面的捕捉与再现而凝聚了丰富、深沉、普遍性的人生经验。整首诗干净利落、不枝不蔓，同时又含蓄蕴藉、意味深长。

蝴蝶之美

清水秋荷

看到蝴蝶，我就想叫它梁兄。那阵子
我以蝴蝶为蜜，以一双翅膀的活
奔赴坟茔
把花色当轨迹来爱自己
——这个世故容不得的好看之物。终其一生
也没能酿出甜品
它就要抖落花粉附着的人情了
听过惊雷，听过呻吟。但它
从不对万物发声。站立，只站在花草需要的位置
奔跑的，撒谎的，喜悲的，都挤压在双翅之下时
善念就飞了起来
作为埋葬：
或是嗅几下人间的花蕊
或是偷了几口上帝的蜜。而它对变化的抗拒是：
不动，用双翅夹住
整个世界的大风

罗振亚点评 　新诗具有一种不可完全解读性，如果能够完全诠释到位的，那只能是散文，而绝非诗，但优秀的新诗总会给读者的阅读留下一缕情感或思想的线索。《蝴蝶之美》中的蝶之"独白"，仿佛让人窥见了一场坎坷的青春心理戏剧、一段失败的情感历程，"她"虽然与世故势不两立，从未"酿出甜品"，但毕竟在年轻的春天爱过、恋过，经历过"惊雷"与"呻吟"的历练，所以即便遭遇再复杂、再残酷的"风"，仍能保持"善念"，以"不动"的沉稳姿态从容应对。诗人在这里是借助已与自身泾渭难辨的蝴蝶意象，间接寄托顽韧向上的生命哲学，兼具写实与象征功能的蝴蝶符号，和"坟茔""大风"等意象遇合构组的空间，自然赋予了文本诸多言外之旨，使诗拥有了含蓄空灵的艺术美感。只是个别语汇用得太"硬"，在一定程度上减损了诗的自然之气。

秋日的起因

康苏埃拉

是的，在这个缓慢的秋日
又将响起预言般迟来的雷声
又是我，因最后一个睡去
而竟目睹了光的起因，是的
在白昼眼里，我又一次看见
老虎——竟以情人的温度站起
没有对我言语。而更多老虎，
已由一丛死水仙的暗影背面步出！
它们也与我一样，活着，疲于口渴
但我们都曾于某种战栗深处
甘甜地爱过：雨季时分，
一丛死水仙的暗影……
是的，我至今仍能摸到那些
纯金色的碎瓷，缓慢割在我骨头里
是有生之年的下一个秋日
是的，是的，是的。

茱萸点评

读到这首诗的瞬间，我联想到的是里尔克的《秋日》和布莱克的《老虎》，它们的声音混合交缠在一起，回荡在耳边。但康苏埃拉的《秋日的起因》，就诗所呈现出的声音的类型来说，显然和里尔克及布莱克都不一样：它更犹疑，内敛，缺乏决断力，呢喃自语。不需要过于追究诗中意象的具体象征，也不必为在这里面读不到什么"本土经验"而愤愤不平。将康苏埃拉的诗视为那种面目可疑的翻译诗或者摹仿练习无疑是不公平的，因为无论是在精神谱系还是生活经历方面，她都确乎得益于异域经验的浸染。倘若狄金森或普拉斯不足以被视为她的精神教母，那么至少索德格朗能。这些人的声音始终回荡在她的文本内。她能在颠倒梦想与歇斯底里中寻得某种调和，进而对语言做出必要的约束。这种对分寸感的拿捏，如果不是出自素有的练习，那么或许只能归结为神秘天赋的作用。

介绍书

笨　水

我的心中有河流，惊涛拍岸，只卷起几朵泪花

我的体内有群山，对着镜子，能看见遥远的雪峰

我生在湖南，九月，水稻怀着金子般的心

径去西北，为新疆带去一场雨，天山上，雪又加厚一层

每天我遥望天山，山上的雪跟落在窗台上的雪没什么
两样，我仍遥望

每天我仰望天空，天空除云来云去什么也没有，我仍
仰望

每天我注视黑夜，黑夜除了黑什么也看不见，我仍注视

踩着梦，我还能去天上散步，云中取道，揽月入怀

低下头，我还能看种子发芽，小草开花

静下心，能听见虫吃树叶，好几口，咬在心上

转身，我还能坐在时光深处，铺纸，蘸笔，小楷，为
亲友写信

怕送信人等久了，末行，总是写得潦草

想写草书时，就把纸挂在墙上，像喝了酒，落墨如
雨，打芭蕉

写的是月下独酌，总感觉是在墙头，题反诗

想起宋江，想起小时候，削木为剑，折铁为枪

凌晨，系绑腿，扎腰带，一个空翻，就将一座小丘翻
成了梁山

想逃课时，就跳进水渠里，水一样流走

现在，我走路，走着走着就转起来，呼应天上的月亮

走着走着就跑起来，遇到悬崖，来不及停下

坐在小餐馆的角落里，总喜欢要点酒

看着酒杯，一会儿是瓠瓜星，一会儿是织女星，想想

喝酒也没什么意思，喝酒只是为了让自己，多红一次脸

酒中说了很多真话，醉后写了很多的诗

我的句子像细鱼线一样坚韧，像棉线可以穿过母亲的

针眼

像粗草绳一样，能捆紧一副棺材

想起一些流逝的事物，雨就应心落下

下雨天，我喜欢去酿酒

我酿的酒，水一样淡，喝多少，也不会醉

可以将进酒，可以杯莫停

可以，窗外雨敲石头

人世再多苍凉，我只忍痛不语

臧棣点评

像《介绍书》这样的诗，其独特性是建立在诗人对事物的包罗万象式的呈现之上。但如果单纯从文学表达上着眼，惠特曼或聂鲁达，都已经在诗的技艺和诗的类型方面做得非常出色。比如，在诗和物象的视觉性方面，惠特曼通过罗列事物，通过在罗列事物的过程中微妙地调整诗人的抒情态度，来扩展诗的情感视野，并增进诗的包容性，在诗的空间中建构新的生命姿态。聂鲁达在《诗歌总集》里采用的手法，基本上承袭了惠特曼的做法。那么，这样的诗，在惠特曼

或聂鲁达之后，还有存在的必要吗？说实话，在读《介绍书》之前，我是有疑惑的。但读过《介绍书》之后，我觉得，这样的诗，即使是在惠特曼之后，即使是在经历了聂鲁达的典范式的塑型之后，它依然有自己的书写可能性。这种可能性表现在，通过在诗歌类型上对原属于传记诗的经验材料的处理，将这种处理的结果，放置在传统意义上的感怀诗的类型中重新发酵，从而在生命的境界和人生的思索方面，完成一种切实的自我教育。甚至，更深层的，通过诗性的自我教育，治愈我们在沉重的现实中经历的种种困厄。本诗中，诗人对地域物象和地理迁徙的交代，是我们在阅读这首诗中绝不能忽略的。出生在湖南，寓居新疆，这样的地域跨度，它折射的现实经验，绝不仅限于诗人的个人履历，而且也指向当代生存的背景更为深远的共同命运。这些交代，为诗的眼界奠定了一种真实的经验基础。诗人的情感进展，基本上是通过不断在诗的眼界中吸纳自然存在的物象的崇高意义，来确立生命和世界的心灵关系的。这样的情感线索，使得诗人在诗的结尾展现的那种隐忍的生命形象，变得既非常个人化，又超越了个人的局限。

在故乡的草地上

彩 虹

每一次俯身躺下，就等于向逝去的亲人问安
这时候，总有草木的清香乘虚而入
五脏六腑，弥补我今生所欠

这时候，花朵高于我，芬芳高于我
仿佛云端垂下的神谕。那漫漫草甸
如汹涌的波涛，泊我于尘世之上

这时候，风一遍遍裹紧我，又抛开
是刨根问底的婆婆。而天亦如心的倒影
辽阔，干净，适合盛放诗和远方

而那些鸟儿，像上帝撒下的一把种子
落到哪，哪里就活了。有时
它们停在我的身边，有时，停在父母的坟头

西渡点评　故乡是我们生长的地方，但更重要的，它是我们的先辈安息的地方。所以俯身于故乡的草地，也就是去亲近逝去的亲人。而对敏感的诗人而言，草木也是先辈安息的地方——土地安息了先辈的肉身，草木则安息了先辈的魂灵。在故乡，我们的祖先依然在草木的清香中呼吸，依着鸟儿的翅膀飞行；花朵和芬芳是一种神谕，可以供我们在扰攘的尘世获得心灵的安宁；鸟儿的翅膀则在我们和父母的坟头之间穿梭，维系着我们和逝去的亲人之间的联系。这就是故乡、土地、土地之上的草木对于我们的意义。这首诗把人、土地、自然的关系表现得美好而动人。美中不足，第三节"刨根问底的婆婆"和"诗和远方"都太现成了，减弱了诗的力量。这两处可以说是用功不够，而用功不够，则是意识不到所造成的。可见，作者的技艺和意识都还需要进一步磨炼。

189

山中一夜

蒋 浩

风在狭长过道里徘徊，
像水桶碰触着井壁。
她说她来取我从海边带来的礼物：
装在拉杆箱里的一截波浪，
像焗过的假发。
她要把它戴上山顶，植进山脊，种满山坡。
窗外一片漆黑，也有风
一遍遍数落着长不高的灌木。
偶尔落下的山石，
像水桶里溅出的水滴，
又被注射进乱石丛生的谷底。
那里的昆虫舔着逼仄的星空，
怎样的风才能把浅斟低吟变成巍峨的道德律？
山更巍峨了，仿佛比白天多出一座，
相隔得如此之近，
窗像削壁上用额头碰出的一个个脚印。
墙上的裂纹，是波浪走过的路，
罅隙里长出了野藜藜。

臧棣点评 这首诗的取材并不复杂，诗的题目也已交代得很清楚，它和诗人现实的人生经历有关。现实中，肯定有这么一座山。夜宿的经历，也肯定真实发生过。有意思的是，诗人并没有特别告诉我们，这段经历究竟是在哪个具体的地方发生的。这种刻意的回避，当然是和诗的意图的设定有关。诗人并不想让我们在地点上浪费太多的精力，也抑或是担心我们会分神于具体的地理方位。所以，他几乎是故意地表明，地点固然重要，但夜宿本身涉及的事情更重要，更值得我们去探寻。也就是说，通过抹去事情发生的地点，诗人意在表明：事件本身才是最值得我们去关注的。不妨说，它是一首涉及隐秘的心理活动的精神自传的诗。"她"的出现，如果读者愿意的话，可以顺着这一线索，把这首诗解读成一首爱情诗。因为从素材的逻辑上看，这首诗的意图确实可能包含了对爱情之夜的心灵的纪念。但我以为，在爱情诗的类型之下，这首诗更深邃的意图，意在追问生存和精神之间最深刻的伦理之美。这首诗的重点，按我的体会，诗人想完成的是一种生命精神的自我塑造。因为山中的爱情的纯粹的激发，诗人真实地意识到生命与自然宇宙之间的距离正在缩短。"山更巍峨了，仿佛比白天多出一座"。不要小觑这距离的拉近。因为它背后涉及的人生的跋涉，比如我们从喧嚣的都市回到寂静的群山，这路途既是艰辛的，也曾相当漫长。

佛 性

董进奎

坐定一朵
引领花蕊修心
从静沉淀出净

遁入莲的颈脉
奏一曲
断藕的叙事

芦花空荡
唱尽心中最后一折子绿
于冬天的荷塘

握紧水的骨头
修一段藕体
填补我泥胎的缺节

春天，掏出自己建一座寺院

杨志学点评

这是一首体悟佛性的诗，于当下社会而言可以说颇有意义。更重要的是，作为一首诗，它找到了较为独特的呈现方式。我觉得此诗的成功起码可以从以下两个方面看出。

首先是中心意象"莲花莲藕"的选取。我们知道，佛教佛学，与莲花莲藕的关系是非常密切的。与许多关注莲花美丽盛开的诗不同的是，这首诗选取了冬天荷塘里"断藕"的意象，作为成诗的立足点；与此相关，又以芦花的意象作为比对和衬托，引人思考，别具意味。

其次是诗的句式、语言及其所包蕴的内涵。此诗采取的是短句式呈现，语言简洁自然，这样便与其所要表达的主题情调显得协调一致。在简洁的基础上，作者表现出了他提炼升华主题的能力，如"修一段藕体／填补我泥胎的缺节"便很精辟，体现了难能可贵的自省、自励意识。直至结尾写出"春天，掏出自己建一座寺院"的襟怀，这既是开头所写"引领花蕊修心，从静沉淀出净"的结果，也是对冬天孕育春天规律的揭示。同时，这首诗的语言还有一种节奏感，与人内心的节奏相呼应。

偶尔之诗

韩玉光

群山在树林的背后，
教会我向高处眺望。

柳叶长出了枝头，这个春天
最幸福的事情没有超过两件：

在白天看见美；
在黑夜想象美。

感谢上苍让光线提醒我
万物的存在。

感谢人间有了热爱这个词，使我
一次次用心拒绝了遗忘。

所有的生活在新旧之间
徘徊着。

我不知道你们说的桃花源
是不是像我的诗歌一样？

有不结果实的花朵，
有明月静悬的河流，

偶尔，也有一只蝴蝶，
在时光中不舍悲喜地飞着……

雷武铃点评　这首诗中探讨的是生活和诗歌的关系。"所有的生活在新旧之间/徘徊着"，但诗人保持了"向高处眺望"，从生活中看见美，想象美，并热爱它，从生活中萃取诗歌。后三节，诗人的笔锋一转，探讨诗歌中"有不结果实的花朵，/有明月静悬的河流，//偶尔，也有一只蝴蝶，/在时光中不舍悲喜地飞着……"。这"不结果实的花朵""明月静悬的河流"和不舍悲喜在时光中飞着的蝴蝶，好像都是一些并不能带来实际用途的东西，而且诗歌并不能让人不舍悲喜。但诗歌这看似无用之物，它指出我们在这个世界上的存在，寄托着我们在生活中最珍贵的情感和最深刻的热爱，诗歌同时也是诗人的自我探寻，通过诗歌，我们确立自己并清晰起来。

这首诗的题目是偶尔之诗，是诗歌灵感的降临之作，这样的诗歌往往在单个语言上很有趣味性，每个句子单拎出来都很不错，但诗歌，更需要诗人精心地谋篇布局，把这些不错的句子凝聚起来，形成一个向心力，指向一个共同核心，这是一种更高的要求，不然句子之间的力量指向混乱，就会相互抵消。

朝圣者说

黑 银

我有拉卜楞寺，我有白马，我有磨出老茧的膝盖，我
有泥菩萨
河水用隐喻的舌头一舔
我就自身难保

我有大恶，也有小善，我年轻，同时我也衰老
在跪拜的匍匐中。有时清风吹我
我也随之摇晃两下，这半身的虔诚
这半身的身不由己和
迟疑

我有无法言说的苦衷，我有朝廷深夜的密告
我有半死的母亲和苦味的亡妻
在背上，驮了整整十年

原谅我。在雪山脚下，依然漆黑
原谅我。在深夜的暗渊，这具尸身
依然咬牙活着。同时

我也宽恕你。你的金身，你的宫殿
你醉酒的小沙弥，整宿整宿地捉蝴蝶

我再次请求你。在你的应答或者不应答中
打开月亮的手电筒
照一照这低头的人间

拉卜楞寺，无论作为真实的地点，还是作为带有象征含义的宗教建筑群落，在理解这首诗的时候，都是一个非常重要的发射意义的意象原点。拉卜楞寺，位于甘肃南部，是藏传佛教格鲁派的六大寺院之一，也被敬为藏传佛教的最高学府。所以，作为朝圣的对象，它的含义是公开的，也是不存疑义的。而"朝圣者"的面目，在面对这一宗教圣迹时，或者在走向这一圣迹时，则会显得相貌纷纭，甚至心怀各异。像《朝圣者说》这样的主题诗，一般的表达，很容易陷入一种抒情套路：在接触圣物的过程中，朝圣者逐渐摒除了人生的杂念，因为神圣的召唤，渐渐弃绝了一切世俗的想法，归入内心的安宁，并将这内心的安宁作为一种生命的礼物，一方面呈现在圣迹面前，一方面更深地嵌入自身的世界观之中。按这样的套路，纯粹的基调，单纯的心境，就是诗人必须要像我们展示的东西。但《朝圣者说》的新意在于，诗人并不想走一条不断提纯的抒情老路，诗人并不想泯灭世俗的所有欲念。诗人对如何朝圣仿佛有他自己的理解：朝圣的本意在于，一个人如何在生命之路中的那些独特的瞬间获得神秘的启示。所以，在本诗中，诗人做得最成功的地方就是他对新的朝圣者形象的展示。这个新朝圣者，不再是一个自我泯灭的苦行主义者，他的生命世界里各种生存欲念汹涌地混杂在一起。诗人并不想对它们进行过度的精神过滤；诗人的意思仿佛是，如果宗教圣迹真有召唤的力量，它应该能将神秘的启示直接给予一个如此含混而又真实可感的个体生命之中。

就内容而言，诗人呈现的这种"混杂"，反而扩展了朝圣经验在世俗领域中的一个不断向我们靠近的边界。而过度提纯的表达，显然无法做到这一点。

微弱的灯盏

黑 雪

请允许一朵迟到的桃花
赶上就要启程的春天
允许一棵野草，喊出心中的草原
河流转弯的地方，要有三两声狗吠
四五户人家。夜，可以再深一些
梦，可以再长一些
归乡的路，不再那么遥远

允许一只蚂蚁说出穿越城市的冷
允许一只蛇皮袋喊出流离的累
允许我深藏于广袤的黑暗
用胸中微弱的灯盏
向大地运送一些小小的光明和温暖

唐诗点评　这是一首读得让人心疼而又能够心有所慰藉的诗作。诗人别开生面的一面谦卑地请求，一面抛洒出无穷的诗意。从桃花想到春天，从野草联想到草原，从河流悟到狗吠和人家，这些诗写层层铺设，步步置景，句句含情，这种诗写自成秩序，自有境界，从实写到虚，从物写到人，再到"归乡的路，不再那么遥远"。读到此处，让人心情十分怅然，眼泪几乎就要夺眶而出，这种纵横环境与心境的诗写，让人顿生很多感慨。不仅如此，诗人全然不顾读者的感受，依然铺设更悲惨的情景，让"一只蚂蚁说出穿越城市的冷"，让"一只蛇皮袋喊出流离的累"，读得人心发酸，当我们掉进诗人布设的情景以后，心里正在被这个世间的冷和累压得喘不过气时，一句"用胸中微弱的灯盏／向大地运送一些小小的光明和温暖"，让人破涕为笑，心里的温暖陡然升起，心里的黑暗和悲伤刹那间消失。一首小诗把我们一波三折地带进带出，抱头掩面的时候，不能不感叹这是一首难得一见的好诗，仿佛心里久久地亮着一盏"微弱的灯盏"。

公祭日

紫藤晴儿

疼痛滚落于每一个间歇，那些成为阴影的重量延续着今天的

底片。死去的名字刻进墙体

将以永恒的仪式来宣读着死难者的无辜

退后的血水以大地的名义来复读

深渊中的悲哀，惨绝人寰的楚痛

残暴成为这一日的沸点。死亡切割着弱者的

声带，而那些回旋的呼喊越过了死亡

越过了腐朽的沉淀

仍然是沉甸甸的亡灵压向活着的灵肉。这些用来祭奠的

黑体成为黑色的呼吸

更多罪行以一种真相将时光默默推移

时间是有切口的。或许，恰是有了这样的切口，诗歌和广大的艺术才有了存在的可能。因为在那些切口之下，藏着时间的幽微和玄机，也埋着历史的灰烬。谁敢说它们不会破土发芽，尤其在一个特定的日子，形销骨立，萧然眼前，令我们肃穆和抽心一疼？

《公祭日》即是这样的作品。它用极短的篇幅，让"疼痛滚落于每一个间歇"。

坦白讲，我读过不少关于南京大屠杀的诗作，有悲怆呼号的，有振臂一呼的，有歃血为誓的，也有鲜花为祭的……这是一个民族巨大的痛点，再怎么铺排、再怎么言说都不为过。我推想，在写下《公祭日》的这天，寒雨广洒，汽笛哀鸣，作者站在那一堵巨大的黑墙下，手指摩挲着那些貌似冷却下去的名字，感到了一种深沉的压力，一种"沉甸甸的亡灵压向活着的灵肉"的迫切感，包括一种质问。好了，借用村上春树的比喻说，那一堵黑墙下，其实是遍地破碎的鸡蛋，一地亡灵，满目香火。那些赵钱孙李，那些周吴郑王，因了"残暴成为这一日的沸点"，他们并不曾寂灭，他们的名字还在发烫，向人间"宣读着死难者的无辜"，喷吐着"黑色的呼吸"。——这是公祭日的应有之义，但作者迅速找见了那一个切口，指认说："更多罪行以一种真相将时光默默推移"。

在这里，这首诗完成了自己。有时候，在浩大的题材面前，一首诗的花落莲出，以及它的秘密突围，会显得如此艰难和不易。

每一次想念，都是生死离别

窗　户

醒得越来越早

有时六点，有时五点，有时在凌晨

仿佛有谁，在等我

记得刚参加工作

经常梦见上学迟到

考卷答不出

十分着急

母亲离开的前三年

一直在乡下干农活

我经常拿起手机

拨打老家电话

现在我已习惯

真实生活对我的教育

台风到来之前

我会关好门窗，检查屋顶

出差之日加满汽油

清点行李箱：

刀片，感冒药

梳子，和充电器

大事、小事

仿佛都在掌握之中
未掌握的也不再强求
比如悲伤和孤独
比如人世的寥廓和苍茫
对一个人的思慕
我无法停止
也不能逃避
虽然每一次想念
都是生死离别

网友whx2016生点评

这首诗歌开头震撼心灵，用了一句"仿佛有谁，在等我"，把一份乡愁和对母亲的怀念，表达得淋漓尽致，为下面的阅读提供了想象和期许。读者都认为作者将会用一堆的词语来表达生死离别的场面，结果作者恰恰用了生活中的琐事，比如"关好门窗，加满汽油"等等，进一步烘托思念和对往事的回忆。诗歌结尾作者用了"无法停止、不能逃避"让人心酸，把所有感情凝聚在一个点上，虽然是生死离别，但想念还一直在延续，从表达上来说很完整。

柴达木

曾 瀑

那个年代，祖国还在乡下

满头霜雪，佝偻着腰，将柴达木端在胸前

望着这一盆千古苍凉，两眼欲哭无泪

我们穿上宽大的军装，此起彼伏

一遍遍唱着雄壮的歌，为自己的海拔而陶醉

双手接过八百里瀚海，誓言要还她一个锦绣江南

游猎的风冷笑着，将我们的帐篷和梦幻一次次捏碎

自打在草原边一脚踩空，我们就在沙漠中不停地转

辗、迁徙

男人，是遥远的荒原上唯一活着的生物

对异性高度敏感，连石头都能看出公母

偶尔瞅见女人的照片，便会一齐发出歇斯底里的怪叫

找不到地址的牛皮纸信封，揣着绝望的爱情在天空乱飞

新修的简易公路，被风沙一条条吞噬

只有将它撑个半死，慢慢反刍的时候，钢轨才能乘机

长出来

我们风餐露宿，将那些流浪的湖泊，大风吹跑的绿洲

黄沙活埋的矿山，逃离蓝图的集镇，一个个寻找回来

好言相抚，难民一样安置在铁路两旁

复员的时候，我们全都掉光了叶子

浑身上下，里里外外，找不到一丝儿绿色

一道出来的弟兄，有一些人再也回不到故乡了

临死的时候，要我们将他们像土豆一样种在荒野里

最大的愿望，就是祖国将来有个好收成

洪烛点评

虽然审稿时不知道作者是谁，我还是选中了这首《柴达木》。因为我多次去柴达木盆地采风，甚至几个月前还应《大昆仑》杂志和青海海西州宣传部之邀参加了柴达木笔会，对柴达木有感情，并且深知这类诗的写作难度。但本诗一点没让我失望，甚至还给我几分惊喜。一开篇就显得出手不凡、举重若轻："那个年代，祖国还在乡下／满头霜雪，佝偻着腰，将柴达木端在胸前／望着这一盆千古苍凉，两眼欲哭无泪……"这类有纪实风格的诗歌写得轻飘飘肯定失败，但若写得过于凝滞，不仅会显得笨，还很难升华。最大的风险是容易假、大、空。本诗作者匠心独运，选择了军人的命运为切入点，不仅从人性化角度为当代的柴达木画像、为当代的柴达木人树碑立传，而且把大题材写得大气，在情义的厚重与意境的开阔等方面，接续上中国古代边塞诗的伟大传统。在风花雪月、小我盛行的诗坛，这类通过写凡人小事而彰显大我情怀、不乏英雄主义风范的有力之作，更令我刮目相看：海纳百川的中国诗歌，既需要小夜曲之类轻音乐，也该呼唤一言九鼎的慷慨悲歌。

明月书

湖北青蛙

如果你们，步入老年，大概我已经死去很久

明月还会无情地来到窗前，不会掉到地上
摔成碎片。
你们观察小区路面，抬头望天空除了它，一无所有。
我哪里还会以宇宙的荒凉感造访你们，造访
也没有脚步声。
走过布满石头，樟树阴影的晚间小径
让人生出人世间那种告老还乡般的
陌生灵魂。
明月下，一时间，诞生满地酒鬼！久候的阳光少年抽
身而去
头也不回
明月却反复来到窗前——这个感情骗子没有燃烧的
时刻
你们仍会好奇地望着它，想点儿什么，直到天地的立
法者到来
将它收走。
夜晚交替白昼。李白交替杜甫。
我完成我的命运。中年后，我看明月越来越像只猛虎
不可骄纵，不可入怀，摸着它的头

哭泣或倾诉。

睡不着，可以整夜看它在湖中游泳。

当你们年老，它应已穿过千秋万代的人群

增加了一点点人性。

余怒点评　如何在古典性的表象之下显现现代性思维，也就是说，如何用现代人的眼光去打量那些古典事物，这是热衷于古典书写的诗人们应当考虑的问题。

一个现代美女穿上汉服唐装不应成为貂蝉、杨贵妃的复制版，她身上必须体现某种现代气质，否则便成了留辫子的辜鸿铭，显得古怪可笑，不合时宜。显然，"明月书"是古典情境在当代的再次书写，然而，书写之须小心驾驭，驾驭不好就会陷入李白、杜甫的陈旧意境里。在湖北青蛙的"明月"书写中，他笔下的那轮明月既存留着李白、杜甫的历史记忆，又有着现代人的独特情怀，"中年后，我看明月越来越像只猛虎／不可骄纵，不可入怀，摸着它的头／哭泣或倾诉。"明月如猛虎，当然也就不是李白、杜甫们那种农耕时代的明月了，它当是后工业时代诗人眼中的明月，其中的悲伤也就更加强烈和撼人心魄。

星星厌烦了天上的生活

溆浦西竹

星星厌烦了天上的生活
纷纷降落敝舍所在的山岗
哦，请屏住呼吸
不要动、不要出声、不要惊扰她们
她们在稀疏的松林间
茂盛的草丛里
在我的身前、身后
自由自在地，飞
闪着蓝色的光
直至天明——
熟睡的侄儿紧紧抱着的玻璃瓶
装满了准备回家放飞的萤火虫

曹宇翔点评 单纯，安静，童趣盎然，亲近大自然。这首诗奇想翩翩，有着内在的节奏和旋律，唤醒我们沉睡的童心。我们也有过或都市或乡村的童年，而现在不再有了。天真，羞涩，轻信，好奇心，忘情的游戏，永远不再有了。专注于人生目标，日夜兼程，不曾留意两边风景。默读这首诗，如返童真。

消失瞬间

谢克儿

梦像乒乓球一样轻，柔软没弹性
你击打过来你的影子，我不准备认识
消失的弧圈像一个干涩的唇印，香馨
越来越轻，在我整个孤单的青春岁月
你击打再也不能回暖的温度，击打
想起你时的头痛，你的回忆
和我的回忆寂寞，零比零就是结果
现在让我恭喜你，找到合拍的对手
一个一生一世陪恋的对手，你不能
再打过来一闪而逝，马尾辫弹跳的影子
再打过来香汗淋漓，打过来小猫凯丽
我的战利品，从来没有比
你瞬间消失的春天那样，赢来的惨痛
就像做好姿势迎接一个美梦
可惜你灵光一闪的短球

冷霜点评

这首短诗由一个妙喻铺展而成：一段消逝的恋情，被比喻为乒乓球的游戏。而这个比喻并非想象的构拟，而显然来自于记忆，来自于这段恋情中令作者念念不忘的美好瞬间（"马尾辫弹跳""香汗淋漓"），这使它在展开的过程中保持了一种生动性。

这个比喻也与我们的经验相符。彼此相得的恋爱对象，往往也是旗鼓相当的对手。这首诗里"合拍"二字用得非常精准，恰好将比喻两端的相似性点出来了。紧接着双关的是谐音词："陪恋"取自"陪练"，把爱恋、陪伴、嬉戏、磨炼等各种涵义都融合在了一起。

叹惋爱情的消逝的诗如恒河沙数，这首诗却由于这个日常而新奇的比喻，更由于作者对这个比喻中的初始意念的忠实和细致的经营，仍然能给人留下新鲜的印象。从诗中可以看到，这段恋情之所以令作者念念不忘，在于它的美好和猝然的消逝，当他已"做好姿势迎接一个美梦"，它却"一闪而逝"，这给他造成的痛苦之深，在诗中留下明显印迹，乃至有时几乎要滑向感伤的边缘："在我整个孤单的青春岁月……"然而，在诗的推进中，由这个比喻所逐渐生发的记忆的细节，和由此形成的诗歌结构，使整首诗的抒情保持住了平衡。

寒 风

谢启义

如果冬天的寒风更大一些，日子的荒芜更浓一些
这个在寒风中坚持工作的中年妇人，她工作时的动作
像寒风，从报道过她的那张报纸上撕下来的一样，蹒
跚、忧郁
日子的荒芜在寒风中越来越浓

这个叫骆珍的清洁工，她咳嗽、胸闷，她半白的头发
与低沉的咳嗽声一同跟寒风纠缠，一口痰
吐在日子的锅灶上，带血的肺无法承受日子更大的寒
风了
以及寒风尖锐的鸣叫。她吐出一个个日子
顺着扫帚的把杆，让一生的苦被清洁的街道载着

1998年她与丈夫离婚，硬是带着残疾的孩子
顶着被粮管所扫地出门的风险，顶住了粮管所那些头
头们的催撺
那年她三十岁，她残疾的孩子仅仅刚满周岁，她在空
荡的小屋里
紧紧地抱着自己的孩子，寒风在一阵阵收紧
泪水，打湿在孩子的额上和大大的眼睛里。2005年，
粮食局与商务局

合并，再次把她逼迫到刺骨的寒风里。拆迁赔房的名
单上没有她的名字

住房又成了大问题。她一纸将粮管所告上了法庭

这一年她上了报纸。她说，那时她见到了新世纪的
曙光

2010年刚十二岁的小姑娘还是没能保住幼小的残疾的
生命

她的日子终于散架了。这些年，她一直没有变

早上四点起床，晚上十二点睡觉

中午回一趟家给孩子做饭，在寒风中顶着时间的追赶

现在她什么都没有了，政府分了一套廉租房

可有时她低下头一想，大脑猛地就空空荡荡

杨志学点评 这首诗以"寒风"作为题目和诗的起兴，一开始便将女清洁工的悲苦命运带进我们的视线，让我们为之感叹、动情。随着诗的进一步展开，作者写出了这个女人的名字，对她的惨状做了具体真切的描绘，具有实录的逼真效果。我们在心里问：这是诗呢，还是通讯报道。也许可以说，这是一份"诗报告"。这里没有诗的优雅，像是原始状况的呈现，带着人的体温、喘息和眼泪。或许，这首诗也可以采取别的写法，比如可以简洁一些，句子短一些。但作者既然这样写了，我看就自有他不得不这样写的道理，就像他笔下这个悲惨的女人那无法克制的举动，以及她无法阻止的人生命运……

这一派清波也是我的源头

舒丹丹

题记：在边城遥念沈从文先生

在沅水，跟随一条小船
转柳林岔，泊鸭窠围
看尽那一点寂寞的山水和林梢
就到了叫作常德的码头

这一派清波也是我的源头
我也曾站在这样的甲板和渡口
看艄公在暮烟里拉篷，摇橹
无穷无尽地往来于此岸和彼岸

是什么时候，橹歌已消失
河底的流沙改变了它们的航道
那长着黑翅膀的鬼脸蜻蜓
早已飞入没心没肺的水草

唯两岸的吊脚楼仍守望着河水
庄严地忠实于它们的"分定"
唯烈而痴的血性与爱恨，仍一点就着
如渔火，在这条河上流淌

从你的脚印和文字里看见的预示
已在时间身上一一印证
生命的困境一如你的年代，总悬在
美善与不能诉说的悲苦之间

在渡口，无论我的眼睛
湿成什么样子，都唤不回那条渡船
我把手伸进水中，在秋天
沱江的水仍是温热的

王士强点评

"这一派清波也是我的源头"，这里的"源头"是现实、地理意义上的源头，更是精神、文化意义上的源头，通过这首诗，作者与沈从文、与边城进行着精神上的沟通与对话。从沈从文的时代到舒丹丹的时代，外在的社会环境已经风云变幻、沧海桑田，但其中对于美的追求与坚守，那种血性、爱恨、生死，那种美丽背后的忧愁，均有着一以贯之的同质性。故而，从沈从文到舒丹丹，其实流动着相同的文化血脉，它是远比社会、政治的翻云覆雨更为恒久，也更有力量的。这样的书写，是一种精神层面的致敬，同时也是一种自我的认同与提醒。

月河，岁月流淌之河

皖西周

无法猜想，你的波光
倒映了人间多少记忆
只记得，踏进你的那一刻
生活就装进一条小船
表面上，我在你的怀抱荡漾
其实你的迤逦，你的韵味，你的曲折
包括你岸上建筑的质地与风格
也都承载在我的船上

穿过你十二座石桥
就像走过每年的十二个月份
每过一桥，我都望着你的身影
微笑，低头，弯腰
对你身上这些坚固的存在
心怀礼让
有时，也用撑篙
使劲往水底斜插
不知是否搅痛你的神经
我的本意，只为摆正船的方向

就这样蜿蜒一生多么美好

行在船上，我的生命
溶进你的清流
离开小船，你的倩影
挂进我的画房

曹宇翔点评

这首诗情思绵密，意象和谐，技巧比较娴熟。委婉，明丽，清澈，摇曳生姿。这也是一种美。这样的诗也应该有读者。诗里有眷顾，有憧憬，有无以名之的喜悦。"穿过你十二座石桥/就像走过每年的十二个月份"……童年，少年，青春，谁曾留意那年华？我们的生命突然氤氲一片柔情。尤其是在静夜，眼前一只小船咿呀划过，消逝在岁月那边，诗的字里行间隐约飘出一缕声音，仔细听，是诗人的心在吟唱。

217

诗　歌

蓝　珊

魔鬼说
你去诱惑他
就能得到他

那我宁愿选择
放弃
就像海的女儿
为了心爱的王子
变成
泡沫

这个世界
语言已被污染
隐私像垃圾一样
暴露
情感被一次次
整容

诗歌和我
隔着一个世纪的冰山
他已经沉睡了几千年

长长的睫毛上

闪烁着

二十一世纪的星星

但是

不要叫醒我所亲爱的

等他

自己醒来

杨志学点评 以"诗歌"为题的诗作时有所见，它们大多表现作者的诗歌观念或对待诗歌的情感与态度。蓝珊的这首《诗歌》也不例外。而它之所以引起注意，我想是由于以下几点：

第一，它触及了诗歌在当下的命运或所处的环境，并将自己对诗歌的不改初衷的恋情置于这样的环境之下，益发具有感人之处。作者是一位女诗人，她把诗歌作为自己心目中的王子，以此开始了自己始终如一的感情之旅。

第二，诗歌是作者心目中的高贵乃至神圣之物，它深厚如冰山，闪烁如星辰。它可以照亮俗世生活，同时也具有抗拒污染的能力。

第三，这首诗语言简洁、单纯、透亮，它喻示着作者心目中的诗风也应该如此，同时这也就意味着作者对那些晦涩难懂的作品、过于繁琐的词语方式以及一切格调不高的诗歌的舍弃与否定。

看雁飞过

福小马

秋风越来越凉
我还坐在山坡上发呆
天空很辽阔
过一会儿就有一群大雁飞过
雁声有些凄迷
一个"人"字渐逝渐远
我用目光追随了很久
仍不得其意
天又空了
我依旧坐在石头上发呆
过了一会儿，又一群大雁飞过
又一个"人"字在凄迷的雁声中渐逝渐远
我呆呆地坐在山坡上
就这样，送走了一个"人"又一个"人"

王士强点评

看雁飞过坐在山坡发呆，看雁飞过，近乎无事，却又与天地、与人生相通。全诗写对大雁的观照，实际上同时是写"人"。"我呆呆地坐在山坡上/就这样，送走了一个'人'又一个'人'"，这里面的"人"不仅是指飞过的雁群，同时也指现实的人。人与大雁实际上并无不同。整首诗所写似乎并无意义，却似乎又包含深意，或与陶渊明之"此中有真意，欲辨已忘言"不无暗合。它是清浅见底的，却同时又深而难测，它极其简单，同时又非常复杂，好的诗歌正是如此，平淡无奇，平白如话，却又是不可测度的谜。

笑里藏刀

管谷白丁

我躺在黑暗的角落
只需把眼睛睁开
便能看见客厅里的灯火通明
可我很少愿意
厨房的墙上
有没吃掉的咸鸡　腊肉
大多的时候
我会死死地盯着它们
且一直猜想
如果它们活着
那些该是它们身体的哪个部位
我摸了摸自己的头
脖子　胸部　肋骨
屁股……
一切还有感觉
我记起了
我的七情六欲
我的绝望与悲苦
我也试着微笑过
……

未来

未来会怎样

谁把我挂在墙上

谁来取我心中的屠刀？

耿占春点评 这首诗对一切生命、对一切存在过的鲜活事物进行还原的想象力令人惊讶，将厨房里悬挂着的"咸鸡·腊肉"与人自身的身体对等起来的感受力令人在难堪中觉悟。诗人赋予成为食物的一切动物躯体以"感觉"，因为诗人摸着"一切还有感觉"的自身的各个部位，记起"我的七情六欲"和"我的绝望与悲苦"。很有深意的是，此刻的情欲、绝望与悲苦，都不是抽象的，都被还原为一种身体意识。更令人惊愕的是，诗人似乎是在用失去生命之后的"记忆"说话，"我也试着微笑过"。这样的表达几乎唤醒了人对其他动物生命的想象。诗人是一个素食主义者？是一个动物保护主义者？这些或许还不是主要的，重要的是"未来会怎样/谁把我挂在墙上/谁来取我心中的屠刀？"重要的是这首诗中，对日常生活中的暴力变得感觉迟钝的"暴力"的想象，即对熟视无睹的暴力的一个尖锐的提醒，以及被忽略的存在于人们心中的暴力循环。

黄昏，母亲开始择菜

熊 曼

一棵芹菜在她手里
更多的芹菜在排队等候着
先是被掐掉根部
再被抽掉纤维
折成小段
独留下中间的鲜嫩
像一个人，终究要被生活抽去骨头
留下绵软的部分

现在，是母亲希望呈现给我们的
修理后的芹菜清甜可口
即将被端上桌
这个过程已花去她三十年
"太仔细了。"我们一边抱怨
一边把芹菜吃得精光

王士强点评

熊曼的《黄昏，母亲开始择菜》一诗由日常、形而下写起，却写出了丰富的人生内涵和普遍性的生存境遇。从芹菜的"被抽掉纤维"，只留下"中间的鲜嫩"而写到一个人终将被生活抽去坚硬的"骨头"而只留下"绵软的部分"，这一联想富有见地、触目惊心。尔后，是关于时间的书写——母亲做菜"这个过程已花去她三十年"——每一次的"做菜"时间并不长，延长来看却已经是"三十年"，甚或就是"一生"，此中意义何在？或者无需另外的意义，这便是意义？诗的最后，写一种矛盾状况："'太仔细了。'我们一边抱怨/一边把菜吃得精光"，这里同样写出了人生中某种错位、悖谬的状况，具有普泛性。看，如此短的一首诗却涉及了如此多的堪称重大的人生命题，构织了一个具有极强生发性与阐释能力的诗意葳蕤的空间。

225

晚 餐

聪 聪

我们走上街找饭馆，看到一辆
停在路边的大车被众人围着
像是车祸现场。我们也走过去：
司机穿着侍者的衣服，左臂上
搭着一条白毛巾。他
先是叫围观的人走开，
又邀请路人进他的车。
没有车窗，能看见车里是
十来张圆桌，桌上
摆着茶具，看上去很整洁。
我听到周围的人说：
"现在的人哪，想钱想疯了……"
是啊，他的车里没有一个客人。

我们走进旁边的一个西餐厅
（更像一个俱乐部），找了位置
坐下。面前的桌子有灰尘，
我叫服务员来擦一下，他
在柜台后面头也没抬：
你们可以垫些纸！
我环顾四周，有的桌子

确实铺着大张报纸。
你点了一个蔬菜沙拉——
本来是我请你，可我发现
钱包落在你家了，你说：
"还用你请吗，以前
都是我照顾你呢。"

对，刚才我在你家时你并不在。
我身边围坐着我们共同的朋友，
他们说你一些方面很前卫，
另一些方面又很保守。
还说了很多，我没再听——
我只想见到你。
我看着菜单，犹豫该点什么，
这时铃声振动，我翻开手机——
是早晨七点的闹铃把我从睡梦中唤醒。
哦，将近四年我们没有联系，我被
时间用力抡个圈甩出你的生活。
现在，就让我停驻在梦和醒的
边缘，就让我们一起把饭吃完。

罗振亚点评

随着对象的日趋繁复和文学表现的越发内在化，各种文类之间的界限不再那么壁垒森严，文体互渗已经成为创作中的常态。或许是对生活采取了最为老实的做法，或许是意识到诗歌在此在经验占有和处理复杂事物的能力方面逊色于小说、散文和戏剧，诗人在这首诗中启用叙述模式，并以之作为维系诗歌和世界关系的基本手段，借助大量动作、对话、细节、场景等叙事文学要素，使文本的有限空间获得了丰厚的包孕。在"车内"餐厅和西餐厅内发生的"事件"，和司机、服务员、周围人、"你"、"我"结构成的人物关系网络，就折射出人间"乱象"，那里有对充满铜臭的金钱至上的商业气的焦虑和否定，有对服务业粗暴冷漠风气的不满和嘲讽，有对过往记忆与人际关系的回望，也有对"你"既前卫又保守性格的形象刻画，如此写法无疑进一步打开了诗歌的观照视野。以梦出之的荒诞却真实的观察视角，令人感觉到了几许苍凉无奈的人生况味，而俏皮幽默的叙述风格引入，似乎又在一定程度上平衡、缓解了生活和主题的沉重。

这一刻

燕　尔

咔嗒一声，电梯停了

时间凝固在这一刻

四壁不锈钢的寒光映进眼眸

它有了金属的光泽

冷冷的温暖

静静坐下

没有害怕，慌张，和担忧

甚至有点喜欢

喧闹拥挤的人声被阻隔在外

难民危机，股市涨跌，生老病死，都与我无关

这一方

恍如故乡

睁着眼，却梦见夜的海

波浪像一垄垄麦子，裹着空气中的甜香

涌向我的额头，越过我的头顶

奔泻而下，流成了我的黑发

那么长，那么美

这一刻

连喋喋不休的海草也休想阻止它

赶去和天空吻别

一道白光闪过

门开了
眼前是匆匆流动的人群，正在生长的城市
像悬在半空的电梯
一个没醒的梦

北乔点评

"这一刻"，其实是日常生活最为平常的一个瞬间。在这一刻，诗人首先是一个普通人，然后再抵进诗人的角色。当电梯门关上，窄小的空间只有一个人时，迎面而来的不是恐惧、孤独，而是一份久违的清爽与安宁，甚至还有自由轻松的想象。现代人的疲于奔命、无处不在的挤压以及如杂草丛生的焦灼，经由诗人淡然的指引，慢慢地渗进我们的心绪，继而引发我们的战栗和可以无限放大的思索。看似只是一个被我们无数次忽略的细节，在诗人这儿有了新的生命和力量。

诗里有我们熟悉的烟火气，有无法掩饰的灵性，而诗意总在不经意间营养词语，拥抱生活。轻松地写，在淡然之时走向超然，在自信中抵达诗歌。一旦诗歌可以平实本真地参与现实生活，诗歌将会成长，生活也会多一层意义。

贺兰山

燕赤霞

与两年前的秋天相比
贺兰山还是那副老面孔
在阳光无限的爱抚下
群山的表情始终模糊着
仿佛神的一声叹息
在大地上缓缓散开
又如一笔潦草的水墨
从天的尽头洇染过来
而白云的哈达
以亘古不变的姿势
挂在群山和秋天的脖子上
抹着红嘴唇的鸟
在风中斜着身子
猛烈扑扇黑色的翅膀
过去了这么多岁月
它们依然没能飞出
空气一样虚无的辽阔
在陈旧的草甸边缘
一群骆驼踢踏的脚步
比钟表慢多了
瞧它们自由散漫的样子

和我们小时候多么相似
唯一不同的是积雪消失了
或者说，积雪尚未来临
这让我看到
群山的内心
其实和人类一样
不愿过早成熟起来

杨志学点评

《贺兰山》有一种叙述的基调，一种散漫的、悠闲的节奏。这首诗共二十八行。前半十四行全是描写性语言，看似冗长其实读起来一点也不枯燥，因为它对应着诗人内心的节奏——悠然而闲适。

这样的节奏也让阅读者的心慢慢沉淀下来，走进作者眼里的贺兰山世界。后半十四行则是在描写的同时加上了诗人的议论。由于议论不离形象，加之诗人想象、设喻的新颖，读来非常惬意。如"一群骆驼踢踏的脚步/比钟表慢多了"，这样的比喻，便把骆驼和人的节奏，以及人的大漠游走与城市生活的不同节奏联系在了一起，对比呈现，意趣盎然。而诗人紧接着说出的"瞧它们自由散漫的样子/和我们小时候多么相似"则让诗意更加妙趣横生。诗的结尾四行，诗人又以提炼的语言，进一步深化主题、拓展诗意。对于诗人在结尾生发的观念，也许会有人不认同，但诗人于此表现出来的思想的独特性还是值得肯定的。

走 神

蝶小妖

母亲给我的那只老式手表
总是走神
最近越来越走神
修表师傅说，表是块好表
只是慢了几分钟，走不准了

我不以为然
依旧记得你的美、你的真
记得一起背负的四季，一起藏起的心事
一起走进夜的黑
一起调拨时光
一起刺破困窘
一起在路灯下读千年的诗章

拨开目光
我回来了
从这一秒到下一秒
一声嘀嗒
我已整整走神了二十四年

卢辉点评　从母亲给我的老式手表的"走神"到我已整整"走神"了二十四年，不一样的"走神"，一样的情怀，把母女情，把人间冷暖，把慈母仁爱表现得淋漓尽致。这首《走神》诗的成功之处就是充分地运用了汉字的多义性与粘连性。说到多义性，比如老式手表的"走神"，即走不准是其一；而我"走神"了二十四年，即因为母亲老式表的存在走"神"了我二十四年，也就是慈母仁爱与呵护"神"了我走过的岁月是其二；还有母女在一起的时光，即让我"走神"（忘情）于中是其三；这三层"走神"含义的叠加，增添了这首诗的魅力。说到粘连性，也就是由于"走神"二字前后二次的粘连而串联起新的"意义链"，从中可以看出汉字的增值空间有多大，汉字的"可能性"有多广，这是汉字语义的弥漫性为《走神》一诗带来的美感。

清 唱

潘加红

对四起的荒冢，不必丝弦，锣鼓
一个人干干净净地
在山岗上。小草只淹没了膝盖
如果你跪下去
就和深秋等高

词无需酝酿，没说完的还在坟头晾着
蒿草一摇头，你的泪就落下来
没什么比枯枝更孤单
那么多的落叶，你怜惜不过来

唱吧，给黑水河。落水的先人
没见过银票的老者
没住过砖房的二婶
没喝过自来水的丈夫

唱出来，你会比一阵风轻，几十年的雨就那么轻松
落地

李少君点评

深秋本是衰落萧条之季，欧阳修云："盖夫秋之为状也：其色惨淡，烟霏云敛；其容清明，天高日晶；其气栗冽，砭人肌骨；其意萧条，山川寂寥。"在这样的季节，面对四起的荒冢，抑郁的心情可想而知。这时的清唱，可以理解为与先人及亡魂的对话交流，也可以视为驱除孤独恐惧的一种方式。这首诗将氛围渲染得很到位，"一个人干干净净地/在山岗上。小草只淹没了膝盖/如果你跪下去/就和深秋等高"，压抑而荒凉的山野，而清唱打破了寂寥与蛮荒，通过清唱，人宣泄了积郁，情绪得以放松张扬。好一首《清唱》，有静有动，平衡得恰到好处。

破

黎　衡

船舱里满是熟透的葡萄

轻盈而永不腐朽
她曾是园丁，此刻是舰长
为舷窗调试海平线的黄金律
这艘船被南方城市的波浪推高
街上的人闪入水的万象
打着涡旋消失于自悔的折返
或是以白沫的虚空飞溅
成为彼此流动和减损的新的部分
拥挤的人们随即粉碎
当他们愤怒，汐流已挪移、翻卷
而她像上帝管理星空图一样
让生命的船舱平衡如满月
每一颗葡萄各归其位
饱满，剔透，带着血液的纯粹
藤枝穿过甲板，深植在她的心脏

陈先发点评

这首短诗，作者对词的把握可谓老练而节制，毫不拖沓令这种语言运动显得洁净、有力。可贵的是，在这首诗中，"葡萄""船舱""波浪""藤枝""甲板"这些关联物象及"星空图""满月""心脏"等想象之物象相互呼应，语言运动与玄思交织在一起，使诗的内部空间更为开阔，充满张力，虽然我不够喜欢这首诗"过于点破"的标题，但整首诗值得一赞。

大梁江村

樵 夫

用石头做屋，用石头做坟

活成石头，死成石头

在石头上刻祖先的名字，刻神灵的名字

供奉全部来自石头

石头的庙宇，石头的神像，石头的墓碑

石头的烟火，飘过石头，飘过头顶，飘上天空

祖祖辈辈居住在石头里

没有人能够细数石头的年轮，千百年沉默的石头

用一种坚硬，一种无声，用一代又一代的生生死死

把石头一样朴实的基因，植入大山

石头里的人活着，太行山活着

缺水的太行山呵，干燥的地名

大梁江，上苍欠你一条江

简明点评　　也许，你找不到另一种图腾，能像大梁江村的石头，这么直截了当地介入到生者的魂灵中；也许你没到过大梁江村，但一定记住了樵夫诗中的那些石头以及石头所呈现的文化沿革——这就是诗歌的力量，我们从中破译那些石头存在的意义，

那些村民存在的意义。人类在地球上不过是一种初来乍到的生灵，我们对陌生的事物充满敬畏，并试图从大自然的万物生长中，寻找到与自己肉体和精神相匹配的灵犀。五行相生，阴阳交错，一旦我们破解了某种物质神秘的基因，我们就可以与之完美地交流，经脉畅通，薪火相传。这也许就是大梁村石头的意义吧。"石头的庙宇，石头的神像，石头的墓碑"，"用石头做屋，用石头做坟"，我们已经驻扎在这种物质里，连我们的烟火，也都具备了这种物质的品性。这是诗人与大梁村人共同完成的、对石头的实践和发现。

石头造就了我们，我们亦使石头获得新生："石头里的人活着，太行山活着／缺水的太行山呵，干燥的地名／大梁江，上苍欠你一条江"。也许，大梁江村世世代代赖以生存的坚硬，现在更需要一条河流的灌顶。发现，其实只是开始，审视，才是最终的意义。

一头牦牛走上了拉萨的街头

鹧 鸪

一头牦牛走上了拉萨的街头
它没有遵守交通规则 视斑马线为无物
它就是这样随便走走
人群要为它让路 车流也要为它让路

四月的拉萨 四周的山坡已经长满了青草
它却为何走上了拉萨的街头
还把所有的规矩和世俗统统踩在脚下

在西藏 那么多人在诵经 那么多人在转动经筒
这头牦牛却是另类 像一个远离寺院的
喇嘛

杨克点评

一首即兴之诗。

一束光。我们称之为灵感之光，"倏地"瞬间把诗人的脑海照亮。

小小的场景。或司空见惯，或难得一见。我没去过拉萨，不知道一头牦牛在街头散步，是偶然的情景，还是不断上演的"剧情"。

241

　　它闯入不属于它的世界，仿佛进入无人之境，如同这一切的主宰。它傲视群雄，视斑马线为无物，人群要为它让路，车流也要为它让路。所有的规矩和世俗统统被它踩在脚下。

　　无论这事寻常还是罕有，市民和游客，要么熟视无睹，习以为常，要么最多发出一声惊叹，赶紧拍一张照片。

　　而诗人，就是那一个比常人更敏感的人，内心更微妙更丰富的人，他不只看见了这头牦牛，而是发现、说出了事物背后的另一种真实。

　　在那么多人转动经筒的地方，牦牛是另类，诗人更是另类。是因为牦牛的雄壮吗？是因为它浑身长毛像穿了一件长袍吗？或许根本就没有任何理由，唯有诗人，指着牦牛，说它像一个远离寺院的喇嘛。

　　诗的指认，建立在隐喻之上。

雨 后

戴 琳

雨后
层绿染尽身体
一冬的雪屑要变作柳絮，飘飘扬
从冻红鼻头变到令人发痒
玄鸟正衔来更为温软的泥，嵌入墙壁
"无坚不摧的东西是没有的"
尽管你提示
用一副还没从腊月缓过来的神情
但细小的事物，诸如想念或者别离
融进了更深的粉色黄昏
哪里的云更像携着雨，哪里
天就更重，更要躺下来
只是你要当作一切都没有发生
最好学着无视地上遗留的倒影
任走过时溅起的水干涸
我们陡峭地游进人海，任日子
在某个暖流中，摇摇欲坠

唐诗点评

诗人是大自然最痴情的情人，痴情到大自然有任何的变化，都会引起诗人情感的波涛。这不，对于普普通通的《雨后》，痴情的诗人也发现了大自然出现了新变化并进而有了新感受。

这首诗采取明暗两条线进行诗写，明线从冬天从腊月开始写到早春，诗人调动了自己的感官，采用了通感等手法，诗意地写道："层绿染尽身体"，"雪屑要变作柳絮"，"温软的泥，嵌入墙壁"，等等，意象自然，诗意盎然。暗线则由泥土嵌入墙壁开始，思绪翻转，浮想联翩，一会儿想到"无坚不摧的东西是没有的"，一会儿又想到"细小的事物，诸如想念或者别离/融进了更深的粉色黄昏"，然后又想到"哪里的云更像携着雨，哪里/天就更重"，"要当作一切都没有发生。/最好学着无视地上遗留的倒影/任走过时溅起的水干涸"，最后又自言自语地说"我们陡峭地游进人海，任日子/在某个暖流中，摇摇欲坠"，这样欲说还休，纵横交错，忽远忽近，把读者的思路带着在雨后的客观事物中与他一同绕来绕去，顾盼生辉，流连忘返，所有的意象都在雨后不期而遇，所有的神思都在诗中灵光闪现。

是的，一首诗能够表达的就一定不要用散文或者杂文，这首诗给了我这样一个强烈提示，正如王夫之所说："敷陈不必笺奏……称述不必记序，但一诗而已足。"

春风尽

蟋　蟀

以一束具体的桃花开始计年，以它盛开进
梨花的一朵。以一只眼窝湿润的燕子
和它舌尖冰凉的细雨，以屋檐下
双脚并拢的雨帘。以一把折叠伞遮挡的
双肩，在寒意中的一次战栗
开始时间的停顿：
你喜欢的粉红色要停顿，你唱过的歌
和抄写在日记里的歉意要停顿
你刚刚破土而出的乳房，要停在
手指与蝴蝶之间。
你和你的亲人要分别停顿在此岸、彼岸——
河流并不总是亲近故土，
它也要将喜剧和悲剧从你的身上分开。
那些绿草如茵的相逢总是
从波浪里踏进春风，
那些淤泥中的离别往往
由蓝色天空的私语算起。

梁晓明点评

这是一首令人深感意外的小诗，说它是小诗仅仅单指它的内涵，从表面看来，这似乎仅仅是一首描写情感的诗歌，但令人感慨与赞叹的是整首诗歌的表述进程中所展示出来的那种紧密的节奏，以及它那包含着中国古代诗歌意蕴的现代汉语的重新演绎，从某种意义上来看，它演绎得那么精彩，以致使得我忍不住要在下面重点地加以引述才能满足我此刻的叙述："以一只眼窝湿润的燕子/和它舌尖冰凉的细雨，以屋檐下/双脚并拢的雨帘。"以及最令我赞叹的这几句："那些绿草如茵的相逢总是/从波浪里踏进春风，/那些淤泥中的离别往往/由蓝色天空的私语算起。"语言看似简单却其实不易，在一种优美的展示中不仅仅体现出作者的诗歌能力，而且还透出了一种胸怀，因为什么叫：绿草如茵的相逢？而且：总是从波浪里踏进春风？我很想说的就是：这其实就是一种所谓的中国式的超现实主义的笔法呈现。但其实这种笔法在中国的古诗中早已大量存在，只不过现在，它重新在我们的新诗中不时闪现！

老 人

濮建镇

已经要靠剩下的满身皱纹
来绑住随时都会散架的皮骨

唐诗点评

诗歌在有的时候比任何文体都善于表达，这就是诗歌千百年来，在面临要用比它多数倍甚至成千上万倍的文字来表达某种主题的其他文体时，显得毫不逊色的原因。有人说古诗的表现是出色的，而对诞生仅仅一百年的新诗嗤之以鼻。客观地说，在这方面新诗整体上的表现不如古诗。但是，这首诗给了我们意外的惊喜，诗人用极其精练的文字，让我们看到了新诗在这方面同样可以有着不俗的表现。这首《老人》，全诗二十三个字，形式上看有庞德的《地铁车站》之感，其内容却包含了一位老人整个丰富、沧桑、衰弱的一生。可以说一位老人在经历了人生的种种风霜雨雪之后，各种足以让他抵挡命运之神攻击的东西都没有了，就只剩下"满身皱纹"，"来绑住"虚弱得不能再虚弱的身体，"绑住随时都会散架的皮骨"，读到这里，我们的心被猛地扎了一下。我们刚陷入诗人营造的情绪之中，他像一位身怀绝技的武功高手，刹那间就不见了踪影。待我们再看他留下

的这两行诗时，像一个过目难忘的特写镜头，就这样深深
地留在了我们的脑海之中，一首魅力十足的好诗也就悄然
出现在我们的眼前。

附录

旧体诗词及点评

男儿行

一衡生

　　火种盗文明，神怒不可息。裂胸啄脏腑，劫灰焚深黑。赖有好男儿，奋起策群力。逆行日以常，救死于顷刻。彼亦人之子，家人长牵忆。相看犹腼腆，未褪青春色。或者行伍老，无愧平生职。岂不有官长，长官身最前。一句跟我上，大勇搏燋烟。岂不有兵士，士兵常攻坚。受命不旋踵，有我有平安。津沽八月夜，百里霹雳声。摧残地如震，狂焰冲斗衡。避走哭千家，大凶压名城。岂不畏凶险？父母鬓皤皤。岂不有徘徊？妻儿无事么。临行呼兄弟，我父是你父。临行托路人，电话致我母。行矣不复语，掉臂见刚烈。罾天夺生机，男儿敢死别。矫捷火中影，焦枯衣上血。昂藏七尺躯，担当天下热。隔日危稍解，各方辩谁责。指示出中枢，簪缨聚赫赫。赫赫将何为，辩义或辩利？黎元口作碑，只许男儿是。

莫真宝点评：

　　此诗写天津港仓库大爆炸事故，制题、命意与择体皆宜。夹叙夹议，一以贯之，凸显消防官兵以身犯险、存仁取义之胸襟！若本《春秋》责备贤者之意，窃以为倘能聚焦具体形象，用韵稍稍整齐之，复于"一句跟我上"云云诸语稍加检束，则善之善者也。

　　就此诗题材而言，以时事入诗，将事、情、理打成一片，生意凛然，所谓"气盛言宜"，信矣！

山中四月

丁香树

嫩柳墟烟伴早霞，忽闻犬吠向邻家。
村头稚子真无赖，手举长杆落杏花。

周啸天点评：

这是一首儿童杂事诗。写山村"四月"，使人想起宋人翁卷的"乡村四月闲人少，才了蚕桑又插田"。因为是农忙时节，所以小孩没有人管，所以为所欲为，居然手持长杆，偷折邻家的杏花。想其动作，一定不是打，而是在杆头劈叉，夹而折之。所"落杏花"，才不是碎瓣，而是整枝。首句写景，应是作者村行所见，而顽童折花的事，则是因狗叫声发现的。诗中充满情节和童趣，"稚子真无赖"语出辛词之"最喜小儿无赖"，如遇丰子恺，马上可以成就一幅漫画。

听 雨

大海渔夫

扰梦春丝又奈何，难眠辗转且当歌。
一支云箭今犹在，不惧豺狼坎坷多。

周啸天点评：

　　不同的人听雨，有不同的感受。恰如蒋捷《虞美人》所说："少年听雨歌楼上，红烛昏罗帐。壮年听雨客舟中。江阔云低、断雁叫西风。而今听雨僧庐下，鬓已星星也。悲欢离合总无情。一任阶前、点滴到天明。"这一位"听雨"又不同，大概是遭遇不顺，长夜难眠，前二句是；故以歌当哭，为自己壮胆，后二句是。"云箭"一词，唐宋人不用。见于周星驰电影《功夫》两句话："一支穿云箭，千军万马来相见；两副忠义胆，刀山火海提命现。"穿云箭，指信号箭，一支箭射出去，自有千万个兄弟来帮忙。不知道作者是不是这个意思。然而，这个"云箭"与雨声是什么关系，诗中缺乏交代，是作者自家脚指头动，旁人无从知道。

咏　竹

子　瑜

翠袖芊姿入彩笺，深丛玉立影翩翩。
虚心总有高情涌，直节无需顺眼怜。
声破轩窗惊晓梦，根盘陌野沐朝烟。
幽篁浅坐聆风雨，一管箫音上九天。

莫真宝点评：

历来咏竹诗文可谓车载斗量，想要从无数名作中脱颖而出，实非易事。这首《咏竹》，从扣题的紧密、格律的中规中矩和作法的常中求变而言，还是颇有值得称道之处的。

首句"翠袖芊姿入彩笺"，定下了其题画诗的功能属性。清代方薰说："高情逸思，画之不足，题以发之。"观此诗，似就题材发之，既咏画面，又抒发了一种人生情趣。起笔点明画上之竹，并描摹竹影轻摇的画境。颔联以转为承，赞美竹之虚心、直节，此亦前人说过的话头。在借古人之意抒发感慨之后，目光又聚焦到画幅之上：颈联以承为转，上句就室内而言，闻竹声而惊晓梦，从听觉摹写其龙吟细细之声；下句就室外而言，沐朝烟而望竹影，从视角写其凤尾森森之貌。尾联点睛，画中之人"千呼万唤始出来"，他独坐幽篁里，箫声振林樾，俨然高士潇洒出尘。

读罢全诗，仿佛见得竹影轻摇，听得幽人弄箫，窗前野外，有尺幅千里之感。至于此系自咏画作乎，为他人题咏乎？画中人为人乎，为己乎？似乎都不重要了。

如梦令·数学考试

马丁梦曲

曲线微分函数，求导几何钩矩。极限在书中，原点未知来去。排序、排序，解析人间愁绪。

蔡世平点评：

数学考试入诗不易，入小词更不易。但是词人马丁梦曲的这首《如梦令》读来别有趣味。

前两句六个语言节奏单位都是数学名词。它们纠缠在一起，极其错综复杂，弄得考生一时找不到头绪，满脸愁容。这原点来无影去无踪，到底藏身哪里呢？但他很快冷静下来，知道只有通过一次次排序，才能找到正解，解开心结，驱散愁容。事实上考生是在进行一场智力的极限运动。

显然，小词没有停留在单纯的数学考试层面上。词由考生数学考试的"小愁"，联想到人间社会百姓生活的"大愁"。词人是在通过"排序、排序，解析人间愁绪"。

小词意境开阔，大意思存焉。

临江仙·酒后淮堤独步

马守祥

　　酒后淮堤春渐老，倩谁携手同游？层层柳浪锁离愁，夕阳山脚下，斜照水中鸥。

　　都道人生如一梦，梦中尚有何求？那年那月那双眸，玉人初见面，金缕指间揉。

梦欣点评：

　　此首《临江仙》，从题目和下片文本来看，当为怀人之作。因为所怀念的人也许只是一见钟情而已，双方并未有更多的接触和交往，所以心里更多的是莫名的惆怅或朦胧的追忆。但这点情怀便能写得如此纠结与怅惘，也当是成功之作。其中，"层层柳浪锁离愁"是从前人的诗句中点化而来的（清李雯《风中柳·闲情》有"暗锁离愁，端是楼前杨柳"、宋苏庠《谒金门·怀故居作》有"柳浪迷烟渚"、宋曹勋《杂诗》有"柳浪收时水拍天"等），称得上是移情入景的妙句。此外，下片的后三句，用简练而准确的文字描绘了一位纯情女子的鲜活形象，也为作品添色不少，值得欣赏。

僦 居

马 琳

寂寞归穷巷，经旬闭牖堂。
无人醉相请，是药病皆尝。
宿雪寒窗白，飞沙落日黄。
争知愁闷处，有句在书房。

周啸天点评：

"僦居"即租居之屋，换言之，作者属于无房族。"寂寞归穷巷，经旬闭牖堂"，十字画出一寂寞老者的形象。昔人有"双牖堂"的斋名，"牖堂"则是作者所造，虽然闭门索居，还是有窗户透气的。"无人醉相请，是药病皆尝"，十字可圈可点，可以比美"无才明主弃，多病故人疏"（孟浩然）。"宿雪寒窗白"照应上文"牖堂"，写的是冬天，直觉判断，这个租居之屋是没有空调的。"飞沙落日黄"，是写雾霾，反映了环境问题。"争知愁闷处，有句在书房"，最后两句，就是说无意中写成了这首诗，末句有破愁之意。诗"可以怨"，故深得风人之旨。

天山公路行

天　友

朝辞乌市向伊犁，陶醉天山岭谷溪。
坡底秋阳方煦暖，峦间冬雪忽凄迷。
冰峰高耸云霄外，碧水湍流岚涧西。
千里巉岩车驶越，苍茫松海挂虹霓。

莫真宝点评：

　　凡游览所见园林、山水、名胜及日常景物，均可入诗，是为游览诗，《文选》有之。无论触景生情，造景抒情，游景悦情，游览诗中所含之"情"之于风景，实有"嘘枯吹生"之妙。

　　此诗写天山风物，秋阳冬雪，状气候之变化；涧水冰峰，见山势之雄奇。虽车中赏景，移"轮"换形，有似走马观花，但寓目即书，明丽如画，俯仰之间，笔力强劲。诗中之情，妙在"不说破"，而"陶醉""凄迷"等语，固然已自含情，然稍嫌直露耳。

山村早春

天涯鹤

二月春何早？园林雪渐融。
草连三径绿，花作一时红。
日暖莺穿柳，风微燕觅虫。
先生怀逸兴，泼墨闹东风。

蔡世平点评：

这是画家诗人天涯鹤的作品，轻快明丽，有如他的一幅水墨画。

早春二月是何模样？诗人一一道来。你看园林的雪渐渐消融，小径上的草也开始泛绿，开得早的花也有一时红的。天气暖和了，黄莺在柳林里穿梭；微风轻拂，南来的燕子在田野间寻觅小虫。这时候我们的诗人逸兴正酣，挥毫泼墨，"闹"得东风习习欢。

"泼墨闹东风"，是我迄今未见过的诗歌好句子。借用《人间词话》的成句子：一个"闹"字，境界全出。虽是从宋祁"红杏枝头春意闹"那里化来，但有变化、有创造、有新意，值得点赞。

金缕曲·黑洞之声遐想

夫复何言

来处无寒暑。那鸿蒙，泪珠溅起、悄然谁主。沉静池塘微澜漾，相惜相依相舞。不必问，粉身何苦。爱到难分成热烈，这般痴，直让神仙妒。从此后，长看顾。

尘寰已有倾听处。听那声，盟山誓海，耳边轻语。途远怜从光年计，仆仆风尘行旅。倏尔里，了忘今古。携得沿途无限事，向吾人、漫把幽思诉。吾感动，尔知否。

落日长河点评：

1. 看这词题，应该和美国科学家去年探测到的引力波有关。作者遐想成可以听到另一个空间凄绝之情爱故事？

2. "那鸿蒙，泪珠溅起、悄然谁主。"从一定意义上说，诗词学是而且也应该是一门"模糊学"。《沧浪诗话》言："诗者……如空中之音，相中之色，水中之月，镜中之象，言有尽而意无穷。"但是应遵循最基本之语言逻辑！因为诗词不是天书。那鸿蒙谁主？此问无妨；谁"泪珠溅起"？上世纪八十年代，朦胧诗之笔触。

3. "从此后，长看顾。"作为（准备）过片，既不能承上，亦不能启下。有凑韵之嫌……

4. "漫把幽思诉"："思"此处作名词为仄。

5. 下阕一气呵成，逻辑清晰。结句也收得干净。

6. 此作一咏三叹，虽有意象重复之处，但题材新颖、构思精巧，不失为佳咏。

残 荷

元 宝

霜劲利如刀，朝朝刈我袍。
垂裳怜瘦影，对月度长宵。
藕臂泥间白，莲心水上漂。
谁言生意尽，不复旧妖娆。

莫真宝点评：

　　咏物之诗，妙在以所咏对象而论，言出意明，构成一个自足的形象语意系统；同时超越所咏之物，意在言外，构筑另一个抽象的语意系统。故其妙处，既循物情，又随人意。

　　荷叶经霜，老去风华，诚然是"菡萏香销翠叶残，西风愁起绿波间。还与韶光共憔悴，不堪看"。那霜中败叶，在顾影自怜吗？嗯，也许有一点儿。然意念回转，想荷梗之下，莲藕拔节；茶杯之中，莲心飘香——有点苦涩，毕竟还余清香。虽接天碧叶与映日红花都尽，但一派妖娆，精气内敛，生机以别样的方式在延续，只是不复逼人眼眸罢了。作者步入知天命之年，洗尽铅华，已进入人生的秋季。"枯荷"意象，何尝不是自况呢？所谓"婉转附物，怊怅切情"，说的正是这样的诗吧。

天峨黑粽歌

韦散木

天峨黑粽黑如石，阿婆门口持送客。自言家贫无长物，区区此粽送离别。送离别，正依依，粽叶黏米哪忍离。君不见，黑粽虽丑香馥馥，客吞入肠肠九曲。中有故乡春山泉，中有故乡秋豆菽。中有故乡草木灰，中有故乡心头肉。阿婆手自包，阿婆还自煮。煮罢送儿赴广东，煮罢送客赴京沪。提粽出门眼模糊，自揉蒸汽炊烟熏眼处。

莫真宝点评：

这首《天峨黑粽歌》，标题显示其文体为"歌"，乃古体诗中歌行体之属。

这首诗把记事、抒情熔为一炉。前四句以叙事起笔，作为抒情背景。首句用比喻手法点题，"送离别"三句转入抒情。其后，或如"君不见"三句直抒胸臆；或如"中有"四句，运用排比，寓乡情于其中；"阿婆手自包"四句，或言阿婆包粽、煮粽，或言阿婆送儿、送客；"提粽出门"两句，忽然来个特写：被送之人泪眼模糊，关合"送离别，正依依"之意，全诗到此戛然而止。离乡之情，定格在远行之"客"自揉泪眼的画面。"中有"以下十句，几乎每句一场景，或实或虚，变换频繁，类似蒙太奇画面拼接。

此诗以"黑粽"为寄情之物，以乡情为内核，体现"放情长言，杂而无方"的长处，无疑比采用近体更能表现丰富的内容。

三月五日船过峡江寄意红杜鹃

云水易

峡江水涌千层软，耳畔风轻万壑幽。
别有春深枝上艳，山崖漠漠欲伸头。

蔡世平点评：

三月里正是春光灿灿、杜鹃花开的好时候。诗人乘船经过三峡（当然不一定是三峡，总之是中国西南部江水穿过的一条江峡吧），浪涌千堆，风轻万壑。此时诗人自是心旷神怡，诗思漫溢。要不他（她）看不到这样的峡江一景：危峰绝壁上，朵朵杜鹃点点红，那样的俏丽，撩人眼目。这时，山崖也把持不住了，欲伸出头来，看个真切。

诗就是这样，要有艺术思维，要出奇制胜，无理而妙。本来是诗人自己在欣赏山崖上的红杜鹃，然而他（她）却说是"山崖欲看"，纷纷伸出头来，让读者会心一笑。真个是：小诗生野趣，口齿有清香。

与 人

月晓风

方外悠游兴欲回，幻云恰对远山开。
忽传江浦玲珑客，正踏清波飘逸来。
拾翠人稀犹我看，卖花声攘待君猜。
逍遥楼上凭栏久，新竹盈盈替作陪。

熊东遨点评：

开篇若实若虚，徐徐引入。颔联流水对，情趣盎然。诗中有此一联，通首俱活。颈联俏皮，"攘"字疑笔误，通常作"嚷"。尾联以拟人手法收束，盈盈新竹，妩媚多情，令人遐想不尽。诗不怕起得平，就怕结得弱；起得平只是虚晃一枪，结得弱便成水土流失。此诗以新奇作结，甚是成功。

鹧鸪天·西湖赏荷

月影轩主

露润红颜湿翠衫，曲栏斜倚隔尘凡。鱼衔烟水真珠动，风枕湖光香影耽。

云渐去，梦初酣，一花一叶识江南。何时携笛兰舟里，看采莲蓬玉指纤。

梦欣点评：

赏荷可作游览诗或咏物诗，若为前者，一般均侧重对景物的观察和描绘，借景怡情，表达游览过程的感受。通常是下笔先状景，收结见胸襟。此作便属于这种手法。上片叙述自己与女友一清早在"曲栏斜倚"欣赏荷花，生动刻画莲池美好景象：游鱼浮上水面，搅动荷梗，水珠在荷叶上滚动；微风贴着湖面，吹出波澜，摇曳着荷花的芳姿香影。下片则写自己沉醉于眼前的美景，感叹江南的迷人环境，竟期待未来有更精彩的一场游览艳遇。作者笔墨圆润，景物描写生动鲜活，情感表达委婉浑涵，上片三四句及换片二个三字句的对仗十分精彩，结句略带艳味而情怀悠远，是为可读之作。

京都逢故人

风波一叶舟

莫问北漂事，十年滋味深。
未曾迁户口，岂敢改乡音。
额上风兼雨，杯中古到今。
华灯光影暗，知是夜沉沉。

莫真宝点评：

　　故人相见，寒暄之间，问起近况如何，乃人之常情。落笔"莫问北漂事，十年滋味深"，则多年困顿，似有不忍言者。"滋味"虽不忍言，仍须勉强言之，故承以"未曾迁户口，岂敢改乡音"，既坐实"北漂"身份，又吐露对故乡的眷念。颈联荡开一笔，"额上风兼雨，杯中古到今"，上句虚写，下句实写，虚实相间：额头上留下长年风吹雨打的痕迹，往事历历，虚中有实；呼酒买醉，谈古论今，实中有虚。从酒馆出来，但见"华灯光影暗，知是夜沉沉"，生活常识告诉我们：灯愈明则影愈暗，醉眼蒙眬的"我"尚不失清醒，知道这时夜已深了。不言情绪，寥落之情自然而然地倾囊而出。"夜沉沉"未尝没有象征意味，前途未卜的惶惑，充溢于字里行间。

　　古人"同题之作"，多借此抒发思乡与归隐之情。如唐朝吴融《长安逢故人》、郎士元《长安逢故人》等，切于情事，语不虚设，而此诗中"滋味深""风兼雨""古到今"，都是比较隔膜的语汇。"我"并非北漂，则此诗之异于古人，宜矣。

登崂山

文天原

日上氤氲锁巨峰，振衣拄杖觅霞踪。
几疑应是凌云顶，举目惊呼又一重。

莫真宝点评：

  首句切"山"字，太阳升起来了，仰望巨大的山峰烟云缭绕；次句切"登"字，抖去衣服上的灰尘，拄着拐杖开始登山之旅，只为寻觅朝霞的踪迹。"锁"字有力，"觅"字用心。首句景象壮丽，颇富动感，次句叙事简明，且注重细节，展现出一幅雄阔而生动的画卷。三、四两句写登临过程中的感受。"几疑"句，谓多次误以为登上了顶峰，活脱脱写出山之高、路之远，以及烟云之浓密。结句承"疑"字生发，是释疑：抬头一望，原来头顶还有一重山。一"几"字，一"又"字，如此反复生疑、释疑，则登山之苦乐，尽在其中矣。

  俗话说，"一山望着一山高"，人生之追求，正复如是。此诗叙事写景，颇富理趣，虽不脱模拟"山重水复疑无路，柳暗花明又一村"或"一山放过一山拦"之痕迹，然其景真，其事切，其感受非以外力强行揳入，而是自然发抒，合乎情理。

临江仙·冬日太和山小住

忆雪堂

做个神仙小梦，得窥云汉高天。诸峰作势欲腾骞。便成龙气象，终是道根源。

霜雪自添磨砺，竹松相对怡然。人生不过百来年。且留三两日，细味五千言。

周啸天点评：

太和山即武当山，相传真武曾修炼于此，为道教名山。全词措语如"神仙小梦""道根源""细味五千言"等，都是紧扣道教名山而言的；而"霜雪自添磨砺，竹松相对怡然"，则写出了"冬日"的特色，及作者"小住"时的心境。《临江仙》一调，除了上下片中间的两个七言是单句外，首尾各为六言联、五言联，能作成对仗尽可能作成对仗。此词所有联语，皆作对仗，轻松自然，没有做作痕迹，特别是"三两日"对"五千言"，对仗分解到单字。从结构上讲，"三两"和"五千"并不一样，但对仗分解到单字了，不一样反而会成为一种趣味。

心 路

邓 辉

山巅似剑插云旌，久绕歧途哭去程。
坎坷天梯连绝壁，迷糊雾帐困狂生。
眼帘竞放千霞艳，心底争流万涧清。
不畏羊肠终有路，险峰翻过一川平。

杨志学点评：

这是一首很值得品味的诗，其令人称道处有三：

一、起笔不凡，先声夺人。首联即把山路之高与攀援之难、歧路之多与选择之苦写得很足，接下来两句继续造势——第三句承第一句，第二句接第四句，可以说把路途之险峻与人生之困顿写得无以复加，即使是"狂生"也要被围困得一筹莫展。

二、转折有道，别开生面。面对困境、险境怎么办呢？第三联可以说是来了个一百八十度的大转弯，以"千霞艳"和"万涧清"的意象展现出了清新明媚的境界。有了这个转折，尾联卒章显志式地冲出围困也便水到渠成。

三、回过头来再看前面，再看题目，原来作者写的是"心路"，而心路实际上是现实自然之路的映照，可见人的心胸之大、之重要——它是战胜一切艰难险阻的关键！从诗的作法角度看，此诗成功的关键是转折；而文法意义上的转折，须依赖于人的心灵的博大开阔——这才是成就诗歌境界的核心要素。

邯郸道中

东方麓台

敝褐征尘拂未阑，转蓬今又过邯郸。
萧条草木岁初改，暗淡楼台雾作团。
学步徒嗟行路窘，钝锥终愧脱囊难。
半醺惆怅山头月，乞借卢生一枕安。

莫真宝点评：

这首《邯郸道中》，不似流行的旅游诗或登高壮观，画山水之形貌，或凭吊遗迹，发思古之幽情。蕴含其中的旅途苦况和羁旅情怀，使之带上了几分行旅诗的色彩。

"行"指出行，"旅"指寄居外地，即出行中的停留。那么，借用胡大雷《文选诗研究》中的论断，此诗的"行旅"意味即是"描摹叙写出行途中的所见所闻所感"。首联直抒胸臆并点题，有叙事意味；颔联衬以途中所见衰飒秋景；颈联抒发羁旅之况与壮志难伸的惆怅；尾联写借酒浇愁，微醉于雾月之下，欲向梦乡逃避现实之困窘。

此诗立足点属于"旅行至某地写某地之景"。"岁初改""山头月"等，表现出清晰的时空之感。从诗题及"转蓬"句可知，其情感类型是以外出途中的情景来叙写诗人内心的焦虑。颈联袭用"行路难"语意及反用毛遂自荐之典，"学步"与结句的"卢生一枕"，均系与"邯郸"相关的典故，与全篇情、事、景妙合无垠，思致缜密，古韵悠然。

竹

东 园

不为化龙登太清，只怜傍宅径阴成。
每回来看尽欢去，空自流连着意行。
欲死还花因凤实，虽枯有节识人情。
故应分付玉箫手，吹作生民寒苦声。

莫真宝点评：

求之总集，今人成乃凡编《历代咏竹诗丛》，即收录至清末为止的咏竹诗三千余首，若非尽读之，试图判断一首咏竹诗是否有独创性，诚然是件困难的事情。

此诗咏竹。首联用《神仙传·壶公》中青龙化为竹杖送费长房返家之典，赞眼前之竹不愿化龙而升仙境，只愿傍宅以成阴凉。竹有情，人亦有意。颔联即写"我"对"竹"的眷恋：每来观竹，必然尽欢，尽欢之后，仍旧徘徊不忍离去。颈联赞竹之坚忍、高洁与奉献精神，写足"流连"之原因。"欲死还花因凤实"，竹子开花，一般预示着其生命期的结束。花后结实，称竹米，或称练实、凤实、凤食。"虽枯有节识人情"，竹子中空，喻虚心之义；竹子有节，与节操双关。竹虽枯槁，仍然不改其"节"，借此逼出尾联："故应分付玉箫手，吹作生民寒苦声。"前述种种都是铺垫，题旨至尾联始和盘托出，所谓卒章显志是也。

无 题

东 柳

渐短衫裙天渐长，槐花几树正飘香。
手机在手懒相问，你我人间各自忙。

周啸天点评：

　　作者不知道是不是位女性，诗中人却是一位女子。"渐短衫裙天渐长"一句以形象感性的语言写出时光的推移，而一位年轻女子的形象也跃然纸上，两个"渐"字重叠得好。"槐花几树正飘香"句，隐括了一首经典的四川民歌"我望槐花几时开"，话虽如此，其实是写一位女子心头望郎，对娘亲逼问的搪塞。三、四两句写出信息时代的新意，没有手机时，天天盼望信息；有了手机，却懒得相问。也不是不想问，总希望对方先发信息。吴伟业《梅村》诗有"不好诣人贪客过，惯迟作答爱书来"，就是这个心理，盖人都有一点自我中心意识。末句"你我人间各自忙"，各打五十大板，其实是嗔怪对方不善解人意。总之，这首小诗曲尽人情，写得不错。

空巢老人

白云瑞

空忆当年满院春，儿孙尽是梦中人。
回眸一片夕阳晚，荒草无情欺到门。

杨逸明点评：

　　空巢老人这种现象古代应该也有，但是"空巢老人"这样的表述以及把这种身份作为一种社会现象沉重地提出来，应该是当代才有。小诗以空巢老人的口吻说说自己的凄凉境况，读来使人难受。当年也是子孙满堂，如满园春色，如今全都成了梦中人了。他们是漂泊异乡，还是意外伤亡？作者没有说，反正各种原因都有可能，但是结果是一样的：产生了"空巢老人"的悲惨境遇。眼前的景象是夕阳凄凉，门前不但可以罗雀，连荒草都长满了。一个"欺"字，表现了老人的无奈，以及作为社会上弱势地位的可怜。空巢老人会产生心理失调症状，称为家庭"空巢"综合征，实在值得关心和同情。诗有很多种题材可写，但是屈原说的"长太息以掩涕兮，哀民生之多艰"始终是诗人的第一选项。白居易说："感人心者，莫先乎情。"带着深切的关心民生的悲悯情怀写诗，以情感人，就会写出好诗。

清平乐·冰窗花

白雨幽窗

水晶画笔，涂抹玻璃纸。松菊鹅毛银雀尾，风折秋之芦苇。

梦中或到天涯，晓来记取繁华。消得人间冷暖，依然清泪无瑕。

莫真宝点评：

这首《清平乐》，吟咏冰窗花这种美丽的自然景象。上片描写，下片议论抒情。

开头两句，运用拟人写冰窗花之形成。大自然挥动如水晶一样的画笔，把窗户玻璃当作"纸"，随意涂抹出美丽的冰窗花。次二句运用博喻，刻画冰窗花的形状：像松，像菊，像鹅毛，像银雀的尾巴，千姿百态。最后再喻之为秋风摧折之中的芦苇，惟妙惟肖。咏物若无物，则落了空，如仅余物在，则难以传神。此词下片笔墨荡开，离形取神，细忖之，依然句句不离冰窗花。

粗略地看，通篇以旁观者的身份，写其眼中所见、心中所念的冰窗花；再读，冰窗花仿佛一个人生的隐喻。如此思忖，作者之心，玲珑剔透，作者之笔，质实之余便无限空灵起来。

端午怀屈子

冯延辰

哀郢哀民空自伤，涉江唯见水茫茫。

秦谋列国生心久，楚梦高唐盼夜长。

渔父超然为避世，鸱鸮得势便欺凰。

龙舟看罢争强赛，只说盘中粽子香。

刘能英点评：

在端午节怀念屈原的人与诗，古往今来，多于牛毛。写诗立意在上，贵在出新。但奇思妙想，往往可遇不可求。那是不是说题材老旧，立意又平平的情况下就不能作出好诗呢？当然不是。这个时候可以退而求其次，格律的严谨、脉络的清晰、语言的流畅等各方面，都可以让诗熠熠生辉。

这首诗首先是音韵和谐，开头两韵"伤""茫"阴平与阳平的交替使用，一三五七句之"伤""久""世""赛"平上去去的搭配使用，铿锵入耳，读来口齿生香，当然如果是平上去入四声搭配，就更趋完美；其次是对仗工稳，如"秦谋"对"楚梦"，"列国"对"高唐"，"避世"与"欺凰"，等等。再次是化典无痕，一二句的《哀郢》《涉江》都是屈原《九章》里的作品。"高唐"是指宋玉的《高唐赋》，写楚王与神女交欢，可以使得政治清明、国家振兴、人民富足之事；最后是语言朴实，流畅自然。这些都弥补了立意与题材的缺憾，提升了诗的档次。

登北固山

边郁忠

落叶东吴道，登临正晚秋。
寒山少人迹，潦水淡云流。
烟雨六朝树，风光千古楼。
俯看船过处，孤鸟下汀洲。

莫真宝点评：

边郁忠擅五律，且多山水佳什。《登北固山》是登临怀古的游览诗，以登山命题，另辟蹊径，使之与众多的"登北固楼"之作区别开来。

首联点明时地，"登"字扣题。颔联承前，山寒人少，水淡云流，以疏淡之笔点染晚秋之景。颈联继续写所见：树为"六朝"，楼自"千古"，情不直陈而借现成之树与楼而言，并分别冠以"烟雨""风光"，蕴含无尽的苍凉与沧桑。尾联复以眼前所见江船与孤鸟作结，"俯看"关合首联之"登临"，点明视角，并再次扣题。

合而观之，登山临水，时值晚秋，烟树历历，人少鸟孤。全诗意在怀古而意境冲淡闲远，含而不露，体现了边郁忠山水诗一贯的古雅风格。

扫 除

邢涛涛

暖风吹进一窗新，文竹青萝翠可人。

怜爱清明勤洒扫，不教公案落微尘。

莫真宝点评：

这首诗通过日常生活中打扫办公室的细节，来表现作者一尘不染的高洁情操。

首句写暖风之"扫除"，"吹进一窗新"，表明此"暖风"，为春日之和风。"新"字，乃一篇之枢纽，透露出窗内窗外的无限生机。次句承以办公室内的盆栽，在暖风的吹拂下焕然一新。故暖风不仅送入窗外之"新"，而且催生窗内之物"更新"。不仅文竹、青萝，人亦窗内之"物"。物之"更新"与人之"自新"，自然连类可及。故第三句承中有转，且直接点题：为爱清明，勤于洒扫。"清明"，此处为清新明丽或清澈明净之意。结句紧接"洒扫"而言，点明诗题《扫除》之意。公案，指官署治理公事用的桌子，可泛指办公桌。诗中所言，洒扫的是房间，抹去的是办公桌上的微尘，其"象外之意"不言自明。至此，办公环境的清澈明净，正与精神清朗取得和谐一致。"公案"尚且不使落下"微尘"，其人将于"公人""公事"何？则不言自明矣。

古语云"诗言志"，此系当前不可多得的"明志"之诗。

观 钓

吕华强

凝神屏气对清池，别样情怀独自知。
他钓鱼鳞烹味美，吾抔云影煮鲜诗。

莫真宝点评：

　　垂钓是现代人常见的休闲方式，这首"观钓"诗，系以旁观者的眼光看待别人垂钓，通过刻画钓者与垂钓者不同的神态，表现出两种不同的人生追求。

　　首句谓垂钓者坐在清池之畔，凝神静气地等待鱼儿来上钩；次句承以"我"的"别样情怀"，把"我"意不在鱼的闲雅告诉读者，与"凝神屏气"形成鲜明对比。第三句仍承接首句，谓他人钓鱼之意在鱼，道出了人情之常；结句谓"我"在池边思量如何捧起池中云影，酝酿鲜活的诗篇，再度形成对比，交代了我的"别样情怀"。

　　这首小诗收放自如，把生活中一点小情趣，加以艺术的表现，他人的患得患失，"我"的风雅之意与悠闲之状，以及人与自然融融相处的情怀，便跃然纸上了。"抔"，用手捧起，"煮"字，显出较强的炼字的功夫。

维也纳

向 闲

音乐之都信不讹，满城剧院满城歌。

森林滴翠铺长卷，河水流蓝送短波。

嗟我头皤诗意倦，羡他国小大师多。

今宵过客原无事，华尔兹中听协和。

刘能英点评：

首联开门见山，点出了维也纳作为音乐之都的特点，颔联似乎写景，但"河水流蓝送短波"也蕴含了音乐：仅字面就使人联想起施特劳斯的圆舞曲《蓝色的多瑙河》。颈联写作者的感慨，以自己老来诗意困倦，反衬人家一个小国家音乐大师众多。尾联表明作者的身份，以及偶然听音乐的感慨。看似不经意的一笔，却寄寓了一种希望：华尔兹中听协和，对于音乐带给人们的精神享受充满了期待与向往。全篇语言流畅，音律和谐，对仗工稳。"河水流蓝送短波"堪为神来之笔，让《蓝色的多瑙河》于字面依稀可见，切合地理：多瑙河在维也纳穿城而过；切合主题：音乐之都。"流蓝"二字少有用者，但用在此却恰到好处，古诗中有"水拖蓝"的用法，如明人文征明"春湖落日水拖蓝"、明人于子仁"断桥流水渐拖蓝"。作者或从"拖蓝"化用而来。

生查子·晓行记趣

刘 征

晓月照林荫，明暗交斑驳。我道是月光，伊道是积雪。
俯以手捧之，伊手如雪白。大笑伊何痴，手中了无物。

梦欣点评：

此作构思精到，刻画了同行者"伊"的个性形象。作者凌晨与"伊"出行，途中因月光之皎洁明亮，乃收取了一段生活情趣。行走之快乐与心境之悠闲交织成美好的记忆，跃然纸上。上片作者先重墨描绘"晓月"的形迹。因树木枝叶遮挡，呈现明暗交接的斑驳光影，明亮处犹如积雪，先从视觉上感知月光。下片转而塑造游伴"伊"的天真情性。俯下身子去捧雪，是真"痴"还是假"痴"，我们无法辨别，但效果都是一样的，那就是，憨厚而真诚的样子引得词人快乐无比。是真"痴"，则"伊"人心头必定装满了纯真的爱意，是假"痴"，则"伊"人颇有心机，能幽默，善于营造欢乐气氛。而不论是前者或后者，有了女游伴以手"捧"月光的这一情节，情趣立生，词味隽永。

晨 起

许洪亮

大雪纷纷落，愁人缓缓行。
楼灯犹闪烁，街道自纵横。
惨淡怜工部，凄清忆子卿。
何当煦风起，春色满寰瀛？

莫真宝点评：

　　"晨起践严霜"，苏武子卿有河梁之别；"冠盖满京华"，杜甫工部生憔悴之感。况值岁云暮矣，雪落长街，望阑珊灯火而徒增伤怀念远之慨乎？然则异世同悲，叹飘零之不时；寰瀛春满，冀煦风之可待。字里行间，每于惨淡之中，点缀温情，此"愁人"心境，所以回肠九转也。纵雪落灯明，街横楼外，"愁人"终当踽踽远行，以守护其坚韧不拔之志也。

废品收购站卖旧书

孙临清

屋隅生蠹复生尘，废物抛售岂为贫。
不读原应许刘项，抄焚何必怨嬴秦。
新潮电子供儿辈，旧日青灯误此身。
论价一斤三角币，夕阳离去首回频。

蔡世平点评：

　　这个不大为人在意的生活小场景被诗人捕捉到了，并且写成一首有思想含量的诗，至为难得。

　　小城小镇的废品收购站，一般都在比较偏僻的角落，所以屋子是"生蠹复生尘"。但收购站的主人却废物利用，兼收兼卖，卖什么？卖旧书。要知道现在从事废品收购这一行当并不太差，有的还发了财，甚至成为"废品大王"呢。因为今天物质条件好了，人们的消费观念随之转变，所以废品丰富，因之他收购废品并不是贫而所为。

　　颔联两句最为出彩。秦始皇焚书坑儒是家喻户晓，"刘项原来不读书"也成为人们的口头禅。不读书的本来只属于刘邦、项羽，你不读书又何必赖到坑儒的秦始皇的头上呢！对当下不读书的世风进行了辛辣有力的嘲讽。

　　今天是电子世界，还要读什么书啊，我昨日的青灯夜读真是误了此生，诗句的反讽意味强烈。过去卖书论本，现在论秤，一斤也就三角钱，时代真是变得模糊了。我在夕阳西下时，离开这个废品收购站，频频回首，感慨深深。

望海潮·老 家

阳光2015

　　两山无语，双泉相望，盈盈玉带河长。垂柳老鸦，疏篱小院，炊烟袅袅传香。三两读书郎，几多古人样，晃脑拖腔。卧水残阳，坐山新月，任安详。

　　山居不问年长，侍园间小菜，陌上田粮。担水劈柴，栽花摘果，空空兀自穷忙。煮酒灶沿旁，闲话床边上，皆是平常。休道人生大事，谁解作农桑。

莫真宝点评：

　　从自注"老家"来看，这首《望海潮》为怀乡之作。词中铺叙安宁自足的乡村生活场景，流露出缕缕乡思。

　　上阕前三句从"老家"山水说起，四、五两句写庄户人家，六到八句过渡到勾勒"衣冠俭朴古风存"的人的活动，煞拍则照应开头，衬以残阳卧水、新月临山的日常景象。"任安详"三字，情不自禁地道出对这般安详生活的艳羡之情，为一篇之主旨。下阕承此，铺叙乡村"安详"的生活场景。过片前三句，直有"山中无甲子，寒尽不知年"的趣味，紧接着数句，写种菜收粮、劈柴担水、种果栽花、煮酒闲话的农家生活，虽有"兀自穷忙"的诙谐之评，但言语之中，饱含了向往农桑的意趣。

　　用平常口语写平常景、道平常事，是此词的特点。"盈盈""疏篱"等雅语，如盐入水，溶化无痕。

山居冬日

如 果

近午云犹积，前溪冻不舒。
有风鸣盖瓦，无事罢耕锄。
木落千林薄，雪余三径疏。
忽闻邻犬吠，远客至山庐。

杨逸明点评：

　　看题目，知道时间是冬日，地点是山村。许多古代生活场景，在当代的部分农村还可以见到，古代诗人和当代诗人都可以写入诗中。有人说今天以杵捣衣已经没有了，但是我分明在一些水乡和山村还见到捣衣和听到杵声。"开轩面场圃，把酒话桑麻"的场景虽然不多，但还是能够见到。这首诗就是为我们重新描绘了一幅当代农村的冬日的图画。溪冻、木落、雪余、无事，都是在写山村的冬日。颈联的"薄"和"疏"，炼字精准，自然而不显得刻意。犬吠声传来，使人想起了陶渊明笔下"阡陌交通，鸡犬相闻"的桃花源。古人论诗云："诗之是非不必争，试以己诗置之古人诗中，与识者观之而不能辨，则真古人矣。"此诗如置之"田夫荷锄至，相见语依依""田家几日闲，耕种从此起""空山不见人，但闻人语响""欢会酌春酒，摘我园中蔬""时见归村人，沙行渡头歇"之中，似亦可"观之而不能辨"。这也许是此诗写得成功之处。

晨眺拒马河

抚琴听雨

半窗紫苇半窗荷，轻雾堤前漫柳坡。
隔岸谁家小幺妹，扁舟一叶渡秋波。

莫真宝点评：

　　抚琴听雨的近体诗多杂议论，以粗豪硬朗为其特色。
《晨眺拒马河》却是一首不可多得的温婉蕴藉之作。

　　前两句写伫立窗前所见，依次将苇、荷、堤、柳，以
及缓缓流动的晨雾摄入笔端，铺开了一幅宁静而有层次的
全景画面，且赋予笔下景物自然丰富的色彩感。后两句轻
轻勾勒，人的出现打破这宁静的氛围，"盘活"了眼前的
种种物象。具体而言，第三句纵目远望，聚焦在河对岸穿
红着绿的"小幺妹"身上，第四句逐渐收回目光，以她乘
舟渡河而来作结，不露声色地写出了细微的心理活动，余
韵悠长。古语云"传神写照，正在阿睹中"。结句"秋
波"，明写渡河，实写渡河人的眼神，语意双关。然隔河
而渡的"小幺妹"，怎会注意到窗前之"我"？想是她即因
"我"而来，"谁家"二字亦不妨明知故问，抑或竟是
"我"的一厢情愿，窃以为她也报以友好而羞涩的眼神。

　　这首小诗，遣词造句颇有民歌风味，然"扁舟一叶"
之类，似存语言惰性。

登澄海楼

韦 竹

燕山绵亘向无穷，倚此襟怀自不同。
一望长天开海岳，风烟多少浪涛中。

莫真宝点评：

澄海楼依山临海，是万里长城东端第一座城楼，雄峙于山海关老龙头长城。这首诗写登楼远眺所见所感，境界阔大，气象浑成。

首句写倚楼纵目，巍巍燕山山脉一直绵延到无穷的远方，气势不凡；次句写远望所感，襟怀随视野而阔大，切合明末大学士孙承宗为此楼题匾"雄襟万里"之意境；第三句"长天开海岳"，承中有转，笔力雄健：仰望长天，只见山尽入海，海天相接，视野更加开阔；结句将目光稍稍下移，定格于茫茫大海的浪涛与烟雾之间，同时向历史回溯，又向内心回收："风烟"语涉双关，既有所见海上风尘与烟雾之意，又暗含了发生在山海关这个兵家必争之地的无数战乱而带来的兴亡之感。

此诗寓目辄书，却脱略了对具体景物的精雕细刻，"向无穷""自不同""多少"，看似语意模糊，实则蕴含了极大的情感张力与想象空间。

小 院

邯郸陈勇

梧桐叶密罩幽窗，偶有扶光透弄堂。

新见合欢花色好，蝶衣轻起越篱墙。

莫真宝点评：

这首《小院》，通过冷静地观察，来表现刹那的思索，在客观陈述中，隐含自己的看法或感悟。

全诗定点观察，局促一窗之内，放眼一院之中，明写所见，以客观呈现为主，仅"好"字与"轻"字略涉评判。起以梧桐叶密，遮住了光线，故窗幽。承以太阳移动到某一角度，有光线照进弄堂。敏锐地捕捉到了幽暗与明亮的变化，亦见出"我"留意窗前景象的时间之久。"弄堂"的时代特色与地域特色均极为鲜明。第三句，因阳光而见合欢花，亦承亦转。"扶光"即日光。我见合欢花，蝴蝶亦见之，故结以蝴蝶飞越篱墙而从之。

本诗结构上承转合度，如行云流水。至于幽窗后的那双眼睛，是闲适，是思慕，还是幽怨？任由读者的想象去填补吧。"梧桐""合欢花"与"蝴蝶"，已经预留了充足的想象空间。

喝火令·蔷薇

花山子

朵朵枝头俏，层层叶底藏。抛珠溅玉散清香。风动翠波微荡，泛起彩霞光。

花影千重叠，素心一点狂。养花天气几时长？等到花飞，等到满园荒，等到秋声瑟瑟，空剩泪成行。

刘能英点评：

层次清晰，承转自然，是这首词出彩的关键。

上片写花发春天，"朵朵""层层"，是写花之繁盛；"抛珠溅玉散清香"，是写轻露之后或是微雨之时，花朵珠抛玉溅，清香四散。"风动翠波微荡，泛起彩霞光"，是写日出风起，翠叶波荡，彩霞光泛。不管是花还是叶，占尽春光，夺人眼球。

下片写花落秋风，"养花天气几时长"，开始由盛及衰的过渡，由春到秋的伤感。"等到花飞，等到满园荒，等到秋声瑟瑟，空剩泪成行"，花犹如此，人何以堪！三个排比句，更是将这种悲秋情绪推到极致。

清晨逢雨

李小寒

细雨微风雾满川，春山浮在野云端。

欲流青黛如能借，描上双眉生翠寒。

莫真宝点评：

  古代词作中写眉如远山的甚多，如"一双愁黛远山眉""都缘自有离恨，故画作远山长"等，甚至也有倒过来说"远山眉黛长"的。这个喻象一经入诗，便显得纤巧轻灵，富于情韵。

  在长期运用过程中，"眉"与"远山"发展成互为喻体，多系描写已然的静止状态，而此诗着眼于未然，写出天真的奇想。古人笔下，"远山眉"往往多用来表现思妇百无聊赖的心情，或暗指诗人的往日情事，此诗却抖落了附着在这个美妙比喻上的重重尘埃，落笔于眼前所见所想，清新脱俗。"欲流青黛"写出云流山不流之状貌，以动衬静的手法运用得也很巧妙。

  要之，此诗前两句写景，"春山浮在野云端"之句以动写静，极具飞扬灵动的画面感，后两句生情，流露出人和自然的亲近与交融。学古出新，自有其佳处。

金缕曲·夜读《稼轩词》

李书贵

　　字字心头血。想当年、燕山破碎，乱流崩决。铁马嘶风三万里，旌旆东山南发。空怅望、兵车北辙。耿耿壮怀何处寄，剩栏杆拍遍徒悲切。谁可补，苍天裂？

　　槽头熟酒楼头月。更难忘、鸥朋鹤侣，雨岩湖雪。野老临桥归宁女，急雨松风一霎。无不是、瓢泉风物。千顷稻香留史册，君王事、功过何须说。剑溪下，为愁绝。

周啸天点评：

　　这首词写辛弃疾词的读后感，所用《金缕曲》即《贺新郎》，是稼轩常用的词牌，开头五字"字字心头血"，是对辛词的总评。不仅如此，辛词首首皆佳，在这一点上较李杜有过之而无不及，所以瑞典的马悦然说若要推一位古代诗人做诺贝尔文学奖候选人，他就选辛弃疾。此词着重写读辛词后，在心中建立起来的词人形象。上片写其生平抱负和壮志未酬，下片写其隐居生活及遗憾。措语亦多来自辛词，如"铁马""栏杆拍遍""补天裂""瓢泉""千顷稻香""君王事""愁绝"等等，慷慨悲歌的语言风格，也接近辛词，可谓以辛写辛，不错。

乙未生日自题

李昊宸

元龙意气恰当初，坎廪冲寒归敝庐。
弹铗身披江国雨，对窗夜读杜陵书。
文章声价料非计，世故人情恨不如。
此后知交唯淡月，年来翎羽自乘除。

莫真宝点评：

　　"元龙意气"，指陈登的豪气，用《三国志》典。"坎廪"，指困顿、不得志，语出《楚辞·九辩》。"冲寒"，冒着寒冷，杜甫《冬至》诗有"岸容待腊将舒柳，山意冲寒欲放梅"之句。"敝庐"，破旧的房子，常用作谦辞。语出《礼记·檀弓下》。检点诗句，可谓"无一字无来处"。再如颔联，"弹铗"用《战国策》冯谖客孟尝君之典，"杜陵书"用汉末兖州刺史蒋诩，因王莽居摄而称病弃官，归隐江陵，建杜陵书舍，开三径以居之典。读罢全诗，令人想见一位壮志干云却坎廪半生的中年人形象，他外出打拼，铩羽而归，从此杜门不出，以书为伴，以月为友，满是寂寞与不平之感。查其人，则为一在读本科生。

　　在旧体诗词领域，面对口语化和标语口号诗盈天下的局面，今之学人，以及与此有交叉的自称"传统派"者，不满意于此种现状，故心折"同光体"，盛称民国以来学人之诗以矫之。如此提携后进，诚为可贵。然窃以为，以之练笔则可，以之相高则否。

夏访黄叶村

李葆国

偏村佛寺傍西山，一曲凝眉枉复还。

花坞篱疏风寂寂，槐阴屋老鸟关关。

半竿云影聊堪钓，几杵石声犹可删。

红杏枝头听丝雨，谁能解得此中闲？

周啸天点评：

西山黄叶村，曹雪芹晚年所居之地。夏访黄叶村，也就是参观曹雪芹纪念馆了。附近有卧佛寺，故首句及之；次句将"枉凝眉"（曲牌名，出《红楼梦》第五回）三字作入，是点题。黄叶村柴门内有菜园、药圃、瓜棚，还有三棵古槐，"花坞篱疏""槐阴屋老"状景如见。西山民谣云："门前古槐歪脖树，小桥溪水野芹麻"，既然有溪水，鸟声可以"关关"，游人可以垂钓。捣衣声是过时了，不宜写进诗中，故曰"几杵石声犹可删"。看似废话，其实写出沧桑之感。"红杏枝头"正要引起一个"闹"字，却被"丝雨"浇灭；"谁能解得此中闲"，表面看是说其境甚清，其实是化用《红楼梦》第一回"都云作者痴，谁解其中味"。因为押韵，这个"味"字就改为"闲"了。全诗表面上只在"闲"字上做文章，由于措语紧贴《红楼梦》，字里行间俱是物是人非之意，故有滋味。

船上人家

宋彩霞

世代宿河滩，涛声枕上弹。
声为清夜细，志逐大湖宽。
一网捞春色，千钩钓月丸。
心头存万象，不变是长竿。

刘能英点评：

  首联交代地点"河滩"，"枕上"说明时间是夜晚。颔联实写声、湖，虚写夜、志。颈联虚写春色，实写月丸，虚实交错，不飘不滞。一"捞"一"钓"，渔家人的工作状态跃然纸上。尾联跳高跳远，不变的何止是"长竿"，更是"初心"。

  前人多喜欢选"渔父"这个角色入诗，多写他们的闲适，如李煜："浪花有意千重雪，桃李无言一队春。一壶酒，一竿纶，快活如侬有几人？"如张志和："西塞山前白鹭飞，桃花流水鳜鱼肥。青箬笠，绿蓑衣，斜风细雨不须归。""雪溪湾里钓鱼翁，舴艋为家西复东。江上雪，浦边风，笑着荷衣不叹穷。"这首诗写的却是船上人家的勤劳与富足，虽处江湖之远，仍然不忘初心，"志逐大湖宽"。因此这首诗的积极意义也是显而易见的。

293

赤壁感怀

杨逸明

淘尽英雄剩浪花，皆兵草木簇残霞。

江曾斗狠含腥久，壁尚担惊带血斜。

潮汐长追天上月，鱼龙终化岸边沙。

战船烟灭灰飞处，能几多年泊钓槎？

莫真宝点评：

这首《赤壁感怀》，重点不在凭吊古迹和感慨历史兴亡，而在怀抱之抒发。所抒发之怀抱为何？对战争之反思是也。

苏轼"浪淘尽、千古风流人物"，与杨慎的"浪花淘尽英雄"，以及草木皆兵，均是与战争相关的典故。首联用此数典，隐含赤壁之战的往事。人事湮灭，只有浪花还在，草木还在。颔联承前而且点题，由"浪花"而及江水，由草木而及赤壁山。颈联宕开，生发感慨，上句由江水而及潮汐，下句写"鱼龙"化为虫沙，典出《抱朴子》"周穆王南征，一军皆化，君子为猿为鹤，小人为虫为沙"。这不禁引人深思：一切的争斗，意义究竟何在？尾联寓答于问之中，化用苏轼"樯橹灰飞烟灭"的成句，以战船与钓槎两相对比，表达对和平宁静生活的向往。

这首凭吊赤壁古战场之作，既有实地观察的现场感，又视野开阔，生气淋漓。巧妙使用"曾""尚""能"等虚词，均采用"一三"节奏，这种虚词运用与反常停顿，启人深思，适增拗怒之气。

忆微山岛谒微子墓

听雨庐主

　　纣王不可谏，微子此淹留。
　　宰木苍苍里，坟高埋古愁。
　　胜朝存一脉，绝岛峙千秋。
　　君看风涛起，无情亦白头。

周啸天点评：

　　微子墓在山东微山湖上之微山岛，微子是商纣王同母庶兄，因反对商纣王的暴政而出走，周成王时受封于宋，死后葬此。"纣王不可谏，微子此淹留"，十个字道尽墓主一生出处大节，可谓简劲。"宰木苍苍里，坟高埋古愁"，写景抒情而不对仗，唐初多有，可谓格高调古。"胜朝"指前朝，这里指商朝，"存一脉"指存宋国一脉，而孔子即其后裔，这就伟大了，故能"绝岛峙千秋"。"君看风涛起，无情亦白头"，写自然与人情的通感，"白头"指浪头，故曰"无情"，是拟人法。全诗用白描法，没有多余的字，不错。

在校值班

我欲乘风翔

丛草书间各作虫，吾庐独对一灯明。

袭来已是清秋气，窗外微闻落雨声。

莫真宝点评：

诗题"在校值班"。值班琐琐，无一字及之，见出公事的清简与身心的闲适，唯此闲适之心，方能体物寄情，各极其妙。

首句用一个"虫"字巧妙地把草间的"虫"与书之"蠹虫"关联起来，倒没有什么特别之处；但结合次句"吾庐独对一灯明"，原来书之"虫"分明是在屋中灯下读书的"我"，令人不禁莞尔。第三句转写物候变化：凉意袭人，知是深秋，转得自然；结句由秋凉而始留意窗外，仔细听来，微闻落雨之声。此诗思路，系由窗外秋虫之声，联想到自己"书中作虫"的事实，继由感秋凉而知秋雨始落，弹奏出一片虫声雨声的交响。将眼前事实、耳中声音，一一道来，而将感受隐藏在字里行间，但凭读者去体会。至于对秋虫处境的关心如何？对"书虫"生涯的感触如何？则尽在不言之中。

欧阳修《秋声赋》有云"但闻四壁虫声唧唧，如助余之叹息"，同是秋声，哀乐不同。而赋之显豁与诗之含蓄，各在其中。

登潮州韩文公祠侍郎阁

坐夜庐主人

橡木高祠亘古邻，环城一揽势嶙峋。
孤臣北望遮秦岭，吾道南来济海滨。
佛骨遥迎儒骨贬，潮州还向柳州循。
草莱满地凝生气，薪火蛮荒已入春。

杨逸明点评：

　　韩愈是唐宋八大家之一，文章风采当然值得后人仰慕。但是韩愈最值得后人敬重的地方，不仅仅在文章，还在于他不畏权势，不顾安危，敢于直言，讲出自己的正确观点。在皇帝迷信佛教，满朝文武逢迎阿谀的时刻，唯独他敢于上《谏迎佛骨表》提出反对，竟然说："佛如有灵，能作祸祟，凡有殃咎，宜加臣身，上天鉴临，臣不怨悔。"这首诗是写拜谒潮州的韩文公祠的感想，充满着对于韩愈的敬仰之情。首联写景，有气势。颔联写韩愈的遭遇。颈联写韩愈当年为迎佛骨上表一事，感慨正气不扬，但是历史证明，韩愈与后来的柳宗元一样名垂千秋。尾联说作者对于韩愈等先贤们的精神会永远传承充满信心和希望。韩愈的故事极多，作者只取二三写入诗中，不枝不蔓，不冗不散。古人云："怀古诗，乃一时兴会所触，不比山经、地志，以详核为佳。近见某太史《洛阳怀古》四首，将洛下故事，搜刮无遗，竟有一首中，使事至七八者。编凑拖沓，茫然不知作者意在何处。"这首怀古诗就没有这种缺点。

西江月·夜闻虫鸣

宋玉霞

细听音分长短，正猜声自何方。陡然放进二三腔，近在阳台窗上。

我近虫儿屏气，虫儿见我慌张。只疑影动急来藏，一霎歌儿停唱。

莫真宝点评：

今人词多仿古，易流于难以达意之弊端；复多议论，易流于宣言务尽之弊端；偶有叙事者，却常常流于物象绵密，或语意跳跃性过大，令读者难以理解作者立意寄情之所在。这首《西江月》熟练运用流畅而又稍加提炼的口语，叙写听阳台虫鸣的闲情。

词写"夜闻虫鸣"这样一个微不足道的事件：听音、辨音、寻虫，以虫儿畏人作结，富于生活情趣。词中写到"我"与虫儿"互动"，笔致细腻，令人忍俊不禁。"虫我"相对的刹那，在我，也许是充满相怜相惜之情；在虫，则难辨是敌是友，充满警惕之心。我对虫儿歌声的欣赏与对虫儿的垂怜，反倒粗暴地打断了虫儿的欢唱，成了它的心理负担。推广此意，则词旨并不局限于字面上听音寻虫的琐琐小事之间。

此词语言简净，叙事清晰，虽"虫儿见我慌张"句，稍涉以己度虫之主观，但通篇白描，不事议论，启人遐思。

登麦积山

张万银

麦积风光秀，嘉名令我吟。
千秋生造化，万壑出松林。
峭壁天梯险，浮云翠竹深。
石龛诸佛在，一树一禅心。

莫真宝点评：

麦积山风景秀丽，素有"小江南"之称；麦积山石窟乃久负盛名之名胜古迹，位列我国佛教四大石窟。《登麦积山》是首游览诗，试图融合自然风光与文化内涵，不为无见。

首联以"秀"字概括麦积山之特征，颔联和颈联重在描摹，尾联点出"石龛诸佛"赋予山中之树以"禅心"，巧妙关联自然与人文两方面，可见诗思独运之匠心。"千秋""峭壁"二联，视角变换有致，诗境开阔而雄浑。惜乎未从"秀"字发端，集中展示对该山风光秀丽之观感。前人"终南阴岭秀"，即接以"积雪浮云端"，此诗"嘉名"句却未能紧承发端，便有点"隔"；"万壑""峭壁"二句气象雄奇，复非"秀"之所能范围；结句收拢全篇，亦见作者用心处，唯略感直露，有硬贴招牌之嫌。

游览诗古已有之，从诗中景物而言，有游览园林景物、山水景物、名胜古迹和一般性景物等。就抒情而言，或触景生情，或造境寄情，或游景悦情，均无不可。王国维说，"以我观物，物皆着我之色彩"，然则"我之色彩"，非直言之也。

栽 韭

张永刚

也曾学稼理桑麻，廿载诗书洗岁华。
忆及双亲如老圃，看成三韭似仙葩。
盘根零落家乡土，刀叶初生萱草芽。
异域承风新雨露，逢春又遇好人家。

杨逸明点评：

这首诗写自己的一段生活经历，这段经历与自己的父母双亲有关，大概是自己远离家乡读书求学，如今过了二十年，在异乡重新想起这段经历，还重新操作这件事情——栽韭。诗写得很有条理，叙事抒情，都有情味。"三韭"，有个出典。说是有个古人"清贫自业，食唯有韭菹、蒲韭、生韭杂菜"。三韭，谐音三九，于是有人调侃说他吃菜有二十七种，这也是指生活很清贫。当然不知道典故也可只当作三种韭菜讲，知道典故可以理解得更深一层，不至于不知道这个典就读不下去，这才是用典的最好效果。颈联写韭写得很细致："家乡土"，是对家乡的怀念；"萱草芽"，又是对于双亲的思念。萱草，既是忘忧草，也是母亲花。尾联写三韭遇上好人家，也许是作者过上了好日子。但是对于虽然贫穷却有双亲在的那段日子的深情追忆，作者通过栽韭这样一首小诗，表现得委婉曲折，有情有味。

猫儿岭

张 伟

峻岭摩天路几重，谁擎巨斧展神功。
崖前落叶惊山鸟，涧底生烟卧玉龙。
自古奇松出峭壁，而今沧海变高峰。
千年风景一般好，只是登临人不同。

杨逸明点评：

诗人游山玩水，题诗作赋，已成习惯。直到今天，旅游诗仍是我们诗词爱好者写作的重要题材。但是我常见到当代的许多旅游诗词，缺乏个人独特的感受，抒情极为平庸，经常出现相近乃至雷同的情感。有的单纯写景，成为景点说明书，未能写出山水景点的特色和精魂。这首七律语言流畅，娓娓道来，有景有情，甚是不俗。前四句写游览所见所闻，有虚（"卧玉龙"）有实（"惊山鸟"），有实景（"峻岭摩天路几重"）又有想象（"谁擎巨斧展神功"）。颈联"奇松出峭壁"和"沧海变高峰"从写空间转向写时间，引出尾联的感慨，虽不着议论，却发人深思，古人云："诗家有不说理而真乃说理者。"尾联也收缩得住全篇，使得全篇写景不是一盘散沙。七律的尾联很重要，一定要写出点意思，不能草草收兵，所谓"诗难处在结尾"，信然。

朝中措·看女儿跳舞

张越峰

长安城外曲江滨，一夜柳芽新。禁得几多风雨，幽兰雪色齐匀。

芳姿恰似，吾家小女，初着罗裙。《花语》前台舞罢，侧身羞立眉颦。

刘能英点评：

起句交代地点，"长安城外"是大地点，"曲江滨"是小地点。这种不对称对仗句前人用得较多，如李商隐"昨夜星辰昨夜风，画楼西畔桂堂东"，能高度概括所要表达的内容，观之悦目；又能增强节奏感，读之悦耳。"一夜柳芽新"。柳，只有春天才发新芽，所以补充交代时间是春天。"禁得几多风雨，幽兰雪色齐匀。"进一步描写这个时间地点下的景物，为后面要表达的情埋下伏笔。

"芳姿恰似"，乃过片句，芳姿承上，是指柳芽、幽兰的芳姿。"恰似"启下，恰似什么呢？"吾家小女，初着罗裙"。"《花语》前台舞罢，侧身羞立眉颦"，这便是千呼万唤出场的主角一系列的描写。"初着罗裙"回应柳芽，"侧身羞立眉颦"回应"幽兰"。看到结尾才知道前面所铺之景，都是经过作者精心挑取的。

这首小词通过日常生活的一个小片断，将春花般活力无限又娇羞无比的女儿形态展示出来，并将浓浓的父母之爱不着一字无声流出，匠心独运。

临江仙·芦 花

张惠中

禾草森森连水岸，花开无色无香。西来爽气送微凉。一天秋瑟瑟，四野雪茫茫。

梦里风光何处是，前程随意行藏。苍头凝露更飞霜，偶来沙渚上，还筑水云乡。

刘能英点评：

以词咏物，历来有许多名篇。

这首《临江仙·芦花》，上片写芦花春天生长的环境，不在花园，不在温棚，在禾草森森的水岸、滩涂。夏日开花的时候，无色无香，色不及桃李杏，香不及梅菊兰。在秋风中瑟瑟。在冬日里像雪一样白茫茫一片。上片以四季为脉，写了芦花花开花谢卑微的一生。四、五句工稳的对仗，无形中又给律感加分，两组叠字更是营造了凄清的氛围，顺势向下片抒情过渡。

下片开始抒情。梦里的风光到底在哪里？前程只能随天意或行或藏，自己做不了半点主。熬到头都白了，露侵霜亦欺。就算偶然吹落到沙滩上，仍然要把梦想筑在水云之乡。

这首词，描写芦花在贫瘠的环境下，虽然地位卑微，但仍然不忘追求自己美好的梦想。句句在写芦花，又不着一"芦"字，句句其实也是在写人，也不见一"人"字，得咏物之法。

井 绳

陈 波

挂月悬藤不记年，承光浴露久成仙。
一朝如愿腾龙出，维我南疆万里船。

蔡世平点评：

  只有乡间的老井才有这种井绳。这是一口仍然活着的乡村老井，老井里的水仍然清澈，映着天上的月亮。古藤样的一根井绳伸到井里，安静地悬挂着有时圆圆、有时弯弯的月亮。天地间的这方精致小景，被我们的诗人陈波看到了，于是就有了这首关于《井绳》的小诗。

  井绳每天承受着天光与天露，年深日久，就得道成仙啦！得道成仙了的"井绳"于是有了自己的志意与追求，期望有朝一日像龙那样，一飞冲天，跃出老井，然后去维索祖国的万里南疆，护卫人们的和平幸福生活。

  诗人是以井绳自比，他是有志向、有抱负的，现在自己虽然还"困"在"井"里，不能施展自己的才华，但他相信不会被长久埋没，终有一天会为国家和民族效力，用自己的智慧与才能造福社会。

  小诗不小，于此可见。

清 明

青 剑

一轮火镜耀清明，翠色千峰九域晴。
最是人间思故日，请来花束代传情。

莫真宝点评：

　　古时候，清明节是追思先人、踏春游乐的盛大节日。
唐代杜牧的《清明》是流传最广的清明诗，诗作叙写细雨
纷纷的天气和"欲断魂"的行旅，行旅"借问"和牧童
"遥指"，情节宛然，营造出杏花如云、烟雨凄迷的画境。
这首《清明》则反其意而用之。事实上，清明节不总是细
雨纷纷，作者身处广东，其时天朗气清，气温逼近30摄
氏度。他见到的自然是太阳喷火，如镜高悬。开头椽笔振
起，吐属不凡。目睹晴峰吐翠，便想象九州皆晴朗如斯。
次句神思飞跃，境界阔大。第三句 "最是人间思故日"，
以议论作转，自是今人常用手段。如何"思故"呢？墓前
献花是当今缅怀逝者的常见行为，结句"请来花束代传
情"，即指此。

花 絮

苗 速

纷飞花雨入平湖，小别虬枝势不孤。
敢问烟波何处去，闻郎先已到姑苏。

梦欣点评：

　　这是一首成功的托物言志的咏物诗。诗人运用比喻及象征的手法，通过描摹"花絮"凋落而毫无沮丧之忧伤依然积极追求自己的梦想的乐观精神特征来表达作者崇尚的情怀（也许这首诗便藏有作者的情感经历）。写花絮而一扫悲凉之色彩，身世即将终结的转换而无怨天尤人之叹息，其精神支柱在于爱情之美梦赋予挑战人生际遇的强大动力。在这首小诗中，作者赞美的是"花絮"，其实慰藉的是自己，激励的是世人。这里的"飞花""平湖""虬枝""烟波""郎""姑苏"，都是一种借喻和象征。因为全诗尽用比兴之笔，这便有"不即不离"的客观效果，真正达到"取神题外，设境意中"（《蕙风词话》）的艺术高度。

戊子七月五日与北社诸君游五常市背荫河

苑有桃

野浴归来晚，欢歌复舞觞。
夕阳沉树杪，清梦起莲塘。
燕剪白波静，风吹碧稻香。
渊明何所羡，一样笑沧浪。

熊东遨点评：

浴水玩沙，狂歌痛饮，生活情趣颇浓。中二联情景交融，富于变化，灵动可喜。"夕阳沉树杪"，正宜收拾回家；"清梦起莲塘"，又生些许遐想。"燕剪""风吹"二句，虚虚实实，活色生香，小镜头做出大文章，甚是难得。结束语，稍弱。

减兰·夜来携吾儿遛狗听天籁声

林看云

灯光明灭，小犬与儿追不歇。星夜无言，转角虫儿歌正欢。

有风低语，树叶沙沙轻共舞。辘辘车行，荡起槐花香几程。

莫真宝点评：

词文体自民间俗曲演化而来，迭经文人改造。花间词实为艳科，两宋词多叙行事，常州词派标举比兴，而今之长者用以书写时事或新闻，以议论见长，亦洋洋大观。然则词之为体，难以一端明之。

这首《减兰》，题材虽小，其意自在。携儿遛狗听天籁，实普通市井细民之日常生活细节也。时间是夜，故下笔"灯光明灭"，复以"星夜"实之。地点是城，灯光明灭之下追犬，恐非乡村小儿之游戏；"辘辘车行"，车者，城中之常物也。人物是"我"与"儿"，事件是共携一犬同游，经过则是看儿犬互逐，间听虫鸣、树鸣、车鸣，似有无穷满足。想儿犬互逐，亦必有声。闻此众籁齐鸣，夫复何言？故"无言"者人，"低语"者风。煞拍"荡起槐花香几程"，此花可与"树叶"相参，不仅将场景拉开，且于声光之中，又添味矣。

全词四十余字，纯用白描，勾勒出一幅人与外物和谐相处的惬意之境。

鹊桥仙·儋州东坡书院

林 峰

烟梢滴翠，黄英浥露。往事缤纷谁诉。穿花倍觉俗尘清，爱风里、书香如故。

沉浮宦海，铿锵诗路。载酒人归何处，天涯又见月婵娟，应未把、秋光辜负。

莫真宝点评：

游览名胜古迹，古来便是作诗填词的好材料。游览之作，无论写景叙事，还是议论寄情，都要围绕全篇立意而展开。这首《鹊桥仙》写游览海南省儋州东坡书院的观感，表现了对书院主人的淡淡缅怀之情。

上片头两句"烟梢滴翠，黄英浥露"，以富于表现力的笔墨，描绘出湿润的秋雾之中，书院内树木青翠欲滴、露湿菊花的景象。"往事"三句，言杂乱而繁多的往事，不知向谁诉说，姑且在花中穿行，任花香洗涤胸中俗气吧！换头之妙，似断还连。"沉浮宦海，铿锵诗路"，说书院主人苏东坡宦海浮沉，被贬海南，却留下精美的诗篇。此或即上片所云"缤纷往事"。"载酒人归何处"，不仅扣题（书院原名载酒堂，今亦有载酒亭、载酒堂等建筑），而且表达了对斯人长往的思慕之情。"天涯"二句，又回到现实，天边升起了美丽的月亮，应该不会辜负这大好秋光吧？

全篇语言平淡，写景自然，抒情温婉，然淡语中有深情，亦不失矩镬。

浣溪沙·秋 声

国印周

雨送黄昏薄雾轻，窗前屋角听秋蛩。蓦然天外两三星。

妪煮花生香喷喷，翁斟村酒喜盈盈。喃喃掐指算年成。

刘能英点评：

这首小词上片营造了一个室外之景：某个秋日的黄昏，雨歇，雾起，窗前、屋角的蛩声不时传出。蓦地抬头，天外已有疏星闪烁。下片营造了一个室内之景：老妇煮香喷喷的花生，老翁喝喜盈盈的酒，并且小声地自言自语地掰着手指头计算一年来的收成。

上片的秋声是自然界的蛩声，也就是蟋蟀的鸣声，从唐白居易《禁中闻蛩》诗"西窗独暗坐，满耳新蛩声"及宋王安石《五更》诗"只听蛩声已无梦，五更桐叶强知秋"来看，前人多用蛩声来代替秋声。所以上片的秋声除了一点点萧瑟之气外，更多的是静谧、安宁。

下片的秋声是人的自言自语声。秋，是一年中收获的季节，下片的秋声，自然带有喜庆、和睦、温馨。

这首词反映了当下农村农民幸福、满足、安居乐业的现状。有细节，有场景。通过自己所见所闻所怀所感，选取小片断，不着痕迹反映大时代大背景，是辛弃疾的《清平乐·村居》词常被人称道的地方。此词亦然。

关闭空间后示妻

物眼春风

网中直怕惹波澜，知汝迩来情味酸。

从此蓬门长落锁，种花只许一人看。

顾建平点评：

"空间"是近十年来中国人使用率最高的交流软件QQ的功能之一——QQ空间。这首诗是作者关闭QQ空间之后，向妻子表达忠心的作品。

"网中直怕惹波澜，知汝迩来情味酸。"这句诗前后句应该倒过来才能解释：我知道夫人您最近醋意很浓，所以我上网的时候小心谨慎，深怕发表什么不得体的言论让您不高兴，夫妻之间横生波澜。

我们可以想象，诗作者上传的文字或图片，赢得了游客的喜爱，某些游客尤其是异性游客对他的空间十分关注，留下了访问足迹，乃至发生了互动。作者的妻子了解到这些，很不高兴。河东狮吼，醋海生波。作者很在乎妻子的感受，关闭了空间。

"蓬门"典出杜甫的《客至》："花径不曾缘客扫，蓬门今始为君开。"作者巧在用典故而反其意，"蓬门"不是为谁而打开，而是专门为老婆大人而关闭。当年，郁达夫发表《毁家诗纪》，家就真的毁了；诗是好诗，事是烂事。这首《关闭空间后示妻》既是向妻子表白，也是向QQ好友无奈宣言；接受现实，顾全大局，既是好诗，也是好事。

夏 天

金 鱼

午后阳光淡，风轻草不摇。
蜻蜓还有梦，知了渐无聊。
空气凝如水，时间黏似胶。
忽然窗影下，跑过一只猫。

莫真宝点评：

　　诗的题材有古今、境界有大小，然不以是分优劣。这首诗题面大而落笔小，恰到好处地烘托出夏天午后慵懒的生活体验，颇具诚斋体的艺术特征。从物象而言，仿佛散点透视，琳琅满目：阳光、风、草、空气、时间、水、胶，蜻蜓、梦、知了、窗影、猫，等等，或以本体出现，或以喻体出现，或"在场"，或"不在场"，既有摄万物于笔端的阔大字眼，又有纳须弥于芥子的精微之处。全诗八句，一句一个镜头，视听结合，动静相间。前六句从声与形等不同侧面，极状夏日午后之静谧，仿佛空气凝滞、时间静止，尾联镜头陡切，于极静之中，点染一只悄无声息地溜过窗影之下的猫，固然增加了动感，仍然不减其静态，可谓懂得动静相宜的辩证法。

听 琴

念奴娇

帘卷夜窗幽，佳人绿绮柔。

抚弦珠玉乱，拈指涧泉流。

一曲清音绕，千江明月愁。

惜无公瑾顾，谁共这轮秋？

莫真宝点评：

此诗借佳人幽夜抚琴，无人共赏之情境，表现出孤高幽独的情怀。其意其言，虽多承袭之痕，然圆转流美，章法谨严，有足多者。

首联点明环境及人物：窗帘半卷，卷起夜之幽谧，佳人怀抱绿绮名琴，悄然登场。颔联承前，正面描写佳人弹琴："抚弦""拈指"，呈现弹琴之动作；"珠玉乱""涧泉流"，喻指琴声之曼妙，或急促重浊如明珠碎玉坠盘，或轻快流转似溪涧泉水下山。颈联由实写转入虚写，状琴声之音乐效果：于近则言清音绕梁，于远则言江月含愁，足见琴声之幽咽怨断，恐有不忍闻者。尾联则以喟然长叹作结，令人想见佳人推琴而起，凭窗轻喟：世无知音，谁共此景？

若强作解人，则此诗之旨，可得而言：宝剑藏匣，精光不显，志士之不遇于时也；幽闺丽质，顾影自怜，佳人之不淑于世也。然则，"芝兰生于深林，不以无人而不芳；君子修道立德，不为穷困而改节"。仁者之心，当如是也！

国庆侍父纪事兼寄诸友

朋 星

逢假常来泰安城，彩衣惜无娱亲功。

老父卧病已八载，失语失忆又失聪。

幸得护工细照料，偶坐轮椅若仙翁。

平时忙碌难尽孝，节假陪侍表寸衷。

饭菜鼻饲调凉热，衣被勤换防伤风。

纵无回春康复术，父在我即为孩童。

待父午休熟睡后，犹得小望泰山嵩。

广场目击长空碧，山坡手摘石榴红。

人生有苦也有乐，融合苦乐在心中。

今秋秋高气清爽，诸友何处兴冲冲。

可曾近郊闲垂钓，抑或自驾游辽东。

待我回济欢相聚，抱琴携酒南山枫。

莫真宝点评：

老病侵寻，乃人生之常事，于晚辈而言，"老父卧病已八载，失语失忆又失聪"，则行孝之事，非一语可尽之，倘能知"父在我即为孩童"之理，倘能行"平时忙碌难尽孝，节假陪侍表寸衷"之事，便知为人子女之道也。至于"待父午休熟睡后"以下诸语，可知"我"行孝行乐两不误之心态，可谓孝之一道，论心不论迹。

从文体而言，此诗以我手写我口，信笔所之，虽古意淡薄，实语浅情浓。

丙申再上永安长城

郑雪峰

济胜非无具，穷眸杖又来。
重重危岭合，荡荡皞天开。
野兔惊丛莽，春花上废台。
侧身莫怀古，容易动清哀。

莫真宝点评：

  首联扣题。"济胜之具"，指具备登山涉水能力的强健体魄。语出刘义庆《世说新语·栖逸》。"杖"，此处指扶杖或拄杖。拄杖登山，古人以为风雅，非指体力不济。颔联紧承首联，写身处烽火台上"穷眸"所见。纵目远望，群山渺渺，仰视苍穹，天宇悠悠。危者，高也，"危岭"而着一"合"字，写出众岭奔来此地汇聚之形胜。"皞天"而着一"开"字，见得天清气朗，正宜于游目骋怀。颈联视线由远及近：丛莽中忽见惊兔窜出，废台畔聊赏春花绽蕾。"惊"字饶有生趣，不说野兔受惊而奔逸，偏说逸兔惊扰了丛莽。"上"字化静为动，"春花"与"废台"形成强烈的视觉反差。尾联写感慨，表达出不要怀古，怀古令人哀伤之意。

  这首诗以叙事起，承转俱以写景，结以抒情，层次清晰，章法细密。写景部分，虽系定点观察，但仰观俯察，笔致灵动，富于变化。从整体上看，格调高古，格律谨饬，语言雅洁，修辞巧妙，可谓当代"传统派"上乘之作。

鹧鸪天·咏灯怀祖母

空空道人

小槛低窗一豆红，声声机杼应秋虫。油残空守墙根鼠，芯尽犹兼夜半风。

追岁月，渺音容。年年冬至晚寒浓。心头一炬长明火，屡照伊来魂梦中。

落日长河点评：

1．"小槛低窗一豆红，声声机杼应秋虫"：寥寥十四字，那时之景如画卷般历历。"祖母"之辛劳是四季坚持不懈，一生如一日。"秋"字无非渲染凄清之意境。

2．"油残空守墙根鼠，芯尽犹兼夜半风"：此联是对上拍之补充，情景交融，情浓于景。同时有意或无意地暗示着"祖母"在辛劳中灯干油尽……

3．"心头一炬长明火"：当年祖屋"一豆"青灯早已化作心中"一炬"明灯。此句前后呼应，很好。"一"字无须简单地重复，那炬……

4．词题为"咏灯怀祖母"，整调也紧扣灯之意象"一豆，油残，芯尽，炬，长明火"，虚实相间，不失为思亲悼亡之佳咏。

野 菜

诗酒狂人

一度春风便现身，先于百草绿茵茵。
出游遇此应抬脚，救过荒年多少人。

莫真宝点评：

诗题《野菜》，很容易令人想起"时挑野菜和根煮，旋斫生柴带叶烧"的名句。本诗就题立言，流露出对野菜曾经"救人"的感恩之情，表现了知恩图报、仁民爱物的情怀。

首句从野菜本身着眼，写其一遇春风，便从地里生长出来的事实。"度"字，当作"春风不度玉门关"之"度"字解。次句从"对面着笔"，通过与"百草"对照，写足首句之意。按野菜也当属"百草"之类，说它"先于百草绿茵茵"，并不十分恰当。大约诗人之笔，不必过于拘泥。第三句转，凭空设辞，嘱咐游人不要踩踏野菜，充满怜惜之情。结句既回答了何以要呵护野菜，又呼应前两句所隐含的野菜何以能"救人"的铺垫，盖其生长于"百草"之先也。通篇脉络清晰，气足神完，构思大开大合，出人意表。

诗中虽然暗含饥荒年代人们采野菜充饥之事，但侧重点并非落在对民生艰难的忆念，而是借此表达野菜能"活人"，人们对此当心存感念的主题。

油茶花

省 吾

惭愧秾桃李，山居远作家。
人间香欲尽，腋底萼初华。
苦亦能为药，身终莫试茶。
研磨衰后籽，至味岂天赊。

杨逸明点评：

　　这首是咏物诗。咏物，要有寄托，有情趣，有言外之意。此首诗全以油茶花口吻，自谦得很，说是不与桃李争艳，只是在偏僻山村居住。当人间花落尽的暮春时节，才在自己的腋下开出花萼来。颈联说自己的价值，虽然苦，却可以为药（据说有凉血止血的功能）。油菜花还特别关照人们，自己谢了，千万不要泡茶喝，一定要在自己衰枯后才能将结的籽研磨细了榨油吃，这才是一味好吃的东西呢。咏物要"一语双关"，字字句句描写此"物"，时时处处影射彼"意"。此物和彼意的特征须有某种内在的联系，两者联系须自然，不可牵强。此首写油茶花，也实是在写人，写一种对别人有用、自己却谦和大度的人。不黏不脱，不紧不慢，读来让人觉得油茶花的可敬可佩可爱。

与友人陶然亭闲话

星 汉

白发频催岁月勤，相逢一笑卸尘氛。
陶然亭下荷花水，返照红颜荡夕曛。

莫真宝点评：

白话新体诗"清空"，多脱略具体场景；文言旧体诗"质实"，常切合于作者之身。这首七绝，对后者做了一个很好的注脚。

此诗动人之处，不在起承二句有关岁月如流、白发催人老的感慨，而在转接二句就地取材，触目成诗，直写"陶然亭下荷花水，返照红颜荡夕曛"，色彩鲜明，层次丰富，画面颇具美感。"白发"与荷花照水，是真，是实；"红颜"共落日余晖，则虚实相间，真幻错杂。夕照给苍颜白发抹上一点微红，并非真正的"红颜"，这一刻的"空间感"与时间感相融，启人遐思。全诗既直陈其事，又意在言外，余情不尽，深得七绝蕴藉之法。唯"相逢一笑"四字习见于前人诗句，当属白璧微瑕。

元旦夜听钟

昭馀雁

屏前竟何待？岁岁响钟时。

莺聚歌春早，霾深见月迟。

中年无梦想，长夜起乡思。

只合言同乐，此情人不知。

杨逸明点评

　　题中"元旦夜听钟"是一个写诗的切入点，是一个写诗的由头。有了这个由头和切入点，才能引出下文，写出自己的感想、感慨、感悟。首联一问一答，"岁岁"两字，可见作者岁岁如此听钟声，年年如此发感慨。"莺聚"和"霾深"，作为诗中意象，既可指眼前景，似也可有所指，甚至有所寓意。"中年无梦想"，可算是人生的一种感悟。"长夜起乡思"，这才透露出作者的处境。诗写到此，应该可以说说自己的旅况、相思和乡愁了，可是作者偏偏笔锋一转："只合言同乐"，而"相思相见知何日，此时此夜难为情"的心里话却矢口不谈，还说"此情人不知"，你不说，人家当然不知啦。吞吞吐吐，欲言又止，让人猜想，正所谓"诗贵曲"也。

北川废城春草

钟振振

寂寂废城花不春，圮椽腐瓦久封尘。
生机最属无名草，挺出卑微傲岸身。

莫真宝点评：

　　这首《北川废城春草》，属汶川大地震后凭吊之作，语言洗练，写今事而古韵犹存。

　　其可堪寻味之处大略有四：一是"在场"，诗人隐隐约约把自己"放"进震后废墟的特定场景，景物真切，使意有所附，情有所依，避免了"空心化"写作。二是立意深刻，含而不露，此诗旨在称扬北川人对自然灾害默默忍受而又无言抗争的坚韧与坚强。三是选材典型，借具有顽强生命力的春草，象征强忍失去亲人和家园的悲痛而卓有成效地进行震后重建的灾区人民，以实写虚，视角独特。四是技法娴熟：结构上，前两句写实，铺垫已足，第三句突转，给"无名草"一个特写，意象鲜明，逼出结句，吐露心声；手法上，言在此而意在彼，看似写无名草的生命力，实际上意在言外；造语上，精于炼字，"春"字属名词活用，"最"字流露出诗人难以抑制的赞美之情，"挺"字写出了"无名草"集"卑微"与"傲岸"于一身的精神气质。

　　此诗可视为以文言诗写时事、今情的一个范例。小诗不"小"，足堪讽咏。

风入松·你的样子

独孤食肉兽

　　湖山合贮绿时光。银睑扑千窗。影中人坐青苔上，乍趋前、语淡秋螀。几点橘灯弥漫，一痕蚓径微茫。

　　冷于陂水薄于霜。两处默思量。年轮秘绽于高树，攫深穹、遥汇银潢。又见彼城燃梦，凌寒熠熠巡航。

莫真宝点评：

　　独孤食肉兽的词以诡幻质重交织而见长，此词写别后思念，亦不例外。上片"湖山"数句，刻画回忆联袂出游片片场景，发散、回收，并定格于"影中人坐青苔上"。影者，小影，照片也。寒蝉语微，橘灯光浅，蚓径凉冷，人与场景俱似真实幻。下片抒发思念之情。"年轮"句，以超现实手法，言人间别久，木拱而增围。"年轮秘绽于高树"，则"高树"的内在年轮如涟漪四绽，复循枝干滋升，深汇银河而长流，以喻此情此念，绵绵难绝。末二句"彼城"，喻故人婚姻，结句则有"我思君处君思我"之遗意。也可理解为承银河设喻，言远方灯火之城，似因故人梦境而熠熠燃烧，有如巨舰冲寒而迫"我"。

　　全词自实处着笔，而想落天外，造境设色，惝恍迷离，一片神行，不可方物。"银睑""蚓径"等，体现了作者一以贯之的造语设喻能力。独孤词极富后现代色彩，然词中使用古意盎然的"银潢"，而非通俗易懂的"银河"之类，则是其远未脱尽的嗜古气息之流露。

谒平江杜拾遗墓

姚泉名

汨罗江外日初曛，万古丘原野老坟。
樟柏荫浓鸣鸟暗，祠堂春早落花勤。
洞庭秋雨千行泪，世路扁舟一片云。
身后荣名莫怜晚，人间毕竟重斯文。

杨逸明点评：

据说唐大历五年(770)秋冬之际，杜甫漂泊到了湖南汨罗江畔的平江县，患疾死于寓所。千年以前屈原行吟投江之处就离此不远。所以唐人有诗云："故教工部死，来伴大夫魂。"平江建有一座杜墓，作者到此凭吊，自然是充满景仰之情。颔联不禁使人想起杜甫凭吊丞相祠堂的句子："映阶碧草自春色，隔叶黄鹂空好音。"似也有异曲同工之妙。颈联概括了杜甫暮年在湖南一带水上漂泊的境况，非常悲凉。尾联似是在安慰生不逢辰的杜甫，虽然荣誉和声名来得太迟太晚，但是毕竟人间还算是重视斯文的啊！悲愤不平的情绪溢于言表。整首诗一联一层意，层层递进，章法精到，语言稳健，风格沉郁。

贺新郎·弓月先生招饮

挹风斋主人

抱瓮消长夏。仰先生、狂农本色，故城村下。天影一帘吹更醉，信是朦胧难画。休又说、卧龙司马。江北不传蝴蝶梦，恨江南、错把梅花嫁。重置酒，渐深夜。

闲愁总被诗人写。辟新居、风流小隐，水亭烟榭。满袖襟怀二三子，一曲琴箫千野。约仙侣，结渔樵社。十二番风兼带雨，听窗前、竹响知来者。风雨后，便归也。

莫真宝点评：

古人云，"诗可以群"，词亦可。交往酬酢之际，实不乏灵感飞动、佳句泉涌之时。然应酬之作，最忌一个"俗"字。词题《弓月先生招饮》，不过寻常饮酒之俗事，所以不落俗套者，在于借环境之营造、典故之运用，写出酒主人渔樵结社、潇洒出尘之雅怀，复写出同饮者不拘形迹、足堪与之颉颃之风度。

全篇以写意之法叙事，虚实掩映，错落有致，情感颇富张力。唯"满袖襟怀""兼带"等处，造语尚可商。

秋 萤

顾青翎

禁苑繁华事已非，年年傍水若无依。
婆娑腐草饶生意，衰飒寒花感物机。
孤影不随风势堕，弱光偏趁月明飞。
秋心寸焰凭谁暖，分付凉天夜气微。

莫真宝点评：

此诗赋秋萤，并非如《诗经·豳风·东山》之"町畽鹿场，熠燿宵行"，借以摹写家园的荒凉；亦非如杜牧《秋夕》之"轻罗小扇扑流萤"，借以状宫女生活的无聊，而是赋予萤火虫以人格，刻画其不知末路将近而依旧振翼飞行的生命姿态。

首联是一组叠加蒙太奇镜头，写萤火虫的生活环境：颔联把镜头拉近，对准萤火虫的栖身或诞生之地，腐草因传说中的化为萤火虫而隐然呈露生机，且令瑟瑟于风中的寒花悟得生命之奥妙。颈联给了两个特写：萤火虫逆秋风飞行，及以其微光呈露于明月之前。萤火光微，然不以风劲而沉沦，不因月明而不飞，其倔强的"励志"形象，令人动容，此联为一篇之警策。尾联则类似画外音：谁能怜惜萤火虫的微光呢？寒凉的秋夜快快过去吧！字里行间，寄寓着对萤火虫的同情之心。

古来咏萤火虫者多矣，若此篇赋予秋萤以不屈之意志，寓比兴之遗意者，似未尝多见。

水调歌头·游泳馆感怀

倚 云

投入玉池水，微觉碧波凉。几曾濯缨濯足，仿佛下沧浪。腾起绮纹云锦，闭目烟波远棹，回首复苍茫。今拭镜台渍，指日渡津梁。

借清流，浇块垒，洗尘霜。明堂难见冠带，脂粉化兰香。激荡胸中豪气，袒露真情风骨，不禁笑声琅。一旦出门去，风烈振霓裳。

莫真宝点评：

此词着眼游泳馆内的活动和思考，具有强烈的生活气息，蕴含着深刻的人生感慨。

这是如叶嘉莹氏所谓"用理性的思索和技巧的安排来写"的"赋化之词"。上阕从入水的动作及触觉感受落笔，大开大合，虚实杂陈，叙议相间。谓投入池水，可洗去内心郁结的烦忧和冷漠，而反省曾经的作为（用"心如明镜台"典），便能获得如"君游津梁之上，无有难急"（用《国语》典）的坦途。"绮纹云锦"喻泳池之水，画面唯美。下阕"明堂"两句，喻游泳馆内冠带尽去而真我自见，尘世浮华俱化作带着兰香的池水。继以赋笔，谓如此则每个人都能激荡豪气，袒露真情，开怀大笑。结句"风烈振霓裳"，喻刚卸下伪装之人，离开游泳馆后，又被迫披上了伪装，反向呼应上阕结尾之意，发人深省。

谢人惠梅花图

留取残荷

万山深处不闲身，小伫红枝雨洗尘。
汝看梅花吾看汝，春风俱是意中人。

周啸天点评：

　　写诗如写字，有主笔、余笔之分，主笔为余笔所拱向，主笔一失，余笔皆败。此诗主笔端在"汝看梅花吾看汝"句。句中有三角色：吾、汝、梅花；著两"看"字，是一句顶两句；著两"汝"字，各为主词与宾词，是三角色之中项，遂有递进之妙。末句以"春风俱是意中人"一收，谓同坐春风，"梅花"为"汝"之意中人，"汝"又为"吾"之意中人。则吾爱梅花，是"非汝（梅花）之为美，美人之贻"（《诗经·邶风·静女》）也。是此诗之所以有味也。

中秋寄怀三首谨步杨逸明老师元韵

高昌

照来蓟北照江东，一例清辉今夜同。
遥望天心冰魄冷，乡愁堆满广寒宫。

溅起胸中万里思，圆蟾一点落心池。
争浮云影忽如梦，荡漾柔情涌作诗。

皎洁襟怀柔且刚，清风心底小奔忙。
浮沉世事托明月，那朵闲云枕在床。

莫真宝点评：

这组中秋步韵的七绝，咏天上月、心中月和心底事，落笔处处不离月亮，诗中分别以"冰魄""圆蟾""明月"指称，亦处处不离"我"与月之关联：天上月无私照，心中月触诗情，萦绕心底的却是"浮沉世事托明月"，语言近雅；而"照来""堆满""溅起""那朵闲云""柔且刚""小奔忙"等，过量运用口语，往往打破律句的语法与节奏，语言近俗。诗中或叹广寒宫里堆满乡愁，或感月光临照而诗情激荡，或云只要卸下尘事纷扰，便如枕片闲云在床，宛然可见潇洒出尘之心态。

要之，组诗诗情轻灵雅淡，节奏不今不古，语言雅俗共陈，体现出近体诗与民歌相结合的创作旨趣。

家里吊兰花开了

郭庆华

曾拣阳光暖处栽，偶然调整下窗台。
始知移到阴凉地，才向人前淡淡开。

顾建平点评：

这首七绝从标题到诗句真正做到了平白如话老妪能解，但细细琢磨又意味深长富含哲理。

吊兰四季常绿，容易养殖，环境适应能力强，而且能在光合作用下吸收甲醛等有害气体，所以是目前中国养殖最多的室内观赏植物，在居民家庭和办公场所往往能够遇见。吊兰在夏季或其他季节温度稍高时开小白花，不很惹眼，但也可观赏。

这首诗的字面意思很简单。作者家里养了吊兰花，特意放置在阳光充足温度较高的地方，家里某次收拾整理，无意中把它从窗台上挪下来，没想到吊兰到了阴凉的地方，居然悄悄地开花了。看来当初让它接近阳光希望它早日开花，其实只是一厢情愿。

这是日常生活中一个很小的发现，但是它普遍适用于人生中的多种场景、多种处境，因此这首诗字里行间潜藏的意义远远大于字面的意义。我们可以联想到，一个人在最显要的位置未必能做出优秀的成绩，反而在不起眼的位置上展示了他出众的才华，如此等等。

秋 思

郭宝国

野淀微茫白水流，芦花摇落一湖秋。
何人负手斜阳下，剪影彤天古渡头。

杨逸明点评：

秋思为题，在旧体诗中多有吟咏。"晴空一鹤排云上，便引诗情到碧霄。"也是一幅秋天晴空里的剪影，主角是"鹤"。此首小诗，写秋天情景，前写景，后写人，画面感极强，寥寥数笔勾勒出一幅鲜明的古渡头黄昏剪影图像，主角是"人"。是何人？作者未说明。负手伫立的形象，似乎也许就是诗人自己，作者明知故问，增加悬念。人立古渡头，特殊而典型的地点，使人遐想，诗的背后似乎还有故事。寥寥数笔，诗中有画，简练而有余味，正是此诗的佳处。

陈子昂读书台远眺

海天一

踏遍烟尘识此雄，高台一上尽春风。
悠悠天地来还去，独有涪江绕射洪。

莫真宝点评：

陈子昂读书台乃其青少年时期读书之所，位于四川省射洪县城北的金华山上，回廊曲槛，涵波临江，现为全国重点文物保护单位。

此诗为游览凭吊，瞻仰遗迹，有感而发。首句言踏遍烟尘，拜此诗雄。次句言登台环顾，春风四围。第三、四两句，着眼于浩浩时空，发思古之幽情，不胜人事代谢之感慨：读书台仍在，斯人已逝，只有涪江之水，长绕射洪县城。这两句化用陈子昂《登幽州台歌》"前不见古人，后不见来者。念天地之悠悠，独怆然而涕下"所蕴含的"人生寿促，天地长久"（借用嵇康语）之意，而并无原诗身世飘零之感。

旧体诗"白话口语"化，标榜"不用典"，是当下很多写诗者的追求目标。殊不知，无论多么通俗易懂，旧体诗都是以文言文为底色的，适当用典，是提升其"格调"、丰富其内涵的重要途径。

偶 感

家住长安

梧桐叶上起秋声，扰我中宵梦不成。
便与婵娟相对望，各怀心事到天明。

莫真宝点评：

求之前代，晏殊"酒阑人散忡忡，闲阶独倚梧桐"，触景生情，抒发的是年华不永的惆怅；朱熹"阶前梧叶已秋声"，寄寓的是惜时向学的劝勉；李清照"梧桐更兼细雨，到黄昏、点点滴滴"和张炎"只有一枝梧叶，不知多少秋声"，则暗含无限国破家亡的悲慨与哀伤！此诗借"梧叶秋声"这一前人习用的内涵丰富的意象，来引发难以言说的"心事"。

风动梧叶，月华如水，抒情主人公对月凝眸，彻夜无眠。细细思忖，"心事"无疑是"诗眼"。婵娟指月亮，"我"与"婵娟"俱"各怀心事"，是移情于物。因为月亮本无心事可言，文本呈现的实际上仅有"我"的满腹心事，并把它投射到月亮身上。但"我"的心事究竟是什么，甚至"我"是谁，在何地，为何事而无眠，诗中并没有告诉我们。这种"留白"的写法，反倒使之显得空灵蕴藉，启人遐思，深得艺术的辩证法。

浣溪沙·岁末感怀
掬泉拾韵

岁暮霜浓百事慵。也无精力弄词工。小园幽径等梅红。
心底长嗟青衿远，案头幸有绿醅浓。拥炉闭户过寒冬。

熊东遨点评：

闲逸之作，淡泊有余韵。"小园幽径等梅红"一拍，
着一"等"字，立见精神，较晏同叔"小园芳径独徘徊"
别有一番风味。结语信手裁成，看似不经意，实则大有
意。"拥炉闭户过寒冬"，令人自然想起"雨打梨花深闭
门"来；然则同为一"闭"，各有性情，林下情怀，只于
红炉小屋中见着也。

江中晚唱

黄劲松

我之江水独流东，习习风光向碧穹。
已罢中游思晚唱，惊涛跃出玉玲珑。

蔡世平点评：

诗人行舟江上（或者泳游江上，此点诗人没有交代清楚），写下的这首《江中晚唱》，有一股子豪迈之气。现在，这江水不是"你"山川大地的，而是"我"诗人黄劲松的，多么自信而又霸气的诗歌句子。人随江水独独地向东流去，但是它的风光不简单，不是只有地上的那一小片风光，而是向着碧蓝的苍穹，雄视茫茫天宇。

现在舟到中游，傍晚就要到了。那么我"晚唱"的歌声又该是个什么样子的呢？诗人思索再三，想到我要晚唱的只能是在惊涛骇浪中跃出的一轮像玉那样的月亮，多么的玲珑剔透、圣洁高贵。

值得注意的是，诗人的"江中晚唱"，实是写的人生志意。我猜想诗人已经人到中年，犹如太阳到了中天，就要向西天倾斜了。上半生我坦坦荡荡做人，轰轰烈烈做事，没有留下污点，也没有留下遗憾，我对得起社会，也对得起自己。那么下半生呢？我当然更要珍惜时间、珍惜生命，像月亮那样放射出生命的习习辉光。

茶 花

梦 思

许是花期未到来？隔三差五望窗台。
忽然昨夜春风着，向我心头次第开。

杨逸明点评：

作者心事重重，老是牵挂着茶花开还是没开。前两句
正是这种心态和情绪的传神描述。为了看几朵茶花开还是
没开，会这样在意，会这样执着，还要隔三差五望着窗
台，确实有点痴痴癫癫。第三句忽然一转，说是春风吹到
了，这回却还没有来得及到窗台看一眼，倒是自己觉得自
己心头的花儿一朵一朵先绽放啦！古人云："诗人者，不
失其赤子之心者也。"又云："诗情愈痴愈妙。"此之谓也。
七绝虽然只有四句，却也要跌宕起伏，腾挪转换，章法层
次上才能有变化，不单调。

菊 趣

蒋 明

一夜秋风百卉残，旧篱却见蕊新添。
女童不晓寒霜至，随手掐枝镶鬓边。

莫真宝点评：

秋风过后，花叶飘零，篱笆下的菊花或"吹落黄花满地金"，或"宁可枝头抱香死"，自无疑义。纵然值此百卉凋残之际，仍偶有鲜艳的菊蕊迎霜绽放，亦不悖常理。

一般而言，七绝在前两句勾勒之后，大抵便是点染，或进一步烘托氛围，或由此生发感慨，这首诗却另辟蹊径，避开感叹月缺花残或称颂秋菊凌寒的俗套，转写女童不知寒霜将至，而有簪花之举。"新蕊"与"女童"互相映衬，于瑟瑟西风中，平添一丝暖意。求之古人，"蓬头稚子学垂纶""儿童急走追黄蝶""知有儿童挑促织""忙趁东风放纸鸢"等，与"随手掐枝镶鬓边"，都是"诗中有事"之句，然相较之下，似觉古人造句更加自然。

此诗韵脚字"残""边""添"，在《平水韵》中分属上平十四寒、下平一先、下平十四盐三个韵部，而《中华新韵》并入八寒。诗之为诗，照有些人看来，协韵即可，原不在韵部之新旧也。

定风波 · 随处心安即我乡

椰子华

随处心安即我乡，从头收拾少时狂。落笔烟云名未署，无语，故园人去一杯凉。

戏逐浪花三五子，弹指，相逢已是鬓苍苍。车近山前知道在，年迈，翻开岁月话平常。

蔡世平点评：

苏东坡《定风波》云："试问岭南应不好，却道，此心安处是吾乡。"椰子华写了同牌调、意绪也相近的一首词，虽然东坡词在先，但我以为椰子华此词也不失为当代一首好词。

首句词人借用东坡原句意，依平仄做了少许调整，概括整首词的精神意旨。他现在客居异地久了，也安下心来，"客乡"也就成了"故乡"。词人从头捡拾，收起少时的轻狂，他发现自己一生辛劳奋斗，皆如过眼云烟，尘世之大，哪里留得下自己的区区小名啊！留下了又能怎样？当然是无话可说。更想到亲人一个又一个走了，只剩下一杯凉茶，让我来细品这人生况味。

下片，词人想起曾经在一块逐浪玩耍的少时伙伴，不过弹指间，就都两鬓苍苍了。古人说"车到山前必有路"，而今我已年迈，清清楚楚地知道眼前的道路，眼前的光景。我把曾经的志意、曾经的奋斗，一切的一切都放下了。今天我要做的就是翻开那些逝去的岁月，一遍又一遍地回味人生的几许惆怅、几许"平常"。

蔡锷将军百年祭

紫衣格格

男儿骨硬竞操戈，洒血抛头拥共和。
护国何曾求爵禄，讨袁只为救山河。
英雄赴死存豪气，铁马凌风踏凯歌。
翠绕松坡宁静处，百年酿梦未蹉跎。

刘能英点评：

2016年为蔡锷将军逝世百年，此诗歌颂了蔡锷将军正义、英勇的一生。生逢乱世，蔡锷做了两件大事：一是辛亥革命时期在云南领导了推翻清朝统治的新军起义；二是四年后积极参加了反对袁世凯称帝、维护民主共和国政体的护国军起义。

这首诗前四句重点叙述了蔡锷将军不惜自身，护国讨袁的目的和气概。不为求官留名，只为拯救黎民于战乱水火，求民主，拥共和。五六句融入了作者歌颂与钦佩之情，给予蔡锷将军极大的赞誉。转结句更如徐徐拉远的镜头一般，似乎看到蔡锷将军宁静而肃穆的墓碑。"松坡"句，既是景色描写，更是蔡将军的字，结句扣题，一方面点出蔡锷离世百年这个时间节点，同时也有以中国现在发展状况告慰先贤的含义，"中国梦"就是崛起梦、富强梦，想来蔡将军九泉之下也足以欣慰了。

本诗对仗工稳，充满豪气，不似出自女性之手。若能更具形象表现，当会更佳。

好 雨

紫 荷

天河水满溢瑶台，白幕茫茫四面开。
榴枣枝头蜂鸟去，屋廊檐下玉珠来。
翩然陌野滋禾谷，洒落庭园靓蕊腮。
最是老农端酒笑，一茬新绿已成排。

蔡世平点评：

比较起来，我还是钟情乡村题材的诗歌作品。

你看诗人紫荷的这首《好雨》多么浸润天心、浸润人心、浸润诗心。天上银河的水满了，溢出了玉宫瑶殿的台阶，这想象真是奇特。天河的水装不下，于是像白幕一样四面洒落，茫茫一片，当然就洒到人间来了。这时候石榴、枣树上的蜂呀鸟呀再也待不住了，只得纷纷离去；天河的水哪里是水啊，分明是琼浆玉液呢！那屋廊檐下分明是玉珠子滚落下来，这想象多么奇妙。玉珠子洒向田野，滋肥禾麦；洒向庭园，妆靓花腮。最开心的当然还是老农了，他品咂着老酒，抑制不住心中的欢快，微笑着喜看层层新绿，从眼前铺开。

诗人杜甫写下了"好雨知时节，当春乃发生"的著名诗篇，后来许多诗人于此"望而却步"，不敢往前迈了。今天诗人紫荷走过来了，干脆以《好雨》为题来写，一点也不怯场，写出了别开生面的诗章。

江 畔

鲁 宁

浦上南飞雁，风中失路人。
江楼高且利，割断望乡云。

莫真宝点评：

《江畔》是一个开放性的题目，短短二十个字，写出了人与环境的紧张感，写出了寄居都市的漂泊感。

"浦上南飞雁，风中失路人。"落笔切题，浦，水边或河流入海的地区。这两句以人与雁的对比，写出"失路人"的飘零之感。有水不停地流，有风不停地吹，还有归雁飞鸣，空中、地上、水边，营造出广阔的视野，衬托出望乡之人的渺小。"江楼高且利，割断望乡云。"江边倚楼望乡，是古人的规定性动作，而今天的都市高楼和人的亲近感，远非过去的近水楼台来得那么亲切。江边高楼一是"高"，二是"利"。"利"字，下得狠，下得新，下得奇！逼出结句"割断望乡云"，实际上是遮挡了望乡的视线。

前人写思乡，往往着眼于家中的人，所谓"想得家中深夜坐，还应说着远行人"，此诗有意规避这种习见套路，仅写即目所见，颇具现代感。

冬 雨

湖山云

一晨冷雨冻喧哗，两耳凄风怜菊花。
岁序非经民意选，祁寒不漏帝王家。

蔡世平点评：

这是入冬后下的第一场雨。

秋天的菊花还热热烈烈地开放，人们观赏菊花的兴致还蛮高，场景还挺热闹喧哗。可是一场冷雨冷风漫了过来，把一个好风景也把一个好心情给浇灭了。但我们的诗人随即就释怀了，这四季轮回自然变化乃上天安排，又不是经民意选出来的，又不是这雨只落到我的身上，那"帝王家"不是也有冬雨在落吗？

小诗别有意趣，尤其"岁序非经民意选"之句，景中见奇，味中见味。

农闲逸事

湘北耕夫

偕妻镇上作闲游，我置新衣她烫头。
笑是归来黄犬吠，汪汪不识老风流。

周啸天点评：

这首诗写新农村新生活，颇具生活情趣。"我置新衣她烫头"，语近俚俗，却由于句中排比的运用，饶有唱叹之音。三四句设置情节，写黄狗不识主人，以其穿着、面目一新，是全诗趣味所在。虽然事实上狗主要是靠嗅觉识别对象，但作为一种构思，是完全允许的。在《列子·说符》中，就有杨布打狗的寓言，可以引证。全诗纯用口语，却绝无生造，也没有什么不好。顺便说，这样的语言，只适合七言绝句，在律诗，尤其是五律中，是使不得的。

访友人

寒江竹

柴门茅舍柳丝长，瓜碧椒红梅子黄。
茗弈不知时已晚，归来犹觉紫萱香。

杨逸明点评：

　　小诗截取了访问友人的一个生活片段。先写景，一派田园风光，恍如世外桃源，蔬果的色彩还很鲜明。遇见友人，又是喝茶，又是下棋，竟然不知不觉相处了一天，直到太阳西下才告辞回家。回到家这才觉得是把紫萱的花香带回到家中来了。也许是刚才在友人家只顾喝茶和下棋，根本就没有留意花儿这么香。古人云："诗不能写者，付之于画；画不能写者，付之于诗。"其实有时候有些画面能够付之于诗，例如这首诗的前两句，就是诗中有画。但是后两句的访问友人喝茶下棋之后又把花香带回家来的一个过程，也只有诗能够讲得清楚，而且寥寥十四个字，给人留下了无限的回味，恐怕倒是难以付之于画的。

谒汤阴岳飞庙

路焕京

庙柏犹存冤狱痕，屡经不敢访汤阴。

前朝八百六十载，几个官家远小人？

刘能英点评：

纵观古今之诗词，有的是触发点不同，但抒发的情感一样，比如去国怀乡之情；有的是触发点相同，而抒发的情感不一样，比如怀人吊古之作。历来写有关岳飞的作品举不胜举，那么在同一触发点下，这首诗的作者抒发的情感跟别人有何不同呢？

起句七个字，把岳飞含冤屈死的悲壮经过，通过庙里的柏树，用拟人化的手法，高度概括。承句不再续写岳飞。岳飞的千古奇冤，悲壮的一生，妇孺皆知，再写便属多余。承句写什么呢？写诗人自己，屡次经过汤阴，就是不敢拜谒岳飞。岳飞死于1142年，距今八百七十五年。以此可以推出这首诗写于十五年前。诗人为什么不敢拜谒？有两种解读：一是诗人非官家，面对官家"亲小人"徒有愤慨，无能为力；二是诗人本是官家一员，有些事身不由己，心中有愧，不敢直面岳飞。不管是哪一种猜测，落脚点都不在岳飞处。

同样是岳飞这个触发点，他的矛头一指向秦桧之流，二指向高宗之流，但更重要的是直指诗人自己，这是难能可贵的，也是这首诗有别于其他同类作品的地方。

芳园小坐

静处如莲

阿谁独坐芳园里，爱此光阴不欲还。
鸽哨凌霄云淡淡，新枝卓尔意闲闲。
望中天地生毫末，心底鲜妍更远山。
风送暗香清似雪，烟尘旧岁一遭删。

刘能英点评：

　　"阿谁独坐芳园里"，首句交代人物、地点。"阿谁"是谁？"芳园"是哪里？阿谁可以是你我他，也可以是任何人。芳园，可以是特指，也可以是泛称。阿谁在芳园到底要干什么？请往下看："爱此光阴不欲还"，原来他"爱此光阴"，更"不欲还"。那么是什么光阴让阿谁乐不思蜀呢？请接着往下看。

　　"鸽哨凌霄云淡淡，新枝卓尔意闲闲。望中天地生毫末，心底鲜妍更远山。"二联从阿谁的听觉与视觉角度写了他在芳园的所见所感。有天上之鸽哨，有地上之新枝。这两句自然引出下一句的"天地"之大、"毫末"之小的无限感慨，生活不仅有眼前，还有远方。第六句的"鲜妍"又自然引出下一句的"暗香"。

　　"风送暗香清似雪，烟尘旧岁一遭删。"至此，阿谁是谁？芳园是何园？都已不重要，重要的是：园中自然之景如雪清明，恰又好风送暗香，何不将岁月烟尘一一扫尽？

　　全诗步步设伏，一环扣一环，跳而不脱，结构紧密。当属佳构。

水调歌头·黄 河

蔡世平

兰州何所忆，最忆是黄河。遥望皋兰山下，一带似绫罗。谁锻千钧铜板，叠叠层层直下，雄唱大流歌。黄土高原血，红入海潮波。

三十年，情未老，任蹉跎。幸得黄河铸造，意志未消磨。脚踏山川大地，事做平凡细小，有梦不南柯。人在沧桑里，苦乐又如何！

梦欣点评：

历代诗人咏黄河的诗词多如牛毛，如何从中突围出来？从开篇的"兰州何所忆"及下片起始的"三十年"可知，作者采用的是结合自己的人生经历来抒发对黄河的景仰和感激之情。这应该与作者长期待在黄河上游的人生际遇有关。有三十年的相处与交往，其所见景象，其所想象场面，其所听到声响，其所震撼感叹不已的是黄河水奔流不息流出"黄土高原血"。"黄土高原血，红入海潮波"这一景象，是作者的一家之言。下片似乎只是叙述自己，但作者把对黄河的感激之情，紧密联系在一起，而结句的"人在沧桑里，苦乐又如何！"更是浸染了黄河情性的精神升华。是作笔调雄浑，境界开阔，意境深远，曲调高昂，有独家语言自家面貌，结句深含生活哲理，是为佳作。

洞仙歌·秋 日

蝶 衣

清箫一曲，是月流汀渚。江上峰青似无数。五云来、白鹤同上蓬莱。人空对、霭霭山烟水雾。

寒蝉声断续，短梦惊回，石鼎红茶见犹煮。桂萼覆莓苔，屐迹寻无。萍洲去，忘机鸥鹭。复不计空舟载云归，取一钓竿垂，越溪深处。

莫真宝点评：

这首《洞仙歌》构思精巧，上片写逐梦仙山之幻境，下片写垂钓越溪之思虑，过片寒蝉惊梦，由幻入实，承启自如，然片复由实入虚，写出一种人生情趣，若行云流水。虽袭用陈词与古老意象，所道者，实现代社会残存之后古典情怀也。

或云"文章世殊，途辙递降"。按其实，"世殊"者，文体新变也，"递降"者，因袭旧文体也。时代鼎革，生活与情感合当因之，然则世殊事易，内心亦有不变者在。此词所显示的复古倾向，虽非时下旧体诗词发展之正轨，然无"因"岂能"革"？倘处于未能自由运用旧体承载新生活、新感情之际，不妨存此一脉，初不宜作优孟衣冠视之也。